KB235404

기허당 영규대사의 서사전승 연구

저자 소개

## 강 현 모(姜賢模)

충남 부여 출생
한남대 국어국문학과, 한양대 대학원(문학박사)
한남대, 한양대, 용인대 강사 역임
한남대 융복합대학 초빙교수

논저 : 『장수설화 구조와 의미』, 『한국설화의 전승양상과 소설적 변용』, 『김덕령 서사문학의 전승양상과 교육적 의의』, 『한국민속과 문화』, 『금산 새내(금내, 금강유역, 버드내) 유역의 구비설화』(공저), 『〈홍길동전〉의 서사구조와 문화 콘텐츠화』 「비극적 장수설화 연구」, 「완판 춘향열녀수절가의 주제 일고」, 「연암의 광문전승에 나타난 서사구조와 지향의식」 등 논저 다수

# 기허당 영규대사의 서사전승 연구

**초판 인쇄**  2013년 10월 21일
**초판 발행**  2013년 10월 28일

**지은이**  강현모
**펴낸이**  이대현
**편 집**  이소희
**펴낸곳**  도서출판 역락
        서울 서초구 반포4동 577-25 문창빌딩 2층
        전화 02-3409-2058(영업부), 2060(편집부)
        팩시밀리 02-3409-2059
        이메일 youkrack@hanmail.net
        등록 1999년 4월 19일 제303-2002-000014호

I S B N  978-89-5556-671-0 93810
정 가  25,000원

* 잘못된 책은 교환해 드립니다.

# 기허당 영규대사의 서사전승 연구

강 현 모

역락

## 머리말


　기허당 영규대사는 임진왜란 때 기병한 3대 승병장 중 하나이다. 그는 임진왜란 초기에 의병을 일으켜 조헌 박춘무와 함께 청주성을 탈환하는 데 혁혁한 공을 세웠다. 그에 비해 현재까지 조사 보고된 영규대사 설화는 극히 미미하다.

　영규대사 설화는 계룡산 일대의 구비설화를 연구하던 신동흔 선생에 의해 30편 정도 보고된 바 있다. 필자 역시 영규대사 설화에 대해 별 관심이 없다가, 2005년 금산군에서 유역별로 구비설화 자료를 조사 정리하면서 관심을 갖게 되었다. 보석사를 비롯한 여러 곳에서 많은 자료(20편 정도)가 조사되었기 때문이다.

　필자는 영규대사가 활동하였거나 지방 축제에 등장하는 지역을 중심으로 2006년 집중적인 조사를 시작했다. 그리하여 한국학술진흥재단(현 한국연구재단)의 지원으로 2006년부터 2007년까지 김포 지역, 청주 옥천 지역, 금산 지역, 공주 논산 지역을 집중적으로 조사하여 152편의 자료를 새로 발굴하였다. 그 후 이 자료를 분석하여 영규대사와 관련된 구비설화의 양상과 종교적 영웅담의 특징에 대해 검토한 바가 있다.

　이번에 펴낸 책은 설화 부분, 소설 부분, 자료 부분으로 나누었다. 본 책의 3부분 6개 항목 중 2항목이 기존 논문집에 발표하였던 것을 일부 내용과 오자를 수정하여 수록한 것이고, 나머지는 그동안 새롭게 연구한 내용이다.

책의 첫 부분은 기허당 영규대사의 생애와 성격을 제시한 부분이다. 다음 부분은 영규대사와 관련된 구비설화의 현지조사 과정에 관한 언급이다. 이 자료를 통해 영규대사에 관한 구비설화의 전승양상과 의미를 살펴보았다.

둘째 부분은 영규대사에 관해 정정섭이 쓴 「천하에 뜨는 용」이란 소설과 관련된 연구이다. 「천하에 뜨는 용」에는 많은 양의 설화 작품이 수용되어 있다. 이 소설에 나타나는 영규대사 설화의 수용양상에 대해 알아보고, 소설 작품의 구성과 의미도 살펴보았다.

셋째 부분은 영규대사에 관한 구비 및 문헌의 기초자료에 관한 것이다. 지금까지의 영규대사에 관한 구비설화의 자료목록과 함께 현지조사 자료를 수록하여 영규대사에 대해 연구하는 데 보다 손쉽게 찾아볼 수 있도록 제시하였다.

이 책이 나오기까지 학부와 대학원에서 김균태 교수님을 비롯한 많은 교수님들의 도움과 격려가 있었기에 가능한 일이었다. 많은 교수님들께 머리 숙여 고마움과 감사를 드린다. 또한 논산, 공주, 금산 지역을 현지조사한 학생들과 현지 조사하여 수집한 자료들을 녹취하고 정리하여 준 황윤선과 심보익 선생에게도 고마움을 전한다. 말없이 기다려주신 양가 부모님, 힘들 때 용기를 북돋아 준 아내와 자식들에게도 고마움의 뜻을 적어 가슴 깊이 간직하고자 한다. 이밖에도 도움을 주신 많은 분들과 책을 엮는 데 기꺼이 도와주신 도서출판 역락의 이대현 사장님과 직원 여러 분들께도 고마움과 감사를 전한다.

2013년 10월

강 현 모

# 차 례

## 소설 「천하에 뜨는 용」 서사 구성과 의미 / 93



## 영규대사 서사전승의 기초 자료 / 113

# 기허당 영규대사의 생애와 성격*

　기허당 영규대사의 생애나 성격을 파악할만한 뚜렷한 자료는 사실 많
지 않다.[1] 영규대사에 관한 문헌이나 금석문 자료로는 조인형이 찬한 「순
의비명(殉義碑銘)」, 정인보 선생이 편한 「기적비명(紀蹟碑銘)」과 그 밖에 『대
동기문(大東奇聞)』, 윤선각의 『문소만록(聞詔漫錄)』, 『선조실록(宣祖實錄)』 등
이 있다. 그래서 문헌과 구비 자료를 구분하지 않고 영규대사의 일생을
언급한 자료들을 가지고 검토하게 될 것이다.[2]

## 1. 기허당 영규대사의 생애

　영규대사는 밀양 인으로 속성이 박 씨이고 법호가 기허(騎虛)이다. 그

---

* 강현모, 「대왜 항전 설화에 나타난 교육적 의미」, 『한민족문화연구』 17집, (한민족문화학
　회, 2005. 12), 187-190쪽에 실려 있는 내용을 수정하였다.
1) 영규대사의 생애에 대해 구체적으로 언급한 연구로는 필자와 신동흔의 논문이 있다.
2) 이와 같이 기록 자료로는 일반 주민을 대상하는 「공주군지」, 「계룡면지」, 「공주전통가꾸
　기」 등이 있다.

는 공주 청련암(靑蓮庵)에 머물렀는데, 신력(神力)이 있어 선장(禪杖)으로 무예수련에 힘썼다. 임진왜란이 일어나자 1592년 6월에 충청도 갑사 일원에서 승병을 일으켜 승병장으로 활동하며 청주성을 탈환하는 데 결정적인 역할을 하였다. 뒤에 금산전투에서 왜적을 맞아 싸우다가 패전하고 조헌과 함께 순사하였다.

그는 서산대사의 큰 제자로 사명당과 함께 임진왜란 당시에 구국의 3대 승병장으로 이름이 높지만, 임진왜란에 관련된 것을 제외하고 그에 대한 기록은 거의 없다.

조인영이 찬한 「순의비명」의 기록을 보면,

대사의 속성은 박 씨로 밀양 인이다. 서산대사의 큰 제자였다. 공주 청련암에 상주하였는데, 신력이 있어 선장(禪杖)으로 무예 하는 것을 좋아하였다. 섬 오랑캐의 변을 당하여 임금이 파천하게 되매 대사가 크게 분노하여 삼일을 통곡하였다. 스스로 장수가 되고자 주(공주)목인 허옥(許頊)에게 청하니 장하게 여겨 허락하였다. 이에 의로운 승려 수백 인을 모아 여러 장수들과 함께 청주의 왜적을 쳤다. 관군이 궤멸하였으나 대사가 홀로 도적에게 대항하였다. 의열공 조헌(趙憲)이 달려와 연합하여 청주의 서문의 왜적을 치니 왜적이 크게 꺾이어 밤에 달아났다.

조공이 금산의 왜적을 진격하려 하매, 대사가 간하였으나 듣지 않았다. 대사가 조공을 혼자 죽게 할 수 없다고 하며 함께 하였다. 금산 10리 밖에서 비를 만나 진영이 서지 않으므로 대사가, "병(兵)이란 준비가 있으면 근심이 없는 법이니 잠시 늦추지요." 하니 조공이 "이 도적은 우리가 능히 대적할 수 없지만, 우리들은 충의로써 선비의 마음을 일으켜 그 날카로움을 타고자 한다."고 하였다. 이튿날 새벽에 적이 내습하였다. 우린 군사는 뒤가 끊기고, 조공이 죽었다. 혹자가 "도적이 몰려오는데 어찌 떠나지 않습니까?" 하니 대사가 "죽음이 있을 뿐이다. 어찌 살 수 있으리요?" 하고 싸움을 더욱 복 돋다가 역시 죽었다.[3]

---

3) 조인영, 「有明朝鮮國壬辰義兵僧將騎虛堂靈圭大師殉義碑銘」, 이능화, 『조선불교통사』, (신문

위와 비슷한 내용이 『대동기문』에도 보인다. 『대동기문』은 『명장전(名將傳)』을 중심으로 하고, 『조두록(俎豆錄)』의 내용을 부가하여 기록하고 있다. 그런데 「순의비명」의 내용은 청주성 싸움과 금산성 싸움을 중심으로 기록하였는데 비하여, 『대동기문』은 금산성 싸움을 중심으로 기록하고, 그 사후의 일을 추가하여 기록하고 있다.[4]

이들 문헌 기록을 보면, 임진왜란이란 역사적 사건을 중심으로 영규대사의 행적에 대한 정보를 얻을 수 있다. 영규대사는 갑사의 승려로 있다가 임진왜란이 일어나서 선조 임금이 피난 갔다는 말을 듣고 기병, 장수가 되어 승병을 이끌고 조헌과 함께 청주성 전투에 참여하여 승리로 이끌었으나, 금산 2차 싸움[5]에서 패하여 죽었다고 한다.

이처럼 임진왜란에 얽힌 영규대사의 행적은 밝혀져 있는데,[6] 그 이전의 행적은 알려진 것이 거의 없다. 다만 정인보가 편한 「기적비명」과 『대동기문』에 일부 전하고 있다. 「기적비명」에는 영규대사가 판치 사람으로 계룡산에 입산한 후에 불도에 입문하여 서봉사, 낙가사를 거쳐 갑사

---

관, 1918.) 466쪽. (전략) 師俗姓朴氏密陽人也 西山大師高足也 常住公州之靑蓮庵 有神力 好以禪杖演武技 及島夷之變 聖駕播越 師憤甚 三日哭 自薦爲將 州牧許頊 壯而許之 乃糾義僧數百人 與防禦諸將 擊淸州倭 官軍潰 師獨與敵犄 義兵將趙文烈公憲 馳赴之 聯營 壓州西門倭 大衄宵遁 趙公將進擊金山倭 師諫不從 師曰不可使趙公獨死 因偕焉 抵郡十里 會天雨 壘未立 師曰兵有備無患姑徐乎 趙公曰 此賊非我能敵 我徒以忠義激士心 欲乘其銳也 翌曉賊來薄 我師無後繼 趙公死之 或曰賊聚至何不去諸 師喝曰死耳豈可生 鬪益疾亦死. 한편 이 비석은 금산군 남이면 석동리 보석사 입구에 세워져 있다.

4) 『대동기문』. (전략) 朝廷 念師死王事, 如禮葬之 正祖甲寅 健祠關西之妙香山 嶺南之晉州 以祀休靜惟政 賜額于西曰酬忠 南曰表忠(名將傳) 贈靈圭知中樞府事 密陽表忠祠 祀休靜惟政靈圭三大師(俎豆錄)

5) 허경진, 『금산의 임진왜란 이야기』, (금산군문화공보관광과, 2004. 5.) 47-84쪽. 금산의 전투과정을 3차로 나눌 수 있다. 제1차 전투는 고경명이 김천일과 함께 행한 수복작전이고, 2차 전투는 조헌이 영규대사와 함께 행한 수복작전이며, 3차 전투는 조헌과 약속을 지키지 못하였던 변응정이 도전한 싸움이다. 이 중에 영규대사가 참여한 것은 2차 전투이지만, 구비설화 속에는 1차 전투 이전부터 활동한 것으로 설정되어 있다.

6) 「선조실록」에 8번 정도 등장하고 있다.

에 오래 머물렀는데, 앞에 나서지 않고 평민복을 입고 땔나무를 나르는 험한 일을 한 까닭에 산중의 사람들이 그의 큰 지력을 알지 못하였다[7]고 기록하고 있다. 또『대동기문』에 전하는 내용도 조인형의 쓴「순의비명」의 내용과 몇 자의 차이가 있을 뿐 대동소이하다.

그런데『숭전어문학』4집에 수록된 자료를 보면, 영규대사는 공주 구곡면 판치 사람으로 19세에 계룡산 청련암에서 삭발하였다는 것, 삭발하기 전날 밤 스승의 꿈에 장자가 4촌 정도 길이의 규(圭)자 형상의 옥을 전해준 일이 있어 이름을 영규라 하였다는 것, 과문하고 용력이 절륜하였다는 것, 그리고 후에 묘향산의 서산대사로부터 수법하여 사명당의 법형이 되었다는 것, 20년 간 수많은 경전을 섭렵하였다는 것이 기록되어 있다.[8]


## 2. 기허당 영규대사의 성격


영규대사의 성격을 파악하기 위한 자료 역시 기록으로 남아 있는 것은 거의 없다. 그러므로 문헌자료와 구비설화에 나타난 것을 바탕으로 성격을 파악할 수밖에 없다.

영규대사는 자신의 능력을 최대한 발휘하기 위하여 가지고 있는 능력

---

7) 정인보,「紀蹟碑銘」“生公州板峙 入鷄龍山受法淸虛徒後 住瑞鳳落迦諸寺 在岬寺最久 (중략) 外朴魯不以義解 自名恒隨衆服勞負薪 山中人不知有奇正大略也” 이 비석은 공주 갑사 표충원 내에 서 있는 비석으로 원래 명칭은「義僧將騎虛堂大師紀蹟碑銘」이다.

8) 현지조사 보고서편,『숭전어문학』4집, (숭전대학교 국어국문학과, 1974) 144-145쪽. 이 자료는 2문단으로 나누어 위쪽에는「임진의병승장보국우세기허당대선사일렴영규사실기」라 기록하고, 아래쪽에는「영규전사기록」이라 기록한 뒤에, 맨 아래에『대동기문』이란 문헌을 소개하고 있다. 따라서『대동기문』에 있는 기록으로 오해할 수도 있으나, 어느 자료에서 인용한 것인지 명확하지 않다.

을 숨기고 묵묵히 행동한 것인지도 모르겠으나, 매우 침착하고 목표를 위하여 끊임없이 노력하는 인물이었다는 것은 분명하다. 목표를 위해 치밀한 계획을 갖고 있었던 영규대사는 전쟁이 일어나자 그 전까지와는 달리 자신의 천부적인 능력을 드러낸다. 자신의 능력을 바탕으로 기병하여 스스로 의승장이 되어 출전한 것이다. 이처럼 영규대사가 임진왜란을 기점으로 급격하게 변하고 있는 것은 재미있는 현상이다.

이런 영규대사의 성격을 보여주는 내용이 충청감사 윤선각의 『문소만록(聞韶漫錄)』에 기록되어 나와 있다.

> 이 공격에 있어서 관군의 방어사 이옥, 종사관 최기(崔沂) 이하 여러 수령들은 의병이나 승병만치 용감하지 못하여 틈만 있으면 도망치려는 자가 많았다. 승장 영규는 모가 진 커다란 지팡이를 들고 있다가 도망치려는 수령의 잔등을 후려갈기면서 말하기를 "평시에 고기 맛을 보던 사람이 이제 와서는 도망치는 맛을 보려는가" 하니 수령들이 부끄러워하고 그 위령을 꺾지 못하였다.[9]

위 기록과 함께, 앞에서 인용한 조헌과 함께 전사하였다는 기록에서도 그의 성격을 찾아볼 수 있다. 영규대사는 불교적인 인물이지만, 정의에 반한 왜구의 침입에 분개하여 일어설 줄 아는 인물이며, 결심을 단호하게 행동으로 옮기는 인물이었다. 그리고 그는 의로써 맺은 것을 지키기 위해 죽음도 마다하지 않는 인물이었다. 뿐만 아니라 윤선각의 기록이나 구비설화의 자료에 많은 승병들이 따랐다는 것 등으로 볼 때, 사람들을 포용하는 관용을 가진 인물로 여겨진다.[10]

---

9) 이형석, 「임란전쟁사」 457쪽에서 재인용.
10) 『문소만록』에는 윤선각 자신이 청주성 공격의 주장으로 되고, 의병장인 조헌은 아예 제외시켰다. 그럼에도 불구하고 영규대사의 역할을 기록하고 있다는 점을 고려할 필요가 있다.

금산 지역에 전승되는 설화에는 영규대사가 탁월한 능력과 뛰어난 예지를 가지고 있었다. 영규대사는 왜군들이 전라도로 진격할 것으로 알고 금산 서부지역의 지세를 이용하여 왜군들과 싸우려고 하였다. 그런데 유자인 의병대장 조헌은 자신의 영욕을 위하여 승병장이자 부대장인 영규대사의 탁월한 전략을 받아들이지 않았다. 이와 같은 영규대사의 뛰어난 예지와 능력은 현실을 세심하게 관찰하고 예의주시한 결과로 보인다.[11]

이처럼 영규대사의 일생이나 성격을 규명하기에는 기록이 일천하다. 더욱이 『대동기문』이나 「기적비명」의 내용은 공주지역에서 구비 전승되고 있는 내용들을 수용한 것으로 보인다.[12] 따라서 영규대사의 생애나 성격을 이해하기 위해서는 기존의 문헌뿐만 아니라 지역에 따라 전승되고 있는 구비자료들을 통하여 규명할 때 제대로 파악할 수 있을 것이다.

---

11) 강현모, 전게논문, 206쪽.

12) 신동흔, 전게논문, 27쪽. 주 5에서 「기적비명」의 능력을 숨겼다는 것이 구전자료의 수용이라고 하였다. 후대 기록들은 영규대사의 능력을 확대시키기 위해 구비자료를 수용하였다.

# 영규대사 구비설화의 현지조사

## 1. 조사지역의 선정 배경

영규대사에 대해 관심을 가지게 된 것은 금산군 남이면 지역을 조사하면서이다. 남이면 석동리를 조사할 때, 영규대사에 관한 이야기를 많은 주민들이 구술하여 주었다. 그 이후 금산 지역을 조사하면서 영규대사의 이야기는 중봉 조헌과 연관되어 전승되는 양상을 알아낼 수 있었다. 특히 금산 군수 권종의 이야기인 천래강 성재 싸움에 관한 설화가 조헌과 결부되면서 영규대사가 등장하기도 하였다. 그리고 조헌 선생과 영규대사가 김포지역의 축제에서 소개되기도 하는데, 함께 출정식을 하는 모습이었다.

그 뒤에 영규대사의 업적을 살펴보니, 청주성 싸움에 참여하여 승리하면서 탈환하고 금산 싸움에서 전사한 것을 확인할 수 있었다. 그리고 영규대사의 설화에 대한 기존의 조사 과정을 살펴보니, 한남대학교(전 숭전대학교) 국어국문학과에서 갑사지역을 조사하였을 때 문헌 자료와 구비설화 자료 각 1편을 조사하였고, 신동흔 교수가 계룡산 인근의 구비설화에 대한 연구에서 영규대사에 관한 자료를 30편이나 보고하였다. 그리고 공주지역의 여러 향토지에는 몇 편의 자료가 수록되었으며, 한국정신문화연구원(현 한국학중앙연구원) 대학원에서 2편의 영규대사에 관한 설화가 조사되었으나 그 내용을 확인할 수 없었다.

기허당 영규대사의 설화에 대한 지역적 전승양상과 승병장 설화의 서사문법을 찾아내고자 학술진흥재단(현 한국연구재단)의 지원으로 본격적이고도 종합적인 자료 수집을 검토하였다. 영규대사의 이야기는 활동무대의 지역마다 특색이 확연하게 구분되는 다른 양상을 띠고 있다. 그가 태어나 성장하고 불도에 입문하며 임진왜란 때 기병하였던 공주·논산지역, 기병하여 왜적 싸워 승리하였던 청주지역, 그리고 왜적에 대패하여 모든 의병들과 함께 전몰하였던 금산 지역, 그리고 오늘날 축제에서 살아나 사람들에게 보여주는 김포지역에서 조사된 자료의 내용들이 확연하게 구분될 것으로 여겼다.

위의 4지역 6개 시·군을 현지조사 하였을 때, 기허당 영규대사의 설화는 지역적 특성에 맞게 나름대로 전승될 것으로 보인다. 따라서 인물의 활동양상에 따라 설화의 지역적인 전승양상이 어떻게 변화되는지 규명할 수 있을 것으로 추측된다. 그러면 각 지역에서 수집이 예상되는 자료의 내용을 보면 다음과 같이 추정할 수 있다

1) 계룡산 갑사 논산 지역 : 탄생담, 성장담, 활동담, 최후담, 후일담
2) 금산 칠백의총 지역 : 성장담, 활동담, 최후담, 후일담
3) 청주시 옥천군 일대 : 활동담, 최후담, 후일담
4) 김포시 일대 : 활동담, 후일담

위에서 김포지역과 청주지역은 문화원 관계자, 축제 진행자, 상층 제보자들을 통해서만 조사가 가능할 것 같다. 혹시 이들의 모든 지역에서

는 조사하지 못할지라도 공주·논산지역과 금산 지역의 자료들과 조사 과정을 대비하여 인물전승의 지역적 전승양상을 파악할 수 있을 것으로 여겼다. 이는 기허당의 활동지역에 대한 현장조사가 이루어질 때 가능하다. 따라서 이들 지역에 대한 문헌과 시행한 포괄적인 조사를 면밀하게 검토한 후 최대한 효과적인 현장조사를 통하여 많은 자료를 확보하도록 할 예정이다.

현재까지 조사된 자료들은 활동담과 최후담에 편중되었다. 영규대사에 관한 설화의 현지조사는 종교적 인물에 관한 민중적 영웅담의 서사문법을 파악하기 위해 집약적으로 조사하여 일생담의 구조를 찾아낼 수 있도록 하여야 할 것이다. 따라서 탄생담부터 성장담, 활동담, 최후담, 후일담에 해당하는 삽화들, 특히 탄생담과 성장담 삽화의 자료 발굴에 노력하여야 할 것이다.


## 2. 조사 일시 개관

영규대사에 대한 구비설화의 조사는 연구자와 보조연구자 2명이 중심으로 참여하였고, 조사범위의 광범위한 한계를 극복하기 위해 공주·논산지역 일부에 조사보조원을 시켜 조사하기로 계획하였다. 따라서 연구자와 연구보조자들은 방학을 이용하여 조사하기로 하였으나, 준비가 늦어져 방학에는 김포시와 청주시 옥천군 그리고 금산군을 중심으로 조사하고, 개학하면서 영규대사의 중심 활동지인 공주·논산지역의 조사를 착수하였다.

김포 지역의 조사는 2007년 1월 중순에 실시하였다. 이곳은 김포시 문화원과 김포시청을 중심으로 조사하였으나 별다른 이야기를 들을 수 없었다. 김포시에 주관하는 조헌장군 출정식 행사도 영규대사가 함께 의병활동을 하였다는 문헌 기록을 보고 출정식을 꾸몄다는 말만 들었다. 김포시 지역은 영규대사에 관한 이야기를 들을 수 없고, 이곳이 고향인 조헌의 이야기만 전승되고 있었다.

청주·옥천지역은 2월 초에 연구보조자와 함께 조사하였다. 지도를 보고 남이면의 안심사를 찾아갔을 때, 절에서도 마을에서도 영규대사에 대해 알고 있는 사람이나 아는 사건을 없다는 말만 들었다. 그리고 청원 문화원과 군청에서도 같은 대답을 들어야 하였다. 심지어 문화원과 군청에서는 영규대사와 안심사의 연관된 역사조차 모르고 있을 때, 조사를 진행하여야 할지 고민스럽지 않을 수가 없었다. 다행하게도 그 이후에 청주시청과 불자연합회 등을 방문하면서 나름대로 조사할 수 있는 계기를 마련할 수 있었다.

금산 지역의 조사 계획은 리 단위를 대상으로 전 지역에서 구비설화를 조사한 바가 있어 수월하게 계획을 세울 수가 있었다. 보석사가 있는 석동리를 중심으로 하는 남이면, 칠백의총이 있는 금성면과 금산읍을 집중 조사하고, 나머지 면들은 영규대사와 관련된 전설의 전승가능성이 많은 지역을 중심으로 조사하거나 면소재지를 중심으로 전승가능성을 타진하는 방식의 조사를 진행하기로 하였다.

공주·논산지역은 기존의 연구조사를 바탕으로 계획을 세우고 조사를 착수하였으나, 영규대사의 설화만을 집중적인 조사를 위하여 계룡면을 비롯하여 공주시와 논산시 일원의 많은 리 지역을 대상으로 삼았다. 왜냐하면 이곳은 영규대사가 태어났을 가능성이 있고, 입산수도한 생애 과정이나 금산전투에 참여하기 위하여 이동하였을 가능성과 싸움에서 패배하고 죽어 묻혔다는 무덤 등 관련 유물이나 유적이 집중되어 있다. 그리하여 공주시 계룡면 지역을 연구자와 연구보조자가 직접 집중적으로 조사를 하고, 그 밖의 지역은 조사보조자들을 동원하여 조사하기 하였다. 그리하여 공주·논산지역은 4-5월 달에 집중적인 조사를 착수할 수 있었다.

지금까지 영규대사에 관한 구비설화 조사과정을 많았으나, 자료 수집이 가능하였던 날짜와 시간을 중심으로 현지조사 과정을 지역 단위별로 개관하면 다음과 같다.


### 1) 청주·옥천 지역 조사

이 지역의 조사과정을 살펴보면, 2007년 2월 6일-7일 사이에 이루어졌다. 이에 앞서 청주·옥천 지역과 영규대사에 대해 인터넷 검색을 통해 답사 가능한 지역과 대상을 탐색하여 조사가능성을 살펴보고 조사를 착수하였다.

조사자 일행은 2월 6일 학교에서 차를 이용하여 영규대사가 청주성을 공격하기에 앞서 주석하였다는 청원군 남이면에 위치한 안심사를 조사하였다. 그런데 안심사는 6·25 때 사찰이 소실되었을 뿐만 아니라, 스님들의 이동으로 영규대사와 관련된 사실을 전혀 확인할 수 없었다. 뿐만 아니라 인근의 마을에서조차 영규대사에 대한 이야기를 조사할 수가 없었다. 심지어 청원문화원과 청원군청을 들려 영규대사에 대해 물었지만 금시초문이라고 하였고, 문화원에서 영규대사에 관련된 자료를 찾아볼 수 없었다.

조사자들은 청주시에서 주최하는 영규대사추모제를 주관하는 명장사를 갔으나 현지조사가 불가능하였다. 다만 이곳에서 봉사하는 분으로부터 영규대사에 대해 구술하여 줄 분을 소개받았다. 소개받은 불교실업인 회장인 새마을금고 이사장을 찾아갔으나, 근무 시간인데다 장소의 번잡

한 여건이기 때문에 제보해 줄 수 없다며, 불자연합회 사무국장을 소개하여 주었다.

조사자들이 불자연합회 사무국장이 운영하고 있는 출판사를 찾아갔으나, 사무국장은 영규대사의 추모제에 대해 정리된 자료만 제시할 뿐 구체적인 설화 자료를 구술하여 주지 않았다. 다만 영규대사에 관한 자료를 구술해 줄만한 여러 제보자들을 소개하여 주었으나, 시간이 늦어서 다음날로 조사를 미루기로 하였다.

조사자들은 7일 아침에 옛날 빙고현이 있었던 빙고동 사무소를 방문하였으나, 임진왜란 때 이곳에서 영규대사 일행이 청주성 탈환을 위하여 싸웠다는 역사적인 사실을 전혀 알지 못하였다. 조사자들은 동사무소에서 옛날부터 살았던 사람이 많다는 동네 노인회장의 전화번호를 얻을 수 있었다. 노인회장과 전화로 통화하였을 때, 노인정에 모이는 노인들이 대부분 외지에서 들어온 분들이라 영규대사의 설화에 대해 잘 아는 사람이 없다고 하였다.

조사자들은 불자협회 사무국장이 소개하여 준 고인쇄박물관의 박철희 관장을 박물관으로 찾아가서 이곳의 역사와 영규대사에 관한 설화 2편을 듣고, 문헌자료 1편을 얻었다. 그리고 조사자들은 청주시의회 사무실을 개회 직전에 방문하여 소개받은 시의원에게 빙고현에 관한 이야기만 듣고, 영규대사에 대해서 듣지 못하였다. 조사자들은 청주시의회 옆에 있는 공원을 들려 영규대사, 조헌, 박춘무 등의 비석을 구경하고, 인근에서 쉬고 있는 어른들에게 영규대사에 여쭈어 보았지만 아는 이야기가 없다고 하였다.

조사자들은 오후에 초기 불자연합회 회장을 역임한 김주원 님을 자택이 있는 아파트 노인정에서 만났다. 제보자는 영규대사의 추모제 등 실제로 행하는 것에 대해 말씀을 하여 주었는데, 그런 사이에 조사자의 유

도로 5편의 이야기를 조사하였다. 특히 옥천의 가산사와 영규대사와 관
련되어 있다는 말씀을 들었다. 조사자들은 옥천의 가산사를 방문하기로
하고, 이것으로 청주지역에서 조사를 마쳤다.

　옥천지역의 조사는, 가산사를 조사하는 것으로 시작하였다. 조사자들
은 청주에서 가산사로 이동하는 도중에 늦은 점심 식사를 마치고, 가산
사에 도착하였을 때는 깜깜한 밤이 되었다. 가산사에는 주지스님인 지승
스님과 소설을 쓰는 동생 분이 있었는데, 찾아온 목적을 설명하자 불교
계에서 기록하지 않는 병폐에 대해 말씀을 하였다. 그러면서 영규대사의
업적에 대해 말씀을 하였는데, 그런 중 이름만 들었던 연구논문 자료를
얻어 보는 계기가 되었다. 가산사에서 이런저런 이야기를 나누면서 영규
대사와 관련된 6편의 이야기를 채록할 수 있었다. 그리고 동생 분이 쓴
역사소설 한 질을 받고서, 약속된 다른 지역의 조사를 위하여 대전으로
돌아올 수밖에 없었다.
　옥천군에 대한 2차 조사는 2007년 3월 28일에 이루어졌다. 전화로 옥
천문화원과 사전에 약속을 잡고, 이날 문화원을 방문하여 이인석 문화원
장님과 말씀을 나누면서 영규대사에 대한 5편의 이야기를 들었다. 그런
뒤에 조사자가 가산사와 영규대사에 관련된 이야기의 신빙성에 대해 의
문을 제기하자, 문화원장은 자신의 고향이 가산사 인근이었다면서 어렸
을 때 조헌 선생에 대한 이야기를 많이 들었지만, 영규대사에 대한 이야
기를 거의 들은 바가 없다고 하였다. 문화원장이 나간 뒤에 문화원 사무
실에서 강구현 사무국장에게 설화 1편을 들었다. 이것으로 청주·옥천
지역에서 영규대사에 대한 구비문학 조사를 마쳤다.

## 2) 금산 지역 조사

조사자들은 2007년 2월 21일에 학교에서 금산으로 출발하였다. 금산 문화원을 들려 조사와 관련이 없는 다른 일을 마치고, 조사 목적에 대해 설명하자 원장과 국장, 영규대사에 대해 잘 알고 있다는 한 분과 점심 식사를 하면서 여러 가지 제보를 들을 수 있었으나 직접적인 설화를 들을 수 없었다.

조사자들은 계획된 일정에 따라 금산읍을 출발하여 석동리에서 조사를 시작하였다. 연구자는 석동리에서 조사를 하고, 연구보조원들은 소재지를 비롯하여 남이면을 조사하였다. 조사자가 주차장에 내렸을 때 한 할아버지가 있어 찾아온 목적을 설명하자, 처음에는 꺼려하다가 계속 질문하자 조심스럽게 말씀하여 주었다. 그 분이 황태원 할아버지이었는데, 조사자를 자신의 가게로 인도하면서 주변의 황태선 할아버지를 불러 이야기를 유도하여 주기도 하였다.

조사자는 절의 스님이 잘 알 것이란 말을 듣고 절에 찾아갔으나 멀리 출타하였다. 암자의 스님께서 잘 안다고 하여 4km쯤 산길을 걸어 올라갔으나, 그 스님도 출타하였는지 풍경소리만 요란하게 울릴 뿐이었다. 한 시간 정도를 기다리다가 보석사에 내려왔을 때, 주지스님인 혜완 스님이 돌아와 사무실에서 여러 가지 말씀을 하다가 사실적인 이야기를 포함하여 4편을 구술하여 주었다. 이때 연구보조자들은 남이면의 여러 마을을 조사하는 동안에 대부분 모른다고 말만 듣고 조사하지 못하였다. 다만 흑암리에서 2편의 이야기를 듣고 합류하였다.

합류한 조사자들은 일과를 마치기에 좀 이른 시간이어서, 점심 때 소개받았던 박정우 할아버지가 근무하는 한진산업 사무실로 찾아갔다. 여기에서 2편의 이야기를 채록하고, 이야기를 꺼려하던 옆에 있는 박 씨에게 설화 1편을 채록하였다. 이때 향토사에 대해 대단한 애정을 갖고 있던 박정우 할아버지는 석동리에 잘 아는 사람이 있다면서 오후 8시쯤에 조사자들과 함께 석동리로 갔다. 석동리에 도착하여 친구인 조재일 할아버지를 댁으로 방문하여 설화 1편을 듣고, 교직생활을 한 김홍식 할아버지를 댁으로 찾아가 사실적인 말씀만 하려는 제보자에게 이야기를 하라는 박정우 할아버지의 권고로 4편의 설화를 듣는 것으로 이날의 조사를 마쳤다.

2월 22일에는 박정우 할아버지의 소개로 금산버스터미널 2층의 현대부동산에 마련된 사무실에서 박찬요 할아버지를 만났다. 제보자는 1992년에 영규대사 설화를 구술하여준 분으로, 찾아온 목적을 설명하고 박정우 할아버지의 권유와 조사자의 유도로 4편의 이야기를 구술하여 주었다. 조사자는 10여 명 정도의 할아버지들이 쉬고 있던 건국노인정을 찾아가 금산에 전해오는 이야기를 구술하여 주는 분이 있었다. 그래서 영규대사에 대한 이야기를 묻자 윤현종, 지혁종, 고석정 할아버지가 각각 1편씩 이야기를 구술하여 주었다.

조사자는 추부면 마장리로 이동하여 조사를 하였는데, 간단한 지명유래 2편과 민담 1편을 채록을 하였을 뿐 영규대사에 대한 이야기를 들을 수가 없었다. 한편 연구보조자들은 칠백의총이 있는 의총리, 파초리, 삼가리 등을 조사하였는데, 파초리에서 영규대사의 설화 2편을 채록하였을 뿐이고, 의총리에서 조차 조사하지 못하였다. 조사자들은 합류하여 소개받은 김복만 군의원을 군 의회사무실로 찾아가서 온 목적을 설명하자, 칠백의총의 조성과정에서 벌어졌던 일화를 말씀하는 동안에 3편의 이야기를 구술하여 주었다. 그리고 소개시켜 준 역사 선생님이었다는 이동북 의원을 군의회 인근 음식점에서 만나 저녁식사를 하며 동학에 관련된 역사적 사실에 관하여 말을 들었다. 조사자가 영규대사에 관해 묻자 2편의 이야기를 구술하여 주었는데, 이를 채록하는 것으로 이날의 조사를 마쳤다.

23일에 조사자들은 진산면과 복수면에서 조사하였다. 진산면의 면소재지를 조사하였던 연구자는 제보자들이 영규대사에 관한 이야기를 알지 못한다는 말을 들었다. 다만 이곳에 전해지는 민담과 장타령을 조사하였다. 황윤선과 심보익은 여러 마을을 조사하였으나 아무런 소득도 얻지 못하였다. 조사자들은 합류하여 점심을 먹고서 진산면의 조사를 마치고 복수면으로 이동하였다.

조사자들은 복수면에 도착하여 소개받은 분을 찾아갔으나 멀리 출타하여 만나지 못하였다. 면소재지의 노인정 인근에 있는 약국에서 조사를 하였는데, 조사하는 도중에 군의원 지낸 태진수 할아버지를 만나 영규대사 일화 1편을 듣는 것으로 영규대사에 대한 금산군에서의 구비문학 조사를 마쳤다.

## 3) 공주·논산 지역 조사

공주·논산 지역에 대한 조사는 계룡면을 중심으로 연구자와 연구보조자가 담당하고, 그 밖의 마을들은 민속학을 듣는 학생들을 조사보조자로 활용하였다.

연구자와 연구보조자는 공주지역 1차 답사를 4월 18일부터 20일까지 2박3일을 조사하였는데, 20일에는 별다른 성과 없이 조사를 마쳤다. 조사자들은 4월 18일에 계룡면 사무소에서 이장들의 전화번호를 얻으면서 영규대사에 대해 물었지만, 잦은 이동으로 잘 알지 못하였다. 조사자들은 계획하였던 대로 계룡면의 마을을 대상으로 조사하였다.

조사자들은 소개받은 월곡리의 이순재 할아버지를 댁으로 찾아가 온 목적을 설명하자, 조사자들을 이끌고 1리의 이용정 할아버지 댁으로 이동하였다. 영규대사에 대해 묻자, 이순재 할아버지가 묘에 대해 설화 1편, 이용정 할아버지가 설화 2편을 구술하여 주었다. 조사자들은 상성리 노인정을 찾아갔으나 문이 닫혀 있었고, 마을 주민들도 영규대사에 대해 아는 것이 없다고 하였다.

화헌리 노인정으로 이동하였는데, 15-6명 정도가 모여 있어 찾아온 목적을 설명하자, 관심을 가진 2-3명이 이야기판을 형성하였다. 이때 정필영 할아버지가 이야기판을 장악하면서 6편을 구술하여 주었다. 경천리 노인정을 찾아갔으나 아무도 없어, 인근 가게에서 김정택 할아버지를 소개받았다. 고생 끝에 댁을 찾아가 3편의 이야기를 채록하였다. 그리고 박일동 할아버지를 소개받고 양화리로 이동하다가, 집안에서 일을 하던 향토사학자로서 자부심이 강한 박선동 할아버지를 만나 3편의 이야기를 들었다. 자택으로 찾아갔을 때 밭을 매고 있던 박일동 할아버지는 구술을 꺼려하였는데, 유도하여 1편을 듣고 이날의 조사를 마쳤다.

4월 19일에는 영규대사가 머물렀다는 갑사 인근에서 조사하였다. 입구의 있는 입간판을 보고 청련암을 찾아가려고 오솔길로 올라갔다. 도중에 전설에서 등장하는 철간당주를 지나면서 사진을 찍고, 청련암이 있다는 예상 지점에 올라갔으나 아무런 증거도 찾아볼 수가 없었다. 조사자들은 포기하고 갑사로 올라가던 중 스님 복장을 하고 머리가 허리까지 내려온 처사 백화를 만나 당간지주와 대나무로 창을 만들었다는 이야기 2편을 들었다. 갑사의 사무실에서 찾아온 목적을 설명하자, 지난해 기념행사의 기획 자료를 주며, 스님들은 이동하여 영규대사에 관해 아는 스님이 없고, 신흥암의 큰스님이 잘 알 것이라고 하여 오후 시간을 약속하고 하산하였다.

조사자들은 갑사 입구의 상점에 들어가 찾아온 목적을 설명하자, 염필만 할아버지가 이곳에서 들은 8편을, 인근에 있는 식당 주인인 여인국 씨가 4편을 구술하여 주었다. 조사자들은 약속을 지키기 위하여 갑사를 지나 가파른 산길을 30분쯤 더 올라가 신흥암에서 황진경 스님에게 8편의 이야기와 불교계의 특성 등을 듣고 마을로 내려왔다. 조사자들은 5-6분의 어른들이 있던 중장리 2구 마을회관에서 영규대사의 이야기가 왜곡되어 있다는 윤길수 할아버지에게 4편의 이야기를 들었다. 하대리 삼거리에 위치한 방앗간을 방문하여 윤재경 할아버지에게 설화 2편을, 갑사 진입로 있는 갑사 슈퍼에서 김태환 아저씨에게 이야기 2편을 듣는 것으로 계룡면 1차 조사를 마쳤다.

제2차 조사는 5월 18-20일에 1차 조사 때 조사하지 못한 계룡면 내의 마을을 조사하였으나, 이번에도 20일은 조사하지 못 하였다.

조사자들은 18일에 금대리로 가는 도중에 보은정사에서 정필상 할아버지에게 설화 1편을 듣고, 마을의 노인정이 닫혀 있어 개인집에서 술을 마시던 민병용 할아버지에게 설화 1편을 들었다. 조사자들은 면소재인 월암리 노인정에서 이산행 할아버지에게 4편의 설화를 들었다. 노인회장의 안내로 면장을 지낸 정주상 할아버지를 자택으로 찾아갔다. 공주의 역사와 문화를 알리기 위해 노력하는 제보자는 조사자의 유도로 12편의 이야기를 구술하여 주었다.

행정동우회 회장인 윤석조 할아버지를 소개받고 공주 시내의 사무실로 찾아가 여러 가지 말씀하는 중에 2편의 영규대사 이야기를 들었다. 조사자들은 1차 때 못 만난 이붕선 할아버지를 자택인 한양식당으로 늦은 시간에 찾아갔다. 제보자는 막걸리를 내어주며 이야기판을 벌여 영규대사에 관한 다양한 이야기 10편을 구술하였다. 이를 채록하는 것으로 18일의 답사를 마쳤다.

19일에는 하대리 노인회관을 찾아가는 중에 김인식 할아버지를 만나 설화 1편을 들었다. 노인회관에서 노인잔치에 가기 위하여 기다리던 조재식 할아버지에게 2편의 이야기를 들었고, 길가에서 차를 기다리던 이근선 할아버지에게 설화 2편을 듣고 하대리 조사를 마쳤다. 조사자들도 노인잔치가 벌어지는 초등학교를 방문하였지만 주위가 너무 산만하고 시끄러워 조사할 수가 없었다. 조사자들은 계룡면 금대리 등 여러 마을을 돌아다녔지만 제보자를 만날 수가 없어 조사를 하지 못하였다. 그러다가 묘소와 사당이 있는 유평리를 찾아갔으나 역시 노인잔치로 조사하지 못하다가, 길가에서 일을 하던 배상천 할아버지를 만나 설화 1편을 들었다. 이것으로 2차 조사를 모두 마쳤다.

한편, 조사보조자들의 조사사항은 모두 기록할 수 없다. 따라서 영규대사에 관련된 설화를 조사한 경우만을 대상으로 조사일정을 정리하면 다음과 같다.[1)]

공주시내 지역을 보면, 5월 13일 공주시 웅진동을 조사한 이지은, 정다운이 한산소 노인회관에서 이름을 밝히지 않은 할아버지에게 정문의 신이성에 관한 이야기 1편을 들었다. 5월 17일 공주시 옥룡동을 조사한 신은미, 이상현, 이승규, 오성규가 길거리에서 면장을 지낸 소태섭 할아버지를 만나 3편의 이야기를 들었다. 5월 24일에는 공주시 금성동에서 조사한 이나현, 이정수 이미현이 마을 노인회관에서 70대 제보자에게 1편을 들었고, 공주시 산성동에서 조사한 김보은, 김세라, 윤빛나가 공산성 안내원인 임경희 씨에게 1편을, 공산성 영은사 앞에서 72세의 제보자에게 1편을 들었다.

---

1) 금산에서 공주로 이어지는 길목에 있는 공주시, 논산시, 계룡시 지역의 여러 마을들을 수강 학생들을 동원하여 조사를 하였으나 대부분의 마을에서 영규대사의 설화를 채록하지 못하였다.

　계룡면 지역의 조사과정을 살펴보면, 5월 13일에 계룡면 향지리를 조사한 한윤호, 이훈, 이원이 길가에 만난 김준배 할아버지에게 1편을 들었으며, 계룡면 봉명리를 조사한 가은혜, 김나연, 양성우는 마을회관에서 유의종 아저씨에게 1편을 듣고, 갑사를 가다가 중장리 길가에서 만난 72세의 제보자에게 1편을, 갑사에서 주지스님에게 1편을 듣는 것으로 조사를 마쳤다. 그리고 5월 24일에 계룡면 구왕리를 조사한 권윤희, 김수진이 양태서 할아버지를 자택으로 찾아가 영규대사에 대한 이야기 1편을 들었다.

　논산시 지역의 조사과정을 보면, 5월 13일 노성면 죽림리에서 조사한 임태균, 김재영, 양해성이 김재영 할아버지를 자택으로 찾아가 1편을 들었다. 노성면 가곡리에서 조사한 이석진, 송준범, 김기원은 이도범 할아버지를 자택으로 찾아가 설화 1편을 듣고, 노성면 구암리로 이동하여 김영천 할아버지를 자택으로 찾아가 1편을 들었다. 상월면 주곡리에서 조사한 안경민, 정진환이 노인회관에서 이덕만 할아버지에게 1편을 들었다. 5월 20일은 노성면 호암리를 조사한 이비조, 조미나, 최란이 노인회관에서 양주성 할아버지에게 이야기 1편을 들었다. 그리고 5월 29일에는 노성면 교촌리에서 조사한 손정현, 이정행이 오충균 할아버지의 자택을 방문하여 1편을, 노성면 노치리에서 조사한 서동일, 이병진, 심규석, 신성수, 최생영이 이원하 할아버지의 자택에서 1편을 들었다.

　5월 20일에 계룡시 엄사면 노인정에서 조사한 김아름, 한재숙이 박성기 할아버지를 만나 이야기 1편을 들은 영규대사에 대한 모든 조사를 마쳤다.

## 3. 조사 자료의 지역별 개관

영규대사에 관한 설화의 조사한 자료 총수를 정리하면 다음과 같다. 조사한 영규대사에 관한 자료 조사는 구비설화로 한정하였는데, 조사 지역은 김포시, 청주시와 청원군과 옥천군, 금산군, 공주시와 논산시와 계룡시에서 조사한 자료를 수록하였다.

자료조사의 결과를 종합하여 보면, 공주·논산지역은 64명의 제보자들이 135편을 구술하였고, 금산 지역은 31명의 제보자들이 52편을 구술하여 주었다. 청주·옥천 지역은 5명의 제보자가 19편을 구술하였다. 따라서 영규대사에 관한 구비자료는 206편으로 많은 편이라고 하겠다.[2] 책에 수록된 자료는 이번에 현지 조사한 152편과 기존에 조사한 금산 지역의 자료 20편 등 172편과 실록에 기록된 영규대사에 관한 문헌자료 13편이다.[3]

한 제보자가 제공한 자료수가 많고 적음은 별로 중요하지 않을 수도 있다. 그럼에도 불구하고 이번 현지조사에서 제보자들이 구술한 전승자료의 양을 무시할 수 없을 것으로 보인다. 이번 조사에서 한 사람이 3편 이상의 자료를 구술하여 준 제보자를 보면 청주·옥천 지역은 5명의 제보자 중에 3명이고, 금산 지역은 31명 중에 4명이며, 공주·논산 지역은 64명 중에 13명이었다.

이중에 10편 이상의 자료를 구술한 제보자로는 공주·논산 지역에서

---

2) 자료수와 제보자 수는 본 연구자가 현지 조사한 자료 수만 아니라, 여러 기존 문헌에 기록된 자료까지 합산된 숫자이다. 이번에 현지조사 한 자료는 총 152편이다.

3) 기존 자료의 경우에는 한 제보자가 많은 삽화를 한 설화 자료에 구술하여 주었는데, 최근에 조사 자료에는 삽화별로 독립되어 구술되었다. 이는 조사자의 조급성으로 인한 것인지, 목적성을 띤 조사방식이기 때문에 제보자들에게 이야기판에서 자연스럽게 구술할 여건을 만들어 주지 않은 결과에서 비롯되었는지 알 수가 없다.

만 조사되었는데, 12편의 정주상 할아버지와 10편의 이붕선 할아버지가 있다. 그리고 5편 이상을 구술하여준 분을 보면, 8편을 구술한 공주·논산 지역의 황진경 스님과 염필만 할아버지 등이 있고, 6편을 구술한 제보자로는 공주·논산 지역의 정필영 할아버지와 청주·옥천 지역의 지승 스님이 있다. 그리고 5편 이상으로는 청주·옥천 지역에서 이주원 할아버지와 이인석 옥천문화원장, 그리고 금산 지역에서 박찬요 할아버지 등이 있다.

위의 내용을 정리한 결과를 도표화 하면 다음과 같다.

| 조사지역 | 자료수 | 제보자수 | 주요 설화 제보자(자료수 3편 이상) |
|---|---|---|---|
| 청주·옥천 지역 | 19 | 5 | 지승 스님(6) 이주원(5) 이인석(5) |
| 금산 지역 | 52 | 31 | 박찬요(5) 혜완 스님(4) 김흥식(4) 김복만(3) 행법 스님(3) |
| 공주·논산 지역 | 135 | 64 | 정주상(12) 이붕선(10) 황진경 스님(8), 염필만(8) 정필영(6) 김정택(4) 여인국(4) 윤길수(4) 이산행(4) 김용권(4) 박선동(3) 소태섭(3) 김옥봉(3) |
| 총 계 | 206 | 100 | |

# 기허당 영규대사의 구비전승 양상

설화의 지역적 전승양상과 서사문법을 중심으로

## 1. 서론

본고는 영규대사에 관한 설화의 전승과정을 통해 인물전설의 지역적 전승양상과 종교적 영웅설화의 서사적 문법을 찾고자 하는 데 목적이 있다. 청주·옥천지역, 금산 지역, 공주·논산지역에서 전승되고 있는 기허당 영규대사에 관한 설화들을 수집하여 인물전설의 지역적 전승양상을 규명하고, 승려라는 신분적 한계에 불구하고 임진왜란이란 국가적 난관을 극복하려는 한 인물을 통해 종교적 영웅설화의 서사적 문법을 찾아내려 한다.

기허당 영규대사는 임진왜란 3대 승병장의 한 사람이다. 그는 임진왜란 초기에 의병을 일으켜 청주성을 탈환하는데 혁혁한 공을 세웠다. 그럼에도 불구하고 학계에 보고된 그에 관한 설화는 많지가 않다.[1] 이는

---

[1] 금산군을 조사하기 전에는 거의 없었다. 서산대사나 사명당의 전설은 민담적 양상으로까지 전승되고 있는데, 기허당의 설화는 40여 편 정도가 학계에 보고되었다. 그런데 그 내

탁월한 업적과 능력을 보인 사명당에게 승병장의 설화가 결합 귀착되면서 다른 승병장 설화의 전승이 단절되었을 것이다. 그런데 인물전승의 특징 중 하나는 지역적 연관성이다. 어떤 인물이든지 지역적 정서에 맞게 설화화 되고 있다.[2] 이들에 관한 설화는 활동 지역을 중심으로 전승되고 있다.

본 연구의 대상인 영규대사는[3] 서산대사의 큰 제자로 사명당과 함께 임진왜란 때 3대 승장으로 이름이 높지만, 임진왜란에 관련된 것을 제외하고 전하는 기록이 거의 없다.

영규대사는 밀양인으로 속성이 박 씨이고 법호가 기허당(騎虛堂)이다. 그는 공주 청련암(靑蓮庵)에 머물렀는데, 신력이 있어 선장(禪杖)으로 무예 수련에 힘썼다. 임진왜란이 일어나자 충청도에서 승병을 일으켜 청주성을 탈환하는데 결정적인 역할을 한 승병장이었다. 금산전투에서 왜적을 맞아 싸우다가 패전하고 조헌과 함께 순사하였다.

영규대사가 자신의 능력을 숨기고 묵묵히 행동한 것인지 알 수 없지만, 매우 침착하고 목표를 위하여 치밀한 계획을 갖고 끊임없이 노력하는 인물이었다. 영규대사는 전쟁이 일어나자 천부적인 능력을 바탕으로 의병승장이 되어 출전하였다. 영규대사가 임진왜란을 기점으로 성격이 급격하게 변하는 것은 재미있는 현상이다.

영규대사는 불교 인물이나 정의에 반한 일에 분개하여 일어설 줄 알

---

용도 너무 단순하다. 다만 이번조사 연구를 통하여 기허당의 설화가 206편 정도가 되어 양과 질적으로 확대되었다.

2) 지역적 인물로 부여 홍산에서 반란을 일으킨 이몽학, 김제와 진안에서 활동한 정여립, 나주에서 반란을 일으킨 나숭대, 장성을 중심으로 활동한 신거무, 강원도 철원에서 활동하였던 궁예, 홍천의 이괄, 경상도 영덕에서 활동한 신돌석, 의령에서 활동한 곽재우 등이 있다.

3) 강현모(2005), 「대왜 항전 설화에 나타난 교육적 의미」, 『한민족문화연구』 17집, 한민족문화학회, 187-190쪽 참조.

고, 결심을 단호하게 행동으로 옮기는 인물이었다. 그리고 의로써 맺은 것은 죽음도 불사하고 지키는 인물이었다. 또 윤선각의 기록이나 많은 승병들이 따랐다는 것으로 볼 때, 사람들을 포용하는 관용을 가진 인물로 여겨진다.[4]

영규대사의 설화에 대한 최초의 연구는 신동흔이 계룡산 일대에 전승되는 설화를 중심으로 「역사인물담의 현실대응방식 연구」라는 박사학위논문의 일부로 다루었다.[5] 이후 김승호,[6] 문화사학회 편집실,[7] 강현모[8]의 언급이 있다. 이 연구들은 나름대로 의의가 있지만, 특정 지역이나 몇 편의 자료로 가지고 시도한 연구란 한계가 있다.

본 연구는 폭넓은 현지조사를 통해 영규대사의 설화에 대해 본격적 연구를 시도하고자 한다. 즉 인물의 활동양상에 따라 설화의 지역적인 전승양상이 어떻게 변화되는지 규명할 수 있을 것으로 기대된다.

자료로는 필자가 현지조사 한 자료를 중심으로 검토를 하되,[9] 기존의 조사된 문헌에 기록된 자료들로 금산문화원에 발간한 구비설화집 자료들[10]과 그밖에 연구 및 기존에 조사 보고된 자료들을 활용할 계획이다.[11]

---

4) 『문소만록』에는 윤선각 자신이 청주성 공격의 주장으로 되고, 의병장인 조헌은 아예 제외시켰다. 그럼에도 불구하고 영규대사의 역할을 기록하고 있다는 점을 고려할 필요가 있다.
5) 신동흔(1993), 「역사인물담의 현실대응방식 연구」, 서울대 박사학위논문.
6) 김승호(2000), 「임난시 승장의 설화전승 양상－영규대사를 중심으로」, 『동악어문논집』 36집, 동악어문학회.
7) 문화사학회 편집실(2001), 「호국도장 옥천 가산사 정밀 지표 조사 보고」, 『문화사학』 15호, 한국문화사학회.
8) 강현모, 전게논문.
9) 2007년도 조사일정은 2월 5-6일에 충북 청주시와 옥천군 일대를, 2월 21- 23일에 금산군 일대를, 4월 18-19일과 5월 18-20일에 공주시 일대를, 학생들과 5월 7-28까지 공주 논산 일대에서 조사하여 152편을 채록하였다.
10) 1992년부터 2006년까지 조사한 자료를 금산문화원에 4개 유역(새내1, 금강본류2, 금내1, 버드내2) 6권으로 발간되었다. 이곳에 20편의 자료가 있다.
11) 신동흔, 전게논문에 자료 30편, 『숭전어문학』 4집에 1편, 한국정신문화연구원의 한국학

## 2. 지역적 전승양상과 의미

### 1) 청주·옥천지역과 영규대사

청추·옥천 지역에서는 영규대사의 죽음에 관한 설화 4편, 금산전투에 관한 자료 3편, 영규대사의 추모제에 관한 자료 2편, 청주성 싸움에 관한 설화 1편, 그리고 안심사와 가산사에 관련된 자료 7편, 묘소와 갑사의 당간지주에 관한 자료 각각 1편이 조사되었다.

조사된 자료를 지역별로 나누어 검토하면, 청주·옥천 지역과 관련된 자료가 10편이고, 금산 지역에 관련된 자료 3편, 공주지역에 관련된 자료가 2편이다. 그리고 금산에서 공주까지 연결되는 죽음에 관한 자료는 4편이다. 이곳의 지역적 특색을 드러낸 이야기가 8편이 되지만, 공주나 금산 지역에 관련된 자료가 많은 것은 영규대사의 주 활동 무대가 금산이나 공주지역이었기 때문이다.[12]

지역의 특색을 가장 잘 드러낸 자료는 가산사와 관련된 자료이다. 관련 자료로는 「훈련장이었던 가산사 주변 마을」, 「가산사 창건과 영규대사」 등 7편이 있다. 이 자료의 대부분은 가산사의 주지스님인 지승 스님이 구술한 것이다. 그리고 청주의 이주원님이나 이인석 옥천문화원장의 자료도 지승 스님과 관련된 것으로 생각된다. 따라서 가산사와 관련된 자료는 모두 지승 스님이 발굴하였다고 하겠다.

가산사와 관련된 자료에는 영규대사가 임진왜란 때 가산사에 머물며 의병활동을 하였다는데 가능성은 낮아 보인다. 영규대사는 6월에 기병

---

대학원 「조사보고서」 2집에 2편, 김승호의 전게논문에 1편 등이 있다. 그런데 한국학대학원에 발간한 자료를 구하지 못하였다.

[12] 제보자들은 공주나 금산을 답사하던 중 들었던 이야기를 구술하였다. 이곳에 전승되는 공주나 금산 지역에 관련된 자료는 이곳의 자료가 아니라, 현지의 답사과정에서 전해들은 전승 자료이다.

하여 공주 영은사에서 훈련하고, 7월 15일쯤에 청원의 안심사로 이동하였으며, 7월 말쯤에 청주성 서문 앞의 빙고현에 주둔하였다가 8월 1일 싸움을 시작하였다. 임진왜란 전에 훈련시켰다는 자료도 있지만 영규대사가 가산사에서 훈련시켰다는 것은 시간적인 여유가 없어 보인다.

이 전승들은 벼슬에서 물러나 계모를 모시고 인근에서 은거하였던 조헌과 관련된 것으로 보인다. 이런 상황에서 금산에서 같이 활동하였던 영규대사와 연결된 것으로, 이곳 주민들 사이의 전승인지 아니면 지승스님이 변형시킨 전승인지 명확하지 않다. 다만 이곳에서 태어났다는 옥천문화원 원장님은 "이곳에서 어렸을 때 영규대사에 대해서는 듣지 못하고 조헌 선생에 관한 이야기만 들었다"고 하는 점으로 미루어 볼 때 일부 불교신자들이 영규대사와 연관시켜 전승시켰을 가능성이 있다.

청주성 싸움의 설화는 청주성 탈환과 관련되어 있는 내용이다. 이 자료는 문헌전승과 차이가 거의 없는 것으로, 영규대사의 탁월성을 보여주기보다 사실적인 표현을 통하여 이곳 청주성의 탈환을 구술하고 있다. 그 밖의 영규대사의 죽음이나, 금산성 싸움에 관한 자료들이 있으나, 제보자들이 현지에 가서 들은 것은 이곳과 무관한 자료들이다. 이런 자료는 지역적 특색보다 금산 지역이나 공주지역의 의식을 그대로 투영한 자료로, 영규대사의 일반적 특성을 보여주고 있다.


## 2) 금산 지역과 영규대사

금산 지역에서 조사된 영규대사에 관한 자료는 총 52편으로 금산과 관련된 자료들이 많이 있다. 즉 제2차 금산성 싸움, 조헌과 갈등을 나타낸 성재 싸움, 패하여 눈벌(연곤평, 와룡평)에서 최후를 마친 이야기가 있다. 그가 공주 출생임에도 불구하고 금산에서 출생하였다거나 성장한 것으로 연상되는 내용의 삽화들도 보인다.

영규대사는 금산 싸움에서 전사하였지만, 구비전설에는 이곳에서 부상을 당하여 공주 계룡까지 가서 죽었다는 공주지역의 전승을 그대로 따르기도 한다.[13] 금산 지역에 전승되는 영규대사에 관한 설화 중에는 금산에서 전투를 벌였다는 역사적 사실을 허구화하는 데 한계가 있기 때문이다.

### (1) 탄생담과 성장담

구체적인 탄생담은 보이지 않지만, 활동담이나 성장담에서 금산의 인물로 인식되는 것과 달리 영규대사는 공주에서 태어났다.[14] 제보자는 묘소가 있는 지역에서 들은 것이라며, '그는 기골이 장대하였는데, 옛날에는 힘이 좋고 덩치가 큰 아이가 태어나면 역적모의를 할까봐 미리 없애 버려, 이를 피하기 위하여 갑사에 들어가 나무를 해 주며 숨어 지냈다'고 한다.

영규대사는 아기장수와 같이 신이한 능력을 가지고 태어난 장수였다. 그러나 미천한 집안에서 태어났기 때문에 훌륭한 장수가 되기를 기대하기보다 역적이 될 것을 걱정하는 부모 때문에 자신의 능력을 드러내기보다 절에 입산수도 하는 은둔적 생활을 지향한다.

금산 지역의 성장담에는 무술 수련과 무기 만들기가 들어 있다. 이 중 무기 만들기는 임진왜란과 연결되었다는 점에서 활동담에 포함시켜 다루고자 한다.

훈련과 관련된 성장담은 2가지가 있다. 그의 탄생지가 공주라고 인식하는 사람들은 공주 갑사에서 무술을 닦고 연마하여 무예가 출중한 고

---

13) 계룡면 유평리에 묘소가 있어 이 전설은 역사적 사실로 인식하고 있다.
14) 『새내 유역의 구비설화』, 「석동리 설화 8」 165쪽.

승이라고 언급한다. 반면에 석동리의 의승장 기허당비를 중심으로 이곳 인물로 인식하는 사람들은 영천암이나 활꼴에서 무술을 연마하여 보석사의 대웅전 지붕을 뛰어넘을 정도로 탁월한 능력을 갖춘 인물로 구술하였다.[15]

### (2) 활동담

금산 지역의 활동담은 권종 군수의 활약상이 조헌에 결부된 천래강(성재)싸움, 칠백의총에 이르기까지 진 치기 갈등이 중심을 이룬다. 그리고 몽둥이(무기) 만들기, 훈련 장소로 영은사와 보석사, 갑사, 진악산 등이 있고, 역사적 사실인 청주성 탈환 설화, 의병활동에 관한 것, 창바위 전설 등이 있다.

무기 만들기는 영규대사가 임진왜란을 예견하고 단단한 몽둥이를 모으는 것으로, 갑사에 관한 것과 보석사에 관한 것으로 나누어진다. 그리고 훈련 장소는 무기 만들기가 공주 갑사로 나타났을 경우 갑사나 영은사가 되고, 보석사로 나타나면 보석사나 진악산이 된다.

청주성 탈환은 확연한 역사이기 때문에 장소나 시기에 대한 이의가 없다. 그리고 청주성을 탈환한 이후 조헌과 영규대사는 충청관찰사 윤선각의 설득으로 금산으로 이동한다. 이곳 화자들은 윤선각의 행동에 대해 서인들의 문집보다 더 부정적으로 제시하고 있다.[16] 그 이유는 조헌과 영규대사가 장렬하게 죽었다는 것과 윤선각이 의병들을 해산시키던 사실에서 연유한다.

---

15) 전자는 『버드내 유역의 구비설화』「지량리 설화 1」, 「자료 23, 35, 39」이고, 후자는 『새내 유역의 구비설화』「석동리 설화 1, 8, 9」, 「자료 27, 46」이 있다.(이후의 「자료 **」은 현지 조사한 자료의 숫자이며 그 밖의 자료는 연구자나 출천의 밝히고 숫자를 제시할 것임)
16) 「자료 51」, 『새내 유역의 구비설화』「석동리 설화 6, 9, 12」 등이 있다.

창바위 전설은 탁월한 무장으로의 영규대사의 능력을 보여주고 있다.[17] 금산으로 진출하려는 영규대사 부대는 창문과 같은 작은 동굴 때문에 군인이 군기를 들고 말을 타거나 이끌고 이동하기가 어려웠다. 이때 영규대사가 군대를 지체시킬 수 없다고 판단하여 가지고 있던 창으로 동굴 위쪽을 찔러 무너뜨려 신속히 통과하게 만들었다.

천래강의 성재싸움은 원래 금산군수인 권종의 이야기가 중봉 조헌에게 결부된 것이다. 천래강 싸움의 주인공이 권종에서 조헌으로 대치되면서 조헌과 함께 활동하였던 영규대사가 싸움에 등장하게 되는데, 주민들이 권종보다 조헌을 더 친근한 인물로 인식하였기 때문인 것 같다.[18]

진 치기 갈등은 금산성 싸움에 관한 것뿐만 아니라, 천래강 싸움이나 그 밖의 역사적 사실과 다른 내용의 진 치기 갈등을 보여주고 있다. 이 진 치기는 갈등의 결과 영규대사가 예견한 것과 같이 패배하게 된다.

### (3) 최후담

영규대사의 최후담은 천래강 싸움에서 비롯된다. 천래강 싸움에서 패배한 영규대사와 조헌은 후퇴하면서 진 치기 갈등을 한다.[19] 진 치기 갈

---

17) 『버드내 유역의 구비설화』, 「지량리 설화 1」 "그런데 그 영규대사가 키가 크고 인자 말 위에서 말을 타고 창을 이렇게 하고 가니까, 말 위에 창이 걸려 못 뚫고 나가는 걸, 말 짱 도로 돌아오는 겨. "왜 그라느냐?"하니까. "다른 데로 길을 돌아야지 돌이 문이 있어 가지고, 이 투구 쓰고 창이 이렇게 걸려서 나가딜 못 한다."는 겨. 그러니까, "그럼 인 자 문을, 길을 내고 가지 도로 돌아오느냐?"이렇게 가다 보니까 참 자기 투구 속을 말 위에서, 말 위 불쑥 말 타는데, 말 위에 타니까 이 말이 자기도 걸려 못 빠져 나가. 그 런게 이렇게 짊어진 창을 쑥 빼 가지고 그냥 말 위에서 돌 위를 팍 친 거여. 그 힘이 얼마나 장정인지 창을 뽑아 가지고 돌문을 팍 친게 돌문이 뚝 떨어지는 거여. 위에가, 통째가 뚝 떨어져, 그냥 떡채마냥." 이와 같은 이야기는 「지량리 설화 2. 3, 9」의 자료 속에 들어 있다.

18) 강현모(2006), 「「성재전설」의 전설배경과 등장인물의 특성」, 『비교민속학』 32, 비교민속 학회, 376쪽.

19) 「자료 28」, 또 아까 얘기한 대로, 어 영규대사는 승려 중의 신분이고, 조헌은 에 중봉 조헌 선생은 말하자면 학자요 양반이고 말하자면. 그리니까 에 영규는, "진학(악)산이

등은 영규대사의 뛰어난 예지력과 출중한 능력을 드러낸 동시에, 지배층의 고답적인 태도를 비판하기 위한 장치로 보인다. 지배계층이 진 치기 갈등에서 고답적인 방법을 택한 결과 패배한 것이다.

칠백의총이나 눈벌의 싸움 이야기를 할 때 영규대사는 제2차 금산 싸움에서 전사한 것으로 여긴다. 일부 설화에서는 영규대사가 이 싸움에서 죽지 않고 재기하기 위하여 달아났다가 죽은 것으로 되어 있기도 하다. 그가 죽은 장소도 금산 보석사나 공주의 계룡면 유평리로 나누어져 있다.[20]

영규대사가 보석사에서 죽었다는 사람들은 지역 의식이 강한 사람들로, 보석사에 세워진 의승장 기허당비를 증거로 제시하고 있다. 이곳에 비석이 선 것은 영규대사와 밀접한 관련을 가지고 있으며, 의선각이란 곳에는 영규대사 초상을 모시고 그와 관련된 책과 그림이 많이 있었다고 한다. 부상을 입은 영규대사가 눈벌에서 피한 곳이 가까운 보석사라고 여긴 것이다.

공주에서 죽었다는 설은 금산에서 죽지 않고 공주 감영이나 감사를 찾아가다가 유평리에서 죽었다는 이야기이다. 특이한 것으로는 어머니

---

가서 진을 치자."고 주장을 했는데, 조헌이, 영규 말하자면 쉽게 말하자면, 나쁘게 얘기하자면, "중놈이, 뭐 니깟 놈이 뭘 아느냐?" 하는 식으로, 여기 말하자면 무시를 하고, 여기다가 눈벌에다 쳐가지고서 전투에서 거기에서 인제 에 몰살당했다 인제 뭐 그런 정도이고 그래요.

20) 「자료 41」. "그리 가자. 그러니께 이리 가자고 그러니께, "양반놈들! 떡 뻐기고 그러다가 양반 죽인다."고. 그러니께 거기서 칼을 맞아가지고, 그런게 보석사 가서 죽었다고 해서 그 거기, [조사자 : 누구한테 칼을 받아요?] 응. [조사자 : 조 중봉한테?] 응."
「자료 47」. "여기서 인제 전투하다가 아 창상을 입어가지고, 어 후일을 약속하고 이제 그, 그 갑사 쪽으로 가시는데, 거기 누난가 누가 거기 뭐 사셨다고 그러더라구요, 그 근처에. 그 얘기 들으셨어요? [조사자 : 예.] 예. 가는 도중에 인제 그 음력 8월 18일 그때는 늦장마가 져가지고, 그런데 자꾸 인제 배에 창상을 맞아가지고 인제 가다가 빗물도 들어가고, 또 뭐 냇가로 가는데 물도 채고. 이로 인해서 인제 결과적으로 인제 그 병이 돼가지고 인제 돌아가셔서 거기다 묘소를 만들었는데."

나 누나를 통하여 그의 행위를 비판하고 있다. 영규대사가 공주에 간 것이 감사의 행위에 대해 따지러 갔든 재기를 위한 것이든, 그보다 먼저 함께 한 사람들과 끝까지 같이 행동하지 않은 것은 옳지 않은 일임을 알려주고 있다.

영규대사가 역사적 어떻게 죽었는지 정확하게 알 수가 없다. 문헌은 영규대사가 조헌의 주장에 동조하였고, 적극적으로 싸웠다는 사실로 보았을 때 눈벌에서 죽었을 가능성이 많다. 구비설화에서는 영규대사를 살려 보석사나 갑사에 이르도록 한 것은 그를 통하여 새로운 인식을 보여주고자 하는데 있다.

### (4) 후일담

후일담은 서사성을 보여주지 못한 비석, 지명유래, 칠백의총 등으로, 영규대사의 능력을 구체적으로 드러내지 못하고 있다.

일제는 보석사 입구에 세워져 있는 비석을 파괴하려 하였다. 비석을 파괴하던 사람은 비석을 파괴하는 것을 영규대사의 업적을 파괴하는 것으로 민족 사상을 없애는 잘못된 것이라고 생각하였다. 그리하여 이들이 몇 자만 쫓은 뒤 땅속에 묻었다가 해방 후에 일으켜 세웠다고 구술자는 말한다. 이는 영규대사의 신이한 능력 때문에 비석을 파괴할 수 없었다는 내용으로 서사화하지 못한 것이라 하겠다.

이곳의 비석을 옮기려는 것을 거부하였다는 것은 유자들의 세계관을 대표하는 칠백의총에 불자의 묘비를 옮기는 것이 적당하지 않다는 것을 상징적으로 나타내고 있다. 그리고 음전산의 유래는 700명의 의병들이 땅이 질어서 신발에 묻은 흙을 털은 것이 산이 되었다[21)는 것으로 그들

---

21) 『금내 유역의 구비설화』, 「상가리 설화 6」 "음전 앞이라고 있어서 신발이 질어, 여기 거기가 군사들이 있다가 700의총으로 가면서 털은 거시기가 이만하게 큼직하게 군인들

의 고난을 드러낸 것이다.

칠백의총은 영규대사와 조헌 등이 금산에 침입한 왜적을 물리치려다가 몰살당하였는데, 그 업적을 기리기 위하여 몰사한 700명을 함께 묻은 무덤이다. 칠백의총에 대해 역사적 사실을 설명하며 국가를 위하여 죽은 영혼들을 위한 곳임을 보여주고 있다.


### 3) 공주·논산지역과 영규대사

공주·논산 지역에서 조사된 영규대사에 관한 자료는 총 136편이다. 신동흔 교수가 조사한 30편과 그 밖의 자료 6편, 영규대사에 관해 일반적으로 기술된 문헌 자료인 군지나 향토지에 여러 편이 보인다. 이번 현지조사의 결과 100여 편의 자료를 조사할 수 있었다.[22]

공주·논산 지역은 다른 지역에 비해 자료가 다양하다. 자료로는 영규대사의 능력을 드러내는 활동담과 죽음에 관련된 최후담이 많은데, 후일담이 탄생담이나 성장담보다 많다. 그리고 활동담으로 청주성 싸움이나 금산 싸움이 보이지 않고, 조헌과의 갈등을 드러낸 자료가 많은 것은 활동무대가 청주나 금산이었다는 점에서 기인한 것 같다.


### (1) 탄생담

영규대사의 탄생담은 16삽화가 조사되었지만, 서사적 구조가 미약하다. 영규대사는 공주의 판티 또는 널티에서 박씨 집안의 자제로 태어났다. 즉 밀양 박 씨, 순천 박 씨, 박팽년의 후손, 심지어 청주 박 씨라 하

---

이 밟어서 산이 되어 버렸어. [조사자들 : 진흙을 털어서 생긴 산이에요.] 700명이. 여기가 질어. 능벌이라는 데가 원래 땅이 질어. 가면서 털면서, 칠백의총이 거기서 거기 거던. 가는 길에 털어서, 지금말로 군인이지 의병이지만. 거기서 턴 게 산이 된 거지."
22) 지금까지 채록하지 못한 유형의 자료들도 이번 조사에서 많이 채록되었다.

고[23] 태어난 곳도 계룡이란 일반적 지명이나 널티, 판티, 양화데기라는 구체적 지명이 등장한다. 공주지역의 탄생담은 승려였다는 점에서 창안된 것으로, 양화데기는 신원사라는 절이 있어 입산수도를 쉽게 설정하기 위한 장치로 보인다.

영규대사는 사육신인 박팽년의 후손이고 서산대사의 제자로 아는 것이 많아 능력을 감추어야할 입장이었다.[24] 또 그는 어린 나이에 키가 11척이 되거나 호랑이를 맨손으로 때려잡을 만큼 탁월한 능력을 가진 무골로 태어났다. 더욱이 그는 비상(날개)이나 비늘이 덕지덕지 하였다고 한다. 그의 능력은 남다르게 성장하면서 배우거나 연마한 것이 아니라 천부적인 것이다. 영규대사는 아기장수를 연상시키는 훌륭한 장수감으로 탄생하게 된다. 미천한 집안에 태어나 아기장수와 같이 천부적 능력을 가진 사람은 나라에서 당사자뿐만 아니라 가족까지 처벌받았다. 아기장수와 같이 신이한 능력을 가진 아이는 가족의 안위를 위하여 처단될 수밖에 없다.

그러나 영규대사는 미천한 집안에 신이한 능력을 가지고 태어났는데도 죽음을 면할 수 있었다. 그는 아기장수처럼 신이한 능력을 드러내진 않았지만, 날개나 비늘을 부모에게 발각 당하였다. 아기장수 설화의 부모는 힘을 쓸 수 없는 아기장수를 죽여 가정적 비극을 막으려고 하였다.

---

23) 첫째는 "그 영규대사가 원래 성씨 박씨인데요, 밀양 박씨래요. 그 양반이 계룡서 낳서, 계룡서 커가지고 갑사에 와서 공부해서 그렇게 큰 사람이 됐데요.「자료 75」, 둘째는 "본래 저기 먼저 양화, 잉 양화데기라고 보야 될 때, 신원사 그 밑에 동네에서 그 양반이 태어난 거, 어쩌튼 박씨 그 가문에, 순천 박씨여 그게. [조사자 : 적, 뭐 판티?] 판티는 그게"「자료 117」, 셋째는 "그의가 그 박팽년의 손이여. 그 생육신(사육신의 잘못)인가. 생육신 박팽년의 손인디, 자기가 행적을 드러내고 살던 못 햐."「자료 57」, 넷째는 디 그 사람들 저기 밀양 박씬디, 청주에서 그 영규대사 저 그 저기 일가들이 청주에 산댜. 박가들이 와서 제사 지낼 때 와.「자료 134」
24) 영규대사가 태어났을 때는 박팽년이 신원되지 않았지만(숙종 때 신원됨), 자손이라고 피해를 보지는 않을 시기이다.

그런데 영규대사의 부모는 가정적 비극을 초래할 수 있다는 것을 알고도 자식을 죽이지 않고 입산수도(절, 산사)를 시킨다.25) 이때 절은 아기장수의 능력을 잠재시키고 절제시킬 수 있는 공간이다. 따라서 영규대사는 입산수도 하는 동안에 절이란 공간을 통해 능력을 잠재시키고 자신의 존재를 무화시켜 생명을 보존할 수 있었다.

### (2) 성장담

성장담은 영규대사가 입산수도하면서 자신의 능력을 향상시키는 삽화들이다. 즉 청련암의 수도, 무기 만들기, 짐대 옮기기 내기, 나무 많이 해오기, 도 빨리 닦기, 나무 잡아끊어 불 때기, 장군 우물 등이 있다.

입산수도 과정은 그 시기가 일정하지 않다. 6-7세의 어린 나이에 입산수도를 하였다고 하지만, 나무 몽둥이 만들기 등 많은 삽화를 보면 늦게 출가한 것으로 보인다. 영규대사가 청련암에서 수련할 때 차분하게 수양하는 모습을 보여주지 못하는 경우가 많다. 늦게 출가하여 수도하였기 때문에 도를 빨리 이루기 위해 염불을 할 때도 '나무아미타불 관세음보살'을 '천타불 만타불' 하였다고 한다.26)

---

25) 「자료 82」 "그 박씨 가문에 그 태생을 하셔서서 인제 그 갑사로 인제 출가득도를 하셨는데. 에 선천적으로 태고 나시기를 에 무골로, 아주 특출한 장사로, 그렇게 참 응 건장한 그런 에 모습에다가, 그보다도 인제, 인제 기개가 남달리 출중하시고,"
「자료 83」 "그 양반이 원래 인제 무골로 그렇게 건강하게 태어나셔가지고, 인제 '산자 수명한 이 사찰 같은 디서 저 무술 연마도 하고, 내가 심성 수양도 해야 되겠다' 그래서 인자 에 유년에 출가를 하신 거요. 젊은 시절. [조사자 : 그런데 어떤 조사한 것에 의하면 겨드랑이에 날개가 나아가지고 부모님이 죽일려고 해가지고 누나가 도망가라고 해서 출가하였다 이런 얘기도 있드라고요] 그래 고런 그런 일설도 있어요. [조사자 : 어떻게 된 이야기에요?] 아니 그런게 고, 그 몸에 그 지금 말씀대로 양쪽에 비상이 있고 그래서, 그 하마터면 옛날에 인제 큰 뜻을 품거나, 그 이상하게 어떤 그 괴인이 나온다든지 기인이 나온다든지 하면은 나라에서 대개 죽이는 수가 있어요 또 그리고 또 인제 조금 인제 그 나라에 대한 비판을 하게 되며는 그 역적으로 몰리 몰려서 그 때는 그냥 삭(싹) 죽이잖아요."
26) 첫째는 「김승호의 전게논문 자료」, 「자료 118」, 둘째는 「자료 70」 등 다수.

영규대사가 갑사에서 입산수도할 때의 신분은 머슴, 불목한, 목갱이 등 미천하였다. 불가에 입문하면 불목한, 채공, 공양주 등 여러 단계를 거쳐 스님이 된다고 한다. 영규대사는 키도 크고 무골이었기에 불목한이가 되었다. 불목한이가 된 그는 나무를 하면서 전쟁이 때 쓸 몽둥이, 대창, 쇠를 모으거나 투구 대용의 먹구리를 만들었다.

한 삽화에서 그는 몽둥이를 다 모았다 생각하고 헤아려보니 한 개가 모자랐다고 한다. 고민하던 영규대사에게 다른 승려가 몽둥이를 감춘 사실을 말하자, '그러면 그렇지' 하며 '이번 전쟁에서 실패할 것'이라 말하였다고 한다. 이는 전쟁에서 죽은 역사적 사실을 설화화하기 위한 결구로 여겨진다.

영규대사는 나무할 때 다른 사람보다 몇 곱절을 할 만큼 천부적으로 탁월한 능력을 갖고 태어난 데다, 갑사에 있는 장군수를 먹어 더욱 큰 힘을 갖게 된다.[27] 부엌에서 나무를 꺾지 않고 손힘으로 잘라서 불을 땠다든가, 청장년 5명이 들어야 하는 화장실 돌을 혼자 훈련 장소에 옮겨 놓기도 하였다. 뿐만 아니라 온몸에 비늘이 덮여 있고 겨드랑이에 날개가 난 영규대사가 생존할 수 있었던 것은 입산수도를 하였기 때문이었다.[28]

영규대사는 짐대(탑) 옮기기 삽화에서도 탁월한 능력을 보이지만, 힘의 대결에서 이웃 여장군에 비해 한계를 가졌다. 대결이 계속된다면 패배하고 죽음을 당했을 위기에서 방석만한 신발을 만들어 승리로 이끈다. 이 삽화는 그가 힘과 지혜를 갖춘 인물임을 드러내고 있다.

---

27) 절에서 입산하였을 때의 신분은 거의 모든 자료에서 불목한이로 등장하고, 장군수에 관한 자료는 「자료 78」와 「신동흔 조사자료 6, 17」 등이다.
28) 김승호, 전게논문, 359쪽.

### (3) 활동담

활동담도 많이 조사되었는데 당간지주 올라가기, 무술 가르치기, 청주성 탈환, 진 치기 갈등, 훈련 장소, 해인사 불끄기, 묘 자리 잡기, 서 고청과 축지법 시합 등이 있다. 공주지역의 활동담은 전쟁 이야기보다 주변적인 이야기가 중심이다.[29]

영규대사는 높은 당간지주에 올라 호령하며 의승병을 일으켰다. 그가 불목한이로 의병을 일으키자 다른 스님들이 따라주지 않아서, 또 훈련할 때 스님들의 사기를 높이기 위해서 당간지주에 올라갔다[30]고 한다. 영규대사가 당간지주에 뛰어오를 수 있는 능력은 노력보다 천부적인 것 같다. 즉 겨드랑이에 날개가 있고 온몸에 비늘이 덮여 있었다는 점에서 추측할 수 있다. 제거되지 않았던 천부적인 능력은 당간지주 오르기를 통하여 승려들을 휘어잡고 의승병을 모집하여 뜻을 성취하게 해 준다.

승병 훈련은 임진왜란 훨씬 전부터 시작된다. 영규대사는 주지스님에게 능력을 보여주고, 국가적인 위기를 극복하기 위해 다른 사찰의 승려까지 훈련하도록 요청한다. 당시 규제가 있었는지 영규대사는 계룡산 깊은 계곡에서 승병 훈련을 하였다. 전쟁이 일어나자 의병장 조헌과 고목나무 밑에서 작전회의와 계획을 세웠으며, 조헌과 화합했을 때는 청주성 탈환과 같은 능력을 발휘하게 된다.

제2차 금산 싸움은 영규대사가 원하지 않았던 싸움이다. 청주성을 탈환한 이들은 윤선각의 회유에 금산 싸움에 참가하였다가 갈등을 일으키는데, 그것이 진 치기 갈등이다. 진 치기 갈등은 공주의 자료가 금산의

---

29) 이것은 청주성과 금산성의 싸움 이야기가 피부에 와 닿지 않은데 있다. 공주는 임진왜란과 관련하여 큰 고통을 겪지 않았고, 영규대사가 국가를 위해 큰일을 한 기간이 1개월 정도이며, 승려라는 신분 때문에 전승이 확산되는 데 한계가 있었기 때문인 것 같다.
30) 당간지주 오르기 삽화는 전체가 30삽화나 될 정도로 대부분의 자료들 속에 포함되어 있다.

자료만큼 처절하지 못하다.31) 왜냐하면 공주지역의 진 치기 갈등은 조선 군이 패하여 영규대사가 죽게 된다는 상황만 있으면 되기 때문이다. 그런데 조헌과 영규대사가 진 치기에서 갈등을 보였을 리가 없다.32) 이런 설화가 구술되는 것은 그들이 왜군에게 패배한 사실을 합리적으로 설명하기 위한 장치로 보인다.

이 밖의 활동담으로 해인사 불끄기, 나무를 가지고 군사 훈련 시키기, 서 고청과 축지법 하기, 축지법으로 승병 훈련시키기, 묘 자리 잡아주기, 자기 묘 자리 잡기 등이 있다. 이런 영규대사의 활동담 삽화들은 그가 탁월한 능력과 함께 예지력을 가진 인물임을 보여주고 있다.

### (4) 최후담

최후담은 금산 싸움에서 왜구의 총, 칼, 창에 배가 찔려 밖으로 삐져 나오는 창자를 밀어 넣으면서 홍수가 난 초포천을 건너다가 황토물이 배속에 들어가 죽음을 맞게 되었다는 내용이다.33)

영규대사는 진 치기 갈등으로 싸움에서 패배할 수밖에 없다. 역사적으로 조헌과 영규대사는 금산 2차 싸움에서 기습을 받고 중과부족으로 전멸하였다.34) 그런데 민중들은 금산에서 죽었을 영규대사를 창자를 밀어

---

31) 공주지역의 진 치기 갈등은 평지(산)와 골짜기로 나타나는데, 금산 지역의 진 치기는 왜 군의 진격 방향까지 고려하며 진을 치는 위치와 방향이 함께 나타난다. 「자료 71」 "금산 싸움에서 인제 진을 치는데, 이 영규대사는, "산을 앞을 삼고 진을 치고 하자." 그러니까. 조 중봉 대사는, "산을 등을 지고서 진을 치자." 그랬다는 거여. 그래 산을 이렇게 있는디, 앞이다 진을 치면 저쪽에서 왜적이 이렇게 쳐들어오면 막기가 쉽잖어요."

32) 조헌이 금산전투를 시작하려고 하자, 영규대사가 지원군이 오는 것을 보고 하자, 조헌이 '이번 전투는 승리를 위한 것이 아니라 청주성 탈환의 사기를 이어 왜군들의 사기를 꺾기 위한 것'이란 말을 듣고 함께 출병하였다.

33) 일부자료는 물을 마시다가, 물을 마시고 누웠다가, 금산전투가 아니라 연산에서 싸우다 등으로 나타나기도 한다.

34) 조인영, 「有明朝鮮國壬辰義兵僧將騎虛堂靈圭大師殉義碑銘」, 이능화(1918), 『조선불교통사』, 신문관, 466쪽. (전략) 趙公曰 此賊非我能敵 我徒以忠義激士心 欲乘其銳也 翌曉賊來薄 我

넣으면서 공주까지 와서 죽도록 만들었다. 그 이유로 영규대사가 어머니나 가족을 만나기 위하여, 재기를 위하여, 관찰사에게 따지기 위하여, 심지어 배신한 관찰사를 죽이기 위하여, 주석하던 사찰이 있었기 때문이라 한다. 몸 상태로 보았을 때 영규대사가 재기하거나 따지러 온다는 것은 불가능하다.

영규대사가 부하들을 다 죽이고 자신만 살아 어머니나 누나를 만나러 공주에 왔다는 것은 그의 성격으로 볼 때 선택할 일이 아니다. 더욱이 영규대사가 갑사를 지나 공주 쪽으로 갔다는 점에서 추측할 수 있다. 그렇다면 그가 공주에 온 실제적인 이유는 재기하기 위하여, 관찰사에게 따지기 위해서라기보다 죽이기 위해 왔다고 설명하는 것이 자연스러운 일이다.

민중들은 영규대사를 공주까지 진출시키는 데 한계를 가지고 있었다. 충청관찰사는 금산 싸움에 관군을 지원하기는커녕 오히려 모집한 의병들을 해산시켰다. 심지어 약속한 관군의 지원을 미루고 이들의 싸움에 수수방관하여 죽도록 만들었다. 금산의 연곤평에서 부하들을 다 죽인 영규대사의 영혼은 너무 억울하여 저승으로 갈 수가 없었다. 민중들은 영규대사의 억울함을 인식하고 이를 드러낼 필요가 있었다. 그래서 그를 금산에서 죽이지 않고, 계룡 유평리까지 와서 죽도록 만든 것으로 보인다. 즉 민중들은 그에게 창자를 움켜쥐고 관찰사에게 따지거나 죽이기 위해 공주로 오도록 설정하였다. 그러나 실제로 관찰사에게 따지는 것이 불가능하다 여긴 민중들이 재기하기 위하여, 어머니나 누이를 보는 쪽으로 선회한 것으로 추측된다.[35] 그리하여 당당하던 영규대사를 누님이나

---

師無後繼 趙公死之 或曰賊聚至何不去諸 師喝曰死耳豈可生 鬪盒疾亦死.
35) 신동흔 교수가 수집한 자료는 관찰사를 죽이러 왔다는 자료가 많은데, 이후의 자료는 따지거나 재기하기 위하여 왔다는 자료가 많다.

어머니의 꾸지람을 듣고 얼마 가지 못하고 계룡에서 죽게 만들었다.[36]

### (5) 후일담

공주지역의 후일담은 서사성을 갖춘 삽화형식으로 신이한 능력을 보여주고 있다. 작품으로 「불(폭격)에 안 탄 비각」, 「영험한 하마비」, 「학질을 고칠 수 있는 비각」, 「영규대사 묘 자리」 등이 있다.

「불(폭격)에 안 탄 비각」은 6·25때 주변이, 심지어 영산옥이란 음식점이 폭격으로 불에 다 타버렸는데 1-2자의 거리에 있던 비각의 기둥이 송진만 지글지글 끓다가 온전하게 남았다는 내용이다. 「영험한 하마비」는 영규대사 묘소와 정려 인근에 있는 하마비는 전라도 관헌들이 말을 타고 가면 말이 멈춰 움직이지 못하게 한다. 이유를 알고 국가에 공헌한 분이라 위로하고 말에서 내린 사람들은 지나갔는데, '중놈에게 어떻게 하느냐'고 버틴 사람은 움직이지를 못하였다. 이후에 관헌들은 불교 승려를 업신여겨 '중 앞에서 걸어갈 수 없다'며 다른 길로 돌아다녔다고 한다.[37] 「학질 고치기」는 학질에 걸린 아이가 영규대사 비각이나 묘소에 와서 거꾸로 3번 넘거나, 부모들이 아이를 데리고 와서 넘게 하여 나은 사람들이 많았다는 내용이다.

영규대사의 하마비, 비각(정려), 묘소는 경외 대상으로 여겨졌다. 민중들 사이에 이어온 경외 방식이 학질 고치기이다. 학질은 초학 또 하루거리로 고치기 어려운 무서운 병이었는데, 영규대사의 비각에 와서 고칠 수 있었다는 것이다.

민중의 경외 대상이었던 영규대사는 승려였다는 점에서 무시당하기

---

36) 이것은 영규대사의 고향이 계룡이다. 계룡에서 멈춘 것은 평안과 안식을 얻었을 수 있을 것이라 의식을 반영이라 여겨진다.

37) 식민지 시대에 정려비각이 일본사람들을 못 지나가게 하자, 묘소 앞의 길을 놔두고 새로운 길을 만들어 돌아다녔다고 한다.

일쑤였다. 비록 미천한 승려지만 국가를 위해 목숨까지 바쳤는데, 조선조 지배계층은 고답적이고 왜곡된 신분의 질서의식에서 이런 사실조차 인정하지 못하였다. 왜곡된 신분적 질서의식은 타파해야 할 잘못된 현상인데, 이를 고치려고 하지 않고 임시방편으로 길을 내어 해결하고 말았다.

지배계층들은 영규대사의 신이성을 종종 부정하고 있다. 이런 부정의식은 일제 강점기에 일인들에게도 지속되었다. 민중들은 지배계층이 영규대사의 신이성을 부정하고 거부하면 할수록 더욱 강렬하게 부각되는 것으로 인식하였다.[38] 조선 시대이던 일제시대 이던 영규대사의 신이한 능력을 거부한 그들에게 직선 길, 바른길을 놔두고 다른 길로 돌아가도록 한 것이다.

이런 현상을 오늘날 재확인한 것이 6·25사변 때의 비각 주변 폭격사건이다. 폭격으로 주변은 불바다가 되고 다 타버렸지만, 영규대사의 비각만은 끄떡없이 존속하게 된다. 이 사건으로 인하여 영규대사의 신이성은 다시 부각되고, 그래서 그에 대한 제향이 경건하게 지속되어야 한다는 확신을 심어준다.


## 3. 종교적 영웅설화의 구조와 의미

본장에서는 영규대사의 전승들을 영규대사의 일대기로 재구하는 방식을 통하여, 전승에 나타난 영웅성을 부각시키는 서사구조와 의미를 살펴보도록 하겠다. 여기에서 종교적 영웅담이란 종교적인 인물을 대상으로 영웅화하면서 나타난 종교적인 속성을 담아낸 서사담을 지칭한다. 이런

---

38) 강현모(2004), 『장수설화의 구조와 의미』, 역락, 99-100쪽. 김덕령 설화에서 '만고충신 김덕령'의 비각을 깎으면 깎을수록 더욱 뚜렷해졌다고 한다.

점에서 영규대사는 불교적 인물로서 금산 싸움에서 자신의 삶을 온전하게 살지 못하고 비극적인 운명을 맞이한다. 그의 전승들은 함께하였던 조헌을 능가하는 영웅으로 인식하면서도 불교적 승려란 신분적 질서의 한계를 드러내 보이고 있다. 본 장은 기허당 영규대사의 전승을 통하여 종교적 영웅담의 특징이 일반 영웅담과 어떻게 다르게 보여주고 있는지 앞장에서 검토한 결과를 중심으로 살펴보기로 하자.

### 1) 신이한 능력이 잠재된 탄생담

탄생담을 보면, 영규대사는 박 씨 집안의 자제로 공주의 널티, 늘티, 양화데기 등에서 태어난다. 영규대사의 탄생은 미천 집안에서 천부적인 능력을 가지고 태어나, 축복 받기보다 무엇인가 숨겨야 한 위치에 있었다. 탄생담은 겨드랑이에 날개가 있다든가 비늘이 온몸에 덮여 있고, 또 사육신인 박팽년의 후손으로 몸을 숨겨야 할 입장이었다. 겨드랑이에 날개 난 아이는 아기장수와 같은 인물임을 상징적으로 나타낸다. 그런 영규대사는 6-7세에 집안에 들어온 호랑이를 맨손으로 잡았고, 키가 11척이나 되는 무골 장수형 인물로 등장하고 있어 신이한 능력을 가지고 태어난 인물임을 암시하고 있다.

탄생 시기에는 그의 신이한 능력이 구체적으로 드러나지 않았다. 아기장수는 태어나자마자 날아다니거나 파리 떼를 훈련시키며 자신의 능력을 드러내지만, 영규대사는 신이한 능력을 드러내지 않는다. 그리고 명확하지 않지만 그에게 날개나 비늘이 있다는 것이 성장담 초기에 발각된 것으로 보인다.

영규대사의 신이한 능력은 비극적인 영웅담의 구조와 같이 탄생담 시기에는 잠재되어 나타난다. 영규대사의 신이성은 잠재되어 있었기에 속

성이 지속되고, 내적 성장으로 영웅성도 성장하게 된다. 따라서 영규대
사의 탄생담은 민중적 영웅, 비극적 영웅담의 서사구조와 비슷하다.

## 2) 입산수도를 통해 신이성이 잠재된 성장기

영규대사의 신이한 능력은 성장기에 발견되었다. 탄생담에서 언급한
날개(비상)나 비늘은 성장기에 부모에게 발각되었을 것이다. 또 영규대사
는 6-7세에 집안에 들어온 대호를 맨손으로 때려잡았고, 무골에 11척 장
신이었다. 그런데 비극적 영웅담의 주인공들은 성장기에 신이한 능력을
부모가 아닌 타인인 선생에게 발각되어 버림을 당한다. 이에 비하여 영
규대사는 비극적 영웅담에서 나타난 성장기보다 좀 더 빠른 시기에 부
모에게 발견되었다는 점이 특이하다.

미천한 집안에 훌륭한 장수감의 탄생은 신이한 능력을 발견한 부모나
가족에게 축복이 아니라 고통이다. 미천한 집안에 출중한 용력을 가진
아이는 장차 모반할 가능성이 높다고 여겼다. 그래서 부모들은 가정과
가문의 평화를 위해 소문이 나기 전 어린 아기를 죽이고, 다른 가족의
안전을 지켰다. 영규대사의 경우에도 "그는 기골이 장대하였는데, 옛날
에는 힘이 좋고 덩치가 큰 아이가 태어나면 역적모의를 할까봐 미리 없
애버렸다"며, 아기장수와 같이 신이한 능력을 가진 아이들은 제거되어야
함을 암시한다.

그런데 영규대사의 신이성은 발견된 시기가 아기장수와 같이 갓난아
기도, 그렇다고 비극적인 영웅담의 주인공처럼 성장한 아이도 아니다.
신이성을 발견한 사람도 외부의 인물인 선생이 아니라 부모로 나타난다.
그것은 영규대사가 아기장수와 같이 살해되지 않고 절로 보내지는 특이
한 현상이 되었다고 하겠다.

영규대사는 살해되는 대신 절에 보내져 입산수도 생활을 하게 된다. 출가한 영규대사는 신이한 능력을 감추고 불목한이, 공양 중, 머슴, 바보, 일꾼으로 묵묵히 주어진 일을 한다. 그러면서도 영규대사는 갑사의 장군수를 먹고 힘 얻기, 정신적 수양하기, 임진왜란을 예견하고 무기 모으기와 무술 연마하기를 하였다. 성장기는 그의 잠재된 능력을 드러내지 않도록 하면서 자신의 예견을 바탕으로 미래를 준비한 시기이다. 즉 영규대사는 힘만 센 것이 아니라 힘 센 여장수와 대결에서 승리를 이끌 지혜도 가지고 있었다.

영규대사의 성장담은 입산수도하면서 속가의 신이한 능력이 잠재화되고 그의 존재가 무화된다. 즉 신이한 능력이 불교에 귀의함으로써 개인적으로는 비극적인 운명을, 그리고 가정적으로는 멸문의 위기에서 벗어날 수 있게 되었다. 그리고 예견한 미래를 묵묵히 준비한 시기라 하겠다.

### 3) 민중적 영웅화를 이루는 활동담

영규대사의 활동담에서는 민중적·민족적 영웅으로 자신의 능력을 유감없이 발휘하고 있다. 영규대사는 성장기에 천부적인 신이한 능력과 불교적 선지식과 무술 연마를 통하여 얻은 능력을 활동 시기에 원하는 일을 성사시키는 능력으로 드러내게 된다.

비극적 영웅담의 영웅은 성장기에 능력을 드러내 선생에게 버려져 최후에 패배한다. 그런데 영규대사는 성장기 말기에 능력을 드러내고 다른 사람들의 도움을 받았다. 그는 짐대 옮기기에서 지혜적 측면을, 불목한이로 나무해오기에서 전쟁에 활용할 몽둥이를 마련해 오며, 해인사 불끄기 등에서 그의 예지력과 신이한 능력을 드러내고 있다.

영규대사는 신이한 능력을 드러냄으로써 다른 사람의 도움을 받아 자신의 뜻을 펼치게 된다. 신이한 능력을 발견한 주지스님은 그에게 불목한이가 아닌 스님의 계를 주겠다고 하고, 전국 사찰의 젊은 승려를 모아 승병 훈련을 도와주고 있다. 불목한이로 기병하여 의승병장이 되어 아무도 따르지 않을 때나 승병 훈련 중에 승병들의 사기를 높이기 위해 당간지주를 뛰어올라 호령하고 뜻을 이루게 된다.

영규대사의 의승병장 활동은 무한한 영웅의 가능성을 보여주고 있다. 그는 청주성을 탈환할 때 도망가는 관군까지 포용하면서 승리를 이끌었고, 진 치기의 갈등에서는 출중한 전략과 작전이 돋보였다. 의협심과 성급함을 보여주는 조헌과 대비하여 경이적인 예지력과 신이한 장수의 능력을 보여주고 있다.

이와 같이 영규대사의 활동담은 입산수도를 통하여 잠재시켰던 신이한 능력을 성장기에 내면적 성화를 통해 성장시키다가 성장기 말기나 활동기에 드러내며 민중적 영웅, 아니 민족적 영웅으로 성장하게 된다.

### 4) 민중적 영웅의 한계를 가진 최후담

영규대사는 최후담에서 신분적 한계를 보인다. 유비무환의 정신을 가지고 활동하던 그가 죽었다는 역사적 사실을 설명하기 위한 설화적 결구방식이겠지만, 탁월한 능력에도 불구하고 승려라는 신분적 한계를 극복하지 못한 채 비극적 영웅, 민중적 영웅이 된다.

영규대사는 진 치기 갈등에서 경이적인 예지력을 보여주었다. 예지력은 천부적인 경우도 있겠지만 주변의 상황을 정확하고 세밀하게 판단하는 선지식의 습득에서 비롯된 것 같다. 불가의 스님인 영규대사는 단순한 의협심이나 성급함을 앞세운 판단이 아니라, 유비무환의 정신을 가지고 전후의 사정과 순서를 면밀하게 고려하여 판단했을 것이다.

그의 예지력은 탁월하고 현명하였다. 그런데 현명한 판단은 그가 승려이고 부장이란 한계 때문에 묵살당하기 일쑤였다. 문헌설화에서 영규대사는 관군의 지원을 확인하자거나, 평지를 서둘러 진격할 것이 아니라 진지를 구축하면서 기다리자고 건의를 한다. 구비설화에서도 왜구가 금산을 점령한 이유를 따져 그들의 진격할 길을 예상하고 진 치기를 건의하였으나 무시되고 만다.

영규대사의 신이한 능력과 예지력에 따른 건의를 받아들였다면 의병들은 비극적인 종말을 맞이하지 않고, 오히려 승리를 구가하며 새로운 희망을 주었을 것이다. 그런데도 영규대사의 건의가 무시된 것은 그들이 비극적으로 죽었다는 역사적 사실을 설명하기 위한 설화적 장치로 보인다.

영규대사는 신분적 한계로 죽음에 이른다. 문헌에는 의견의 갈등을 보이던 조헌과 전우애를 생각하며 조헌의 뒤를 따라 장렬하게 전사한다. 구비설화에는 갈등을 느끼던 조헌이나 왜구에게 배를 창칼로 찔려 죽게 되는데, 금산에서 장렬하게 죽게 하지 않고 공주 계룡면 유평리에서 죽도록 만든다. 그리하여 유평리에 묘소가 만들어지고 정려가 세워지며, 하마비까지 세워 그의 영혼을 위로하게 된다.


### 5) 불사명공의 후일담

영규대사의 후일담은 묘소, 정려, 하마비를 중심으로 이루어진다.

승려는 묘지를 만들지 않는데, 영규대사는 묘소가 만들어졌다. 이것은 그의 신이성이나 그와 같은 인물의 새로운 탄생을 바라는 민중의식의 반영이라 하겠다. 묘소는 영규대사와 같은 새로운 영웅의 탄생을 기다리는 민중들의 희망적 징표가 된다.

그런데 영규대사의 능력은 현재의 우리에게도 영향을 미치고 있다. 정려(비각)나 묘소 근처에 서 있는 하마비에서 관헌들은 타고 가던 말에서 내려가야 한다거나, 영규대사의 영혼이 하마비 근처를 못 다니게 하여 일본사람들이 다른 길을 만들어 다녔다든가, 정려나 묘소에 가서 3번 재주를 넘으면 학질이 떨어졌다는 것 등이다. 그의 신이한 능력이 오늘날 재현된 것은 6·25 때에 폭격에도 비각만이 타지 않았다는 내용에서 확인할 수 있다. 이로써 영규대사의 신이성은 오늘날 다시 부각된 것으로 보인다.

이상에서 종교적 영웅담의 성격을 찾아보았다. 일반적으로 비극적 영웅담의 구조를 보면 신이한 능력이 성장기에서 타인인 선생에게 버림을 받아 활동기에 지혜적 측면의 결핍으로 최후에 패배하도록 되어 있다.[39] 그런데 영규대사의 재구한 일생담을 검토하였을 때 비극적 영웅담과 차이를 보이고 있다. 그의 신이한 능력은 성장기의 초기에 부모에게 발견된다는 점이 차이가 있다. 그런데 아기장수의 이야기와 달리 부모나 가족은 그의 신이한 능력을 발견하고 이를 처단하기보다 입산수도라는 방식을 택하여 그를 생존하도록 한다. 입사수도를 한 영규대사는 성장기에 능력을 잠재화시켜 자신의 지혜와 무사적 능력을 성장시켜 오고 있다. 신이한 능력은 성장기 말기에 주지에게 발견되었을 때 버림을 당하기보다 오히려 권장되고 있다. 따라서 그의 성장담은 성공한 영웅담의 일생에서 보여주는 것처럼 기아모티프의 양상을 보여주면서 오히려 그의 잠재적 능력을 성장시켜 주고 있다고 하겠다. 그런데 그런 영규대사 활동기의 탁월한 능력을 보여주었음에도 불구하고, 최후에 패배하고 있다. 이처럼 그가 패배하는 것은 승려라는 종교적 인물을 배경으로 하는 영

---

39) 위의 책, 231-237쪽 참조.

웅담의 한계를 보여주고 있다고 하겠다.[40]


## 4. 결론

본고는 임진왜란 3대 승병장인 기허당 영규대사에 관한 설화를 중심으로 전승과정을 고찰함으로써 인물전설의 지역적 전승양상과 의승병장 설화에 나타난 민중 영웅의 서사적 문법을 찾고자 하였다.

지금까지 논의된 내용을 요약하면 다음과 같다.

첫째, 임진왜란 3대 승병장으로 활동한 기허당 영규대사에 대해 활동지역인 청주·옥천 지역, 금산 지역, 공주·논산 지역을 현지조사 한 자료를 중심으로 지역적 특성을 파악하였다.

청주·옥천지역 자료는 자료의 수가 미약하며, 지역의 특색을 보여주는 자료도 많지 않다. 금산 지역은 그의 죽음을 비롯하여, 조헌과 연결되면서 자료의 수가 많고, 금산 지역의 인물로 편입하려는 시도가 엿보인다. 또 지역적 특성으로 그의 탁월한 능력과 예지력을 보여주는 활동담을 중심으로 전승되고 있다. 공주·논산지역의 설화는 자료 수가 많으나 몇 가지의 유형의 자료가 집중적으로 나타난다. 다만 많은 자료를 채록하였기 때문에 일생담을 구성할 수 있었다. 이곳의 자료 특징은 최후담과 후일담이 많았고, 그밖에 종교적 영웅상을 찾아볼 수 있도록 생애의 전편에 걸쳐 삽화들이 전승되고 있었다. 이처럼 지역적으로 차이를 보이는 것은 그의 활동이나 역할에서 비롯되는 것으로 보인다.

둘째, 기허당 설화에 나타난 승병장 혹은 종교적 민중 영웅담에 나타

---

40) 이에 대해서는 최재우 등 신흥종교의 교주, 불교 사명당이나 천주교의 인물들에 대한 설화를 종합적으로 검토하는 장이 필요하다.

나는 서사문법의 특성을 밝히는 검토는 삽화들을 기허당의 일대기(탄생담, 성장담, 활동담, 최후담, 후일담)로 재구하여 구조분석을 통해 민중영웅담의 서사구조와 의미를 살펴보았다.

영규대사의 일생담은 비극적 영웅담과 차이를 드러내며 나름대로 독특한 종교적 영웅담의 서사구조와 의미를 가지고 있다. 영규대사의 영웅담은 탄생기에 신이한 능력이 잠재되었다가, 성장기 초기에 그의 능력이 부모에게 발각된다. 부모들은 아기장수와 같이 영규대사를 처단하지 않고 절에 입산수도의 방법으로 비극적인 운명과 멸문의 화를 벗어난다. 입산수도하던 영규대사는 성장기에 자신의 능력을 잠재시키면서도 끊임없이 성장시켰다. 그리고 영규대사는 활동기에 능력을 유감없이 발휘하지만, 최후담에서 승려라는 신분적 한계와 결핍으로 죽음에 이른다. 이것도 비극적 영웅담과 차이를 보이고 있다. 그런 영규대사는 후일담에서 묘소와 비각을 통해 민중들에게 영원히 살아있는 민중적 영웅으로 돌아오게 된다.

영규대사의 서사구조는 비극적 영웅담과 차이가 있는 종교적 영웅담의 특색을 보여주고 있다. 이런 종교적 영웅담은 사명당이나 다른 종교적 인물들의 설화를 통해 영웅담의 서서구조를 검토하였을 때 그 의의를 가질 것이다. 뿐만 아니라 영규대사와 관련 설화들에 대해 서사구조의 면밀한 분석과 의미, 사회사 의의 등을 앞으로 살펴보아야 하겠다.

# 금산 지역과 영규대사

## 1. 서론

금산은 삼남이 연결되는 중요한 지역이다. 즉 이곳은 경상도와 전라도 그리고 충청도가 만나는 전략상 중요한 위치를 차지하기 때문에, 이곳을 차지하기 위한 치열한 전쟁은 삼국시대부터 비롯되었다고 한다.[1]

신라는 백제를 치기 위해 탄현을 넘었다고 한다. 이 탄현이 지금 어디인지 정확하지 않지만, 공주군의 탄현 지역을 가리킨다고 하거나, 금산에서 논산으로 넘어가는 고개라고도 한다. 현재 금산 지역의 노인들은 금산에서 논산으로 넘어가는 곳을 탄현이라고 하는데, 논산지역의 전설에 의하면 이곳이 탄현일 신빙성이 더욱 높다.

설화에서도 이곳 금산이 삼남의 중요한 전략적 요충지이기 때문에 전투에 관한 것이 많다. 설화에는 치열한 전쟁을 치루는 당사자들이 전쟁에 임하는 자세가 어떠하였으며, 어떻게 저항하는 방법이 합리적인가,

---

1) 강현모, 백제의 저항설화 연구, 『비교민속학』 20집, (비교민속학회, 2001.2) 309-311쪽 참조

그리고 전쟁을 수행하는 당사자들의 갈등 양상이 어떠한가를 보여주기도 한다. 이와 같은 외부 침략자에 대한 항전(저항) 의식이 집중적으로 드러나는 설화는 임진왜란의 왜구에 대한 의식을 보여주고 있다. 이런 설화를 통해 금산 새내 유역의 민중의식을 살펴볼 수 있을 것이다. 이곳에서 대외 항전(대항)의식을 드러내는 설화로는 승병장으로 의병활동을 하다가 금산전투에서 전사한 영규대사의 설화의 전승양상과 의미를 중심으로 살펴볼 것이다.

자료로는 새내 유역을 중심으로 해야 하지만, 자료의 한정으로 금산군에서 채록한 것을 중심으로 할 것이다. 즉 필자가 조사한 금산 지역의 구비설화의 자료,[2] 금산문화원 안용산 사무국장이 지은『설화 속의 금산』,[3] 그리고 금산 지역의 전승 자료들을 모은 금산군지, 읍지, 마을지 등에서 중복된 것을 제외하고 활용할 것이다. 그 밖의 문헌자료와 기타의 구비자료는 보조 자료로 활용하도록 하겠다.[4]

## 2. 금산전투와 영규대사

본장에서 다룰 영규대사의 행적은 역사적으로 2차 금산전투와 관련된 것이지만, 금산 지역의 전설에서는 그 이전부터 이곳에서 활동한 것으로 나타난다. 여기서는 영규대사의 활동과 관련된 금산 지역에서 구비전승

---

2) 금산에 대한 구비설화 조사는 한남대 김균태 교수님과 함께 1992년부터 2005년까지 조사하여 6권으로 발간하였다.

3) 『설화속의 금산』의 자료들을 저자가 직접 조사하였지만, 기존 문헌의 자료들을 수록하였다. 이 책에 수록된 왜구에 대한 항전설화는 대부분 다른 문헌에서 재인용한 것이다.

4) 신동흔, 「역사인물담의 현실대응방식 연구」(서울대 박사학위논문, 1993.2) 이에 공주지역에서 29편을 보고하였다. 뿐만 아니라 영규대사의 자료에 대한『숭전어문학』4집에 1편, 한국정신문화연구원의 한국학대학원『조사보고서』2집에 2편이 있다고 한다.

설화를 중심으로 검토하고자 한다. 즉 영규대사에 대한 구비전승의 내용들을 크게 보필자로서의 한계, 영규대사의 예지(영규대사의 지략과 능력), 영규대사의 최후 등 3가지 양상에서 살펴보고자 한다.

### 1) 보필자의 한계

영규대사는 탁월한 능력과 명철한 지혜, 예리한 정세 판단력을 지닌 의승병장으로 출발하였으나, 승려이었다는 점과 부 대장으로 활동함으로써 한계를 보여주고 있다. 영규대사가 그의 능력을 수행하는데, 의병장과의 대결에서 패배할 수밖에 없었다는 점을 부각시키는 자료들이 보이고 있다.

이 유형의 설화로는 제원의 갯터 닥실나루의 성재(저곡산성) 싸움과 관련된 자료가 있다. 이 성재 싸움은 사실 조헌이나 영규대사와 아무런 관계가 없는 금산군수 권종의 싸움이었다. 그러나 설화에는 이 싸움에 조헌과 영규대사가 함께 참여하여 패배하였다고 되어 있다. 이때 조헌은 패한 뒤에 부 대장인 영규대사와 9번까지 협의를 하지만, 대개 자신의 뜻을 관철시키고 있다. 조헌은 예리한 정세 판단력이나 지혜를 가진 영규대사의 조언을 듣지 않을 뿐만 아니라, 심지어 패배할 것을 알고도 자신의 안위와 후손을 위한 일만 도모하는 인물로 나타나고 있다.

「대산리 설화 7」에서는 성재산에서 패배한 조헌의 의병들이 산세를 의지하여 싸우는 도중에 조헌과 영규대사가 상의를 하였다. 여기에서 왜군들이 금산을 거쳐 서울 쪽과 전라도 쪽의 어느 곳으로 갈 것인가 하는 것에 갈등을 나타낸다. 조헌은 서울 쪽을 택한데 비하여 영규대사는 전라도 쪽을 중시하였다.[5] 영규대사의 주장이 옳다는 것은 뒤에 권율 장군이 배티(이치)재 전투에서 대승을 거두고 전라도를 지켰다는 점에서 증

명이 된다. 이런 점에서 영규대사는 탁월한 전략가였음을 알 수 있다.

조헌은 영규대사와 9번이나 협의를 하였다. 9번이란 수없이 많은 협의를 하였다는 상징일 것이다. 이렇게 협의를 거듭한 이유는 무엇인가? 영규대사의 주장이 가능성과 합리성 면에서 높았던 것 같다. 그래서 의병장인 조헌은 자신의 주장을 관철시키기 위하여 영규대사의 타당성이 있는 합리적인 주장을 그대로 무시할 수는 없었다. 그럼에도 결국 의병장인 조헌은 자신의 견해대로 행동하였다.[6]

민중들은 이 전승을 통하여 유자 중심의 사회구조적 모순을 드러낸다. 또한 민중들은 무능한 양반 지배계층의 한계를 조헌에게 투사하여 보여주고 있다. 조헌은 자신이 죽을 자리를 발견하고, 자신을 위하여 목욕재계를 한 뒤에 싸우지도 않고 스스로 죽음을 택하였다[7]는 독선에 빠진다. 따라서 양반 지배계층의 상징인 조헌은 무능하면서도 자기중심적이고 이기적인 존재로 나타난다. 반면에 부대장이며 승려인 영규대사는 국가를 위하여 산세를 의지하여 적과 싸울 것을 주장하였다.

부 대장인 영규대사는 지휘 계급과 신분적 질서의 한계 때문에 조헌을 따를 수밖에 없었다. 이는 조선사회 안에서 갖는 의승병장인 영규대사의 한계이다. 영규대사는 탁월한 능력과 예지력으로 유리한 고지를 이

---

5) 대산리 설화 7, 「성재산의 유래」. "(금산) 군북을 거쳐 옥천으로 나갈 것인가? 금산을 거쳐 전라도로 갈 것인가" 설화 속에 언술하고 있다. 이런 전설은 닥실나루가 있는 성재에서 칠백의총이 있는 금성면 의총리 지역의 방향에 의해 만들어진 것이다. 즉 성재에서 조헌과 영규대사가 함께 싸웠다고 가정할 때, 민중들의 의식에는 조헌이 의병을 이끌고 칠백의총이 있는 쪽으로 갔다고 보았다. 반면에 영규대사와 관련된 설화들은 보석사를 중심으로 금산의 서쪽에 많이 전승되고 있다. 즉 영규대사는 보석사를 중심으로 군사훈련을 하였고, 진을 칠 때도 서쪽에 진을 쳤다. 이런 점으로 볼 때 민중들은 영규대사가 왜군이 전라도 쪽으로 진군할 것을 예상하고 이곳을 지키고자 하였다고 생각하는 것 같다.
6) 이는 실제로 일어났던 것은 아니고, 2차 금산 전투과정에서 단독으로 출전하려는 조헌에게 영규대사가 조언을 하였지만 듣지 않고 진격한 것 등을 제시한 것으로 보인다.
7) 마수리 설화 2, 「칠백의총 이야기」

용한 싸움을 요구하였지만, 조헌은 이를 듣지 않았다. 심지어 영규대사는 조헌에게 지리적으로 유리한 금성면 소란재에 가서 매복하여 최후까지 싸우자고 하였으나, 중봉이 듣지 않아 칠백의총에서 몰살당하였다.[8] 또 오룡뱅이를 지나다가, 그 위에서 돌을 굴려 일본 놈을 다 잡을 수 있다고 하였으나 조헌은 듣지 않았다. 영규대사가 대함리 솔재에서 '한 번 싸워보자'고 하자 조 중봉은 '여기서 죽는다'고 하며 '헤어지자'고 하는 영규대사의 배를 찔렀다. 그래서 영규대사는 10리를 내려와서 죽었다.[9] 이처럼 조 중봉은 칠백의총이 있는 곳이 명당이기 때문에 다른 곳에 가지 않고 이곳에서 싸우다가 전멸하였다. 다만 일부 자료에는 조헌의 무능이 아니라 관군인 지원군이 처마산 절개, 해방재를 넘어 왔는데 늦게 당도하여 패하였다[10]고 되어 있다.

이처럼 영규대사는 탁월한 능력과 예지력을 가지고 있지만, 승려이며 부 대장으로의 한계를 가지고 있었다. 영규대사의 주장이 지리적 여건이나 권율 장군의 승리 일화로 볼 때 매우 타당한 주장이었음도 불구하고 받아들여지지 않았던 이유이다. 이와 같은 결구는 영규대사가 스님이기 때문에 유학자인 대장 조헌에게 무시당하도록 설정하여 당시의 시대상을 표출하고자 한 것으로 보인다.[11]

---

8) 마수리 설화 2, 「칠백의총 이야기」

9) 공주지역의 설화에는 영규대사가 왜적과 싸우다가 배가 찔려 공주까지 왔다가 무내미 고개에서 죽었다는 설화가 있는데, 이를 변형시킨 전설이라고 하겠다.

10) 호티리 설화 9, 「영규대사와 조정봉」에는 관군이 늦게 도착하여 패배하였다고 되어 있다. 실제로 충청감사 윤선각은 조헌의 성공을 시기하여 지원군을 보내지 않을 뿐만 아니라 의병들을 해산시키는 일까지 자행하였다. (이형석, 『임진전란사』, 469-470쪽) 이와 달리 제원리 설화 4인 「승병장 영규대사」에서 영규대사는 조헌과 달리 다른 곳에서 더 싸우다가 죽었다고 한다.

11) 보석사 스님은 당시의 의병 수의 계산에 차이가 있다고 주장한다. 청주성 전투에서 승병이 700명, 조헌군 의병이 1,100명 이었다. 그런데 관군의 방해로 금산전투에 참여한 의병수가 줄어들었다고 한다. 여기에서 청주성 전투에 합류하였던 승병들의 숫자가 700명인데, 이들은 관군의 방해에 별 영향을 받지 않은 사람들임을 감안하면 조헌의

## 2) 영규대사의 예지와 능력

앞에서 살펴본 바와 같이 영규대사가 지닌 탁월한 능력은 예지력과 올바른 정세 판단에서 비롯된다. 영규대사는 왜군이 금산으로 진격하는 이유를 정확하게 파악하고 이에 맞는 대비책을 건의하였다.

왜군들이 금산을 침략하는 이유는 서울로 진격하기 위한 하나의 교통로가 아니라, 후방의 위협세력인 전라도 지역을 점령하기 위한 술책이었다. 왜구들은 이 작전을 통해 이순신이 이끄는 수군세력을 압박하여 물자수송을 원활하게 하고, 곡창지대인 전라도를 점령하여 식량을 확보하고자 하였다. 임진왜란 당시는 육상보다 해상 교통이 더 빠르다. 왜구들은 평양성을 점령하였지만, 수군의 호응을 얻지 못하여 전쟁 물자의 수송이 용이하지 못하였다. 더욱이 산발적인 유격전을 펼치는 지방 의병들의 공격은 물자수송을 더욱 어렵게 만들었다. 왜구들은 이런 난제를 해결하기 위하여 일부를 남하시켜 수군과 합세시키거나 전라도의 조선군들을 공격하기에 이르렀다.[12]

역사적 사실과 다르지만, 영규대사는 설화에서 이런 상황을 정확하게 판단하여 금산의 중요성을 인식하고 있다. 따라서 대장인 조헌과 합심하여 이곳을 지켜내고자 노력하였다. 다만 그 지키는 방식은 인내와 능력, 그리고 합심에 의한 것이었다.

영규대사는 왜적을 물리치기 위하여 공주 갑사에서 승병을 이끌고 기병하여 옥천에서 기병한 조헌과 합세하였다. 그 결과 청주지역을 탈환하고, 충청감사인 윤선각의 금산성 탈환 명령(제의?)을 받아들인다. 그런데

---

의병은 극소수란 말이 된다. 따라서 칠백의총의 700명이란 숫자는 의병과 승병의 숫자가 아니라, 조헌의 의병들만의 숫자라고 보는 것이 타당하다고 한다. 그러면서 승병들은 어디로 갔는가 하는 문제를 제기하게 된다.

12) 허경진, 전게서, 36-37쪽.

명령을 내린 윤선각은 조헌이 공을 세우는 것을 시기하여, 의병들을 이간질 시키고 가족을 위협하여 1,700여 명에서 700여 명의 의병만 전투에 참가하게 만든다. 더욱이 윤선각은 약속을 어기고 구원병을 늦게 보내어 패배하게 만들었다.

역사적 사실이든 설화적 진실이든, 영규대사는 이런 사실을 감안하여 구원병이 올 때까지 전투를 늦추자고 현실적으로 제안을 하였다. 그런데 조헌이 듣지 않고 전투를 시작하여, 조헌은 북문을 공격하고 영규대사는 서문을 공격하였다. 그런데 북문을 공격한 조헌이 패배하고, 종횡무진 훌륭하게 싸우던 영규대사도 부상을 입고 공주 갑사까지 와서 죽게 되었다.[13] 영규대사는 의병과 관군을 합하여 왜적을 물리치려고 하였던 꿈을 이루지 못하고 패배하여 죽은 것이다.

한편 영규대사의 능력을 보여주는 2편의 설화가 있다. 우선 「지량리 설화 1」은 창바위 유래담으로, 이곳에 농부가 겨우 지나갈 만큼 작은 길이 있어, 군사들이 창을 들고 가면 걸려서 갈 수가 없었다. 그런 곳이기에 당연히 말을 타고 갈 수가 없었다. 화가 난 영규대사가, 창으로 돌 위를 쳐 돌문을 부수고 지나갈 정도로 용력이 셌다[14]고 한다.

하지만 이런 예지력과 능력은 전쟁에 임하여 조헌이 행한 무모한 금산전투에 합세하여 전사하는 바람에 빛을 보지 못한다. 이런 상황을 구비이나 문헌 전승에서는 전쟁에 앞서 '전열을 가다듬어 전쟁을 하자'고 부하가 건의하였을 때 듣지 않고, '사나이가 뭐 그런 것 저런 것.' 따지면서 전쟁을 할 수 없다며 무모한 의협심만 내보인 탓에 전사하였다[15]

---

13) 금산읍 설화 3, 「조헌장군」 사실 영규대사는 이곳 금산전투에서 죽은 것으로 되어 있는데, 구비전설에는 공주에 가서 죽은 것으로 되어 있다. 영규대사가 공주에 간 이유는 자료마다 조금씩 다르게 설명하고 있다.
14) 지량리 설화 1, 「미륵사와 창바우전설」
15) 석동리 설화 6, 「보석사의 창건과 역사」 한편 신동흔, 전게논문의 자료 편(34-36쪽.

고 하고 있다.

이상에서 본 바와 같이 영규대사는 예지력과 탁월한 능력을 갖춘 인물이다. 그가 발휘하는 예지력은 사실을 바탕으로 이루어지고 있다. 금산전투에 임하여 실전적인 가능성에 따라 전투할 것을 예지하거나, 왜군의 진격로를 예측하여 전라도 지역으로 향하는 길목에 주둔하였다는 설화들이다. 이로 보았을 때, 그의 예지력은 현실을 예의주시하면서 상황을 정확하게 판단한 결과로 보여 진다.


### 3) 영규대사의 최후

영규대사의 죽음에 대해, 문헌에는 금산전투에서 조헌이 죽자 더욱 열심히 싸우다가 죽었다고 되어 있다.[16] 그런데 구비설화에는 영규대사가 싸움터에서 죽지 않고, 그의 고향인 공주까지 오다가 죽은 것으로 나타나고 있다. 영규대사가 공주까지 오도록 설정한 것은 나름대로의 의도가 있다.[17] 이런 내용은 이곳 금산 지역에 전승되는 영규대사의 설화에도 보이고 있다. 그러면 금산 지역에 보이는 영규대사의 죽음에 대한 설화들을 살펴보기로 하자.

영규대사의 비석은 공주 갑사에 있는데, 그가 금산전투에서 칼에 상처를 입고 창자가 밖으로 나온 것을 끌어 앉고 걸어서 갑사까지 와서 죽었기 때문에 세워 놓은 것이라 한다. 그런데 영규대사가 왜 공주까지 갔는지에 대해 구비설화에서는 그의 영웅성을 부각시키는 것과 반대로 전개

---

265-291)에서 영규대사에 관한 공주지역 설화를 보면, 그는 능력을 감추고 있다가 임진왜란이 일어나자 갑사에 있는 철간당주를 뛰어넘을 정도로 탁월한 능력을 보여주며 승병들을 모았다고 한다.

16) 앞의 『대동기문』이나 「순의비명」에 나타난다.

17) 신동흔 전게논문, 30-31쪽.

되고 있다. 공주까지 온 영규대사에게 누님이, "사나이 대장부가 그 자리서 죽지 어떻게 찾아 오냐?"며 꾸지람을 하였다고 한다. 여기에서 설화자는 영규대사가 공주에 간 것은 생존하기 위한 비겁한 행동으로 인식하고 있는 듯하다.[18]

그러나 금산 동부지역에 전승되고 있는 영규대사의 죽음에 대한 것들은 좀 다르게 나타난다. 영규대사는 예지력을 가지고 금산전투에 임하고 있다. 따라서 그는 왜군이 금산 서쪽인 전라도로 진격할 것으로 보고 진악산을 위시한 서쪽의 산세를 이용하여 적을 물리칠 것을 주장하였다. 즉 영규대사가 금성면 소란재에 매복하여 끝까지 싸우자고 하였으나 중봉이 듣지 않아 칠백의총에서 몰살당하였다.[19] 또 충청감사인 윤선각의 구원병이 올 때까지 공격을 늦추자고 건의하였으나 묵살당하고 금산성을 치다가 조헌이 패하고 영규대사도 패하였다. 그런데 적과의 싸움에서 종횡무진 하던 그가 갑자기 공주에서 죽었다고 서술하고 있다.[20]

다른 유형에서는 영규대사가 오룡뱅이라는 천혜의 요새에서 왜구를 물리치자고 하였을 때, 중봉 조헌이 듣지 않자 헤어져 다른 곳에서 더 싸우다가 죽었다[21]고 되어 있다. 또 다른 설화에서 영규대사는 의총리에서 죽겠다는 중봉 조헌에게 '한 번 떠 싸우자'고 건의하였다가 묵살되자 헤어지자고 말하여 조헌에게 배를 찔려 10리를 내려와서 죽었다[22]는 변이형도 있다.

이처럼 영규대사의 죽음에 대해, 문헌에서는 금산전투에서 죽음을 맞이한데 비하여, 구비설화에서는 대체로 공주에서 죽었다고 되어 있지만,

---

18) 석동리 설화 8, 「영규대사의 일화들」 한편
19) 마수리 설화 2, 「칠백의총 이야기」
20) 금산읍 설화 3, 「조헌장군」
21) 제원리 설화 4, 「승병장 영규대사」
22) 호티리 설화 9, 「영규대사와 조정봉」

이곳 금산의 전승에는 약간의 설화적 변이가 보인다.


## 3. 결론

대왜 항전설화 중에 탁월한 능력과 함께 승병장으로써의 한계를 보여주는 영규대사에 관련된 설화를 중심으로 살펴보았다.

영규대사는 임진왜란이 일어나자 공주 갑사에 기병, 승병장이 되어 청주성을 탈환한 뒤에 금산 2차 싸움에서 패배하여 조헌과 함께 죽었다. 금산지방 구비자료에는 그가 금산 지역에서 왜적과 항전하는 활동에 관한 것이 중심이 되어 있다.

금산지역에 전승되는 설화에는 영규대사가 탁월한 능력과 뛰어난 예지를 가지고 있으나 승병장으로 한계를 가진 인물로 설정되어 있다. 영규대사는 왜군들이 전라도로 진격할 것으로 알고 금산 서부지역의 지세를 이용하여 왜군들과 싸우려고 하였다. 그런데 유자인 의병대장 조헌은 자신의 영욕을 위하여 승병장이자 부 대장인 영규대사의 탁월한 전략을 받아들이지 않고 결정을 독점하였다. 조헌의 잘못된 판단으로 실행된 행위는 당연하게 패배로 귀결된다. 한편 영규대사의 뛰어난 예지와 능력은 지리적 이로움과 현실을 세심하게 관찰하고 예의주시한 결과로 보인다. 그 결과 아까운 인명을 죽이지 않고 승리를 쟁취할 수 있다는 아쉬움을 담아내고 있다. 그리고 영규대사의 죽음은 역사적으로 금산 2차 싸움에서 죽은 것으로 되어 있는데, 전설에는 공주에서, 다른 싸움을 하다가, 심지어 조헌에게 죽은 것 등 다양한 변이양상을 보이고 있다.

# 영규대사 설화의 소설화 양상

## 1. 서론

본고는 정정섭의 소설 「천하에 뜨는 용」에 나타난 영규대사 설화의 수용양상을 검토하는 것을 목적으로 한다. 「천하에 뜨는 용」은 임진왜란 기간에 충남 공주 갑사에서 기병하였던 승병장인 영규대사를 대상으로 소설화한 작품이다. 작가인 정정섭은 영규대사를 주인공으로 하는 역사소설이라고 명명하면서 영규다사에 직접 관련된 설화들은 물론이고 기존의 많은 설화들을 수용하고 있다. 작자가 역사소설이라 명명한 이 작품은 역사적 사실과 작가의 상상력에 함께 어우러진 허구의 진실을 담아내고 있다. 그런데 영규대사에 대한 역사적 사실조차 설화적 내용을 수용하고 있어 역사적 사실을 거의 알 수 없는 상황이다.[1]

영규대사에 대한 연구로는 역사학이나 불교사학에서 임진왜란과 관련

---

[1] 강현모b, 「영규대사 설화의 연구—설화의 전승양상과 서사문법을 중심으로—」, 『한민족문화연구』 31집, (한민족문화학회, 2009.11), 284-295쪽 참조. 강현모a, 「대왜 항전 설화에 나타난 교육적 의미」, 『한민족문화연구』 17집 (한민족문화학회, 2005. 12) 187-190쪽.

되어 언급한 연구들이 보이고 있으며, 기허당 영규대사의 설화에 대한 최초의 연구는 신동흔이다. 그는 계룡산 일대에 전승되는 설화를 중심으로 「역사인물담의 현실대응방식 연구」라는 박사학위논문의 일부로 영규대사에 관한 설화를 다루었다.2) 이후 김승호, 문화사학회 편집실, 강현모의 연구논문이 있다.3) 이 연구들은 나름대로 의의가 있지만, 특정 지역이나 몇 편의 자료로 가지고 시도한 연구란 한계와 더불어 너무 포괄적으로 다룬 것이 있다.

　본고에서는 소설 「천하에 뜨는 용」에 수용된 기허당 영규대사의 설화를 검토하고자 한다. 영규대사 설화의 소설적 수용양상에 대한 연구가 없다. 본 연구에서 「천하에 뜨는 용」이 나타난 설화의 수용양상을 검토하기 위한 자료로는 필자가 현지조사 한 자료를 중심으로 검토를 하되,4) 기존의 조사된 자료들로는 금산문화원에 발간한 구비설화집의 자료들5)과 그밖에 연구 및 기존에 조사 보고된 자료들을 활용할 계획이다.6)

---

2) 신동흔, 「역사인물담의 현실대응방식 연구」, (서울대 박사학위논문, 1993.)
3) 김승호, 「임난시 승장의 설화전승 양상－영규대사를 중심으로」, 『동악어문논집』 36집, (동악어문학회, 2000. 12.). 문화사학회 편집실, 「호국도장 옥천 가산사 정밀 지표 조사 보고」, 『문화사학』 15호 (한국문화사학회, 2001. 6.). 강현모, 전게논문들.
4) 2007년도 조사일정은 2월 5-6일에 충북 청주시와 옥천군 일대를, 2월 21- 23일에 금산군 일대를, 4월 18-19일과 5월 18-20일에 공주시 일대를, 학생들과 5월 7-28일까지 공주 논산 일대에서 조사하여 152편을 채록하였다.
5) 1992년부터 2006년까지 조사한 자료를 금산문화원에 4개 유역(새내1, 금강본류2, 금내1, 버드내2) 6권으로 발간되었다. 이곳에 20편의 자료가 있다.
6) 신동흔, 전게논문에 자료 30편, 『숭전어문학』 4집에 1편, 한국정신문화연구원의 한국학대학원 『조사보고서』 2집에 2편, 김승호의 전게논문에 1편 등이 있다. 그런데 한국학대학원에 발간한 자료를 구하지 못하였다.

## 2. 「천하에 뜨는 용」의 순차적 구성

소설 「천하에 뜨는 용」의 전체적인 구조는 계룡산 일대에서 전승되고 있는 남매탑 전설의 구조를 차용하면서 작가적 상상력을 동원하여 서사 구조를 이루고 있다. 소설은 작가적 상상력이 서사적 뼈대를 이루고 있겠지만, 작품의 구체적인 내용을 보면 많은 설화를 수용하여 이루어져 있다.

「천하에 뜨는 용」에는 주인공인 영규대사에 관한 설화를 많이 수용하고 있지만, 영규대사와 관련이 없는 설화를 차용한 경우도 있다. 소설의 한 장에서도 다양한 설화의 수용양상을 보여주고 있다. 이는 다음 장에서 살펴보기 하고, 우선 소설 「천하에 뜨는 용」의 순차적 구성을 장별로 제시하면 다음과 같다



위와 같이 정정섭의 「천하에 뜨는 용」은 총 10장으로 된 장회체 역사소설로 문학적 상상력이 그리 뛰어난 작품이라 볼 수 없다. 다만 의승장군에 대한 소설작품이 부족한 상황에서 임진왜란을 배경으로 기병한 영

규대사를 대상으로 작품화하였다 점, 그리고 영규대사에 대한 설화 자료가 많이 보고되지 않았을 때에 많은 설화를 수용하여 소설화하였다 점, 그리고 영규대사 의승군의 활동을 나름대로 역사적 의미를 부여하여 작품화하였다는 점에서 그 의의를 가지고 있다.

본고는 정정섭의 「천하에 뜨는 용」에 나타난 설화의 수용양상을 살펴보는 것을 목적으로 한다. 본 소설은 주인공 영규대사와 김천경의 만남이 호랑이로 인하여 인연이 시작되었고, 둘 다 승려가 된다는 점에서 남매탑 전설의 구조와 비슷하다. 다만 남매탑 전설에서는 두 의남매가 같은 뜻으로 불전에 귀의하여 불국토를 이루는 희극적 구성이지만, 이 소설은 주인공이 왜병에게 비극적인 최후를 맞이하였다는 역사적 사실 때문에 비극적으로 종결을 이루고 있다.


## 3. 「천하에 뜨는 용」에 나타난 설화의 수용 양상

소설 「천하에 뜨는 용」은 장별로 다양한 사건과 설화를 수용하고 있어 그 수용양상을 살펴보는 것이 쉽지 않다. 한 장에서도 여러 사건들이 겹쳐 다양한 설화들을 수용하고 있어 획일적으로 설화의 수용양상을 설명하기가 어렵다. 그럼에도 불구하고 장별로 보았을 때, 장마다 설화의 수용양상이 각기 다르다. 설화 자료의 사실적 혹은 변용적 수용이나 허구적 사실을 상상력에 통해 수용한 경우도 있고, 상상력과 설화의 사실 수용이 결합된 경우도 있다. 본장에서는 소설에 나타난 설화의 수용양상을 세 가지로 나누어 살펴보고자 한다.

## 1) 상상력을 통한 설화적 수용

작가는 상상력에 의해 창작된 내용을 보완하기 위해 설화를 차용하였다. 영규대사의 사실과 거리가 있지만, 작품화 하면서 설화적 내용을 수용한 경우이다. 이에 속하는 것으로는 1장과 3장, 5장과 7장이 있다. 그 내용을 보면 다음과 같다.

제1장을 보면, 영규대사와 창작 인물인 경도스님이 된 천경과의 만남 장면으로 시작된다. 둘 사이의 만남은 호랑이와 여우퇴치 삽화를 수용하여 회상시키고 있다. 또한 탁월한 능력과 보여주는 아기장수 설화를 수용하여 평민층의 영웅출현으로 연결시키고 있다. 다만 소설에서 20살 전후에 아기장수 설화를 수용한 것[7)]은 남녀 간의 사랑 문제와 결합시키기 위한 방식으로 보인다.

영규대사는 설화와 같이 불가에 입문하여 사미계를 받는다. 설화에서는 여인에 대한 부담이 없는데, 소설에서는 천경에 대한 남녀 간의 인연이 지속적으로 유지된다. 영규는 사미계를 받게 되자 부모에게 하직인사를 하지만, 설화에는 어리기 때문에 나타나지 않는다. 영규가 전쟁에 임하기 직전에 부모에게 하직인사 하였던 모습을, 소설에서는 속세와의 단절을 의미하는 불가의 입문 과정으로 설정하였다.

영규는 사미계를 받고 밥을 해서 받치는 송림의 공양주 직책을 맡게 된다. 불가에서 입문하면 처음에는 땔나무를 하는 부목이 되었다가 한참 뒤에 공양주가 된다. 그런데 소설에서는 이런 절차 없이 공양주 겸 부목 역할을 수행하면서 전쟁 물자인 몽둥이 만들기를 조급하게 시작하고 있다. 다만 소설에서는 몽둥이 만들기 작업을 여러 차례로 나누어 제시하

---

7) 영규대사에 관한 조사된 설화에서는 아기장수 설화가 어릴 때 이루어지는데, 소설에서 20살 전후로 변형되어 나타나고 있다. 어린 나이에 아기장수 설화를 수용하면 천경이와 남녀 간의 사랑의 문제를 제기하기 어려운 상황에 놓이게 된다.

고 있다.

한편 작가는 어릴 때 많이 들었던 '어느 다리 밑에서 주어왔다'는 속담을 차용하여 창조한 천경이의 특징을 설명하고 있다. 천경이가 버림받은 것은 세상에 태어났을 때부터 시작되었다. 이는 천경을 통해 우리 인간의 의식을 설명하고 있다. 마지막에는 「저승 갔다 온」 설화를 차용하여 역학 원리를 설명하고 있다. 이 저승 삽화의 차용은 인간적 삶에서 반성과 노력이 중요함을 보여주는 불교적 윤색이 가해진 삽화라고 하겠다.

김천경이 경도스님이 되는 과정인 3장은 영규대사와 보석사의 관계, 정자나무 밑에서 대중들 학습삽화, 천경 집안 삽화 등이 있다. 소설에서 3장은 작가의 창작인물인 경도스님(김천경)을 중심으로 서술되어 있다. 스님이 되는 과정에서 송충이 죽이는 사건을 통해 일반 보은삽화를 차용하였고, 영규대사와 보석사의 관계를 경도스님을 통해 간접적으로 연결시켜 놓았다. 보은 삽화는 송충이를 죽인 경도에게 스님이 사형장에 죽어가는 관리와 새끼가 활에 맞아 죽자 창자가 다 끊어져 죽은 어미 황새 2편의 설화를 제시하는데, 이는 천경의 마음을 대변하고 있다.

경도스님이 보석사에서 공부하러 가는 삽화를 제시하고 있다. 설화에서 보석사는 영규대사가 무예 공부를 하고 활동하였던 곳이다. 이는 영규대사가 머물었다는 보석사의 요사체(의선각)를 설명하기 위해 형성된 설화로 보인다. 그런데 작가는 설화적 설명에 한계가 있다고 보았거나 보석사와 관련된 설화를 듣지 못하였고, 보석사에 요사체와 기허당비가 서 있다는 점에서 착안한 것 같다. 그리하여 작가는 보석사에 영규대사가 아닌 경도스님을 연결시켜 놓아, 영규대사와 경도스님이 이곳에서 만날 수 있는 복선을 제시하였다.

5장은 월인석보와 관련된 허구적인 내용의 구성으로, 영규대사에 관련된 설화에서는 찾아볼 수 없는 내용이다. 이 장에서 영규대사와 경도

스님은 월인석보 재를 지내다가 재회하게 된다. 이 만남은 인간적 관계에서 불가적 관계로 승화되는 계기라 하겠다. 그리고 부차적 인물들이 삼각관계에서 윤 처사가 밀려나고 연화와 송 의원이 결합하게 된다. 또 임진왜란을 위한 준비는 아주까리 심기, 양귀비 심기, 청올치(칡넝쿨) 만들기 등 계속되었다. 이 재료들은 전쟁을 수행하는 과정에서 중요하게 사용되었다.

9장은 전체적인 내용이 작가의 상상력에 의해 창작되었다. 즉 삽재 싸움을 준비하는 과정에서 송진탄 만들기, 창과 화살촉 만들기, 동학사로 대열 이동과 전열정비, 삽재 싸움으로 이어진다. 이런 내용은 가능성이 있으나 실체를 확인할 수 없는 상상력의 소산이다.

금산의 왜구들은 전주를 목표로 진격하였으나 전라도 관군과 의병들의 합심으로 점령할 수가 없었다.8) 왜구는 주둔군의 일부를 빼내어 충청도를 공격할 여건이 아니다. 그런데 작가는 영규대사가 갑사를 중심으로 활동하였다는 점에서 그 인근을 중심으로 싸움을 개발한 것이 삽재 싸움이다. 이는 영규대사와 윤 처사의 신이한 능력을 강조하려는 계책인 동시에, 전쟁에서의 승리는 모든 사람들이 합심할 때 가능함을 보여주고 있다. 이 삽화들은 기존설화나 역사적 사실을 찾아볼 수 없지만, 창과 화살촉 만들기나, 동학사란 공간의 창조는 사실적 요소들을 수용하였다.


### 2) 사실적 변용과 상상력이 결합된 수용

이 유형은 역사적 사건과 상상력이 결합하여 허구적이 내용을 드러내는 경우이다. 작품의 내용이 한쪽은 역사적 사실이나 설화와 결합되어

---

8) 허경진, 『금산의 임진왜란 이야기』, (금산군문화공보관광과, 2004.5.) 금산에서 4차례의 전투가 벌어진다.

있고, 다른 한쪽은 상상력에 의해 허구적 사건이 결합되어 있다. 이 유형은 사실적인 내용을 앞세우고 있으나, 그와 결합된 내용이 허구적 상상력으로 이어져 설화적 내용을 수용하고 있다. 이에 속하는 유형은 4장과 6장, 그리고 8장이다.

4장은 송판으로 방패 자료 만들기, 죽염 만들기, 윤 처사와 연화 삽화, 왜구첩자 죽이기, 감술 담그기. 죽창 만들기, 놀이, 연화-윤 처사-송 의원 관계, 서 처사의 죽음 등 많은 삽화로 구성되어 있다. 이 삽화들은 대부분 가능성이 있는 삽화나 민속을 수용하여 창작하였으나, 죽창 만들기 삽화를 제외하고 영규대사와 직접 관련이 없다.

전쟁과 관련된 물품 만들기는 영규대사 치밀함을 보여주고 있다. 우선 방패 재료 만들기 삽화는 몽둥이만 가진 의승병들에게 왜적의 화살이나 창을 막을 병기가 필요하였다. 그래서 작가는 말리면 가벼워져 들기 편하다고 생각하고 통나무를 일정하게 잘라 방패를 만들어 놓았다. 또 전쟁에서는 많은 사람들이 상처를 입기 때문이 치료재로 죽염을 생각해냈다. 그리하여 공주 갑사의 인근 사찰에서 죽염을 생산한 것으로 설정하였다. 이와 같은 연상 작용으로 창작한 것인 감술 담그기이다. 즉 감술은 전쟁에 참가할 승려들의 승복을 물들여 군복 또 위장복으로 만든다는 의도에서 만들어낸 삽화이다.

소설에서는 흥미를 증진시키고자 부차적인 인물군을 설정하여 이들 간의 삼각관계를 형성하도록 구성하였다. 먼저 연화와 윤 처사의 생애, 이들의 관계를 설정하고, 영규대사가 이들을 맺어주려고 하였다. 그런데 역효과를 내면서 송 의원이란 제 3인물을 등장시켜 부차적인 인물간의 삼각관계로 발전시켜 갈등을 조장하게 된다. 한편 마지막에 서 처서의 죽음을 통해 인간 삶의 무상함과 진리적인 진정한 삶이 무엇인지를 제시하려고 하였다.

작가는 윤 처사와 영규대사가 등산하는 도중에 '성질이 급한 사람'과 '빗물에 눈이 먼 난봉꾼' 삽화에 옛날이야기를 제시하고 있다. 이들의 차용은 서사 구성에 흥미를 유발시키려는 의도로 보인다. 이때 영규대사는 동쪽 하늘에서 수상한 기운을 발견하는 신이한 능력을 가졌지만, 이런 예지력을 소설 전반에 일반화시키지도 지속적으로 이어주지도 못하였다. 그렇기 때문에 그는 윤 처사에게 사주풀이로 예견한 미래를 확인하도록 설정하고 있다.

영규대사는 승려로 변신한 왜구첩자를 물리치는 삽화가 있다. 이 삽화는 서애 유성룡의 형인 겸암 유운룡과 같은 이인 인물에게 많이 결부되어 있다. 이런 설화가 영규대사에게 결부시켜 이인적 면모를 보여주고 있다. 영규대사는 첩자를 취조하는 도중에 단도로 찌르고 도망치려는 그를 잡아 죽이기까지 하였다. 승려인 영규대사가 윤 처사의 만류에도 불구하고 왜구 첩자를 직접 죽이는 것은 민족적 감정을 드러낸 것이라 하겠다. 그럼에도 불구하고 영규대사가 왜구 첩자를 죽이고 난 뒤에 묻어주는 것은 불교적 인덕의 표출이라고 하겠다.

죽창과 바가지를 도구로 이용한 민속놀이는 전쟁 훈련의 상징으로 보인다. 갑사 인근 대나무를 이용하여 죽창이나 화살을 만들었다는 설화가 보이지만, 소설에서는 죽창을 만드는 과정이 중요한 것이 아니라 죽창을 가지고 훈련을 한 것과 영규대사가 속한 편이 이겼다는 것이 중요하다. 이런 놀이는 '오징어 꼴찍기'라는 민속적 편놀이 이었다.

6장은 토굴생활(도를 깨우치는 방법), 정여립과 정감록, 갑사를 떠남(돈 버는 비결 삽화) 10만 양병설과 화승총 제작, 서사대사에게 수련함, 옥천 가산사의 중창불사 삽화로 구성되어 있다. 이 삽화들은 영규대사와 직접 관련된 것으로 설정되어 있으나, 설화에서는 그 전승내용을 확인하기 어렵다.

토굴은 스님이 도를 깨우치는 장소이다. 토굴은 땅굴을 파고 집을 짓는 경우도 있겠지만, 인적인 드문 숲속에 땅을 1m 정도 파고 기둥이 낮은 오두막 같은 집을 짓는다. 이때 밖으로 통할 수 있는 창문은 밥상이 드나들 정도로 만든다. 이런 집에 들어가서 도를 이룰 때까지 정진하는 것이 토굴의 생활이다. 영규대사도 토굴을 짓고 도를 깨우치고 나왔다는 삽화는 설화에서 조사되지 않았다. 이름이나 축지법이란 용력을 봤을 때 이런 생활을 거쳤을 것으로 보고 일반적 전설을 차용한 것으로 보인다.

정감록과 정여립의 사건은 정여립이 조직한 대동계를 모반 사건으로 몰아 파벌싸움을 조장한 사건이다. 이 사건이 영규대사와 어떤 관련이 있는지 알 수 없으나, 불교적 당시의 상황을 설명하고자 차용한 것으로 보인다. 다만 정여립과 정감록 삽화의 차용은 영규대사를 서사대사와 연결을 시키고, 옥천의 가산사의 중창불사에 참여하도록 만들었다. 또 시대적 상황을 보여주는 것이 10만 양병설과 화승총 제작이란 삽화이다. 당시 상황은 평화적 안정으로 사회적 병폐가 늘어나고, 국내를 통일한 왜구들은 사회적 불만을 외부로 돌리기 위한 돌파구가 필요하였다. 10만 양병설은 왜구의 침입 가능성이 높아졌다는 경각심을 심어주는 널리 알려진 사실이지만, 황윤길의 화승총 제작 삽화는 잘 알려지지 않은 창작 삽화로 보인다.[9]

영규대사가 갑사를 떠나자 윤 처사도 갑사를 떠나게 된다. 작가는 운세를 통해 이들의 새로운 만남을 암시하고 있다. 이때 '돈 버는 비결' 삽화[10]를 차용한 것은 윤 처사가 연화와 사랑을 맺지 못한 것이 경제적인 여건에서 비롯되었다는 의미가 내포되어 있다. 돈 버는 비결 삽화의 차

---

9) 문헌에 전승되는지 확인하지 못하였지만, 화승총에 대한 논란이 있었다.
10) 내용은 나무에 올라가게 한 뒤에 마지막 한 손까지 놓으라고 하였을 때 놓지 않았다. 돈이 들어왔을 때 이렇게 놓지 않으면 돈을 벌게 된다는 내용이다.

용은 돈을 버는 방법을 말하는 것은 물론이고, 사람이 사는 이치도 마찬가지임을 암시하고 있다. 윤 처사가 연화를 잡지 못한 것은 귀중한 것을 놓지 않을 정도로 간절하지 않았다는 것을 의미한다.

불교적 삽화로는 영규대사가 서사대사의 수제자가 되었다는 것과 옥천 가산사 중창불사 삽화가 있다. 설화에서는 서산대사의 제자라고 하나, 어떻게 제자가 되었는지에 대한 진술이 없다.11) 그가 사명당과 함께 서사대사의 수제자로 공주 갑사의 현충원과 밀양 표충사의 그림에서 서사대사 좌우에 모셔져 있다. 이는 서산대사, 사명당, 영규대사가 임진왜란 때 유명한 의승장이기 때문으로 추측된다. 작가는 정여립 사건과 연관시켜 서산대사의 제자가 되게 창안하였다. 그리고 영규대사가 가산사의 중창불사를 하였다12)는 것이 역사적으로 사실인지 알 수 없다. 이는 영규대사를 가산사와 인연을 맺도록 하기 위해 의승병을 거느리고 주변에 싸웠다는 설화를 차용한 작가적 상상력이라 하겠다.13) 작가는 영규대사를 가산사와 연관시키고, 이곳의 전투에 참여하도록 하기 위한 시도였을 것이다.

8장은 가산사에서 의승군의 모집과 훈련, 솔방울로 군복 물들이기, 벌떼작전 삽화에서의 벌떼와 살수대첩이 있고, 갑사에 돌아와서 공주현감 체포하기와 금부도사의 직첩수여 삽화가 있다. 가산사 인근에서 싸움이

---

11) 영규대사가 서산대사를 찾아갔을 때 국가에서 반역죄의 여부를 조사하고자 하는 내용이 있다. 그리하여 훌륭한 분이라고 하여 스승으로 모셨다는 내용이 있다.

12) 중창불사 과정을 보면, 나이 많은 노스님이 젊은 스님이 와서 중창불사 하기를 기다렸다. 그때 영규대사가 가산사를 지나가다가 중창불사를 하게 되었다는 것이다.

13) 영규대사 가산사에서 싸웠다는 내용은 지승 스님에 의해 제기되었다. 실제로 영규대사가 가산사에서 싸움을 하였는지 알 수 없다. 다만 중봉 조헌 선생이 인근에서 어머니를 모시고 기거하였다는 점과 금산 전투에서 함께 참석하였다는 점 등을 고려한 설화적 배경으로 보인다. 사실은 2007년에 이곳에 고향인 옥천문화원장님의 면담에 의하면, 그런 이야기를 어릴 때 들은 바가 없다고 한다. 지승 스님이 부임한 뒤 이곳에 영규대사의 일화가 연결되었고, 그래서 중봉문화재에 함께 모셔지게 되었다고 한다.

일어났다는 것은 구비설화에서도 일부 전승되고 있다. 즉 영규대사가 이곳 가산사에서 기병하여 싸웠던 싸움골 등이란 지명이 유래하고 있다. 그런데 역사적 사실에서는 확인할 수 없으며, 시간적 관계로 보았을 때도 가산사에서의 전투는 사실상 불가능하다.[14] 소설은 이런 설화를 차용하였는지 몰라도, 더욱 확대시켜 한 차례의 싸움을 제시하고 있다. 이곳의 싸움 방식은 영규대사와 책사인 윤 처사의 능력을 드러내기 위한 수단으로 보인다.

소설의 내용을 보면, 오각대사는 영규대사가 가천사의 중창불사를 이룬 것을 모른 채 찾아왔다. 그것은 사실이 아닌 것 같다. 소설에서는 영규대사가 중창불사를 이룬 가산사에 기병을 요청하는 것이 더 현실적이지 아닐까. 어떠하든 영규대사는 오각대사의 건의를 받아들여 가선사에서 기병하여, 그 인근에서 벌떼작전을 구사할 전투를 계획하였다.[15] 이들은 갑사에서 가천사로 가면서 승병을 모집하였는데, 몇 일만에 수백 명이 모여 들었다고 한다. 이들을 모아 훈련하고, 군복을 물들이기, 정탐병 보내기, 벌떼 잡아오기, 대문짝 얻어다가 수막이 공사하기 등을 준비하여 실제 싸움을 하였다. 이 싸움에서 을지문덕의 살수대첩을 차용하였으나, 벌떼를 이용한 것이나 뒤에 술과 흥으로 하루를 보냈다는 것은 작가의 상상력이다.

공주현감 체포하기는 실제로 일어날 수 없는 사건이다. 만약 공주현감이 친일첩자였다면, 연락이 가능한 관찰사를 통해 공적인 라인으로 처리할 사항이다. 그런데 의승장 영규대사가 처리한 것은 작품적 흥미를 돋우는 동시에 민중들의 한풀이 욕구를 해결시키려는 시도로 보인다.

---

14) 청주성 싸움이 8월 1일에 이루어졌고, 8월 11일에 금산전투를 위하여 공주에서 의승병이 이동하여 8월 22일 금산에 전몰하였기 때문에 시간적으로 불가능하다.
15) 이처럼 갑사를 떠나면서 벌떼작전을 구사하였다는 것은 영규대사와 윤 처사가 가천사 인근의 지형을 이미 알고 있다는 것이 된다.

금부도사가 갑사에 도착한 삽화는 사실이지만, 영규대사를 만나 직첩 수여하려다가 거부당하였다는 것은 허구이다. 금부도사가 갑사에 도착하였을 때 영규대사는 금산전투에서 전사한 직후였다. 작가가 위와 같이 변형시켜 서술한 것은 영규대사가 이름을 얻기 위해 기병한 것이 아니라 나라와 민족을 위한 것임을 강조하기 위한 수단이다.

### 3) 사실과 설화의 변용적 수용

이 유형은 영규대사의 역사적 사건이나 전승 설화를 중심으로 작품을 구성한 경우이다. 장의 내용을 구성하는데 전승되는 설화적 내용이 중심이 되면서 비역사적 사건이나 영규대사와 관련이 없는 설화를 수용하였다. 이에 해당한 장은 2장과 7장, 그리고 10장이라고 하겠다.

2장을 보면, 몽둥이 만들기 삽화가 다시 등장하고 있다. 이는 '몽둥이'가 의승병의 주요무기였다는 점에서 부각시키려는 의도로 보인다. 그리고 정자나무 모임 삽화도 분리되어 수용되어 있는데, 이것은 조헌과 영규대사의 동지적 관계를 강조하기 위한 수단이다. 또 영규대사가 약자에게 베푼 은공으로 추후 전쟁에 참가할 때에 협력자를 얻게 되는 것이 필연적 결과임을 의도한 설정이라 하겠다.

전쟁을 준비하는 내용의 삽화가 설화에 많이 보인다. 그중에 대표적인 것이 불가에 입문하여, 부목으로 땔나무를 하면서 전쟁에 쓸 몽둥이를 만들었다는 내용이다. 소설에서는 몽둥이 등 무기를 만드는 사건이 곳곳에서 이루어지고 있다. 특히 몽둥이 만들기는 영규대사가 부목에서 사미계를 받고 식사를 담당하는 공양주가 되었음에도 부목의 역할을 수행하도록 설정하여 계속하였다.

소설에서는 영규대사가 나무를 하러가다가 개미싸움을 목격하였다.

옛날에 개미떼가 이동을 하거나 싸움하는 장면을 가끔 목격할 수 있는 사실을 차용하여 영규대사 미래의 운명을 암시하고 있다. 개미떼 싸움 장면은 영규대사에게 싸움에 임하는 자세를 제시하고 있다. 즉 처자식이 없는 승려들은 임전무퇴의 정신으로 싸움에서 임하게 될 것을 보여주고 있다.

도끼와 낫을 감추기 삽화는 설화 속에 등장하지만, 범종 깨기는 창작된 삽화로 보인다. 작가는 무기 만들기에서 낫과 도끼만 가지고는 무기 재료가 턱없이 부족하다 여겨 범종을 깨뜨려 저장하게 만들었다. 이 삽화에서 영규대사는 나무를 갔다가 낫과 도끼를 산속에 감추어 놓고 온다. 설화에서는 그의 미래 예견력을 보여주기 때문에 반복적으로 나타나지 않는다. 그런데 소설에는 사실적 의미를 강화하기 위하여 가끔 잊어버렸다고 한다. 사실 낫과 도끼를 나무할 때마다 잊어버렸다고 할 수 없다. 그리고 범종을 주조할 때 깨진 것까지 사용할 수밖에 없는 상황임에도 불구하고, 무기 만들기에만 집중하여 방치하도록 설정하였다. 소설에서는 이들 삽화들이 영규대사의 예지력을 보여주기는 하지만, 무기 만들기라는 사실적인 측면만을 강조하도록 변형되어 있다고 하겠다.

선장으로 무예 연습은 의승장이 되기 위한 한 과정으로 설화에 나타난다. 소설에서 무예 연습의 장소는 사찰 경내이고 다른 사람이 보이는 곳이다. 무예 연습이 사찰 차원이라면 당연하겠지만. 국가적인 차원의 무술 연습이라면 불가능할 것이다. 영규대사의 무예 연습은 사찰 차원이 아니라 전쟁을 수행하기 위한 것이다. 이런 무예 연습의 장소는 비공개된 숨겨진 장소일 것이다. 설화에서는 무예훈련 장소가 계룡산의 은밀한 곳일 뿐만 아니라, 무예연습 과정이나 몽둥이를 만드는 과정도 은밀하게 진행되었다.

7장은 영규대사가 임진왜란 참여하게 된 과정이다. 7장에 수록된 삽화16)로는 윤 처사와 재결합을 위한 삼고초려 고사, 임진왜란 기간(7년)에 대한 사실, 임진왜란이 일어나 사실, 영규대사가 토굴 속에 3일 통곡을 차용하였고, 윤 처사와 대장간 운영은 임진왜란 활용할 무기 만들기가, 경도 스님의 쇠 모으기 삽화는 엿장수의 모습과 개 물린 치료법, 탄금대 싸움 삽화, 기병 모으기 허락받기와 기병 모집 삽화, 의승병 훈련 삽화에서 감물들이기, 무기와 신발 만들기, 고기 먹이기, 정자나무에서 조헌과 맹세, 공주현감에게 창 빌리기 삽화, 당간지주 올라가기 삽화, 그리고 청주성 싸움 삽화, 우공전법 삽화, 절구통과 맷돌 전법 삽화, 영규대사의 청주성 탈환에 대한 유자들의 시각과 금부도사 파견 등의 삽화가 있다. 이런 다양한 삽화들 중에 설화나 역사적 사실을 차용한 것만을 중심으로 보면 다음과 같다.

윤 처사에 대한 삼고초려 고사의 수용은 설화에서 찾아볼 수 없다. 작가는 창조한 인물인 윤 처사를 옥천에서 데려오기 위한 노력으로 삼국지연의의 내용을 차용하고 있다. 이는 윤 처사가 매우 중요한 인물이며 그의 역할이 중요함을 보여주기 위한 수단이다. 임진왜란 기간에 대한 설화는 많이 전승되고 있다.17) 조선에서의 7년 전쟁이 설화에서는 인재가 없어서가 아니라 사회적 반상구조 때문이라고 하였으나, 소설에서는 조선의 운명임을 제시하고 있다. 임진왜란은 일어난 역사적 사실을 수용하여 전개과정을 보여주고 있다. 설화에서는 영규대사가 임금이 서울을 버리고 의주로 몽진하는 소식을 듣고 토굴에 들어가 통곡하였으나, 소설

---

16) 영규대사는 전쟁에 참여하기 위해 준비하였기 때문에 몸만 나서면 되었다. 즉 전쟁을 대비하여 준비한 물자들을 정리하고 제작하는 과정만 남았다. 그런데 설화에는 이런 능력을 단편적으로 제시하면서 신이한 능력에 초점이 맞추어져 있지만, 소설에서는 신이성이 사라지고 현질적인 능력만 보여주고 있다는 문제만 제기되고 있다.

17) 충남 아산의 인물인 김복선 설화에 관한설화에 나타난다. 청주, 수원, 광주에 사는 백정이 전쟁을 맡으면 3일, 김복선 자신이 맡은면 한 달,(석달) 그런데 이들은 신분이 미천하여 안 되고 이순신이 맡아 7년이 전쟁을 하게 되었다고 한다.

에서는 임진왜란이 일어나자마자 통곡하였다. 이는 설화에 나타난 의식보다 약화된 의미를 제시하고 있다.[18] 소설에서 전쟁이 일어남은 전쟁을 준비하여온 영규대사에게 자신의 능력을 드러낼 수 있는 기회이다. 한편 경도 스님이 엿을 만들어 쇠를 바꾸었다는 것은 창안된 것이다. 엿장수를 하였다는 것이나 개에게 물렸다는 것은 영규대사와 관련이 없다고 할지라도 옛날에 실제로 일어날 수 있는 상황이기 때문에 차용한 것이다. 그밖에 기병 모집 사건 등도 역사적 사실을 확인하기 어려우나 실제로 있어야만 하는 사건이다.

탄금대에서 신립 장군의 싸움은 역사적 사실을 차용하였지만, 그 서술 내용은 작가의 상상력에 의해 영규대사와 연결시켜 놓았다. 작가는 탄금대의 싸움을 차용하여 민족적 비극을 드러내는 동시에 기병의 당위성을 제시하였다. 서술한 내용은 충주로 내려간 송 의원과 연화의 이야기로 구성되어 있다. 이런 서술은 뒷날 연화와 윤 처사의 만남을 정신적 결합으로 승화시키는 계기를 복선화하고 있다.

기병훈련이나 정자나무에서 조헌과의 맹서는 구비설화에도 전승되고 있다. 일부는 실제로 있을 수 있는 사건들을 차용한 작가의 상상력을 보여주고 있다. 의승병의 복장이 적에게 발견되기 쉽다는 점에서, 그리고 전쟁 중에 맨발로 싸울 수 없기 때문에 짚신을 수명이 짧은 짚을 대신에 칡에서 뽑은 질긴 청올치로 만든 것 등이다. 그리고 전쟁에 임하는 승려들에게 고기를 먹이도록 하는 것은 작가의 민중적 사고에서 비롯된 생각으로 보인다. 한편 갑사 입구의 정자나무에서 조헌과 만나 청주성 탈환 작전을 약속하였다는 것은 구비설화에서 전승되고 있다. 갑사를 찾아온 조헌이 기병한 의승장 영규대사를 찾아와 왜구의 호서진출을 저지하

---

18) 전쟁이 나자마자 통곡하였다는 것은 지금까지 전쟁 물자를 비축한 의도가 무엇인지를 불분명하게 만든다고 하겠다.

기 위해 논의하였다는 것도 사실이다. 공주현감에게 창을 빌리기 삽화는 역사적 사실일 가능성을 배제할 수 없지만, 설화에서 찾아볼 수 없는 내용이다.

당간지주 올라가기 삽화는 공주지역이 많이 전승되는 설화이다. 영규대사는 훈련 중에 의승병들이 나태해지자 경각심을 심어주기 위하여, 혹은 의병 모집에 동참하지 않자 28간짜리 당간지주를 올라갔다. 그런데 소설에서는 기병하여 출정하려고 할 때 일어난 사건으로 서술하고 있다. 큰 의미의 차이는 없으나 전자가 영규대사의 신이한 능력을 강조한 반면에, 후자는 영규대사의 신이성을 강조한 측면도 있지만 의승병의 인간적 의식을 더 중시하였다. 즉 아무리 거칠 것이 없는 승려라고 하지만 죽음의 싸움터로 나가는 인간적 나약함을 보여주고 있다. 영규대사는 이런 인간적 나약함을 덕화로 다스리기보다 규칙이나 규약에 의거하여 처단하겠다는 위협하고 있다.

7장의 마지막 부분은 청주성 싸움에 관한 내용이다. 청주성 싸움의 내용은 역사적 사실이나 설화적 내용과 일치하는 부분이 있지만 많은 부분은 작가적 상상력으로 처리되어 있다. 역사적으로 명확하게 고증하지도 않았고, 작가적 자기진술에 충실하지도 못한 상황에서 전개되고 있다.[19] 작가는 방어사 이옥이 영규대사의 의승병을 천대하였다는데, 영규

---

19) 설화와 역사에는 영규대사 일행이 청주성의 빙고현에 도착하여 조헌, 박순무와 함께 삼면에서 공격하기로 작정하였다. 이때 청주성에 있던 왜적이 방어사 이옥의 조선 관군을 향하여 선제공격 하였는데, 이들은 목숨을 보전하기 위하여 싸우기보다 도망치기에 바빴다. 그때 후미에 있던 영규대사의 의승병이 왜구의 공격을 막아냈다. 퇴각한 왜구들이 저녁에 다시 공격하여 오자 역공을 하여 성벽까지 도달하였으나, 그날 저녁에 비가 와 후퇴하고 말았다. 다음날 아침에 여자가 나왔는데 잡아놓고 보니 왜군이 청주성에서 퇴각하였다고 한다. 이에 정탐 병을 보내 확인하니 왜군이 성을 비워두고 북문을 통해 도망갔음을 확인하였다. 성을 의병들이 점령하자 도망하였던 방어사 이옥이 들어와 성을 장악하게 된다. 이옥은 의병과 의승병, 민중들에 대한 배려가 없이 적의 식량이 될 수 없도록 성내의 곡식창고를 태워버리고 만다.

대사의 의승병보다 더 천대받은 것이 조헌의 의병들이었다. 소설에서 이옥은 성의 탈환을 자기의 공으로 돌리기까지 하는데, 설화나 역사에서 이옥이 조헌의 공을 언급하지 않았지만 영규대사의 공을 인정하는 소를 올리고 있다. 그리고 조헌이 기왕병으로 북쪽으로 올라가려고 할 때, 영규대사의 의승병들은 어떻게 되었는지 명확하지 않다. 다만 의병모집을 방해하던 관찰사가 금산의 적을 치는 것이 우선이라고 조헌을 설득하기에 이른다. 이 과정이 빠지고 영규대사의 활동만 부각시키고 있다. 이것은 정자나무에서 의형제를 맺었다는 내용으로 볼 때, 영규대사의 행동이 부자연스러운 것으로 보인다.

영규대사의 청주성 탈환소식은 몽진하는 선조와 조선정부에게 첫 승전소식이었다. 왕을 승전소식을 듣고 바로 벼슬을 내렸으나, 뒤에 관료들이 승려라는 점에서 낮추었다는 것이 역사적 사실이다. 그런데 소설에서는 관료들이 영규대사에게 벼슬을 주지 않으려고 하였다거나, 금부도사를 시켜 승전과정을 확인하였다. 올바른 금부도사는 이옥이 자기 공이라 하였지만, 군인들에게 영규대사의 공으로 탈환하였다는 것을 확인하고 왕에게 진언하자 벼슬을 하사하게 하였다.

10장의 '창자를 부둥켜 안고'는 영규대사가 죽음에 이르는 소설의 대단원이다. 그 삽화들로는 연화와 윤 처사의 해후, 금산 싸움 삽화에서 진 치기 갈등, 싸움 과정, 부상당한 영규대사의 보석사 이동, 시신 치우기, 중암사 주지의 충고 등으로 금산 싸움의 끝을 맺는다. 그리고 영규대사는 갑사에 들어와 새로 기병하여 노산산성 싸움을 벌이는데 창자가 삐져나옴, 왜구들의 갑사 유린하기, 부상당한 영규대사를 혼내는 누이, 초포천 건너기 삽화, 영규대사의 최후로 이루어진다. 그리고 소설로서 사족에 해당하는 영규대사의 묘소 만들기와 경도스님의 시묘살이, 청련암의 재건 삽화 등이 있다. 이중에 일부는 창작하고, 일부는 설화나 역사적 사실을 차용하였거나 제목만 차용하였다.

금산 싸움이나 진지구축의 갈등은 역사적 사실이나 설화에 많은 전승되고 있다.[20] 다만 영규대사의 최후 모습은 작가의 상상력에 의해 허구화되어 있다. 설화에는 영규대사가 금산 싸움에서 왜구의 칼과 창으로 찔려 창자가 삐져나온 채로 공주로 향하여 오다가 초포천에서 죽음을 맞이한다. 소설에서는 영규대사가 금산 싸움에서 창자가 아닌 어깨 부상을 당하였고, 깨어나서 이동한 곳이 보석사였다. 이는 보석사에 영규대사의 요사체가 있고 기허당비가 앞에 있다는 것에 대한 작가 나름대로의 상상력으로 여겨진다. 즉 작가는 영규대사를 보석사로 이동하게 하여, 인연이 있던 경도스님과 만남을 주선하고 있다. 그리고 경도 스님이 가슴 꼭지를 칼로 돌려 피를 먹이는 장면도 허구적 진실로 보인다.[21]

영규대사는 금산 전투에서 전몰하였을 가능성이 많다. 그럼에도 설화에서 영규대사가 삐져나온 창자를 부여안고 공주로 향하도록 한 것은 그의 원한을 표출하는 민중의식의 소산으로 보인다.[22] 금산 싸움에서 충청관찰사의 배려는 고사하고 의병활동을 방해하지만 않았더라도 전몰하는 비애를 겪지 않았을 것이다. 소설에서는 이와 달리 재기를 위하여 공주 쪽으로 왔다는 내용만 중시하여 역사에도 없는 새로운 전쟁을 만들었다. 따라서 작가는 금산 싸움에서 다른 부분이 부당을 당하게 만들고 새로운 전쟁에서 창자가 나오는 부상을 당하게 하여 초포천에 죽도록

---

20) 소설에는 금산 싸움이나 조헌과 영규대사의 진지 구축의 대립을 설화보다 축약되어 있지만 거의 그대로 차용하고 있다. 조헌과 영규의 대립은 의형제를 맺었기 때문에 갈등으로 발전되지 않고 협력으로 이어지고 있다는 점도 설화와 같다.

21) 영규대사에 관련된 보석사 설화에는 어려서부터 무술 공부하던 곳이고, 싸움에 패하여 도망해 왔다는 것을 찾아볼 수 없다. 그리고 연건평 싸움에서 패한 영규대사가 왜구들이 진주하는 금산성을 통과하여 보석사에 이른다는 것은 불가능한 사건으로 보인다.

22) 강현모a, 전게논문, 300쪽. 설화에는 부상당한 영규대사가 공주 쪽으로 오는 이유는 재기하기 위한 것과 관찰사에게 따지기 위해서 오는 두 가지가 있으나, 소설에는 재기하기 위한 새로운 도전을 위해 오는 것으로 설정하였다.

만들었다.

공주 쪽으로 오는 도중에 누이 집에서 혼나며 쫓겨났다는 내용이, 소설에서는 종암사 주지와 누이로 분리되어 나타나고 있다. 종암사 주지는 설명을 듣고 쉬었다가 갑사에 들어가 재기할 수 있도록 하였고, 누이는 설화와 같이 받아들이지 않아 하천을 건너다가 죽도록 설정하였다.[23]

영규대사의 죽음도 설화와 차이가 있다. 설화에서는 초포천을 건너다가 흙탕물이 창자 안에 들어가 죽음을 맞이하였다. 그런데 소설에서는 홍수가 난 하천을 겨우 건넜을 때 갑사에서 불이 나는 것을 보고 쓸어졌다. 그때 갑사를 노략질한 왜구들이 오다가 영규대사를 알아보고 칼을 쳐 죽였다. 이는 영규대사의 죽음을 장렬하게 만들려는 작가의 의도라고 하겠다.

영규대사의 묘소는 자신이 잡았다는 설화도 있으나.[24] 소설에서는 스님이 자신의 묘 자리를 잡는 것이 부적절하다고 여기고 윤 처사가 잡도록 하였다. 그리고 그를 사랑하였던 경도 스님이 시묘살이 하는 것으로 대단원 맺고 있다.


## 4. 결론

본고는 정정섭의 소설인 「천하에 뜨는 용」에 나타난 설화의 수용양상을 검토하는 것을 목적으로 한다. 「천하에 뜨는 용」은 임진왜란 때 갑사에서 기병하였던 승병장인 기허당 영규대사를 대상으로 역사 소설화한

---

23) 종암사 주지가 받아들였는데도 불구하고 누이가 받아들이지 않는 것은 장졸을 잃은 장수는 존재가치가 없다는 민중적 사고를 보여주고 있다고 하겠다.
24) 설화에서 영규대사가 김씨 묘소 근처에 잡았는데, 이는 매년 시제 때 국가를 위한 인물이기 때문에 음식을 마련하여 즐 것이라며 잡았다고 한다.

작품이다. 「천하에 뜨는 용」이란 작품에는 기존의 많은 설화들을 수용하고 있다. 그 소설 작품 속에 기존의 설화를 어떻게 수용하고 있는지를 살펴보고자 한다.

영규대사의 생애는 문헌기록이 거의 없어 자세하게 알 수가 없다. 영규대사는 속성이 박 씨이고 법호가 기허당이다. 그는 공주 갑사의 청련암에서 불가에 입문하여 뒤에 서산대사의 큰 제자가 되었다. 그는 임진왜란이 일어나자 최초로 기병한 의승장이다. 특히 조헌과 함께 청주성을 탈환하였으나 금산전투에서 패배하여 최후를 맞이하였다.

「천하에 뜨는 용」은 영규대사를 작품화한 정정섭의 소설로, 총 10장으로 된 장회체 소설이다. 이 소설의 작품은 문학적으로 뛰어난 작품을 아니지만 나름대로의 의의를 가지고 있다. 즉 의승장에 대한 소설 작품이 부족한데 임진왜란을 배경으로 기병한 영규대사를 대상으로 작품화하였다 점, 영규대사에 관한 설화 자료가 많이 조사 보고되지 않았음에도 많은 설화를 수용하여 소설화하였다 점, 영규대사의 의승군 활동을 대해 나름대로 역사적 의미를 부여하며 작품화 하였다는 점에서 그 의의를 가지고 있다.

「천하에 뜨는 용」에 나타난 설화의 수용양상은 영규대사의 영웅성을 강조하기 위해 혹은 흥미성을 부여하기 위하여 다양한 설화들을 수용하고 있다. 이런 설화들의 차용은 영규대사와 직접 관련된 것도 있지만, 어떤 전혀 관련이 없는 설화나 사건을 수용한 경우로 나타난다. 소설에 나타난 설화의 수용양상의 특징을 장별로 나누어 보았을 때 3가지로 나눌 수 있다.

첫째는 소설의 전개를 위하여 허구적 내용이 중심이 되면서 사실화를 위한 설화를 수용한 상상력을 통한 설화적 수용, 둘째는 사실적 내용이나 설화가 내용의 중심을 이룬 반면에 소설적 허구를 가미한 사실적 변용과 상상력이 결합된 수용, 셋째는 영규대사에게 실제적으로 일어난 역사적 사건이나 설화를 내용의 중심으로 설정한 사실과 설화 내용의 변용적 수용으로 나누어지고 있음을 알 수 있다.

이런 과정을 통하여 소설 「천하에 뜨는 용」은 다양한 설화를 수용하여 나름대로 작품을 구성하였다. 그런데 설화의 낭만성과 허구적 기교가 제대로 이루어지지 않고, 너무 많은 설화 자료의 수용을 유기적으로 융합시키는데 한계를 보이고, 내용의 반복적인 수용으로 작품적 한계를 보여주고 있다고 하겠다.

본 연구는 설화적 수용에 치하였기 대문에 작품의 주제나 구성, 인물의 특징이나 이들의 변용양상에 대해 검토하지 못하였는데 이는 추후로 검토하고자 한다.

# 소설 「천하에 뜨는 용」의 서사 구성과 의미

## 1. 서론

본고는 정정섭의 소설인 「천하에 뜨는 용」[1]의 서사 구성과 의미를 검토하는 것을 목적으로 한다. 「천하에 뜨는 용」은 임진왜란 기간에 충남 공주 갑사에서 기병하였던 승병장인 영규대사를 대상으로 소설화한 작품이다. 작가는 역사소설이라고 명명하면서 주인공 영규대사와 직접 관련된 설화들은 물론이고, 기존의 많은 설화들을 수용하고 나름대로의 상상력을 동원하여 허구적 진실을 담아내고 있다.[2] 작품은 영규대사의 영웅적 능력을 강조하려다가 전체적인 조화를 이루지 못한 경우도 있고, 역사와 동떨어진 사실이나 설화를 차용하여 현실과 유리된 경우도 있다. 사실 영규대사의 생애조차 거의 알 수 없는 상황에서 역사적 사실과 허구적 진실 사이의 관계를 명확하게 규명할 방법이 막연하다. 본고는 영

---

[1] 정경섭, 『천하에 뜨는 용』(도서출판 다래, 2002.9.) 이후에 이 책에 대한 언급할 때는 페이지만 언급하도록 할 예정이다.

[2] 강현모, 「「천하에 뜨는 용」에 나타난 설화의 수용양상」, 『한국언어문학』 84, 한국언어문학회, 2013.3.30. 125-147쪽.

규대사를 대상으로 한 「천하에 뜨는 용」의 서사 구성과 의미를 중심으로 살펴보도록 하겠다.

소설 「천하에 뜨는 용」에 대한 연구는 거의 없다. 영규대사 설화의 소설적 수용양상에 대한 연구가 1편 있을 뿐이다.[3]

본 연구는 임진왜란의 3대 승병장의 한 명인 영규대사에 관한 정정섭의 소설 「천하에 뜨는 용」의 서사 구성과 의미를 검토하겠다. 다만 소설에 나타난 의미를 명확하기 위하여 기존의 설화의 자료를 어떻게 수용하고 있는지에 대해 보완자료로 활용하여 검토하게 될 것이다.[4]


## 2. 「천하에 뜨는 용」에 나타난 일반적 특징

「천하에 뜨는 용」은 정정섭이 영규대사와 직접 관련된 것이나 아니거나 필요에 따라 많은 설화 자료를 수용하여 2002년에 소설화한 작품이다.

정정섭의 소설 「천하에 뜨는 용」은 총 10장으로 된 장회체 역사소설로 문학적 상상력이 그렇게 뛰어난 작품으로 볼 수 없다. 다만 영규대사에 관한 설화 자료가 많이 보고되지 않았음에도 많은 설화를 삽입하여 소설화하였다 점,[5] 역사적으로 영규대사 의승군의 활동을 나름대로 의

---

3) 강현모, 「「천하에 뜨는 용」에 나타난 설화의 수용양상」, 한국언어문학 84, (한국언어문학회, 2013. 3)

4) 2007년도 영규대사의 활동지를 중심으로 현지조사한 자료, 1992년부터 2006년까지 조사하여 금산문화원에서 4개 유역(새내1, 금강본류2, 금내1, 버드내2) 6권으로 발간한 자료, 신동흔, 전게논문에 자료 30편, 『숭전어문학』 4집에 1편, 한국정신문화연구원의 한국학대학원 『조사보고서』 2집에 2편, 김승호의 전게논문에 1편 등이 있다. 그런데 한국학대학원에 발간한 자료를 구하지 못하였다.

5) 영규대사에 대한 설화 자료는 2007년에 집중적으로 조사한 바가 있는데, 이를 제외하고 학계에 보고된 그에 관한 설화는 많지가 않았다. 이는 탁월한 업적과 능력을 보인 사명당에게 승병장의 설화가 결합 귀착되면서 다른 승병장 설화의 전승이 단절되었을 것으

미를 부여하면서 작품화 하였다는 점, 불교의 의승장군에 대한 작품이 부족한 데 임진왜란에 배경으로 의병을 일으킨 영규대사를 대상으로 작품화하였다 점에서 나름대로의 의의를 가지고 있어 작품구조와 의미를 검토하고자 한다.

본 소설의 전체적인 구조는 계룡산 인근에 전승되고 있는 「남매탑 전설」의 구조를 차용하여 작품화의 기본 틀을 마련하였다. 전설에는 구해준 스님에게 보답하기 위하여 호랑이가 상주지역의 여자를 물고 온 것으로 시작되는데, 소설에서는 나물을 뜯으러 온 천경이를 호랑이가 잡아먹으려고 할 때 나무하러 왔던 영규대사가 구해주는 것에서 시작되고 있다. 이처럼 도입부가 호랑이로 인하여 주인공인 영규대사와 김천경의 만남이 시작되었고, 그 중간 과정에 차이가 있으나 천경이와 영규대사가 다 승려가 되었다는 점도 전설과 같다. 다만 「남매탑 전설」에서는 두 남녀가 의남매를 맺고 불전에 귀의하여 불국토를 이루고자 하는 뜻을 같이하여 희극적인 결말을 이루어져 있다. 이에 반하여 「천하에 뜨는 용」에서는 아기장수 설화를 수용하여 영규대사의 비범성을 보여주면서, 비범한 남자 주인공이 왜병에게 비극적인 최후를 맞이하였다는 역사적 사실 때문에 비극적으로 종결을 짓고 있다.

이 작품의 서사단락을 장회로 나누어 제시하면 다음과 같다.

| | | |
|---|---|---|
| 1. 마지막 사랑 | 9 | 발단 |
| 2. 진리를 묻는 그대에게 | 40 | 전개 |
| 3. 않겠어요 | 63 | |
| 4. 그 날이 오면 | 78 | |
| 5. 아, 월인석보 | 118 | |
| 6. 깨침이 뭐야 | 137 | 위기 |

로 추정된다.

「천하에 뜨는 용」은 위와 같이 10장으로 나누어져 있다. 소설의 내용을 중심으로 검토하면, 1장을 이 소설의 발단부분이다. 김천경과 박영규가 이별 장면에서 시작되고, 사건의 중요한 열쇠를 쥐고 있는 윤 처사가 등장하고 있다. 특히 남녀 주인공의 이별 장면은 이들의 만나게 될 것을 재연하도록 하는 효과가 있다.

2장에서 6장까지는 작품의 전개로, 박영규와 김천경의 일화에서 비롯하여 사건이 복잡하여지고, 왜구가 침입할 기운이 점점 강해지는 사회적 혼란이 다가오고 있다. 소설에서 전개를 보면, 영규와 김천경 이외의 연화를 놓고 윤 처사와 송 의원의 갈등 등 설화에서는 볼 수 없는 인물들을 새롭게 창조하여 사건을 복선화시켜 흥미를 증진시켜 가고 있다.

위기는 7장에서 8장까지로 임진왜란의 싸움에 관련되어 있다. 이 싸움에는 영규대사와 윤 처사가 중심을 이루어지고 있다. 김천경이나 연화, 그 밖의 주변적 인물들을 등장시켜 갈등의 극대화를 가져오면서, 영규대사의 삶에 위기로 치닫게 된다.

9장에서 10장 초반은 이 소설의 절정으로, 실제적인 설화나 역사적 사실에 없는 허구적 진실을 드러내며 영규대사의 삶을 구국적인 모습으로 보여주고 있다. 영규대사가 역사적으로 금산 싸움에 죽음을 맞이하였을 것 같다. 이 소설에서는 금산 싸움 이후에 새로운 몇 번의 전투 사건을 창조하여 복잡하게 구성하고 있다. 따라서 소설에서의 절정과 결말은 영규대사가 9장의 싸움을 끝내고 10장의 싸움을 통해 최후를 향하고 있는 모습을 보여주고 있다. 이런 모습은 전설과 거의 비슷하면서 전혀 다르다.

그리고 10장은 결말이라고 하겠다. 즉 10장의 끝부분에 해당하는 것으로, 상상력에 의한 허구적인 결말을 맺고 있다.

## 3. 「천하에 뜨는 용」의 서사 구성과 의미

### 1) 허구적 사건 통한 발단

1장의 '마지막 사랑'은 주인공인 박영규가 김천경과 세상과의 이별장면이다. 영규는 천경이와 만난 지 10년 된 20살 전후에 천경뿐만 아니라 누님과 부모님 등 세상과의 이별을 하게 된다. 그 이별은 영규가 15세 정도 때 천경을 잡아먹으려는 호랑이를 물리쳐 인연을 맺게 하였던 능력이 원인이 되고 있다. 영규의 세상과 이별은 보여준 능력들 때문에 시기하는 사람들이 있어, 가문을 보존하고 자신의 생존을 위하여 불가에 입문하도록 하는 아버지의 권유에서 비롯되었다. 그리하여 영규는 사랑을 하였던 천경에게 말 한 마디 못하고 출가하였지만 한시도 잊은 적이 없다.6) 그는 불가에 입문하여 열심히 노력한 덕분에 사미계를 받을 기회가 되자, 더 이상 미룰 수가 없어 승속을 밟아 머리 깎고 출가하기 전날 밤에 천경이를 만났다

김천경과 이별하는 우물가는 어떤 생생력을 보여주고 있다. 그들의 이별 과정은 영규에게 아기장수 설화를 차용하여 불가에 입문할 수밖에 없기 때문에 비롯된다. 그가 입문을 하는 것은 입도수행을 하기 위한 것이 아니라, 피신을 하는 것을 목적으로 한다는 점에서 설화와 큰 차이가

---

6) 16쪽 그는 산에 올라가 나무를 할 때, 부엌에서 국을 끓이거나 공양을 지을 때, 단 한 시도 천경이를 잊어본 적 없었다.

없다. 1장의 내용은 두 사람 사이의 만남의 과정이 회상적으로 나타나고, 현실은 이별 상황을 제시하고 있다.

한편 1장의 뒷부분은 윤 처사라는 사람을 등장시키고 있다. 그는 영규대사를 도와줄 사람으로 상상력을 통해 창조된 사람이다. 설화에서는 영규대사가 조헌의 부장 또는 책사의 성격을 가지고 있지만, 영규대사를 대상으로 하는 소설을 창작하면서 영규대사의 책사로 윤 처사라는 상징적 인물을 등장시키고 있다. 이때 '저승 갔다 온 이야기'를 통하여 윤 처사가 육도삼략을 할 수 있는 인물로 설정하여 책사로서의 가능성을 보여주고 있다.[7]


## 2) 운명에 수응하는 전개

전개는 2장에서 6장까지로 영규대사가 전쟁을 참여하고자 노력하는 모습과 참여할 수밖에 없는 상황을 보여주고 있다. 그는 김천경과 이별하고는 천경을 잊고자 불가에 더욱 정진한다. 뿐만 아니라 미래에 국가와 민족을 외적의 침탈에서 구하기 위해 태어난 자신의 운명에 따라 적극적으로 행동하는 인물로 나타나고 있다.

그 내용을 구체적으로 보면 다음과 같다.

2장의 '진리를 묻는 그대에게'란 세상의 삶을 부처님에게 드린다는 것과 같이 영규대사의 미래를 암시하는 대목이라 하겠다. 영규대사는 김천경이나 세상과의 이별을 하고 불공을 드린다. 잠시 눈을 붙인 후에 사미계를 받는 부분이 2장의 시작이다. 영규대사는 사미계를 받고 불도로서 역할을 수행하지만, 공양주가 되자 '몽둥이 만들기' 삽화를 차용하여

---

7) 소설의 여러 곳에 시가 삽입되어 있는데, 특히 1장에서의 삽입시가는 고전소설의 형태를 모방하고 있다.

불법의 세계보다 세상에 대한 관심이 더 많았다.

그는 나무를 하러갔다가 낫과 도끼를 감춰놓고 잊어버렸다 하였고, 그 벌로 받은 범종치기에서 힘차게 범종을 치어 깨어버려 훗날에 병기 만들 자재를 준비하였다. 그리고 그가 필연적으로 임진왜란에 참여할 수밖에 없는 상황을 암시하는 것이 개미싸움이다.8) 처절한 싸움의 결과는 죽음으로 이어지지만, 죽음에 임하도 결코 물러서지 않아야 함을 보여주고 있다. 그리고 윤 처사와 유대관계를 더욱 공공하기 위한 구성이 갑사 밑에 기거하는 불쌍한 대중 구하기와 갑사 화장실 청소이다. 그런데 불쌍한 사람 구하기 삽화는 뒷날 전쟁에 필요한 사람들을 모으는 방책인 등시에, 윤 처사가 육도삼략을 이해하는 능력 있는 책사임을 보여주고 있다. 그리고 영규대사는 물질적인 자재만을 준비한 것이 아니라, 선장으로 무예 연습도 게을리 하지 않으며 육체적인 수련을 수행하였다.

2장은 이런 일련의 과정이 부처님의 뜻에 다 있음을 보여주고 있다. 즉 아버지의 강요로 불가에 입문한 것도, 전쟁을 참여하여 큰 뜻을 이루도록 한 것도 부처님께서 이미 마련한 진리이며 운명임을 보여주고 있다.

제3장 '않겠어요'는 김천경이 불가에 입문하는 과정이다. 천경이란 인물은 영규대사의 활동과정을 설명하기 위한 상상력에 의해서 창조된 인물이다. 천경은 영규대사와 헤어진 후 입산하여 나주암의 갔다가 청련암이 보이는 승하산 흑련암에서 입문한다. '않겠어요'는 그가 불가에 입문할 때의 심정을 시문으로 표현하였다. 경도(천경의 불가명)스님이 불가 입문하여 공양주가 되면서 송충이를 죽이는 과정이 등장하는데, 이 설정은 몇 가지 의미가 있다. 첫째, 훗날에 인명을 살상할 수 있음을 암시하고, 둘째, 불가에 입문한 마음가짐을 설명하는 것이며, 셋째, 억울함이 많은 세

---

8) 영규대사가 개미싸움 이전에 몽둥이를 만들었다는 점에서 보면 이미 전쟁이 일어날 것을 알고 있는 것으로 추정할 수 있다.

상에 그 내색을 하지 않을 것임을 드러내고 있다. 이는 경도가 영규대사와의 관계가 지상적 관계에서 불가적 관계로 승화시키는 계기가 되었다.

영규대사는 갑사 밑에 기거하는 대중들을 대상으로 인재를 양성하였다. 영규대사는 그들에게 겨울에 기거할 수 있는 집과 먹을 것을 마련하여 주었다. 그는 이에 만족하지 않고 그들이 스스로 자급자족할 수 있는 발판을 마련하여 주었다. 즉 나무를 하거나 소구시나 지게를 만들고, 그 밖에 팔아먹을 수 있는 많은 종류의 상품을 만들어 하여 자급자족할 수 있는 여건을 조성하여 주었다. 그리고 영규대사는 천자문을 사다가 공부를 시켜 전쟁에 활용할 인재를 육성하였다. 그리고 3장의 마지막에서 천경 어머니의 죽음은 영규대사에게 천경과의 인간적 관계를 벗어나 불가적 관계로 발전하도록 하는 계기로 보인다.

4장 '그 날이 오면'에서 그날이란 영규대사가 전쟁에 임하여 죽음에 이르는 날이거나, 임진왜란이 일어날 때, 아니면 서 처사의 죽음과 같이 열반에 드는 때를 의미하고 있다. 그런데 이곳에서는 많은 인물을 등장시켜 다양한 사건을 설정하고 있다. 등장한 주요 인물로 영규대사는 물론이고 윤 처사, 연화 아씨, 송 의원, 왜구 첩자, 서 처사 등이 있다. 이들에게 그날은 다양한 의미를 드러내고 있다. 서 처사의 죽음 등장시켜 열반에 드는 길이 어떤 하는 것이고, 그날이란 의미가 무엇인지를 제공하고 있는 것 같다.

그날이 이르기 위해서 다양한 사건들이 필요하다. 4장에서는 많은 놀이들을 등장시켜 더불어 사는 공동체적 삶이 중요함을 보여주고 있다. 더불어 사는 삶은 어떠한 어려운 일이 닥치더라도 함께 할 수 있는 계기가 된다. 이곳에서 개별적인 능력도 중요하지만 그날이 오면 협력할 수 있는 여건으로 만들어 우리가 하나 되어 함께 하는 삶을 마련하는 것이다. 그리고 그날을 맞이하기 위하여 자재 준비가 좀 더 구체화 되고 있다. 소나무를 잘라 방패의 역할을 할 송판을 만들고, 부상자 치료를 위한 약재로 죽염을 만들었다. 또 군복의 물감을 들일감 술을 준비하거나, 죽창을 만들었다.

한편 그날이 가까이 왔음을 보여주는 것이 왜군첩자 죽이기이다. 왜군첩자에게 심하게 대한 것은 왜구에 대한 철저한 적대의식을 보여주고 있다. 이는 왜구의 침입에 대해 영규대사의 적개심이 얼마나 큰지를 제시한 것이다. 또한 왜적이 침입한 지 3개월 만에 기승병을 이끌고 청주성을 탈환할 수 있었던 것은 많은 준비를 하였기 때문이라 설명할 수 있다.

여러 보조적 인물들이 사건에 등장하고 있다. 연화 아씨에 대한 윤 처사와 송 의원의 갈등은 사건의 진행을 위한 설정이라 하겠다. 윤 처사는 연화 아씨에게 선택받지 못하고 옥천으로 내려가 전쟁에 쓸 무기를 제련하는 기술을 체득하게 된다. 그리고 송 의원은 낙향을 통해 왜구의 무자비함을 드러내며, 죽염의 효능을 제시하고 있다.

제5장 '아, 월인석보'는 갑사에 보관된 월인석보를 통해 불력의 힘과 영규대사와 경도스님의 관계가 완전하게 불교적으로 승화되었음을 보여주고 있다. 소설에서는 상주에 있던 월인석보를 갑사에 옮겨 놓은 것인데, 대웅전 지붕에서 발견한 것으로 설정하였다. 월인석보를 발견하고 석보대제를 지내게 될 때 영규대사와 경도스님이 이별 후에 처음 만나게 된다. 경도스님은 보석사에서 돌아와 비구니로서 불교적 행사인 석보대제에 참석하게 된다. 이때 경도스님은 영규대사와 인간적 만남을 생각한다. 경도스님은 행사 중에 갈등을 하지만, 눈먼 사람을 도와 월인석보를 판본을 들고 경내를 도는 불교적 관계가 전부이었다. 이처럼 영규대사와 경도스님의 만남은 인간적 욕구를 절재하고 불교적 관계로 승화된 삶을 유지하게 된다.

한편 윤 처사는 연화 아씨를 송 의원에게 빼앗기고 회의에 빠진다. 그런데 윤 처사의 회의는 전쟁 물자를 준비하게 하는데 있다. 전쟁의 준비물로 아주까리기름, 양귀비의 진, 칡덩굴로 청올치 만들기 등이다. 이런 물품 자료들의 준비는 이제 전쟁이 가까이 왔음을 암시하고 있다. 예로 짚으로 만든 짚신이 오래 신지 못하는데, 칡덩굴에서 뽑은 청올치로 짚신을 만들면 오래 신을 수 있다. 따라서 전쟁을 하는 동안에 짚신을 만드는데 버리는 시간을 절약할 수 있다. 또 아주까리기름이나 양귀비의 진은 부상자들을 치료하는 약재로 활용할 수 있다.

송 의원과 연화 아씨가 결혼하면서 갑사를 떠나게 된다. 갑사의 떠남은 송 의원에게 영원한 떠남이지만, 연화 아씨에게 갑사에서의 영원한 삶을 준비하는 과정이다. 그리고 이들의 떠남은 소설의 주요 등장인물인 주인공 영규대사도 떠나고, 그를 도왔던 윤 처사도 떠나게 하는 계기로 작용하고 있다.

6장의 '깨침이 뭐야'는 영규대사 토굴에서 들어가 도를 깨우친 과정이다. 수도과정은 큰스님이 되기 위한 반듯이 겪어야할 관문이다. 즉 영규대사도 토굴을 짓고 그 속에서 도를 깨우치는 2-3년의 과정에서 생노병사의 문제를 고민하고 해답을 얻는 득도의 길을 닦았다. 득도한 영규대사는 세상에 열려 있도록 만들었다. 영규대사가 득도하고 나와 처음으로 만난 윤 처사에게 물은 것이 세상사이다. 작가는 영규대사에게 불교적 득도보다 세상사에 관심을 집중시켜 놓았다. 그 세상사는 영규대사가 서사대사와 관련을 맺도록 정여립 사건을 정감록과 연관시켜 결구하였다. 그리하여 설화나 탱화에 보이는 영규대사와 서산대사의 관계로 결부시켰다. 이를 계기로 주요 등장인물들이 계룡산을 모두 떠나도록 설정하였다.

영규대사는 서산대사를 만나러 묘향산으로 가고, 윤 처사는 생존을 위해 옥천으로 떠난다. 이런 떠남은 작가적인 상상력에 의해 뒷날에 좀 더 큰일을 하기 위한 설정이다. 영규대사와 윤 처사가 계룡산을 떠나면서 '돈 버는 비결'이란 옛날이야기의 삽화를 삽입한 것은 윤 처사에서 연화 아씨와의 관계에 대한 반성인 동시에 독자들의 흥미를 유발하기 위한 수단으로 보인다.

위에서 당시의 사회문제를 언급한 것은 조정에서 일어나는 문제를 제기하기 위한 수단으로 보인다. 정여립의 사건이나 율곡의 10만 양병설의 문제도 마찬가지이다. 조선의 사회적 혼란은 외부적인 문제보다 내부적인 문제에서 비롯되고 있음을 보여주고 있다. 즉 작품에서 10만 양병설이나 화승총 개발에 대해 주체적인 의식을 가지고 못한 체 외부적인 눈치나 보고, 조정에서 당파의 이익을 위해 문제의 내면적 접근을 못하는 것을 언급하고 있다고 하겠다.

이때 영규대사는 내면적인 성숙을 위하여 서사대사의 제자가 된다. 그리하여 영규대사는 서사대산의 법통을 이은 수제자 중의 한 명으로 성장하게 된다. 이는 영규대사를 고승대덕의 반열에 올려놓기 위한 수단이며, 불교의 민족적 승통의 일원으로서 활동하는 환경을 제공하는 역할을 수행하게 된다. 특히 가산사의 중창 사건은 그가 가산사 인근에서 싸움을 하였다거나 가산사에서 승병을 일으켰다는 설화적 상상력을 현실화시키는 요소로 작용하고 있다. 작가는 가산사의 중창을 통해 가산사의 의병설과 인근의 싸움을 연결시키려는 허구적 진실을 만들어내는 결과를 가져오고 있다.


## 3) 역사와 설화적 사실이 결합된 위기

위기는 7장에서 8장까지로 영규대사가 전쟁을 참여하고자 노력하는 모습과 참여할 수밖에 없는 상황을 보여주고 있다. 그는 전쟁에 참여하

여 실제로 싸움을 지휘하여 승리하도록 노력하고 있다. 이를 통해 운명
적 삶에 충실하게 살아가는 인물이 된다.

제7장 '청주성 탈환'은 허구적인 등장인물의 역할을 재조정하고 연관
시키는 과정에서 분량이 늘어났다. 임진년 4월 임진왜란이 일어났는데,
그 이후에 대장간 설치하여 무기 만들기, 경도스님의 쇠붙이 모우기, 충
주성 싸움의 부상병 구호, 의승병 구성과 훈련, 관군에게 화살 빌려오기
실패 등으로 구성되어 있다. 이런 구성 중에 경도스님이 엿을 고아 쇠붙
이를 얻어오기는 영규대사의 승병을 돕는다는 측면에서 비롯되었지만,
갑사에서 제련할 수 있다는 사실을 알았을 때만이 가능하다.

7장에서 역사와 설화적 차용으로 당간지주 올라가기나, 정자나무에서
조헌과의 맹서, 청주성 싸움, 방어사 이옥과의 관계, 영규대사의 승전보
에 대한 조정의 의견 등 많은 부분이 등장하고 있다. 이는 영규대사의
사건들이 사실임을 강조하기 위한 수단으로 보인다. 특히 청주성 싸움의
승리는 많은 준비과정을 통해 이루어진 결과로 보여주고 있다.

윤 처사와의 재결합은 유비의 삼고초려의 장면을 차용하였다. 그런데
윤 처사가 갑사로 되돌아온 것은 영규대사의 삼고초려의 덕분이라기보
다 시대적 상황에 따라 어찌할 수 없이 이루어진 것으로 설정하였다. 영
규대사는 갑사와 돌아오자마자 윤 처사를 찾아왔다. 윤 처사는 영규대사
와 만남에도 불구하고 연화 아씨와의 사랑의 상처 때문에 돌아가고 싶
은 마음이 조금도 없었다. 그런데 임진왜란이 일어나고 영규대사가 다시
찾아오자 갑사로 돌아왔다.

7장의 사건들은 실제로 일어난 역사적 사실을 바탕으로 허구적 상상
력에서 이루어져 있다. 청주성 싸움의 승리를 집약적으로 드러내기 위해
사건들을 종합하고 있다. 결과 청주성 싸움의 승리를 통해 민족적 자존
심과 왜적에 대한 적개심을 효과적으로 분출하였다. 그럼에도 불구하고

청주성의 승전보에 대한 조정의 분분한 의견을 제시한 것은 비극적인 주인공인 영규대사를 설명하고자 하는 의식이 내포되어 있다.

청주성 싸움 과정을 살펴보자. 소설에서는 청주성 싸움이 어떤 과정을 통해 이루어졌는지 명확하게 나타나지 않았다. 역사적으로 영규대사는 6월 기병을 하여 7월 15일에 청원군에 있는 안심사로 이동하였으며, 7월 말에 빙고현에서 전투를 한 것으로 보고되어 있다. 이때 충청 방어사 이옥이 청주성 탈환을 위해 전투에 참여하였다가 패퇴하여 물러난 뒤에 영규대사, 조헌, 박춘무가 합심하여 청주성 탈환작전을 수행하였다. 소설에 나온 것처럼 왜군들은 승군이 적은 것을 알고 조총을 들고 나왔다가 패퇴하여 청주성까지 쫓겨 갔으며, 영규대사는 날이 어둡고 비가 내려서 싸움을 물리었다. 그런 뒤 왜병들은 의승병들과의 싸움이 두려워 그날 밤에 성을 버리고 도망쳐 청주성을 탈환하게 되었다.

그런데 소설에서는 이와 달리 영규대사의 능력만을 강조하고 있다. 영규대사가 청주성을 뛰어올라 성문을 열고 들어가 승리한 것으로 되어 있다. 그리고 역사적 사실이 아닌 흥미를 끌어들이기 위하여 소떼작전을 수행한 것으로 구성되어 있다.

제8장의 '벌떼 작전'는 9장의 '송지탄을 만들다'와 같이 허구적 상상력을 통해 만들어낸 사건이다. 이 소설은 역사소설이라고 하지만, 역사적 사건보다 영규대사의 능력을 드러내기 위해 상상력을 동원한 허구적 사건을 많이 등장시켰다. 역사적으로 영규대사는 청주성을 탈환하고 갑사로 돌아왔다가 조헌과 함께 금산전투에 참가하여 죽음을 맞이한다. 영규대사가 기병하여 의승병을 이끌고 청주성 싸움까지 1달 보름 정도이고, 다시 금산전투에 참여하기까지 20일 정도 걸렸다. 작가는 이 20일이란 일정 기간에 많은 허구적인 전투를 동원하여 영규대사의 능력을 높이 드러내려고 하였다.

8장의 사건들은 가산사 인근에서 벌어진 전투이다. 이 사건은 7장의 절구통을 이용한 전투와 연결시켜야 함에도 불구하고 따로 구성하였다. 앞의 절구통을 이용한 전투를 치루고 갑사에 돌아왔다가 다시 옥천으로 이동하는 시간적 한계를 노출하고 있다. 청주성 탈환과 금산전투 사이의 기간이 짧았던 점을 고려했다면, 영규대사가 승병을 이끌고 청주성에서 옥천으로 이동하였다가, 갑사로 돌아간 다음에 옥천으로 다시 이동하는 우를 범하지 않았을 것이다. 이렇게 구성한 것은 전쟁을 수행하는 과정에서 병사들의 휴식이나 전쟁 상황을 고려하지 못한 작가의 한계로 보인다.

8장의 가산사 주변에 벌어진 왜군과의 싸움은 을지문덕 장군의 살수대첩을 차용하여 구성한 전투로, 벌떼를 동원하여 왜구를 공격하였다는 점이 특이하다. 옥천군 안내면 가산사 인근을 배경을 하는 설화들을 차용하는 과정에서 만들어진 내용이지만, 실제적인 설화의 내용은 찾아볼 수 없다.9) 이 8장의 구성은 벌떼작전을 수행하기 위한 과정이 대부분이라고 하겠다. 사실 영규대사가 가산사 인근에서 전투를 하였다는 내용은 이곳 가산사에서 수행하고 있는 지승 스님이 주장하는 내용으로, 인근 주민들조차 인식하지 못하는 설화이다.10) 전체적인 내용으로 보았을 때 8장의 구성은 설화이든 소설이든 합리적인 구성의 내용이라고 볼 수 없다. 역사적으로 볼 때 이곳 가산사에서 전쟁을 할 수 있는 시간적 여유가 없는 허구적인 내용이라 하겠다.

8장의 후반부에서는 새로운 싸움을 준비하는 과정이 있다. 전쟁에서 왜구의 조총에 맞서 몽둥이만 가지고 안 되기 때문에 새로운 무기로 창

---

9) 이런 이야기는 가산사 지승스님의 구술에서 보여주고 있다. 그런데 지승스님의 전승과 소설 사이에 어떤 관계가 있는지 알 수가 없다.

10) 옥천문화원장을 면담하였을 때, 원장님의 고향이 안내면 가사산 인근인데 어렸을 때 이런 이야기를 들어온 적이 없다고 한다.

을 제조하고자 하는 모습을 보여주고 있다. 그리고 불가능한 공주현감 감금하기도 역시 역사적 사실이나 설화적 진실과 차이가 있다. 다만 설화에서 영규대사가 금산전투에서 왜구에게 창에 찔려 뛰어나온 창자를 끌어 안고 공주로 돌아오는 내용이 있다. 소설에서는 영규대사가 관찰사에게 반감을 가지고 돌아왔다는 설화의 내용을 공주현감으로 변형하여 구성한 것으로 보인다. 그리고 금부도사가 영규대사가 있을 때 갑사 도착하였다는 것도 역시 역사적 허구이다. 청주성 탈환의 공적으로 영규대사에게 정삼품의 벼슬을 내린다는 첩지는 영규대사가 금산전투에서 죽은 뒤에 도착한 것으로 되어 있다. 이처럼 소설은 영규대사의 대한 사건들을 역사적 사실에 밑바탕을 깔고, 그것과 거리가 먼 작가의 상상적 허구를 끌어들여 구성되고 있다.

### 4) 허구적 상상력을 통한 절정

절정은 9장과 10장의 앞부분으로 금산전투라는 역사적 실체가 존재하지만, 싸움의 진행과 무관하게 작가의 허구적 상상력에 의해 구성된 부분이다. 왜구들이 금산을 점령한 이유는 전주를 점령하기 위한 수단이었다. 그런데 작가는 금산을 점령한 왜구들이 충청도 일원에서 영규대사 일행과 전투를 하였다고 구성하고 있다.

9장은 허구적인 내용으로 구성된 작가적인 상상력의 산물이다. 9장에서 왜구가 금산을 정벌하였다는 것을 제외하고는 전체가 실제로 일어나지 않았거나 설화적 전승조차 확인할 수 없는 허구적 내용이 가장 강하다. 왜구들은 이순신의 수군이 지키고 있는 평야(곡창)지대인 전라도 지역을 정벌하기 위하여 금산으로 집결하였다. 이들은 충청도 감영이 있던 공주를 치기 위한 것이 아닌, 군량을 획득하고 이순신 수군을 괴멸하기 위한 양동작전을 수행하기 위하여 금산에 집결한 것이다. 따라서 이 금산을 중심으로 전주를 빼앗으려고 진격하려는 왜구와 전주를 지키려는 조선 관군과 의병들이 3-4곳의 진격로에서 전투를 벌였다. 그 결과 조선 관군과 의병들이 필사의 정신으로 막아냈다.[11]

금산 지역의 싸움은 4차례에 걸쳐 일어났다. 그런데 금산전투에서 왜구들의 주 진격로는 전주를 향하는 방향이었다. 금산성을 중심으로 전투에서는 조선 의병과의 싸움이었다. 역사적으로 충청지역의 방향의 전투는 고경명이 이끄는 전라도 의병들이 싸운 2차와 조헌과 영규대사가 싸운 3차가 있다. 그런데 이 전투는 왜구들의 진격과정에서 이루어진 것이 아니라, 조선 의병의 진격으로 이루어졌다. 따라서 9장에 나타난 삽재 전투는 영규대사와 관련되지 않은 배티재의 싸움을 배경으로 차용한 것으로 보인다.

9장에 수용된 삽재 전투는 왜구와의 싸움을 통해 충청인의 기개와 영규대사의 선견지명을 드러내기 위한 작가의 허구적 상상력에 의해 만들어진 전투이다. 그리고 삽재라는 전투 지역의 설정과 송진탄이란 새로운 신무기를 창조하는 것은 역시 작가적 상상력의 소산이다. 삽재의 싸움은 충청도 일대의 의승병과 비구니가 합심한 싸움이다. 이는 승려들의 마음속에 구국의 일념이 살아있음을 보여주고, 영규대사의 영웅성을 드러내고 있다.

## 5) 비극적인 최후의 결말

결말은 마지막 제10장 '창자를 부둥켜 안고'의 후반부로, 이 소설의

---

11) 강현모, 「「성재 전설」의 전승배경과 등장인물의 성격」, 『비교민속학』 32집, 비교민속학회, 2006.8.

종말이며, 영규대사의 죽음을 나타내고 있다. '창자를 부둥켜 안고'는 부상당한 영규대사가 하천을 건너다가 죽음을 당하였다는 설화의 내용을 제목으로 삼아 대단원의 종결을 맺고 있다.

10장의 금산 싸움의 초기에 영규대사와 조헌의 갈등을 나타내고 있다. 이는 설화의 내용을 차용한 것으로 영규대사는 주변의 지세와 전세를 살펴보면서 진격하자는데 비하여, 조헌은 자신의 뜻을 관철시키기 위하여 싸움에 임한다.[12] 이들 사이의 갈등은 목적이 같다는 점에서 갈등으로 보기가 어렵다. 이들은 이내 합심하여 금산전투에 임하지만, 중과부족으로 전몰하게 된다. 아마 영규대사도 이곳에서 실제로 죽었을지 모른다. 그런데 설화 구술자들은 영규대사의 원한을 생각하며 창자를 끌어안고 공주로 오다가 초포천에서 죽은 것으로 설정하였다.

그리고 보석사는 영규대사의 수련기 설화들이 전하고 있는데, 작자는 이를 금산전투 후에 잠시 들린 곳으로 설정하여 놓았다. 또 영규대사는 2-3일 후에 부상당한 몸을 이끌고 연건평에 가서 의병과 승병들뿐만 아니라 왜구들의 시신을 치운다.[13] 그런 뒤에 왜군이 갑사를 공격하는 것으로 만들었다. 이것도 모두 허구이다.

왜구가 갑사를 공격하는 시기가 부상당한 영규대사가 시신들을 치우고 갑사 근처에 왔을 때 이루어졌다면, 왜구들이 금산성에서 계속 주둔하였다는 말이 된다. 그렇다면 영규대사가 의승병의 시신들을 수습할 수 있을까. 그리고 왜구들은 승리한 전투에서 자신들의 동료의 시신들을 방치하였을까. 역사적으로 의승병의 시신을 수습한 것은 왜구들이 금산성에서 경상도 쪽으로 물러나 뒤에 의병의 자제들이나 제자들이 수습하였다. 왜냐하면 칠백의총이란 순사한 승병을 제외한 의병들의 숫자만을 말

---

12) 설화에서는 유자들은 이름을 남기는데 목적이 있다고 비판하기도 한다.
13) 왜구들이 자신들이 승리한 전투에서 동료들의 시신을 수습하지 않았다는 의미가 된다.

하고 있다. 작가와 말한 바와 같이 칠백의총에는 이곳에서 순사한 의승병의 숫자가 1,500명 정도가 될 것이다.

한편 종암사 주지스님과 공주의 누님의 일화는 설화에서 누나로 나타난 삽화를 역할의 부분화를 시킨 것으로 보인다. 주지스님은 대국적 안목에서 영규대사의 논리가 타당함을 인정하며 그를 배려한다. 반면에 누이는 자신의 의승병을 몰살시키고 자신만 살아온 영규대사의 행동을 민중적인 시각에서 볼 때 어떠한 명분도 허용될 수 없음을 보여주고 있다.

이후 벌어지는 소설의 사건들은 허구적인 상상력의 소산이다. 노성산성의 싸움을 등장시킨 것은 관군들의 모습을 통해 영규대사의 구국정신을 부각시키고 있다. 그리고 홍수로 불어난 하천을 건넜다는 것은 설화나 같으나, 내용적 의미에서 차이가 있다. 설화가 영규대사의 원한에 사건의 초점이 맞추어져 있다면, 소설은 영규대사의 구국적인 행위에 초점이 맞추어져 있다. 그리고 하천에서 영규대사의 행동은 왜구에 대한 처절한 저항의지를 드러내고 있다.

영규대사가 죽은 이후의 사건들은 사족적인 의미를 담아내고 있다. 즉 경도스님의 시묘살이, 윤 처사와 연화아씨의 관계, 갑사와 청련암의 재건 등의 모습은 옛날의 수려함으로 돌아갔다고 함으로써 영규대사의 영혼이 평안을 찾았음을 보여주고 있다.


## 4. 결론

본고를 통해 정정섭의 현대소설인 「천하에 뜨는 용」에 나타난 서사구성과 의미를 검토해 보았다. 「천하에 뜨는 용」은 임진왜란 때 갑사에서 기병하였던 승병장인 기허당 영규대사를 주인공으로 소설화한 작품이다. 「천하에 뜨는 용」은 영규대사에 대한 역사적 사실이나 설화를 수용하였으나, 이런 역사적 사실이나 설화를 그대로 수용하지 않고 작가의 상상력으로 허구적 사건을 재창작한 경우도 많다. 소설은 작가가 역사소설이라고 명명한 것처럼 역사적 사실과 작가의 상상력이 어우러진 허구의 진실을 담아내는 글로 짜여진 그릇인 것이다. 그런데 영규대사의 일생에 대한 역사적 사실을 거의 알 수 없는 상황에서, 역사적 사실조차 어떤 면에서는 설화적 내용을 수용하고 있음을 암시하고 있다.

「천하에 뜨는 용」은 총 10장으로 된 장회체 소설로, 전체적으로 「남매탑 전설」의 구조를 차용하여 작품의 기본 틀을 마련한 것으로 보인다. 다만 「남매탑 전설」에서 남녀는 남매의 의를 맺고 불국토에 귀의한 희극적 결말을 이루는데 비하여, 「천하에 뜨는 용」에서는 영규대사가 비극적인 최후를 맞이한 역사적 사실 때문에 비극적 종말로 결구되어 있다.

10장으로 된 「천하에 뜨는 용」은 발단은 1장이고, 전개는 2-6장, 위기는 7-8장, 절정은 9장-10장 초반, 결말은 10장으로 이루어져 있다. 이런 구성 단락의 의미를 요약하면 다음과 같다.

발단은 역사적 사실보다 허구적인 사건으로 주인공이 스님이었던 관계로 불가에 귀의할 수밖에 없는 이별 과정 제시하고 있다. 설화에 보면 영규대사는 어려서 불교에 귀의하는데 비하여, 소설에서는 사랑이야기란 흥미성을 강화하기 위해 성년이 되어서 불교에 귀의하도록 설정되어 있다. 따라서 성인이 된 영규대사는 김천경이란 여인과 이별을 통하여 소설 내용의 복선화를 시도하고 있다.

전개는 많은 장들을 할애하고 있는데, 주어진 운명에 순응하는 자세를 보여주고 있다. 김천경과 이별은 자신에게 주어진 국가와 민족을 구해야 할 운명으로 받아들이고, 이에 순응하기 위하여 불가에 더욱 정진하고 있다. 영규대사가 불가의 귀의한 것은 불도의 관심보다 장차 일어날 국가적 위난에서 국가와 민족을 구원하기 위한 하나의 과정으로 인식하였다. 영규대사는 불가에 정진할수록 미래에 일어날 전쟁을 위한 노력이 끊임없이 계속하였다. 한편 전개 부분에는 많은 인물이 등장하고 있다. 등장인물들 간의 갈등을 조장하여 미래의 사건을 운명적으로 처리하도록 제시하고 있다.

위기는 영규대사가 전쟁에 참여하여 왜군들을 물리치는 역사적 사건을 중심으로 서술하면서 그 과정에서 작가의 상상력이 가미되어 있다. 따라서 전체적인 내용은 역사와 설화적 사실이 바탕으로 되어 있지만, 구체적인 내용에 들어가면 작가의 허구적 상상력에 의해 이루어진 경우가 많다. 이 부분은 영규대사가 민족과 국가를 지키기 위한 노력을 제시하고, 다른 등장인물들도 이를 위한 보조적 수단으로 활용되고 있다.

절정은 금산전투라는 역사적 사건이 있지만, 그를 중심으로 앞뒤의 사건들이 작가의 허구적 상상력을 통해 꾸며졌다. 금산전투에 앞서 내포평야를 중심으로 한 전투를 상상력으로 만들어 영규대사의 기지와 충청도 지역민의 의식을 드러내고 있다.

결말은 '창자를 부둥켜 안고'에서 부상당한 영규대사가 왜구에게 저항하기 위하여 하천을 건너다가 죽음을 당하였다는 부분이다. 결말 부분에서는 제시하지 않아도 되는 부분을 허구적 상상력을 통해 제시하였는데 사족에 불과하다.

앞서 살펴본 바와 같이 소설 「천하에 뜨는 용」은 의승병장인 영규대사의 역사적 사건이나 설화를 소설화한 작품이다. 작가가 역사소설이라고 하였음에도 불구하고 작품의 구성은 역사와 설화적 사실을 바탕으로 구성된 부분과 허구적 상상력을 바탕으로 구성된 부분으로 나누어진다 하겠다.

# 영규대사 서사전승의 기초 자료

## 1. 조사자료 목차

### 1) 현지조사 자료 목차

## 2) 기존 금산 지역 조사자료 목차

### 「새내유역의 구비설화」



### 「금강본류유역 구비설화」 2권

**「금내유역의 구비설화」**



**「버드내유역의 구비설화」 2권**



## 3) 문헌기록 목차(실록)

## 2. 현지조사 구비설화 자료

### (1) 영규대사를 모시게 된 유래

박철희 관장(?, 남) 청주시T 1앞<br>고인쇄박물관 관장실 / 강현모, 황윤선, 심보익 조사(2007. 2. 7.)

조사자들은 사암연암회를 찾아갔다가 소개를 받고 고인쇄박물관장인 제보자를 찾아가 찾아온 목적을 설명하자, 사실적인 일화를 말씀하다가 생각이 났는지 구술하여 준 것이다.

올해가 516년 주년인데 제사를 지내왔다. 저희 지역에서 영규대사, 조헌장군 박춘무 장군 세 분의 장군들이 있었어요. 그래서 그 분들이 첫 승전보를 올린 것이 청주성 탈환, 그래서 청주성 탈환, 그래서 인자 우리 불교계에서 스님이 계셨기 때문에 그 분은 추모하는 추모제를 지내왔었어요. 그러다가 아 이것을 갖다가 범 시민적인 차원에서 인저 두 분을 더 해서 세 분의 장군이 더 있드란 것을 하기 위해서 인제 그 제를 지냈는데.

그 그렇게 하기 위한 동기론 416주년에 어떻게 했느냐 하면, 원래가 9월 [조사자 : 8월이죠?] 2일이예요, 음력으로. 그런데 절에서 쓰는 에 9월 2일이기 때문에, 날짜가 틀리고 또 스님들이 그 행사에 참여를 못 해요. 그래서 역사가 해갖고 416년 전에 음력으로 9월(8월의 잘못) 1일이 양력으로 며칠이냐? 이것을 해가지고 인제 9월 6일로 저희가 잡았어요, 그 날이 9월 6일이드라고요, 9월 6일. 그래서 양력을 잡아내야지만 고적적(고정적)으로 일을 하기 때문에, 그 뒤로부터 계속 에 청주에서 행사를 했습니다. 그 분에 대해서 아시겠지만 인제, 승전보도 올려갖고 저 금산저투에 가가지고 모두가 인제 전멸하고 하는 잉.

## (2) 영규대사의 묘소

박철희 관장(?, 남) 청주시T 1앞
고인쇄박물관 관장실 / 강현모, 황윤선, 심보익 조사(2007. 2. 7.)

앞의 이야기를 마치고 조사자가 여러 가지로 유도하였으나, 역시 사실
적인 일화를 말씀하다가 생각이 났는지 구술하여 준 것이다.

그런데 원래 스님들은 묘를 못 쓰게 되었는데, 그런데 그 집안에서 그
이들은 유, 유교적으로 그렇게 하기, 하기 위해서 하다가 별도에 묘가
있어요. 그 가봤어요. 그 현지를 가 봤거든요. 가 봤는데 뭐, 그런 뭐 또
한 가지로, [조사자 : 그 묘에 대한 일화 같은 것은 못 들었어요.] 그 일
화가 뭐 그 묘비에 쭉 써 있기는 써 있던데, 저도 잘 기억은 못 하겠고.
그러고 뭐 아주 진짜 뭐라고 할까 그 거인이었다. 그 분이 그 저 키가
뭐 우람하고, 그 분의 영정이 저희 있어요. 저희 사무실에 한 점이 있는
데, 그런 것으로 보았을 때는 뭐 큰 키에다가 아주 그런 저기, [중략] 갑
사에서 수도를 하고 하셨다는 그런 정도요. 뭐 저희는(웃음) 영규대사에
대해서 뭐 이렇게 특별하게.

## (3) 영규대사의 죽음

이주원(65, 남) 청주시T 1앞
용암동(?) 인광APT경로당 / 강현모, 황윤선, 심보익 조사(2007. 2. 7.)

조사자들은 사암연합회 회장을 여러 차례 역임한 제보자를 소개를 받
고 자택 인근의 경로당으로 찾아갔다. 제보자는 교직에서 물러나 현재 여
러 가지 봉사활동을 하며 지내는 분이다. 고령에도 불구하고 상당히 정정
하였고, 봉사활동이나 불교 제반에 관하여 많은 관심을 가지고 있었다.

[조사자 : 영규대사 그 분에 대해서 알고 싶어서 다니고 있거든요. 그러니까 이 분이 공주에서 태어나셔가지고 금산에서 돌아가셨는데, 공주 지역과 금산 지역은 옛날이야기가 있거든요. 근데 이쪽도 전쟁을 했으니까, 청주성 탈환할 때 그 분에 대한 옛날얘기가 있을 거라고요.] 여기에 좀 소문이 읎어요. 거의 없고, 그 당시에 청주에 와서 싸웠다는 거, 인제 여기서 이겼다는 거, 그리고서 이 그 저 전라도로 올라오는 그 저기들이 금산 쪽에 와 있어서, 이제 여기 그때기 의병이 세 분이 있었거든, 의병 대장들이.

이제 의병은 천오백 명이 되는데, 그 의병대장이 세 분이 있었는데, 세 분이 같이 여기서 끝내고 금산으로 갔다 그런 거하고. 금산 가서, 이제 처음에는 쫌 그 여기서는 그 여기 올라올 때 여기서 막자 그랬는데, 중봉 선생님이,

"그리 가자."

고. 해서 갔다고 그라는 거여. 가가지고 금산 가서 뭐, 뭐 한 천오백 명하고 십 오만 명하고는 얘기가 본래 안 되는 거 아녀. 그래서 인제 중과부적으로 해서 열심히 싸워가지고, 결국은 그냥 거기서 뭐 다 죽었다고 그러는 거하고.

사실은 영규대사는 거기서 안 돌아가셨거든. [조사자 : 어디서 돌아가셨어요?] 이쪽에 저 갑사 들어가는 데 거기 가면 묘 있어요. 에 거기 고 골짜기에서 돌아가신 거거든요 [조사자 : 왜 거기서 다 장렬했다는데?] 아니에요, 그건 아니고 그게 왜 그러느냐면 부상을 당해가지고, 다시 의병을 일으키기 위해서 갑사로 오시다가, 이쯤 더 살기 위해서, 뭐 총 맞으셨으니까, 거기만 피해서 나오다가 돌아가신 걸루 즈희(저희)가 저기해서 알지.

## (4) 영규대사의 추모제

이주원(65, 남) 청주시T 1앞뒤
용암동(?) 인광APT경로당 / 강현모, 황윤선, 심보익 조사(2007. 2. 7.)

앞 이야기 마친 뒤에 청주에서 불교 모임을 갖게 된 경위를 설명하다가 생각이 났는지 이어서 구술해 주었다.

본래 저기가 선조 15년에 임란이 일어났거든요. 그래서 여기서 전투는 그 뭐 여까지 올라와서, 임란이 7월 14일인가 그럴 거예요, 그 일어난 게. [조사자 : 4월?] 아 4월 13일. 근디 인제 여기서 영규대사가, 그 의병을 삼백 명 한 오십 명인가 처음에 모집을 했다고 그래요. [조사자 : 기록에는 700명에서,] 아. 근디 그래서 근데 처음에는 제(모두) 모아가지고, 처음에는 삼백 명에서, 세 분이 해서 천오백 몇 명이 같이 했다고 해서 했다고 하는데,(청주시 불교 모임 및 영규대사 관련 기념사업회 이야기로 넘어가서 생략. Tape 뒷면으로 교체)

그래 인제 여기 우리들 박춘무 장군은, 그 양반은 이 위의 영규대사보다 더 억망이었어요. 박씨네가 우리가 시작 하면서부터 저기 인자 저기 비아동에 사당을 세웠어요. 거기서 인저 모시고, 그래 인제 처음에는 그래서 영규대사로 해서 날짜도 8월 2일로 해서 4회까지, 4회까지는 8월 2일 해서 제가 추모제를 지냈어요. 기념사업회라고 해서. [조사자 : 양력으로요, 음력으로?] 음력으로. 음력으로 본래 8월 2일이니까. 음력으로 8월 1일에 중앙공원에서 했는데, 그런게 이 종교적인 문제가 생겼어요. 그래가지고 나는 그 초하루인데, 절에는 초하루에 저기 문제가 있거든. 그래서 인제 그 양력으로 바꿔서 9월 6일날 5회부터, 5회부터 인자 9월 6일날 시작해서 제사를 지내서 지금가지 하고 있고.(자신의 역할, 7-9대 회장 역임과정 설명)

## (5) 영규대사가 머물렀던 안심사와 가산사

이주원(65, 남) 청주시T 1뒤
용암동(?) 인광APT경로당 / 강현모, 황윤선, 심보익 조사(2007. 2. 7.)

앞 이야기를 마친 후에 조사자가 영규대사의 일화에 대해 묻자 생각이 났는지 구술하여 준 것이다. 영규대사에 대한 관심을 가지고 현장을 답사하면서 듣게 된 것이라 한다.

[조사자 : 혹시 그러면 그렇게 돌아다니시다 보면 영규대사에 대한 일화들,] 그런 것도 보니까. 이 싸운 게 별로 없더라고요. 그러니까 그 지금 제가 알고 있는 것이, 영규대사가 저 주석(主席)한 사찰을 제가 몇 군데 돌아다녀 봤어요.

여기서 이제 가까운 여기 안심사, 거기가 인저 옥천 가면 가산사. 그라고 저 저쪽이, [조사자 : 안심사는? 어떤 안심사하고 영규대사하고 어떤 관계에 있어요?] 거기, 이제 의병 저기로 해서, 거기서 주석하고, 의병을 이렇게 모집하고 하는 그런 저기를 하셨어요. 그런게 주로 그 영규대사의 저기는 갑사이니까? 갑사 입구에 보면 그 터도 있는, 거기는 몇 번 가 봤는데, 거기 난 일어나니까, 그 양반이 여기 안심사에서 그 의병 모집해서 거기서 그 잠시 주석했던 거, 그런 거밖에 읎는 것 같드라고요. 거기도 가 봤어요.

근데 제일 많이 주석하시게 된 데가 충북 옥천 가산사로 제가 알고, [조사자 : 가산사로 언제쯤?] 그러니까 가산사는 그 의병을 모집하면서 거기서 주석해서 주로 많이 있었다고 그러지. 그런 게 옛 책을 보니까, 그런 거시가 하나 남은 게 읎고, 그래서 그럴 적에 그 쫓아다니면서 요만큼한 흔적, 이냥 뭐, 뭐 저기 영규대사 뭐 이렇게 해서 거쳐 갔던 그런 것만 보고. 또 뭐 골자구(골짜기)도 아주 협소하고 그러드라고요. 그래 인

자 마침 제가 몇 번 가서 그걸 주지 스님은 못 만나고 인제 제가 쫓아다
니고 그런고서 허니께 옥천서도 인제, 그러니게,

"아이 그러면 청주제는 지내야는데 왜 중봉 선생만 모시냐, 다 모시자."

그래서 이 옥천서 저 다 세 분 다 모시잖아요.

## (6) 영규대사가 머물렀던 가산사와 보석사

이주원(65, 남) 청주시T 1뒤
용암동(?) 인광APT경로당 / 강현모, 황윤선, 심보익 조사(2007. 2. 7.)

앞 이야기를 마치고 비슷한 이야기라 생각이 났는지 계속 이어서 구술
하여 주었다. 제보자는 현지답사를 통하여 듣게 되었다고 한다.

그라고 청주에서는 더군다나, 쉽게 얘기하면 지나가는 정도이기 때문
에 더군다나 더 한 것 같아요. 그런데 그 이 잠시 전, 조금 전에 말씀하
신 안심사 같은 데는 그냥 잠시 의병 모집 데리고 와서 잠시 쉬어가고
그 그런 정도이기 때문에 그러고.

제가 제일 알고 있는 것, 인제 이 가산사에서 제일 많이 주석을 했었
다. 거기서 뭐 에 훈련도 했었다. 뭐 그런 얘기가 제가. [조사자 : 어떻게
훈련 했는지 들은 적 없어요?] 거기서 훈련한 것은, 그때 인제 그 제자
를 비롯한, 거기도 아주 벽지 가산사 들어가서 시(세) 집도 읎어요 것도,
인자 이렇게 들어가야 되는디, 지금은 인제 차가 들어갈 수 있는데, 그
때는 옛날에는 여기서 쫌 걸어서 들어갈 수 있는 판인데. 그래도 인제
거기서 보면, 이 왔, 거기서 오셔서 쪼끔씩, 그래서 인제 영 모시고 와서
거기가 쉽게 얘기하면 제일 안전한 곳이더라고요. 가보니까 안전한 곳이
고 그러하니까, 거기서 뭐야 의병 모집을 해서 뭐야 훈련을 하고 그래서

인제 청주 쪽으로 나왔다 그런 정도 저기만 하지.(영규대사 사업과 사회봉사
로 화제가 넘어감)

[조사자 : 금산의 보석사는 안 가보셨어요?] 예, 갔었어요. 같이 갔다
니, 가니까, 거기 가 봐도 뭐, 저 입구에 하나 써 붙여 있고, 뭐 여기 그
냥 오셨었다 뭐 그런 식으로만 얘기하던디. [조사자 : 거기서는 설화가
네다섯 편 나왔습니다. 옛날이야기가. 거기서 훈련을 했고, 훈련한 장소
가 어떻고 이런,] 근디 여기는 그런 것이 없고요. 제가 알고 있는 것은
가산사에서 훈련을 했고, 거가 참 외지고, 거가 제일 안전한 곳이고 그
래서 주로, 충북에서 주로 거기서 훈련을 하신 걸로 알고 있습니다.


## (7) 청주성 전투와 여인

이주원(65, 남) 청주시T 1뒤
용암동(?) 인광APT경로당 / 강현모, 황윤선, 심보익 조사(2007. 2. 7.)


앞 이야기를 마친 후, 영규대사가 청주로 나왔다는 말을 듣고 그에 대
해 조사자가 문자 생각이 났는지 구술하여 준 것이다.


[조사자 : 훈련을 해가지고 그 분들이 충주로 나왔다고요?] 청주로.
[조사자 : 청주로?] 응. 청주로. 그 때 인제 저 그 분이 오시기 전에 이미
청주성이 일본군에게 점령한 뒤에 오신 거거든요. 그래서 사실은 싸움도
별로 안 하고 이긴 거거든요. [조사자 : 의병, 관군 의병들이?] 우리 의병
들이.

아 총칼이 있는데 뭐여 낫, 괭이 가지고 쫓아 들어갔는데 뭐 그거 가
지고 될 리도 없는 기고. 그래서 인제 뭐야 그날 날씨를 이용해서, 그 날
씨가 그 할 적에 쫌 안 좋았다고 그러더라고. 그래서 그 날씨를 이용해

서 그 사람들이 위협을 당해서 가는 그런 저기로 해서 물러난 것이지. 실질적인 큰 싸움은 없었다 그런 얘기가 있더라고.

[조사자 : 이런 얘기는 또 없습니까. 왜군이 물러날 때 여자가 와가지고 알려줬다든가, 뭐 이런 얘기는 없었습니까?] 아, 뭐 그 비슷한 얘기는 있었어요. 근디 뭐 우리가 정확히 알아보지는 못 했어요. [조사자 : 아, 아니, 들었던 얘기면 됩니다. 어떤 일이 있었는지?] 아 그, 지금 얘기가 여자 분이 그 소문내용 같은 것은 아 왔더니. 요새 말로 하면 스파이, 그렇게 해서 드나들며 내용을 전달해 줘서, 우리 의병들이 그 뭐야 그 이기는 데 도움을 줬다 그런 거는 있는데, 그거야 뭐.(웃음) [조사자 : 저기 옛날에 문헌에 나와 있는 것이에요?] 어. 그것은 뭐 있다고 해서 그냥 그런 게비다 해서 있었지. 인제 그 얘기적인 것이 아니라 실제적인 것으로만 해가지고 그 하니까.(웃음)


## (8) 훈련장이었던 가산사 주변 마을

지승 스님(60, 남) 옥천군T 1앞
가산사 / 강현모, 황윤선, 심보익 조사(2007. 2. 7.)

소개를 받고 가산사에 도착했을 때는 이미 해가 진 뒤였다. 가산사는 여느 암자처럼 규모가 작았다. 제보자인 스님은 우리 민족사에 대하여 관심이 상당히 많았고, 책을 쓰기 위해 직접 해외로 조사를 간 경험도 있었다. 영규대사에 대해 묻자 자신이 조사한 이야기라며 구술하여 주었다.

[조사자 : 저희들이 조사하는 것은 여기와 영규대사가 어떤 관련이 있는지?] 예 그것은 제가 말씀드릴 수 있어요. 영규대사에 관한 것이 그 무슨 문헌에 전해지는 것도 없고(불가에서는 문헌기록을 등한시 하는 불자들의

일반적 습성에 관한 예화인 「함평의 중보의 유래」 생략) 왜 그렇게 사람들이 기록을 안 하는지.

또 하여튼 여기 저 그, 이 양반들이 살았다는 것도, 왜 그러냐 하면 중요해요. 여기 저 2,400명이 훈련을 하고 갔어요.(조사자 질문 생략) 승병이 800명, 중봉이, 저 의병이 1,600명 2,400명이지요. [조사자 : 승병 800명에 의병 1,600명?] 에 이천육, 천육백이면 2,400인데, 그 사람들이 어디서부터 올라왔느냐 하면, 이것도 내가 추론해 낸 거예요. 내가 가정을 하는 거예요. 학계에서 시방 그걸 인정을 해요. 시방 중봉 인저, 중봉, 중봉기념사업회가 있어요. 이응백 선생이 시방 회장이거든요. 근디, 나는 인저 홍안령 산맥에서 5년간 취재를 하고 다닌 경험이 있어요. 우리 민족사, 그 상고사 하느라고, 내가 5년이나 해서 감각이 있단 말이에요.

여기 용천고개 넘어 스(서)면은 거기 중봉 선생 집터가 있습니다. 학계가, 보고가 전혀 안 됐는데. 내가 온 뒤로 시방, [조사자 : 집터라는 게 나중에 거기, 어머니, 작은어머니 모시고 산 집텁니까? 아니면] 아니, 그 저 중봉 선생이 그 거기 그 초막을 지었는지 기왓장은 읎어요. 시방 가면 콩밭이거든요. [조사자 : 아니 그런 게 중봉 선생이 옛날에 그,] 어머니를 모시고 왔지. [조사자 : 작은어머니요?] 아니, [조사자 : 작은어머니, 친어머니가 아니고] 나는, 저 저기 계모라고 들었어요. [조사자 : 그러니까 작은어머니, 작은아버지의 어머니가 아니고, 자기 아버지의 작은어머니. 작은,] 그러니까 여기는 작은어머니라고 하면 숙부의 숙모를 작은어머니라고, 어쨌든 계모라고 들었어요.(영규대사와 직접적 관계가 없는 조헌 선생의 일이라 생략) 그런 것을 봐서, 이 그 양반들이 제자를 델구(데리고) 훈련하러 왔고, 중봉은 그 중봉 집이 거기가 있었고.

그 기허당은 지형, 저 갑사에서 뭐 승병 훈련을 한 것처럼 되어 있지만, 그건 다릅니다. 여 영정각의 영정(가산사에 있는 영규대사의 영정)이 저 갑사 영정보다 65년이 앞서요. 국가에서 말하자면 모신 영정인데, 그 기록에 그렇게 돼 있어요, 우리 군지에. 그걸로 본다면 여기서 훈련을 했던 것이 맞아요. 여기가 이렇게 2,400명이나 숨어서 훈련 중을 하자면은, 정규 군인이라면 훈련장이 있으니까 거기서 하면 되는데, 의병이라 하는 것은 숨어서 할 수밖에 없어요. 전쟁 난다고 막 그렇게 뭐 소문내고 막 할 건 없잖아요. 그래서 이 첩첩산중에 이 오지에 들어와서 훈련을 하다 보니까, 2,400명이 400명이 숨어 있어야 되는데.

그러면 가산사는 원래 본부로 했지. 2,400명이 버걸거릴(북적대며 머물러 살) 수는 없고, 난 그 어따 그, 그거 그 천막을 쳤냐? 2,400명이 한 군데 천막을 치지는 않았을 것이다. 천막을 쳤다면, 분명히 에 물이 흐르는 개울가에, 에 솥을 걸어야 되니까, 쳤을 텐데. 지금 그 마을 터가 전부 다 그렇게 생겼을 것이다. 이것이 그 마을터가 아니에요. 주민들 말을 들어도 그래요. 여 [청취불능]

"우리는 임진왜란 이후에 들어왔다."

고. 그리고 어떤 사람들은,

"저, 저 병자호란 때에 들어왔다."

고. 말이 그렇게 나오거든요. 최 씨, 김 씨, 박 씨 밖에 없어요. 그 사람들이 그랬는데, 그 여 애기가 그래요. 그 때 당시는 우리나라가 이천만이 안 됐을 거예요, 인구가. [조사자 : 그 때 천만은, 육백만, 임진왜란 때 오백, 사백, 오백 쯤 될 겁니다. 영조, 그 영조 때 육백육십 만 정도.] 그래. 그래요. 내 생각보다 훨씬 작구나, 그믄. 그 자손들이 불어나면서 인저 마을터를 찾다보니까.

"옛날에 그, 그 우리 할아버지가 가서 군막을 쳤던 데 거 괜찮을 거야!"

했으면 그 사람들이 그 자손일 수가 있어요. 나는 그렇게 추론을 하거든요. 그래서 이 마을이 시방 제대로 된 터가 한 개도 없어요.

지금 오다가 보면 당산을 하나 봤을 거예요. 동네 당산 있는 거. 활골 예요, 거기가 동네 이름이. 활골. 그러니까 승병이고 의병이고 활은 거기 서 쐈을 거란 말이지. 동네 이름이 활골이니까. 그러고 실제 그, 그 저 마을에 지금 그 할머니가 사는디, 무슨 이상한 화살촉을 나물을 뜯으러 가서 녹슨 걸 주서 왔는디, 사람들이 다 보고 화살촉이라고 했다고 그래. 이게 무슨 쇠뇌 같은 것이 아주 크, 큰, 이만 나물 칼을 할 만하게 크드 라고 그래. 그것이 중봉 선생이 저쪽에서 함지 밖에서 나왔다고 그래 하 는 것이 보니까. 같이 중봉 의병들이 활을 쐈던 데는 틀림없고, 말을 그 렇게 해요 지금. 그래서 마을 터는 그렇게 형성이 됐고. 또 임진왜란, 임 진왜란이 올 것을 그 사람들이, 그 양반들이 둘이 알고 여기서 서로 만 났다고 하는 걸, 여기는 말하자면 그때 훈련하는 터가 되니까. 그랬으리 라고 추론을 해요.


## (9) 금산전투

지승 스님(60, 남) 옥천군T 1앞
가산사 / 강현모, 황윤선, 심보익 조사(2007. 2. 7.)

앞 이야기를 마친 뒤에, 이곳에서 모의 훈련의 가능성을 언급하다가 의 병과 승병들의 전투력을 대비하던 중에 기억이 났는지 구술해 주었다.

그리고 저 기허당은, 그 사람들이 죽는 자리를 한 소리를 보면,

"후일을 기약합시다. 오늘은 일단 물러섭시다."

하니까,

"내가 이 자리에 죽으러 온 것이지. 뭐 내가 저 조선에 선비의 기가 있다는 것을 한 번 보이기 위해서 내가 온 것이지, 내가 이곳에 살자고

온 사람 아니요.”

그러어.

“아이 그러면 나 장군 혼자 죽기로 하고, 같이 죽읍시다.”

그랬는데, 그 저 현지 전투지를 가보면요. 전투지를 가 보면은 진을 쳤던 근거, 인자 이렇게 나타나요. 그 경향산 자락을 저 지고 진을 친 것은 중봉 선생였어요. 그리고 의병들은 연곤평 전투에, 연곤평은 벌판예요. 나뭇등걸 하나 없는 디에.

그런디 그 양반은 그래도 진을 쳤던 모양이에요. 그런데 그 전투를, 그 전투를 그날 그 저 그 쪽이 700명(중봉 쪽), 이쪽이 저 600명(영규대사 쪽)여서 천삼백 명이서 전투를 하는데, 죽을 때는 다 그 들판에 내려와서 죽었어요. 그러니까 그 진지가 구축이 됐으니까 그렇지. 진지가 구축이 됐으니까 그랬을 거야. 그래서 그 전투를 연곤평 전투라고 사람들이 후세에, 지금도 그래요, 연곤평 전투. [조사자 : 금산 사람들은 눈벌, 눈벌이라고 하거든요, 조쪽을.] 나 처음 듣는 소린데. [조사자 : (직접 관련 없는 질문 생략) 그 지역을 눈벌이라고 하는데, 사실 눈벌이란 명칭이 생긴 것은 조헌이나 영규대사 때 생긴 것이 아니고, 그 전에 고경명 선생이 2차, 1차 금산전투를 벌여요. 거기서 7,000명, 고경명 의병 7,000명. 전라도 의병 7,000명이 거기서 패배를 합니다.]


## (10) 가산사 창건과 영규대사

지승 스님(60, 남) / 옥천군T 1뒤
가산사 / 강현모, 황윤선, 심보익 조사(2007. 2. 7.)


앞 이야기를 마치고 조사자가 이곳 가산사와 영규대사의 연관성에 대해 묻자 생각이 났는지 구술하여 준 것이다.

[조사자 : 저기 이 지역과 관련된 영규대사 이야기. 꼭 여기가 아니더라도 알고 계신 영규대사 이야기?] 그러니까 문헌이 없으니까 추론할 수밖에 없고, 시방 실질이 그래요. 그리고 내가 여기서 훈련했다는 것도 증거는 없어요, 아무 것도.

그런데, 그 이 영장각을 영규대사하고 중봉선생이 공부하던 집이라고 그러거든요, 신도들이. 그렇게 구전이 되어 와요. 응 그러고로 가산사 영각, 그리고 영정각이라고도 하고. 그 말도 따라갖고 가산사 영각 그것은 중봉 선생하고 두 양반이 공부하던 데라고. 근데 공부를 했, 했을 것이 아니고, 함께 머리 맞대고 그 작전을 짰었을 지휘본부랄 거라고요.

그리고 이 절이 참 이상해요, 이 절이. 내 개인적인 생각인데, 이 절이 시방 1,300년 가까워요, 역사가. 긍게 천삼백 한 아마 천이백구십 년쯤 될 거요, 금년쯤에. 그 쯤 되는데. 도대체 창건 연대가 없어요. 신라 때 뭐 졌다고만 했지. 그러믄 그 때, 신라 때 이 터를 잡을 때, 뒤에 국가가 위난을 당하면 여기서 훈련 하리라 하고 미리 잡은 터 같아요. 절에는 그런 일이 더러 있습니다. 아니 절이 아니라도 그 실제 뒤에 오는 사람을 위해서 주춧돌을 놓고 가는 사람, 수가 있습니다. 또 금산사도 시방 그런 것도, [청취불능] 그래서 그렇기 때문에 아무도 신라 때 절, 절이라고만 했지, 나타나는 디가 없고.

그리고 이 절이 인자 저 문헌에 적히기 시작하는 것은 임진왜란 후란 말이요. 승병 훈련하고 인저 의병 훈련 하고. 그 이후로 밖으로 알려지기 시작했다면, 그 전에는 뒤에 오는 영규대사를 위해서 누군가가 초석을 놓고 갔으리라고 나는 봐요. 개인적인 내 짐작인데, 그래서 이 절이 천삼백 년 된 것은 틀림없는데, 문헌에는 없어. 문헌에는 없어요. 그것은 저 문헌을 중시 안 하는 절집의 병폐기도 한데, 병폐이기도 한데 그런 속에서 막 앞뒤를 맞춰 보면은 이 절은, 그 때 천삼백 년 같으면 불교

초깁니다, 거의. 그래서 이 골짜기에 와서 절, 절터를 잡아야 할 이유가 없어요. 천하가 뭐 다 절터가 좋은 디이고 절터가 다 많았는데, 그 뒤에도 몇 백년에도 잡은 절터도 지금 막 웅장한 가람이 들어서고 전부 본사가 되고 이러는데. 그때,

"이건 뒤에 절은 하나 써야 겄다. 그래서 국가가 마 위기에 몰리면, 여기 와서 뭐 누가 하겠다."

싶어서, 하나 그 짓든 걸로 봐요. [조사자 : 그럼 영규대사는 언제쯤 여기에 온 겁니까? 왔다고 하십니까?] 영규대사가. 봅시다잉.(문헌의 구절로 생몰연대를 추측하는 장면 생략)


## (11) 영규대사 영정과 가산사

지승 스님(60, 남) 옥천군T 1뒤
가산사 / 강현모, 황윤선, 심보익 조사(2007. 2. 7.)

앞 이야기를 마치고 조사자가 영규대사가 언제쯤 왔는지에 대해 묻자, 생각이 났는지 영규대사의 영정에 대해 구술하면서 이어 말씀해 주었다.


여기 영정이 응 갑사 영정보다 65년이 앞서는 것이 여기, 여기서 증거가 되어 있어요.(책에서 찾는 중) 65년이 앞섰어, 갑사 영정보다. 그랬는디 그러니까 그 때 당시 같으며는 그 종족 세력이 한미 해가지고, 응 선비들 기록에 의존하는 건데, 선비 선비들 기록에 보면, 의존하고 있는 것인데,(책을 봄) 그러면 65, 65년이 앞선다는 것을 내가 알아요, 확실히.

그러니까 여기가, 이 한미한 절이, 그 당당해, 중봉 선생 같으면 문묘에 배향이 되는 양반 같은데, 그 배천 조 씨들이 자기들 세력과 달리 그 영정을 짓고 싶었을, 영정각을 짓고 싶었을 것이요. 에 당연히 그랬을

것이요. 지금 써 하면, 그 때 한 번 뭐, 그 뭐 절을 한 번도 증축 못 했요. [청취불능] 한번 내려주고는 다시는 입도 뻥긋한 적이 읎어.

중봉 선생은 손자 때까지 손고락을, 세도 손고락을 지칠만큼 토산이 많아요. 그런데 그런 사람일수록 자기가 글리 꼭 가지 않아도, 그런데 여기 원체 여론도 모르고, 조정 여론도 모르니께, 그러니까 여기다가 영정을 지었다고 내가 보았어요. [조사자 : 그러면 여기 영정을 한 기만 모셨을 것 아닙니까, 영규대사만.] 아니 조헌도 같이 모셨던 데요, 여기 기록이 나와요. [청중 : 두 분을 같이 모시게끔 되어 있어요. 그 구조가.] 이 감실 자체가 그 안에 딱 쪼개져 이냥 두 분 모실 수 있어요. 지금 내가 그 영정 모실라고 시방 막 하고 있어요. 저 중봉 선생은 백천 조 씨들이 모시고 있으니까, 우리가 석문 이를 먼저 모실라고, 그 크기나 뭐나, 우리는 우리 집안을 설치하려고 그러고 있어요.

[조사자 : 그러면 그 영정은 지금 여기 보관하고 있습니까?] 없어요. 왜정 때 강제 그 탈취해 갖지요. 그러고 어 불온사찰이라고 많이 그렇게 했다고 기록만 있어요.(이후 생략－호국인물에 관한 것－현재의 영정의 모습)


## (12) 영규대사의 죽음

지승 스님(60, 남) 옥천군T 1뒤<br>
가산사 / 강현모, 황윤선, 심보익 조사(2007. 2. 7.)


앞에서 갑사와 가산사 및 보석사에 모셔진 영규대사의 영정에 관한 이야기를 하던 중에 영규대사와 관련된 것이라 생각이 났는지 구술해 주었다.


그리고 저 대전에 승암사(선암사)라고 있는디, 승암사 거기도 한 번 가봤어요. [조사자 : 승암사도 영규대사와 관련 있습니까?] 관련 있어요.

죽으면서 인저 일어나가지고 창자를 안고 저 갑사를 가다가 중간에 쉬었어요. 그 자리가 승암사라고. [조사자 : 저쪽 계룡면 쪽입니까, 승암사가? 그 곳 같은데. 계룡산?] 거기가 계룡산인가? [조사자 : 예, 큰 산. 갑사 저 쪽 논산 쪽으로?] 논산 쪽인가 어디가 있어. 내가 가봤는데 뭐, 여름에 거기 가서 잘 보고 비문도 베껴 오고 그랬는데. 그 승암사라고 거기 있어요.

내가 보건대 그 한 번 지나갔던 것이지, 그 양반. 그 뭐 창자를 안고 지나가다가 뭣인가, [조사자 : 왜 창자를 안고 지나갔는지 그 얘기 좀 해 주세요] 아 모두 전몰을 했는데, 원체 이 양반이 장사였든가 봐요. 그래서 약한 사람은 쪼그만 상처에도 죽거든요. 근디 맹수나 모진 짐승들은, 크은 웬만하면 안 죽습니다.

근디 그 양반이 인제 죽음 자리가 이튿날 일어났다고 그래요. 혼자 일어나가지고 보니까 몸이, 그 몸이 성했을 꺼요. 뭐 그 인제 그 창자를 안고 왔, 갔다고 그러거든요, 그 재기할 뜻을 가지고. 근디 누가 들었는지 하여튼 그런 얘기가 있어요. 그 승암사 중들한테 얘기했는가,

"내가 그 다시 한 번 군사를 일으킨다."

고. 그리고 가다가 여기 저 초폰가 뭐 어딘가 [조사자 : 무내미요. 유평리 무내미 고개라고 하거든요. 계룡면.] 그래, 그 뭐 저 비가 많이 왔는데, 그 초포천인가. 초포는 저, 그 전주 가면 초포가 있잖아. 인제 고기 초평린가 거기가? [조사자 : 예 초평리.] 초평리. 초평린가 벼. 거기를 그 가다가 창자에 물이 들어 가. 그리고 아주 탈진했을 때요. 그 장사나 되니까 거기까지 갔지, 션찮은 놈은 일어나지도 애당초 못 했고.

거기, 거기서 인제 돌아가셨어요. 그러면서 근디 중은 그때 당시는 화장법이 있었거든요. 고려 후기에는 화장이 있었습니다. 인제 화장을 할라고 하는디 조정에서 모두,

"그 스님 모두 화장하지 말라."

고. 대꾸 그랬다고 그래요. 그것 서로 다 아는 이야기이고.(타 지역에 구전
되는 이야기 형태와의 비교 및 해석 생략)


## (13) 조헌과 영규대사의 가산사 생활

지승 스님(60, 남) 옥천군T 1뒤<br>
가산사 / 강현모, 황윤선, 심보익 조사(2007. 2. 7.)


앞 이야기를 마치고 조사자가 이곳 가산사에서 의병 활동의 가능성에
대해 묻자 생각이 났는지 구술하여 준 것이다.


[조사자 : 아 참, 그것보다 이쪽에서 뭐 훈련했다는 것도 있다면서요.
훈련하는 과정 같은 것 이런 것 없습니까. 훈련하다가 뭐 사람들 말 안
들었을 때 뭐 어떤 체벌했다든가 이런 이야기는?] [청취불능] [청중 : 여
기 동네 사람들은 얘기를, 영규대사가 여기 계시는데 조헌 선생이 글공
부, 글공부하러 다녔다고 말을 그렇게 해버려요. 그냥.] [조사자 : 그 이
야기는 금산하고 마찬가지 거의 같은 의식. 금산에도 영규대사는 똑똑하
고 조헌 선생은 멍청하다.] [청중 : 긍게 여기 동네 사람들이 그런다니까
요. 글공부하러 다녔다고 그냥. 근디 말이 안 돼죠. 수업을 갔다가 학자
가 무슨 글공부하러 다녀. 서로 담론하는 게 있지요.]

아이고, 하야튼 여기 저 얘기를 정리해 본다면, 에 두 분이 의기투합
해서, 두 분이 의기투합해서 그 같은 장소에서 훈련을 했고, 훈련을 했
다며는 가산사 맞고, 또 가산사가 그 영규 당이, 그 기허당 스님이 그 갑
사에서 훈련하지 않고 여기다고 주장하는 것은 영정이 65년이 앞섰고,
섰던 것 고까집니다 이거든.

그런데 그 갑사에 청련암에 있었다고 고런 것이, 그 갑사는 그 훈련 핼 디가 아니예요. 군인들, 그 많은 군인들을, 승병들을 모아 놓아 놓고 얼마나 그 난리난다고 광고하는 셈이 되는데, [조사자 : 그런데 그 당시 갑사는 왜군이 점령지가 아니었는데요?] 아니 그러니까, 그 사람들을 막은 게 아니라 수도하고 그랬어. 그 사람들은. [조사자 : 그러니까, 아니 그러니까 그쪽에서 훈련을 해도 아무 상관이 없지요. 왜냐면 자기 저기이니까, 조선군 관할이니까.] 아니 내가 허는 얘기는 이 훈련장에서 그 정규 군인들이 훈련 한다며는 사람들이 인심이 그렇게 소요될 것이 읎어요. 근디, "의병들 저 사람들 난리 일어나니까 저기 난리 막을라고 저러 난다." 고 그러면 그 증폭이 돼가지고, 그럼 아주 숨어 살 수밖에 없다고 하는 얘기를 하는 거요. 그러고 여기도 있을 것이고. 그러고 이 마을 생긴 걸 들어서 가지고 김 씨들, 박 씨들, 뭐 최 씨들 들어온 연대를 또 조사해 보니까, 맨 처음 여기 최 씨가 들어왔던가 뭐 박 씨가, 박 씨가 먼저 들어왔던가, 임진왜란 후에 들어온 사람들이 많고, 그 사람들이 터를 잡은 것도 내나 그 옛날 군막 쳤던 데 터를 잡다 보니까, 지금 그 동네가 아닌, 그 동네가 그렇게 저 지지가리도 생겼더만 헌 거고. 그래도 그래도 제일 동네가 되었다면 그 활꼴이 것이여. 시방 그 당산나무 하나가 있으니까. 그런디 나도 모르지. 그저 우리나라 사람들은 어디 가면 그것 있어. 마을의 구역이 그 동구, 동구나무, 동구나무가 있습니다. 그래도 마을 그 당산제 지내고. 그래도 그게 있어서.(동구나무가 전라도에 많다는 예 생략) 그런 것으로 봐서 거기가, 저 활꼴이, 활꼴이 아무래도 중심지역 위치 같아요. 위치가 그렇거든. 가산사 가깝고. 그리고 양지골이니 뭐 논골이니(유도과정 – 생략)

## (14) 당간지주에 오른 영규대사

이인석 옥천문화원장(?, 남) 옥천군T 2앞
옥천문화원 원장실 / 강현모, 황윤선 조사(2007. 3. 28.)

제보자는 충북 옥천이 고향으로 옥천의 전반적인 역사 문화에 관하여 해박하였다. 특히 임진왜란과 관련하여 중봉 조헌 선생에 관한 사료적 지식과 구비문학적 자료를 다수 가지고 있었다. 그러나 아쉽게도 본 조사에 필요한 영규대사 관련 일화에 대해서는 별로 아는 바가 없다고 했다. 제보자는 중봉 조헌 선생에 관하여 말하다가, 금산전투와 관련한 조사자의 배경 설명을 듣고 이어서 구술해 준 것이다.

(금산 지리와 금산전투에 관한 조사자의 설명 부분임으로 생략) [조사자 : 옥천 쪽에는 사실, 제가 봤을 때는 수련하기 위해서 젊은 시절에 왔을 수는 있는데, 의병하고는 거리가 먼 것 같은데,] 승병으로? [조사자 : 예, 승병으로는 거리가 쫌 먼 것 같은데?] 뭐 그렇지, 그쪽 갑사를 가보니까 뭐. 영규대사가 기골이 아주 장대했다고 하고. 그 요, 요것이 원통형으로 된 걸 뭐라고 하죠? 거기를 뭐. [조사자 : 당간지주요?] 응, 응. 거기를 타고 올라가시고, 뭐 좀 이럴 정도로 또 아주 체력도 왕성하시고, 무예도 출중했었다 이런 얘기를 그 쪽에서 들었지. 그런데 의협심 같은 거, 이런 거는 대단하셨던 거 같아.

## (15) 가산사 작전회의 한 영규대사와 조헌

이인석 옥천문화원장(?, 남) 옥천군T 2앞
옥천문화원 원장실 / 강현모, 황윤선 조사(2007. 3. 28.)

앞의 이야기를 마치고 조사자가 영규대사와 가산사와의 관계에 대해 묻자 생각이 났는지 이어서 구술하여 준 것이다.

그러고 영규대사께서는 옥천허고 연관을 짓는다고 하면은 임진왜란이 아니고는 없을 것 같애요. 엉, 왜 영규대사가 그러면은 중봉 조헌 선생하고 의기발을 했겠느냐? 그런 것을 추리해 볼 때에, 중봉 조헌 선생은 원래 그 무인이 아니여, 문인여, 문신이라고. 그러고 공주목사를 하셨지? [조사자 : 아니요, 그냥 옥천, 옥천현감인가 하고, 저 강원도 아니 저 전라도.] 조헌 선생이, 중봉 조헌 선생이 공주에서도, [조사자 : 저기요, 그 교수, 교순인가 뭐죠.] 그러고 인저 지금으로 얘기허면 그렇지.

그랬고 공주에도 또 영규대사는 또 갑사 이쪽이니까, 그래 그쪽에서 그 으 공주에 계실 때에, 두 분이 쪼금 뭐 인연이 있지 않았겠느냐. 그러니까 옛날로 얘기하면 갑사와 이쪽 옥천 가산사까지는, 지금도 가까운 거리가 아닌데, 그 때 당시로 굉장히 먼 거리가 아닙니까. 그 이쪽에서 의병을 일으킬 때에, 그쪽에 영규대사가 승병을 일으켰다고 하는 것은, 그때 그 인연을 가지고,

"야! 너는 의병을 일으키면 나는 승병을 일으켜서 힘 합쳐서 우리 한번 해 보자."

뭐 이렇게 인연이 닿지 않았겠는가. 그러고 가산사 쪽에서 뭐 작전회의를 했다는 말은, 얘기들은 있거든요. 영규대사하고 중봉 조헌 선생하고. 그러고 가산사 인근에 의병과 승병이 훈련을 했다고 하는 그 훈련 장소가 기술이 되었지. 그 딴지골이라고 하는데. 그래 그렇게 하니까 인제 뭐 청주성을 탈환하기 위해서 그 좀 가가지고, 힘 합쳐가지고, 관군허고 그때는 같이 힘을 합쳤지요. 청주성을 탈환했다.

## (16) 영규대사의 죽음

이인석 옥천문화원장(?, 남) 옥천군T 2앞
옥천문화원 원장실 / 강현모, 황윤선 조사(2007. 3. 28.)

앞의 이야기를 마치고 조헌 선생의 1차 의병에 대해 이야기를 하는 도 중에 생각이 났는지, 이어서 구술하여 준 것이다.


그런데 그적에 중봉 조헌 선생이나 그 영규대사는 짧은 기간에 의병 과 승병을 일으켰고, 또 짧은 전투를 했고, 일으키고 나서도 오래 전투 를 못 했어요. 음력으로 돌아가신 것이 8월 17일입니다. [조사자 : 22일 이요.] 8월 17일이요. [조사자 : 아니, 전투가?] 8월 17일 날, 금산 연곤 평 전투를 했고, 거기서 전부 돌아가셨고.

뭐 영규대사 한 3-4일 더 사신 것으로 나와요. 거기서 그, 그 창에 배 를 찍혀가지고, 그 튀어나오는 그 내장을 끌어안고 갑사 쪽으로, 공주 쪽으로 피신을 하다가 돌아갔다. 그래가지고 뭐 한 3-4일 더 사신 것로, 그런까 뭐 그 전장터에서 바로 돌아가신 거는 아닌 거로 나오지요, 영규 대사는. 중봉 조헌 선생은 그 자리에서 전사를 하셨고, 영규대사는 부상 을 심하게 입고 한 2-3일 더 사신 거로 나올 거요.

[조사자 : 하야튼 영규대사가 공주 쪽에 간 이유가, 혹시 그런 얘기 없 습니까?] 아니 그쪽으로 간 것은 이미 뭐 의병과 승병대에서 부하들이 다 전사를 했는데, 혼자 싸울 힘은 읎고, 목숨은 끊어지지 않았잖아. 뭐 그러니까 발길이 어디로 갔겠느냐? 자기가 뭐 지내고 있던 데가 어뎁니 까. 갑사 아닌교. 그래서 갑사 쪽으로 가다가 어.

## (17) 금산 전투에서의 조헌과 영규대사

이인석 옥천문화원장(?, 남) 옥천군T 2앞
옥천문화원 원장실 / 강현모, 황윤선 조사(2007. 3. 28.)

앞의 이야기를 마치고 영규대사의 최후에 관련된 이야기라 생각이 났
는지 계속 이어서 구술하여 준 것이다.

그 있는 금산 그 전투가 중봉 조헌 선생이 좀 서두른 것으로 나오잖
아. 쪼금 기다리자. 영규대사는,

"인자 저 우리가 그 저 원군을 쪼금 더 확보한 뒤에 싸우자."
했는데, 그 조헌 선생이,

"아니다. 에 지금 싸워야 된다."
하니까, 영규대사도 응, 조헌 선생이 저렇게 싸운다고 하니 저것 혼자
싸우게 내비둘 수는 없으니까, 기다리지 않고 같이 싸우신 거라고 보고
있거든. [조사자 : 그 이야기는 저기 문헌에도 나와 있고요. 나왔는데 영
규대사가 뭐라고 했느냐면 '최소한도 권율 장군의 연락이 오면 가자'고
했는데,] 그렇지. [조사자 : 그리고 최소한, 그렇지 않더라도 뭐 군인들은
고지한 곳을 방어망 치고 해야 하는데. 중봉 선생이 뭐라고 했느냐면,
'내가 금산을 치는 것은 이기기 위해서 치는 것이 아니다. 난은 지금의
여세, 청주성의 여세를 몰고 우리 의병을 기세 알려서, 후세의 기세를
나타나기 위해서 치러 간다' 이렇게 죽으러 간다고 하니까.] 죽을려고
각오한 거여. [조사자 : 예. 영규대사가 아무 소리 않고 따라가서.] 따라
가 죽어겄지.

## (18) 칠백의총

이인석 옥천문화원장(?./ 남) 옥천군T 2앞
옥천문화원 원장실 / 강현모, 황윤선 조사(2007. 3. 28.)

앞의 이야기를 마치고 조사자가 칠백의총에 대해 설명하자, 그에 대해
생각이 났는지 이어서 구술하여 준 것이다.

아니지. 그게 아니고 지금 저 칠백의총이라 한 것이 잘못된 거여. 전
칠백의총은 승병을 뺀 의병만 700명으로 인제 이해를 하셔야 되야. [조
사자 : 예. 제가 불가 쪽, 인제 불가 쪽에서 자꾸 그렇게 얘기를 하는 거
거든요. 700명이, 유자들이 거두었을 때 자기들 유자편의, 승병만 거두
어서만 아니고, 승병은 다 빼어버려 가지고 700명이 700명의 유자 측의
700명이지.] 그래요. 그래요. [조사자 : 승병은 아니다.] 예.(조사자의 설명
생략)

그래서 금산 싸움에서의 투여한 의승병을 보면은 의병이 700명이고
승병이 600명이다 하는 기록도 있지. 그렇지요. [조사자 : 아니 그것은
없습니다. 700명만 나오고.] 그런 기록조차도 우리 쪽이 있는데, 의병이
700명 승병이 600명 해가지고 1,300명이, 의승 1,300명이 금산 연곤평
전투에서 싸웠다고 하는 어느 기록은 제가 어딘가 봤거든. 그렇다고 하
면 700의총은 의병만 따져서 700명이고, 승병 600명은 그 이름조차 어
디에도 없이 그 사라졌단 말이여. 지금 불가에서 얘기하는 것이,

"우리 승병 600명 어떻게 되는 거냐. 응 이것 찾아야 된다."

이런 주장들을 하더라구.

## (19) 영규대사의 죽음

강구현 사무국장(?, 남) 옥천군T 2앞
옥천문화원 사무실 / 강현모, 황윤선 조사(2007. 3. 28.)

영규대사에 대한 문화원장님에게 조사를 마치고, 뒤에 사무국장에게 영규대사에 대해 묻자 조심스러워 하였다. 이것저것을 설명하는 도중에 생각이 났는지 구술하여 준 것이다.

[조사자 : 그 다음에 돌아가실 때 어떻게 돌아가셨는지 그것도 모르세요?] 아 그것은 뭐 거기서, 금산에서 뭐 배를 유달리, 배가 창자가 나온 상태로 갑사까지 인제 가셔가지고 거기서 인자 그 묘에서 돌아가셨다. 그리고 금산의 칠백의총에서 돌아가신 게, 그것도 비참하게 아주 그 상태에서 갑사까지 가셔가지고 거기서 그 돌아가셨다고.
[조사자 : 혹시 갑사에 왜 갔는지 그건 못 들으셨어요?] 갑사. [조사자 : 예. 갑사 쪽에 간 이유가 왜 그랬는지, 그냥 도망간?] 갑사, 아니고 갑사가 거기서 승 생활을 하셨지 않았어요? [조사자 : 예.] 그렇죠. 그러니께 자기 집 찾아가시는 것 아니었어.(이후 생략)

## (20) 영규대사의 죽음

황태원(74, 남) 금산군T 1앞
남이면 보석사 주차장 / 강현모, 황윤선, 심보익 조사(2007. 2. 21.)

금산문화원에서 원장과 국장을 비롯한 여러 인사들을 만나 전반적인 금산의 역사와 인물에 대한 이야기를 들었다. 자리를 옮겨 보석사로 가던 입구에서 만나 찾아온 목적을 설명하자 생각이 났는지 구술하여 주었다.

[조사자 : 옛날에 뭐 영규대사가 이 근처에서 뭐 성을 쌓고 훈련했다

는 이야기도 있던데?] 아 그런, 그런 소리 읋고. 칠백의총에서, 그 쪽에서 일루 쫓겨(쫓겨) 와서 여기 와서 붙잡혀서 죽었다고 하더라구, 여기. [조사자 : 붙잡혀서요? 뭐 배, 일부 이야기에는 또 배에 창을 찔려서 죽었다고 하던데 그건 어떻게 된 거에요?] 죽었다는 소리, 그런 소리만 들었지. 잘 몰라요. [조사자 : 또 여기서 훈련도 했다고, 훈련장소가 있다고 하던데?] 훈련장소라는 것은[청취불능](보석사 경관에 얽힌 전설 생략)

  [조사자 : 뭐 다른 이야기는 공주에, 공주, 창자를 안고 공주에 갔다는?] 예, 창자를 안고 여기 와서 죽었다. [조사자 : 여기 와서요? 공주 가서 죽은 게 아니구요?] 아, 여기서 죽었대요. 창자를 안고 여기 와서 죽었다고 하데요. 그래서 칠백의총으로 이 비각을 옮겨간다고 했었어요. 옮겨간다고 했는데, 여기 주민들이 그렇게 해서는 안 된다 해가지고 지금 여기다 유지를 하고 있는 거거든요.


## (21) 영규대사의 죽음

황태선(70, 남) 금산군T 1앞
남이면 석동리 가게/ 강현모, 황윤선, 심보익 조사(2007. 2. 21.)


앞의 제보자에게 이야기를 듣고, 제보자와 함께 버스주차장 인근의 마을 가게로 자리를 옮겨 찾아온 목적을 설명하자 가게 주인인 제보자가 생각이 났는지 구술하여 준 것이다.


그전에, 그적이 뭐 전주 근방에서 이로 일본이 있는데, 일본군이 올라왔다고 그러거든요. 그래서 전주, 전주에서 황산벌로. 그래 여기가 일단 집결한 거지. 집결해가지고 거가 싸우러 나갔다가 다시 후퇴한 거예요. 후퇴해가지고, 말 듣기는 여기에(청중의 말 청취불능) 여기에 지금 칠백의사, 의총이 있잖아요. 거기 와서 그 근방에서 인제 싸우시다가 거기서 칠백의사가 전부 몽땅 그냥 전멸한 거지요, 일본한티.

그래가지고 인제, 근데 영규대사가 거기서 일단 해서, 거기서 맞아가지고 이리 왔다는 얘기가 있었는디. [청중 : 여기 와서 죽었다는 거여.] 확실한 것은 모르고, 거기서 돌아가셨나 어쨌나 모르는디, [청중 : 여기 와서 죽었다고. 그래서 비각을 했다메.] 여기다 비를 세, 세웠잖어. 비가 원래 여기 있잖여. 그런데 그렇게 뱀이 몰라요.

[조사자 : 혹시, 이런 건 혹시 못 들으셨어요? 저기 제원의 개터, 거기서 조헌, 조헌 선생하고 영규대사하고 싸우다가 이쪽으로 도망왔다는 소린 못 들으셨습니까?] 그, 그쪽에서 몰쳐(모여)가지고 와 접쪽(저쪽)이서도 왔던 몬양여. 긍게 거기서 인제 이 포위가 완전히 된 거지요. 그래서 저 황산벌 거기, 일단 거기서 싸우다가 후퇴해가지고 여기 와서 인제 전사를 하신 거지요. 거기서 이리 오신 지는 모르것어요. 근디, 여기 와서 돌아가셨다는 말은 있는디. 그래서 여기다 비를 세웠다 했거든요. 그리고 다음은 확실한 내력은 몰라요. 그렇게만 알지.

여기 오셔서 일단 돌아가셨다는 말이 있어요. 그래서 여기다 써서 거시기 했는디, 그전이 칠백의총이 접쪽이서 이 비를 옮길려고 했거든요. 칠백의사의. 그런디 일단 여기서 반대하니깐 못 옮기고 인저 계신 거지요.


## (22) 다시 서게 된 의승장 순의비

황태선(70, 남) 금산군T 1앞
남이면 석동리 / 강현모, 황윤선, 심보익 조사(2007. 2. 21.)

앞의 이야기에 마치고 조사자가 영규대사에 대해 이것저것 묻는 도중에 생각이 났는지 계속하여 구술하여 주었다.

일제 시대 때에 이 비를 묻었잖아요, 땅에서. 땅에다 묻어가지고, 다 찍혔잖아요. 이렇게 맑게 보면, 보셨어요? [조사자 : 예. 봤어요.] 예. 찍혀가지고 그걸 일단 그걸 넝겨뜨려 가지고 읎앴요. 이 이게, 이게 이 근방 동민들이 그 무덤을, 거 거기서 묻었단 말이요. 묻어가지고 해방 되고, 그 다시 세운 거예요.

## (23) 전쟁 준비를 한 영규대사

혜완 스님(56, 남) 금산군T 1뒤<br>남이면 보석사 사무실/ 강현모, 황윤선, 심보익 조사(2007. 2. 21.)

조사자들은 앞의 이야기를 마치고 보석사에 딸린 암자에 거주하는 스님이 영규대사에 많이 알고 있을 것이라는 말을 듣고 암자에 찾아갔으나 비어 있었다. 한참 기다리다가 오지 않아 보석사에 내려와서 돌아온 주지 스님에게 찾아온 목적을 설명하는 도중에 들은 것이다. 즉 임진왜란 때에 승병의 활약성에 대한 이야기를 하던 중에 구술해 주었다.

(영규대사와 직접적 연관 없어 앞부분 생략) 에 그런데 스님들이야 전국을 다 돌아다니면서 수행을 이제 안 했겠습니까. 수행을 했지만은, 주로 인제 공주 그 갑사에 청련암이라는 거기서 이제 살으셨다고 해니까. 그래서 인제 들리는 얘기에는 인제. 엥 나무를, 옛날에는 다 나무 해 땠으니까. 나무를 가면 인제, 그 방망이를 하나씩 이만큼 해 가서 짤라다가 채곡채곡. 그래서,

"왜 그러느냐?"

했드니게.

"다 이것이 쓸 데가 있다."

그런 다음, 그 후에 인제 그게 다 의병들 그 저기로 해갖고 그걸 했다
는 전설도 있고. [조사자 : 그 얘기가 이쪽에는 보석사하고 연관된 이야
기는 없습니까? 옛날에는 이쪽 보석사에서도 그렇게 했다는?] 그런데 인
제 보석사에는 그런 게 없습니다. 왜 그르냐 하면은, 내가, 왜냐면 그쪽
에 거주를 하셨으니까. 해서 이쪽에는 왔다갔다는 했겠지만은, 실질적으
로 이 여기에 사셨다는 그런 근거는 없는 거라. 왜, 왜 그러냐 하면, 현
재 전쟁 중이니까. 뭐 인제 그 청주성, 공주에서 쉽게 말해서 청주로 갔
다가 이리 넘어오면서 인제 그렇게 된 것이 아닙니까? 그러니까 뭐, 그
걸 어떻게 얘기를 할 저기가, 저희 거기라 없는 거라. 그러니까 이 쪽에
선 특별한 저기가 없어.(조선시대의 배불정책 및 불력에 관한 것 생략)


## (24) 기허당 의선각

혜완 스님(56, 남) 금산군T 1뒤
남이면 보석사 사무실/ 강현모, 황윤선, 심보익 조사(2007. 2. 21.)

앞의 이야기를 마치고 이곳 보석사에 있는 의선각에 대해 생각이 났는
지 구술하여 준 것이다. 즉 불교의 요사체에 관한 설명하면서 그런 요사
체에 의선각이 붙게 된 유래를 설명하여 주었다.


그 주로 인제 뭐 공주에서 많이 아마 했는가 보드라고. 공주에서 해면
서 갑사 이 뿐만 아니라, 그 공주 그 영은사 가면 그 앞에도 연병, 그,
그 넓거든. 그 강 보이고 그러는데 그, [조사자 : 영은사요?] 영은사라고,
그 앞에서도 뭐 훈련했다 소리가, 옛날에 그런 소리도 들리고 그랬는데,
에 이쪽에는 그런 와서 그런 특별한 그런 소리를 들은 적이 없습니다.
그러니까 뭐, 그라고 인제 여기 비석 세운 것도 그것이 빠졌기 때문에

아마 여기 인제 의선각이라고 저기에, 저 밑에 비각이 원래 의선각 비각 아니예요. 그런게 여기다 이 여기 요사체에다가 이걸 갖다가 붙이, 인제 왜정시대 때에 개책 마멸시키고, 그걸 뜯어버리니까 갖다 놓은 디가 없잖아요. 그러니까 인제 이 의선각이란 이 현판이 이 들리는, 누가 이 들리는 소 소문에 의하면, 아마 다락 속이다 넣었던 것을 끄내 갖고 해방 이후에 달은 거라.

그러니께 이게 의선각이라 되었는데, 이런 자체도 실제 쉽게 말해서 이 이치에 안 맞거든. 그렇지 않아요. 살아 스님들이 거주하는 곳은 요사지 이게 의선각이라고 이 붙일 수 없는 부분이라. 그렇지 않습니까. 우리가 역사적으로 저기를 보드래도, 저 이 집 방에다 각을 붙일 수가 없잖아요. 그러니까 그런 것도 좀 고치라고 해도 안 되는 거라.

그러면서 사실상 저 1700년도 저희, 그 때에 뭐 말엽이나 중반이나 저걸 의선각비를 세웠잖아요. 그러면서 인제 여 기허당 허면서 거가에 인제 의병 그 위패, 의병 승병 그 위패도 모시고 그랬드라고.


## (25) 보석사에 기허당 비가 세워진 유래

혜완 스님(56, 남) 금산군T 1뒤
남이면 보석사 사무실/ 강현모, 황윤선, 심보익 조사(2007. 2. 21.)


앞의 이야기를 마치고 의선각이란 말에서 생각이 났는지 구술하여 준 것이다. 즉 의선각은 원래 비각에서 유래되었을 것임을 암시한다고 보았고, 그 비에 대한 생각에서 구술한 것으로 보인다.


그러니까 그 후에 너무 저기하니까, 여기 스님들하고 잉 지방 분, 군수, 군수들 뭐 이리 해서, [조사자 : 그러면 여기에는 전혀 기허당 스님

허고 관련이 없습니까?] 그러니까 그, [조사자 : 그러니까 저 뭐지 의승 장비, 저 밑에 있는 거요.] 의병승병장비.

[조사자 : 그걸 들어오는 것은 무슨 여기와 관련, 관련이 있을 것 아닙니까?] 아이 그것 관련이 있다고 보기보다는 아마 칠백의총에 없으니까, 내가 보기에, 내가 내의 이 사량으로는 칠백의총이 스님들이 없으니까, 그러니까 여기에다가 별도로 의병승병장 비를 세우면서 여기 기허당을 이 세우지 않았겠는가 그렇게 추측을 저는 합니다.

왜 그러느냐면 여기에 기허 이 뭐 그렇게 특별히 그 여지간 하면 이야기라도 떠돌아다니지 않을 것 아니야, 그런디 그런 부분들이 별로 없는 거라.


## (26) 영규대사의 죽음

혜완 스님(56, 남) 금산군T 1뒤
남이면 보석사 사무실/ 강현모, 황윤선, 심보익 조사(2007. 2. 21.)

앞 이야기를 마치고 조사자가 영규대사의 최후에 대해 묻자 생각이 났는지 구술하여 주었다. 이야기의 내용은 묘지가 생긴 유래에 관한 것이다.

아니요. 저기, 그 갑사 밑에까지 가서 거기서 돌아가셔 갖고, 거기서 장사 지내, 거 묘 있잖아요. 그래서 왜냐하면,

"내가 살생을 많이 했기 때문에 내가 절이 들어갈 수 없으니까."

그래서 거기서 밑에서 돌아가셔 갖고 거기다 묘를 쓴 거라.

## (27) 힘이 장사였던 영규대사

박정우(82, 남) 금산군T 2앞<br>금산읍 한진산업 사무실 / 강현모, 황윤선, 심보익 조사(2007. 2. 21.)

처음에는 그냥 구술하면 구술했지 녹음을 하지 않겠다고 완강히 거부하였다. 재차 권하자 구술을 시작한지 20여 분 후에 녹음을 허락을 하였는데, 허락하고선 전에 구술해 주었던 내용을 정리하여 재차 들려주었다. 제보자는 문화원에서 소개를 받고 사무실로 찾아가서 만난 분이다.

훈련했다 소리는 못 듣고, 단지 내가 인제 들은 바로는 그 때 당시, 영규대사가 보석사 인제 승려로 있을 때에, 에 인제 말하자면은 출중한, 다른 사람보다는 뛰어났다. 이런 걸 인제 할라고 그랬는가 모르겠지만은, 여하튼 보석사 그 마당에서 대웅전 지붕까지는 그래 전부, 한 뭐 열 질도 더 됐지. 예를 들면은. 그런 디를 그냥 푹 뛰면 그냥 그 지붕에 올라갔다 내려갔다 그렇게 자유자재로 했다. 응 이제 그런 걸 들은 것은 내가 그렇고.

## (28) 영규대사와 중봉의 의견 대립

박정우(82, 남) 금산군T 2앞<br>금산읍 한진산업 사무실 / 강현모, 황윤선, 심보익 조사(2007. 2. 21.)

앞 이야기를 마치고 조사자와 영규대사에 관해 여러 가지 의견을 나누던 중에 생각이 났는지 곧바로 이어서 구술하여 주었다.

또 아까 얘기한 대로, 어 영규대사는 승려 중의 신분이고, 조헌은 에 중봉 조헌 선생은 말하자면 학자요 양반이고 말하자면. 그러니까 에 영

규는,

"진학(악)산이 가서 진을 치자."

고. 주장을 했는데, 조헌이, 영규 말하자면 쉽게 말하자면, 나쁘게 얘기하자면,

"중놈이, 뭐 니깟 놈이 뭘 아느냐?"

하는 식으로, 여기 말하자면 무시를 하고, 여기다가 눈벌에다 쳐가지고서 전투에서 거기에서 인제 몰살당했다 인제 뭐 그런 정도이고 그래요.


## (29) 눈벌 전투

박 씨(56, 남) 금산군T 2앞
금산읍 한진산업 사무실 / 강현모, 황윤선, 심보익 조사(2007. 2. 21.)

앞의 제보자에게 이야기를 구술하고 있는 동안에 있던 제보자는 내내 듣고만 있다가 갑자기 생각이 났는지 구술해 주었다. 제보자는 성함은 두 차례나 더 물어보았으나 대답하기를 꺼렸다.


아니, 그 전에 내가 쪼끔 듣기로는 천래에서 그 강, 그 뭐여 강, 거기서 1차로 거기서 실패를 하고 거기서, [조사자 : 그게 개천이지요?] 예. 거기서 실패를 해가지고서 많이 전사자가 나왔을 거 아녀. 거기서 후퇴한 데가, 말하자면 [청중 : 눈벌.] 눈벌. 거기서 말하자면 그 위장병들 하며 거기 다 몰살했다 하는 것은, 그건 들은 건 그것이지 따른 건 없어, [조사자 : 혹시 그 천래에서 철수하면서 구억리라는 마을에서 아홉 번 싸웠다고, 아니 생각했다가 철수해서 했던 이야기는?] 그건 자세히 몰르고, 그것은 몰라 우리는. [청중 : 구억리가 있긴 있어.] 구억리가 있긴 있는디. [조사자 : 아홉 번 생각했기 때문에 구억리?] [청중 : 아녀, 아녀.

구억리 저 동내 유래를 보면 그런 뜻으로 안 있던데.] [조사자 : 그 이야
기 중에 아까 말한 권종 이야기하고 똑같은 이야기로 해서.] [청중 : 긍
게 조헌이 거기서 싸웠다고 그래요? 저저, 저 영규가 싸웠다고, 영규대
사가 싸웠다고?] 거기는 인자 위장병이 가기 다 인제 거기서 실패하니
까, [청중 : 의병들이?] 의병들이지, 의병들이 맞지, 인제.

 [청중 : 의병들이.] 의병들이 긍게 다 의병들이지. 해가지고 거기서 인
제, 거기서 완전 포위당한 거 아녀, 거기서 왜병들한테. 포위당해 몰살을
했잖어. 이것 실패하고 나머지 있는 사람이, 말하자면 후퇴하다가 나머
지 있는 사람이 저 가. 눈벌에서 완전히 인제 거 가서 [청중 : 몰살 당하
고.] 몰살당한 거여, 말하자면. 그래서 칠백의총이라고 하는데. 인제 천
래에서 많이 전사가, 거기서 많이 죽었다는 거 같아, 전사를 많이 한 거
지, 엄청나게.


## (30) 보석사에서 죽은 영규대사

조재일(81, 남) 금산군T 2앞
남이면 석동리 / 강현모, 황윤선, 심보익 조사(2007. 2. 21.)

박정우 할아버지는 영규대사에 대해 자신보다 더 잘 알고 있는 사람이
있다며, 꽤 늦은 시각인데도 직접 우리를 이끌고 석동리로 찾아가서 우선
제보자를 소개해 줬다. 또 밤늦은 시각인데도 우리를 흔쾌히 맞아 주었다.


결국이는 그 뭐여, 일본 놈하고 싸울 적이 결국이는, 저 거시기 금성
면 조, [청중 : 조 중봉.] 응. 조 중봉 그 거시기는 쉽게 말하자면 옛날
이들의 거시기이고. [청중 : 응?] 인제 이런 주민들 인제 얘기고, 의병이.
여기는 중, [청중 : 중이고.] 중의 대가리고, 여기는.

그 그전에 거기서 조 중봉은 이런 농민이, [청중 : 말하자면 의병, 농민들 상대로 한 의병장이고, 여기는 중을 상대로 한 승병장이고.] 응. 그려. [청중 : 글쎄, 그렇고 또.]

[조사자 : 저기는 없어요? 거기서 뭐 훈련을 했다든가] [청중 : 훈련을 했다든가.] 예 그런 건 거시기는 없고. 쉽게 얘기하면 다른 디 여기서 이렇게 맞아가지고서, 총 맞아가지고서 아니 [청중 : 화살?] 칼인가 화살, 총인가를 맞아가지고서 결국이는,

"진을 진악산이다 치자."

[청중 : 영규는 진악산이다 치자고 하고.] 저기는 벌판, [청중 : 중봉은 저기 눈벌.]

"눈벌 거기다 치자."

이래가지고서 했는디. 이쪽, 그래가지고 한참 싸우다가 맞아가지구서 보석사 와서 죽었다는 얘기여. [청중 : 보석사 와서 죽었댜?] 응. 이래 와서 총 맞아가지고. [청중 : 아 긍게 보석사 와서 죽었다는 소리여. 나 처음 듣는,] 응. 여기 와서. 인제, 인제 그런, [청중 : 전설이 있고.] 전설이 있지. 그전에 들은 얘기여.(청중 반복 구술한 것 생략)


## (31) 훈련장이었던 보석사

김홍식(78, 남) 금산군T 2앞
남이면 석동리 / 강현모, 황윤선, 심보익 조사(2007. 2. 21.)


박정우 할아버지는 앞의 제보자에게 이야기 듣기를 마치고, 우리를 이끌고 다른 집으로 이동하여 제보자를 소개해 주었다. 제보자는 교편을 잡았던 분으로, 역사적 사실에 근거를 두지 않은 이야기에 대해서는 한사코 구술하기를 꺼려하였으나 여러 차례 청하자 구술하여 준 것이다.

그 기허당이라고, [청중 : 기허당 있어. 거기.] 기허당에, [청중 : 영규대사 그 영정, 영정이 있었는데,] 응 기허당이 있었는디, 불서나 탱화가 굉장히 많았어요. 그냥 굉장히 많았어. 보통 많은 것이 아니라 뺑 돌아. 기허당이라고 하는 것이 한 한 칸씩 정도이지. [청중 : 그렇지 않아도 저기 뭐 무슨, 무슨 승려들 많이 있잖어, 그것.] 응. [청중 : 있었잖아.] 탱화가 있었는디, 그런디 우리는 잘 모르지.(개인적 이야기 생략)

[청중 : 아 그럼 거시기. 그 예를 들면 뭐 영규대사가 뭐, 무신 어떻게 했다든가. 누가 와서 훈련을 시켰다든가. 중들이 뭐 어떻게 했다든가. 또는 뭐?] 뭐. 그 중들을 많이 이거, 뭐 징집해 갖고 뭐 훈련을 시키고 했단 소리는 그런 정도. [청중 : 들었어, 그것?]

[조사자 : 그게 어디서 훈련을 시켰어요. 이 보석사 근처에서요?] 보석사 근처라고 그러는 것 같은디. 아 내가 책임 못 질 소리는 안 혀. [청중 : 아녀. 책임. 아 그거하고 관계없다고 한당게.]

그랑게. 영규대사가 여기 와서 그 승려를 군집해 갖고, 교육을 시켜 갖고 했다고 해서 여기다 그 비를 세운 거지요. [청중 : 그 얘기로 된 얘기지요.] 그 이상은 읎어.


## (32) 영규대사 비석의 파손

김홍식(78, 남) 금산군T 2앞
남이면 석동리 / 강현모, 황윤선, 심보익 조사(2007. 2. 21.)


앞의 이야기를 마치고 앞에서 들을 이야기들에 대해 묻자 구술하는 것으로 꺼려하였다. 그러던 중에 좀 구체적 가능성을 있는 이야기라 생각이 났는지 구술하여 준 것이다.

일제 말년에, 인제 내가 알기로는 [청중 : 글새.] 일제 말년에 경찰서
장 그, [청중 : 석천, 석천, 석천에.] 일본 놈들, 이시가와가라 놈, 그 독
석자 내 천자 이시가와라란 서장놈이 이것 저, [청중 : 비석을 뿌셔서.]
비석, 비가 있어요, 그걸. 그걸이 비를 세운 지가, [조사자 : 1700년대.]
1700몇 년이란가 그런 소리를 들었어. 그런디 그걸 조(쪼)와서 잘 몰라
요. 지금 조아서. 그, 그 비 서 있지요. 지금 조아서. 그런게 그 이시가와
라 놈 그냥 묻은 게 아니라 전부 증(정)으로 조아 갖고서 그랬어요. 그래
서, [청중 : 조재인이 봤데, 그것을. 쫓는 걸 봤다.](중간 생략) 그것이 아마
내가 생각하기는 한, 해방 3-4년 전이지. [청중 : 뚜드려 부순 건?] 응.
그래 묻은 건. 그 놈을 쪼아 놓고선, 들은 얘기 이지, 묻었는디. 갈 때에
다 깨, 깨부스라고. [청중 : 석천허고 인저 얘기했던 갔지. 뿌셔 부셔라.]
잉. 그 놈이, 그 경찰서장 놈, 그 놈이,

  “다 뿌셔라.”

그랬는디, 간 다음에 그냥 땅에다 묻었다고 하며, 고상준이라고 있잖
아. [청중 : 응. 고상준.] 아이 자기도 잘 했다고 나중에, 해방되고 그런
소리를 하데. [청중 : 애국자 될라고 그렇고.] 애국자는 무슨. 그 이외는
몰라요.


## (33) 영규대사와 조 중봉의 갈등

김홍식(78, 남) 금산군T 2앞
남이면 석동리 / 강현모, 황윤선, 심보익 조사(2007. 2. 21.)


  앞의 이야기를 마치고 임진왜란 기간에 이곳 금산 전투의 전략적인 진
치기에 대해 청중인 박정우 할아버지와 대화를 하다가 생각이 났는지 구
술하여 준 것이다.

그런디 조 중봉, 이응 이건 이 분은, [청중 : 승주, 승장이고.] 의병승장, 의병이고 승장이고 그런디, 원래 그 뭐여, 이 분이 선견지명이 있었다고 그랬싸구 그렇잖어. 영규대사가 선견지명이 있어 미리 알아가지구 했다구. 그런 소리는 들었는디, 뭘 배운 게 있어야지, 내가.

[청중 : 선견지명이 있어가지고 이 진악산에 진을 쳤다.] 응 진을 쳤댜, 그래서, [청중 : 그 얘기를 허드란께.] 이런 소리를 했지. [청중 : 진악산에다 영규는 진악산에다 진을 치자고 하고,] 조 중봉이는, [청중 : 중봉은 눈벌에다 하자 하고.] 눈벌에다 허자. 이런 소리를 했지. [청중 : 내가 그래서 알기로는 인제 그 때부터 중 신분은 평민들보다도 못 하잖아. 중 신분인 게 중놈이라고 그러잖아. 그런 게 하시되어 버리고.] 그때는 아 아 천인일 뿐이란 말이여. [청중 : 그런 게, 그런 게 딱 무시, 저 중봉이 영규의 말을 딱 무시해 뻐리고, 거기 와서 진을 쳤다가 전멸했다. 이런 얘기를 들었잖어.] 그렇지. 그런, 그런 얘기 정도 밖에 몰라.

[청중 : 그런데 그 얘기를 왜 안 햐.] 아니 그건, 이건 증언인디, 증언인디 뭐 엉뚱한 소리를 해가지, [청중 : 아니, 아니.] 진악산 저 거시기 정상에다가, [청중 : 관음봉?] 탑을 쌓은 것. [청중 : 관음봉, 저쪽이?] 잉. [청중 : 저쪽이 관음봉 성을 쌓았잖어.] 거기다 쌓은 것도 그렇다고 하는디. [조사자 : 아 그래서 어떻게 쌓았다는 거예요? 그 탑을, 진악산 정상에요?] 성, 성을. [조사자 : 성을 쌓았다고. 누가 쌓았다고요?] 인제 주민들이나 인저 그 승병들 허고서 쌓은 거예요. 그런데 흔적이 읎잖아, 지금. [청중 : 돌만 이렇게 있지.] 돌만 요렇게 있고.

## (34) 영규대사의 최후

김홍식(78, 남) 금산군T 2앞
남이면 석동리 / 강현모, 황윤선, 심보익 조사(2007. 2. 21.)

앞의 이야기를 마치고 청중인 박정우 할아버지가 자꾸 이것저것을 유
도하지 그때 생각이 났는지 구술하여 준 것이다.

[조사자 : 금산성 싸움에 관한 이야기는 없습니까?] 아주 그 눈벌서만
싸운 것 있고 뭐, 싸웠는디 뭐 어따 싸워가지고서, 눈벌 싸워갖고, 돌아
가시길 여기 와서 돌아가셨다는 얘기가 있고.(청중의 영규대사의 죽음 설명부
분 생략) 여기 와서 돌아가셨다는 얘기도 있고. 응 여기 와서 돌아갔다고
하는디, 여기에 우리가 듣기로는 이 영규대사의 사적이 이 보석사 밖에
없다고 그런 소리르 들었어. [청중 : 그 책을 잊어, 안 잊어버렸으면.] 아
이 그, 아이 그냥 이렇게 생긴 이보덤은 더, 이렇게 다이(선반)이 있었는
데, 밑이, [청중 : 빈칸에다 그냥 꽉.] 꽉 차여 있었고. 탱화가 그냥 뻥 돌
아가며 있었어요.

## (35) 영규대사가 수도를 한 갑사

박찬요(78, 남) 금산군T 2앞
금산버스터미널 2층 현대부동산 사무실 / 강현모, 황윤선, 심보익 조사(2007. 2. 22.)

박찬요 제보자는 금산향교의 전교 출신으로 이미 여러 차례 걸쳐 제보
한 경험이 있었다. 전교 출신이어서 그런지 사료에 근거하지 않은 이야기
는 잘 말하려 하지 않았다. 고령에도 불구하고 기억력이 매우 뛰어나 왜
란 때의 금산의 정황에 대해 밝았다.

그래 영규대사, 영규대사가 원래 수도하던 곳은 계룡산의 갑사여. 갑사에서 수도를 하고, 이 보석사에 와서 또 이렇게 왔다 갔다 했어. 그러면서 알지, 임진왜란, 왜란이 일어날 것을 미리, [청중 : 미리 예측하고.] 알고, 이 가령 그 때는 뭐 무기라고 해야 창과 활, 뭉둥이지 뭐. 그런데 그런 것이 없으니까 인제 이 보석사 그 뭐야 참나무 뭉둥이를 많이 깎아서 대비하고,

지금 거기 가면 의선각이라고 하는, [청중 : 의선각.] 그 양반이 거처하던, 보석사에 와서 거처할 때에 에 쓰던 방인디. 지금 가보면, 옛날이는 이 앞이 이렇게 대웅전 앞이 의선각이 있었는디, 이쪽 줄이 옮겼드라고


## (36) 청주성을 탈환한 영규대사

박찬요(78, 남) 금산군T 2앞
금산버스터미널 2층 현대부동산 사무실 / 강현모, 황윤선, 심보익 조사(2007. 2. 22.)

앞의 이야기를 마치고 조사자가 영규대사에 대해 다른 이야기를 묻자 생각이 났는지 구술하여 준 것이다. 옆에는 박정우 할아버지가 이야기를 거들고 있었다.


그래서 인제 조헌 선생하고 영규대사가 처음에 만난 것은 8월 1일 날 청주성. [청중 : 8월 1일날. 어 그때 날짜까지 정확하네.] 음력 8월 1일 날에 청주성을 공격할 때 조헌 선생은 서문을 치고 영규대사는 이 동문을. 이렇게 서로 연결을 해서.

그 동안에 이옥이라는 사람이 순찰사였었는데, 이옥. 이옥자. 순찰사였었는데. [조사자 : 방어사 아니였어요?] 예? [조사자 : 방어사?] 방어산가 순찰산가. 에 성수 청주성을 치다가 패했단 말야. 그래서 인제 전승

한 왜군들이 기세가 등등하지. 그걸 에 성 서문을 치고 북문을 치고 이
렇게 해서. 이 박찬만 씨가 글을 쓴 것을 보면은, 어 희석(희생)을 무릅쓰
고 종일 독전을 해서 청주성을 수복했다 그 얘기여.

[청중 : 찬만 씨면, 그 저 우리 찬만 씨, 그 아저씨가 뭐 기록한 것이.
비문을 쓴 것이 있어요. 뭐 비문이에요] 비문이 아니라, 요번에 우리가
유계(儒契) 그 저 상 조직을 만들었는데. 종영사의 제향을 영구히 받들기
위해서 유계를 만들었어. [청중 : 계.]

음. 계를 만들면서 재정이 없으면, '재산이 없으면 계가 허망, 허명에
끝날 수가 있으니까 돈 좀 모으자.'(영규대사와 직접적 관련 없어 생략)


## (37) 순찰사의 협잡질과 금산에 온 칠백의사

박찬요(78, 남) 금산군T 2뒤
금산버스터미널 2층 현대부동산 사무실 / 강현모, 황윤선, 심보익 조사(2007. 2. 22.)


앞의 이야기를 마치고 또 다른 이야기를 부탁하자 생각이 났는지 구술
하여 주었다. 이 이야기는 칠백의총이 생긴 유래에 관한 것이다.


얘기가 쪼끔. 에 저기 뭐여 얘기가 딴 디로 갔는데. 청주성을 수복하
고 에 근왕을 하기 위해서 에 북상해서, 의주에 그 때 선조 왕이 있었단
말여. 인제 온양까지 갔어.

온양까지 갔는데, 순찰사가 뭐라고 그러냐면,

"금산에 에 왜적이 다시 창궐해가지고 이 호서와 호남, 양호를 넘본
다. 그러니까 호남이 보전되어야만 나라의 나라를 중흥하는 국기가, [청
중 : 기반.] 응. 되니까. 금산의 왜적을 먼저 몰아내자."

그래놓고서는 1,600이라고 하는 의병을, 갖은 이 뭐여 저걸 다 써가지

고서 의병을 협박도 하고 그 부모네들 뭐 하고 해서 다 흩어지고 700명만 남았다 얘기여.

그래 금산이루 오는데, 금신이루 이 온양에서 금산이루 올라면 어떻게 올랑가는 모르지만, 시 한 수가 있어. 이 저 금강. 형강이라고 하는, 이 천래 앞이가 그가 형강여.

형강을 건너오면서 인제 그 고 재봉(고경명) 선생님은 그 돌아가셨잖어. 고 재봉을 추모하는 시를 짓고 인제 금산에 와서. 그 전투 상황은 자세히 안 쓰고, 우리가 저거 할 때는 와서 진용을 이 정비하기도 전에 왜놈들이 쳤다는 그 얘기도 있고.


## (38) 영규대사의 죽음

박찬요(78, 남) 금산군T 2앞뒤
금산버스터미널 2층 현대부동산 사무실 / 강현모, 황윤선, 심보익 조사(2007. 2. 22.)

앞의 이야기가 마치고, 칠백의총에 관한 것이라 영규대사의 죽음에 대해 묻자 생각이 났는지 구술하여 준 것이다.


경양산이지, 거가. 지금 경양산에 진을 쳤는데. 왜놈들이 이 말머리 그 근방이루 이렇게 탐정을 보내서 에 이 조헌 군에 이 군용을 살펴보니까, 군대도 얼마 안 돼지 아주 허술하단 말야. 이러니까 이제 여기서 공격을 한, 한 거지. 기록에는 세 번 싸워서 세 번 아 이기고, 중과부적으로 우리가 패해서.

그런데 인제 경양산에 우리 조헌의 의병은 진을 치고, 경향산에서 에 이렇게 건너다보면 어디여 밭뜰, 밭뜰 그 앞에 벙긋한 산이 하나 있어요. 이 의병승장 영규대사는 거기다 진을 치고. 이렇게 해서 왜놈하고 싸워서, 참 다 이렇게 순절하셨는데.

애기 들기로는 영규대사가 거기서 전사한 것이 아니라, 부상을 당하여 가지고 어 공주 어머님을 찾아갔어. [청중 : 부상을 당해가지고. 근디 보석사에서는 거기 와서 총 맞고 거기 와서루나 죽었다고 그렇게 얘기를 하거든, 그 사람들은.] 어머니를 찾아가니까,

"니가 안 죽고 응 왜 왔냐?"

고. 아들을 나무랴. [청중 : 대단하네요.(일동 웃음) 대단 해.] 그래 영규대사도 어머님 한 번 뵙고 죽으면, 죽으면 한이 없어서 그 어머니를 뵈러 왔는데, 어머니가 '안 죽고 왜 왔냐' 이러니까, 영규도 참 어머니한티 부끄럽지. 그 곧은 성격에. 그래서 인제 거기서 돌아가셨다는 얘긴데.


## (39) 영규대사의 전쟁 준비 및 임전, 죽음

윤현종(74, 남) 금산군T 2뒤
금산읍 건국노인정 / 강현모, 황윤선, 심보익 조사(2007. 2. 22.)

앞의 박찬요 제보자와 인터뷰를 마친 후 인근에 있는 건국노인정에 들어갔다. 어른들이 많아 다소 부산했으나 몇몇 분을 통해 영규대사에 관한 이야기를 들을 수 있었다. 제보자는 고향이 금산군 남일면이지만 공주 계룡면에 할머니가 계셔 공주에 갔을 때 이야기를 들었다고 한다.

### ① 전쟁 준비로 방망이를 깎았던 영규대사

[조사자 : 그 영규대사가 어떻게, 어떻게 돌아가셨다고요?] 영규대사 돌아가신 것은 이 일본서 왜놈들한테 당하고, 공주 버들미 가서 돌아가셨시요. [청중 : 영규대사 얘기여.] 영규대사여, 영규.

그 산소, 산소 지은데 잘 해 놨어요. [청중 : 어따 해 놨어?] 공주 거기

가 무슨 면이라고 하지. [청중2 : 갑사 들어가는디, 양달.] [조사자 : 계룡, 계룡산 유평리 아니 계룡면 유평리.] 근디 유평리여, 맞어 유평리. 내가 알기로는 영규대사가 갑사에 머심으로 살고 있는디, 나무 한 짐 해오면, 말하자면 몽둥이를 하나씩 깎아다가 마리(마루) 밑이다 늫더래요.

### ② 백회를 풀어 왜군을 기만한 영규대사

그러다가 임진왜란이 나니께. 금산이루 조, 조 고 뭐시기 금산 저기 모신 양반? [조사자 : 중봉, 조 중봉.] 조 중봉. 원조를 나왔다가, 원조 나와서 여기다 진을 치고 있는디. 여기 이 강물, 이 물을 인제 기냥 백회를 갖다 막 풀으랬어. 막 풀으라고 하니께. [조사자 : 그 더 풀으라고 한 겁니다. 조 중봉?] 잉. 조 중봉. 선생님이 '딱 풀으라'고 해 막 풀으니께, 일본놈들이 거기 딱 인제 지쳐와 갖구서는,

"여기 군사가 많아서 여긴 침범을 못할 디다."

아 그랬드니 여수가 한 마리가 홀짝홀짝 건너가드라네. 그렇게 두고, 여자가, 여자가, 여자가 건너갔다고도 하고. 여자가 밥 광우리(광주리) 이고서 차츰차츰 이렇게 걸어 올려감서 건너갔단 말도 있고, 여수가 건너갔단 말도 있고 그려. 그라니께 기냥,

"아 물이 얏찹(얕)구나!"

하고서는 일본 사람들이 달려들어서, 여기 눈벌 안에서 전투해 갖고서는 조 중봉 선생 죽고, 저 뭐여 영규대사는 거기 부상당하고. [청중 : 거가 어디냐 하면 천래여. 성재.]

### ③ 명당을 알아본 영규대사

말하자면 영규대사는 버들뫼, 버들뫼 바로 집 뒤에 가서 진을 치고 있는디. 갑사루도 못 들어가고 거기 가서 있응게. 거기 인제 의병들인 게

장군 아녀. 장군잉게 부하가 있지.

"대사님은 돌아가시면 여기다 모시야 겠습니다." 하니께.

"아따, 여기는 내 자리가 아니라 정경부인 자리다. 내 자리는 저 꼴타기(골짜기) 저기니께. 거기다 난 죽거든 묻어 줘라."

그랬다구 해서. 이 우리 할머니, 말하자면, 좌측이루 꼬라당(골짜기?)에다 묘를 썼는디 수많은 명당이여. 그런디 사뭇 댕기면서 보면은 갑사에는 자기네 묘지, 자기네 소유라고 해갖고 자기네가 한다고 했는디, 그 짝이 공주문화원에다고, 공주문화원에서는 공주 문화재이니까 공주에서 해야 한다고 하고.

이렇게 하다가 뒤에서 사태가 땡금 내려와 갖고 그냥, 말하자면 이 함박 묘를 쓴 묘, 묘가 저 용전이 생겼네. 용전이 생겼는디, 고기 몇 해 댕겨도 몰르겠더니, 거기가 칠백의총 같이 이렇게 자 사, 잘 해 났는디, 그것은 어데서 어떻게 했는가 그 내력은 몰라요. [조사자 : 그 묘가 저기 떨어져서 만들어졌다고요?] 예.(영규대사 현재 단장한 묘에 관한 이야기 생략)


## (40) 흙탕물을 이용하여 왜적을 기만

지혁종(74, 남) 금산군T 2뒤
금산읍 건국노인정 / 강현모, 황윤선, 심보익 조사(2007. 2. 22.)

앞의 유현종 제보자의 말이 끝난 후, 조사자가 여러 청중들에게 영규대사에 대해 묻자 옆에서 듣던 제보자가 생각이 났는지 구술하여 주었다.

그때 무렵에, 지가 전에 어른들한티 얘기 더러 들은 것으로서는, 일본 사람들이 천래라는 디를 강가에서, 거기에서 두더(?)나고서는 성재를 목적해서 왔다 그 거여. 근디 그 성재에 그 인제 어른들 그 장사들이 독을 갖다가 올라 오면은 궁그러(둥글려) 늘라고(넣으려고) 그래 탑을 쌌어, 그 성재에다가. 탑을 싸서 지둘려서(기다려서) 인제 거기 못 올라오게코롬 이를 대비를 해서 헌 디. 강물을 못 건너게 흙탕물을 풀었드라.

그런디 흙탕물을 하는디, 에 그랗게 점심 때 겸 해가지고서는(즈음 되어서는) 어 뭐 지체되고 못 오고 앉었었는디, 어 그 천래에서 아주머니가 즘심 꽝우리(광주리)를 이고 가서 그러는디, 치매를 자꾸 걷어서 올라오는 대로 건니니께로 그거 보고서는 성재를 건너졌다고 하지.

그래서 그 성재에서 이제 패배를 봐가지고, 패배를 봐가지고 칠백의총으로 갔다. 응 그런디 패배를 봐서 거기서 죽은 뻑다구는 내가 눈으로 확인을 했어. [청중 : 어떻게 봐, 어떻게?] 소 뻑다구보다 더 굵어 그냥. 장사들 이어서 그냥. 하루 파가지고 구름작대기 같이 그냥 막 나오길랴, [청취불능] 우리나라 그렇게 나라를 위해서 죽었는데, 그냥 개죽음 해가지고 그래서. 거기서 그 저 표사이로 나오는 그 신체를 내가 확인 했어.

[조사자 : 그 천래강, 천래강에서 싸웠던 사람이 중봉 선생하고,] 엉 천래강을 건너가가지고서 성재를 다다라서, 독을 궁그리고 이 야단을 치고, 이 야단을 쳐서 거기다 장사들을. [청중 : 천래강에서 싸웠지요] 잉. 성재에서 싸웠, [조사자 : 싸운 사람들이 누구예요?] 엉? [조사자 : 싸운 사람이 누구예요?] 내내 이 칠백의총 그, 그 군사들이 거기서 몰려서, 거기서 찢게 가지고서는 간 거여, 거기서. [청중 : 그라고 지금 영규대사 허고 대가리만 알지. 뭐 전통을 몰르지.] 원래가 거기서 싸운 거여, 거기서. [청중 : 거기서 싸워갖고 인제 저 눈벌서들 찢겨 온 거여.] 잉. 거기 많이 죽었어.

## (41) 영규대사의 최후

고석정(83, 남) 금산군T 2뒤
금산읍 건국노인정 / 강현모, 황윤선, 심보익 조사(2007. 2. 22.)

앞의 지혁종 제보자의 말이 끝난 후, 영규대사의 다른 이야기를 부탁하자 옆에 있던 제보자가 생각이 나는 것이 있는지 이야기판에 끼어들어 구술하여 준 것이다. 즉 내내 듣고만 있다가, 다른 제보자들의 제보 내용이 부실하다고 느꼈는지 불현듯 나서서 구술하여 주었다.


아까 얘기한대로 거기 워냐면 지금 현재 칠백의총 거기 진을 치자고 하고, 영규대사는 뭐냐면 성 쌓은데 거기 어디이지. [청중 : 저기 공주 갑사 앞에 버들미라고 하는 디 있어.] [조사자 : 진악산요?] 진악산. 진악산 그리, 거기다 지금 성 쌓은 디, 성 쌓은 디 있고 거기 헬리곱타 내리게 해놓고 그랬는디, 그리 가자. 그러니께 이리 가자고 그러니께,

"양반놈들! 떡 뻐기고 그러다가 양반 죽인다."

고 그러니께 거기서 칼을 맞아가지고, 그런게 보석사 가서 죽었다고 해서 그 거기, [조사자 : 누구한테 칼을 받아요?] 응? [조사자 : 조 중봉한테?] 응?

[조사자 : 조 중봉한테 칼 맞아?] 그런게 거기 누가 도중에 죽이기 십상,

그것도 잘못된 것이 있어. 응, 고 재봉이, 고 재봉이가 우두머리인 디. 그 때에 즤의, 그걸 지으면서 고 재봉은 빼어 놓고서 즤가 이 이것(우두머리 표시)라고 해 놓았단 말이여. 그래 지사, 그 고가들 허고 조가들 허고 이렇게 해서 서로 싸워.

영규대사가 그때 뭐냐면,

"저 거시기로 그리 피란을 허쟈."

니까. 뭐냐면 그 거시기가 그리 전부 가드랴. 전부 칠백의총으로. 그래 영규대사가 뭐냐면.

"양반 놈들은 저 죽을 자리를 찾아간다."

함서 도망가다가, 저, 저, 거시기 보석사. 보석사, 거기서 칼로 맞아서 보석사로, 보석사 앞에 비가 서 있잖어. 영규대사 비가.


## (42) 권종 및 중봉과 합세하여 싸운 영규대사

흑암리 제보자1(?, 남) / 금산군T 3앞<br>남이면 흑암리 / 강현모, 황윤선, 심보익 조사(2007. 2. 21.)

하금리 등 여러 마을을 돌아다녔으나 마땅한 제보자를 찾지 못해, 흑암리로 자리를 옮겼다. 즉 흑암리에 오기 전까지 만난 제보자에게 지명전설이나 민속자료만 들었을 뿐, 영규대사와 연관된 이야기를 듣지 못했다. 흑암리에서 만난 제보자는 차분한 어조로 하나라도 더 기억해 구술해 주려고 노력하였으나, 대부분 편린적인 이야기를 해주는 데 그쳤다.

부리면이나 제원이어서, 거기서 인 고 고 도사가, 전 영규대사인가 뭣인가 [청취불능] 군복, 군복면일 거여. 칠백의총 있는 데께. 그래 뭐 어떤 아주머니가, 물이 막 장마 져가지고 막 흙덩이 막 니려 오는 통이, 그래 무서, 무서워서 못 건너는 디, 어떤 아주머니가 인저 거기를 건너가지고, 그 때에 그 사람들 쳐들어 와가지고 많이 죽었다고 하잖아. 칠백의사 있는 디서. 그런 얘기를 하더라고. 여기하고 거리가 멀어.

그런 데서(제원면)는 큰 길이고, 금산서 인저 완주로 넘어가는 인제, 무주 쪽으로 인저 넘어가는 큰 길이고. [조사자 : 뭐 그 때 벌어졌던 일 같은 것은, 요때 그 동네에서 어떤 건지?] 그래 우리들이 대충 아는 것은 뭐 인저, 그 칠백의총이라는 거, 칠백의사, 말하자면 저 긍게 잔, 정 뭐시기지? 이름이 정영 것이 뭐여? 정봉준이, 봉준이지.(중봉 조헌 선생의 호를 착각) 그 분이 이끌고 인제 오고. 원래는 이 저 전봉준이 끌고 올라와서 인제 전라도에서 실제 뭐 그런게, 영규대사 뭐 무슨 대사지? 이분이 중봉하고 합세해가지고설랑은 싸우고. 홍 군수(권종 군수의 성을 착각인 듯)이라고 인제 뭐 금산 관련 군수하고 제원면서 그래 싸움을 했다든가 그래서 인자 금산의 홍 군수 그때 했던 기록이 남아 있지.

## (43) 의총리로 후퇴하여 전사한 영규대사

흑암리 제보자1(?, 남) 금산군 T 3뒤
남이면 흑암리 / 강현모, 황윤선, 심보익 조사(2007. 2. 21.)

앞 이야기를 마친 뒤 칠백의총에 대해 승병과 의병의 숫자에 대해 대화 하는 도중에 생각이 났는지 구술해 준 것이다.

그런데 영규대사는 인제 참 거기에 인제 뭐 여기서 창을 맡고서는 공주까지 갔다고 하는 그런 내력이 있다고 한다지만, 나는 그런 소리는 금시초문이고, 다시 싸웠다는 소리만, 이 인제 알고 있고. 여기서 다 전사한 걸로만 알고 있지. 들렸다는 것은 나는 처음 듣는 이야기이여.

아, 그라고 제원서 한 것은 인제 군수가 그렇게 했다. 마 싸웠다고 들은 낭 같은 디. 제원서. [조사자 : 저 쪽. 어떤 분들은 저 조 중봉 선생하고 영규대사하고 싸웠다 얘기하시고, 어떤 분들은 그 금산군수하고 영규대사하고 싸웠다.]

아 긍게. 그래서 인제 거기서 인제 츠(처)음에 같이 거기서 싸우다가 밀려가지고 인제. 칠백 명이 인자 제원면, 금성면 가서 인제 다 인제 전사를 한 거지 뭐. 싸우다 인제. [조사자 : 제원에서 밀려서요?] 그랬을 테지 뭐. 츠음에 방어를, 거기서 1차 방어를 했을 테지 뭐. 안 그렇겠어요?

그래 방어를 하다가 인제 쫓겨서, 인제 후퇴하다가 인제 거기서 인저 당한거지.(영규대사와 관련 없어 생략)


## (44) 눈벌과 왜적 물리친 영규대사

파초리 제보자1(?, 남) 금산군T 3뒤
금성면 파초리 노인정 / 강현모, 황윤선, 심보익 조사(2007. 2. 22.)

노인정에 들어갔더니, 마침 그 날이 이 동네에서 마을고사가 있던 날이었다. 이미 고사는 끝났고, 어르신들이 노인정에 모여서 조촐하게 잔치를 벌이고 있었다. 점심을 먹기 바로 전까지 많은 분들로부터 제보를 받았으나 기계의 결함으로 녹취를 못하게 된 점이 안타깝다. 떡국을 한 그릇 얻어먹고 다른 녹음기를 사용하여 녹취한 것이다.

### ① 눈벌의 유래

[조사자 : 중봉 선생, 조헌 선생 뭐 있지 않습니까?] 잉. 조헌 선생은 칠백의총에서 모셨잖아. 거기서 최후의 그냥 죽기 아니면 살기로 그냥 최후로 싸웠다는데 의의가 있는 것이지. [조사자 : 전투를 어디에서 그렇게 뭐 눕는 밭?] 눈벌. [조사자 : 눈벌요?] 눈벌 이하, 그 들이 눈벌이여. 누워 있는 벌. 시체가 누워 있는 벌. 그런디 지금 개간을 전부 해가지고, 지금 전답이 되었는디, 지금도 눈벌이라고 그래. 눈벌. 그걸 해석하면 누워 있는 벌, 시체들이 누워 있는 벌. [청중 : 눈벌?] 엥. 그 요 앞 들이, 보이는 들이 이게 눈벌이여.

### ② 왜적을 물리친 영규대사

[청중1 : 논산 가면 황산벌이라고 거기서 싸웠데.] [청중2 : 누가?] [조사자 : 황산에서요.] [청중1 : 응. 영규대사 허고 저 조헌, 조헌 칠백의총

허고.] [조사자 : 그쪽에 이야기 어떻게, 얘기 좀 자세하게 해 주세요?] [청중1 : 거기 황산벌이라고 거기 있어. 고가 황산벌이라고.(청취불능)] 그게 용인에 대한 들은 것이기고.

말하자면 저 논산 가면 그게 저 뭐여, 은진미륵 있잖아요. 영규대사가 조 조화를 부려서, 그 물속을 냅다 무엇을 넣어 흙뜨물을 만들었다고 하더만. 그래 내력이 있더라구. [조사자 : 어디에서요?] 논산. [조사자 : 논산요?] 엉. 거기서 그렇게 내려가게 해서 일본 놈, 왜적이 그리 못 건너오게 하는 디, 거기 아주머니네들 그냥 막 그리 건너 갔디야. 그런 게,

"아이구, 깊지 않구나!"

막 그냥 곁이로 건너왔다는 거여. [청중1 : 천래에서 그랬다지.] 아녀, 아녀. 저 은 은준서, [조사자 : 은진, 논산?] 그런게 은진미륵여서 인제 그렇게 효력을 받아서, 조화를 부려서 했던 몬양여.

[청중3 : 여기도 그런 얘기 있어. 천래 그 강이 있거든. 근디 강 저쪽까지 왔어, 왜군이. 근디 이쪽, 군수가 이쪽에서 지켰거든. 근디 이 여자가 방정맞게 뭐 광주리를인가 뭘 이고 내를 건넜다 말이여. '아 요게 내가 얕구나!' 해서 건넜다는 거여. 그런게 천래강은 저 무주 쪽에서 말하자면 저 우리 국민을 막 시켜서 거기서 꾸정물을 일켰디야. 꾸정물 내려온 것 아니여. 그러면 깊고 얕은 것을 모른 채 그런데 그런 얘기를 확실히 모르니까.]


## (45) 구정물을 일으켜 왜군 기만하기

파초리 제보자2(?, 남) 금산군T 3뒤
금성면 파초리 노인정 / 강현모, 황윤선, 심보익 조사(2007. 2. 22.)

앞 제보자가 이야기를 마치고 나서 조사자가 영규대사가 보석사에 머물렀다고 말을 하지 생각이 났는지 옆에 있던 제보자가 구술하여 준 것이다.

[조사자 : 보석사에서 머물렀다는 그런 얘기도 있던데, 영규대사가?] 그려. 영규대사 허고, 말하자면 이런 얘기가 있더라구. 그런 얘기를 허니께, 거기서 보석사에서 있다가 진악산에서 진을 칠려다가, 거가 위험하니까 그냥 이리 잡았다는 얘기여. [조사자 : 그 눈벌로요?] 응.

여기가 인자 칠백의총, 이쪽으로. 그래 요기서 그냥 두, 저 진을 치고 있다가 여기서 이냥 죽은 거여. [청중3 : 조헌하고 같이 죽었는가?] 누가? [청중3 : 조헌하고. 칠백의총 조헌 선생이거든.] 조헌 선생허고 죽었지. [청취불능] 그렇게 복장하잖어. 도망가서.

[청중2 : 저 어디가 부활 하냐? 하니까, 해가지고서 조교가, '진출 진악산이다.' 하니까는, '니가 뭘 아냐?' 조헌 선생이. 그 사람들이 거기서 그냥 헷갈려 논산 저쪽으로 도망갔다는 얘기여. 그냥.] [청중 : 그래서 칠백의총이 인제 말하자면.] [청중2 : 영규대사는 어디가 죽을 줄만을 모르잖아요, 여기서.]

[청중 : 조헌 선생이, '여기가 내가 죽을 자리이다' 알고 인저 거기서 했고. 그게 죽는 사람 머리만 끊어서 칠백 개를 거기다 묻었다는 거여.] [조사자 : 몸은 인제.] [청중3 : 엉 몸까지 다 못 묻고.] [조사자 : 그래갖고 머리만요?] [청중 : 엉. 머리만.]


## (46) 금산에 온 영규대사

김복만 의원(60대, 남) 금산군T 4앞
금산군의회 / 강현모, 황윤선, 심보익 조사(2007. 2. 22.)

제보자는 금산군의회에 가서 만나게 된 현 금산군의원이다. 의원을 하기 전에는 약 20년 동안 칠백의총에서 근무를 했다고 한다. 그 경력에다 금산군의 이모저모에 관심을 많이 갖고 있는 의원인 만큼 금산과 관련된 많은 지식을 가지고 있었다.

아니 그 보석사에서 해필(하필) 그 수도했다는, 그래서 보면, 그, 그, 그 인제 그 신도비가 있잖아요. [조사자 : 충혼비] 예, 그걸 보셨어요? 그거에 대한 내력이지 더 깊이는 모르고.

어, 제가 알기로는 영규대사가 조헌 선생하고 인제 보은에서 인제 그걸로 알고 있어요. 그래서 조헌 선생하고 그 보은에서 활동하고, 그 청주성을 탈환했고. 그러고 인제 이리 오셔서 어 인제 두 분이서. 인제 원래는 인제 그 천안까지 올라가시다가, 충청도 관찰사 윤선각이가, 응 결과적으로 인제 그,

"금산에 왜적이 많으니까 왜적을 투새(?)하고 왕을 모시고 가도 늦지 않지 않느냐?

조헌 선생한테 그런 건의를 한 거요. 근데 속셈은 이 윤선각이가 따른 데 있었던 거요. 자기가 뺏겼던 충청 저 그 청주성을 의병들이 하룻저녁에 탈환했던 거요. 그랬기 때문에 그런 나중에 인제 다시 일본군이 퇴각을 하고, 에 나라가 확정이 되면 자기의 그 이 공적이라든가 문제 있을까봐서, 사실상 왜병(의병)한테 도움을 주는 게 아니라 왜병을 음해하고, 이 와, 왜병의 군을 와사 시켜서 해산시키고 그런 작전을 썼던 것 첫째여. 그래서 그 분이 인제 그렇게 순수한 그 충지의 의병의 그런 뜻을 가지고 그 윤선각이의 그 뜻에 따라서 금산 와서 같이 봉황음을 했던 거고.

거기에서 인제 천안에서 에 지금 인제 충청남도 지사를 하고 있는 이완구씨 할아버지 이광륜 씨를 만나게 한 거요. 그 분이 400명의 의병을 끌고, 이 저 그 조헌 선생한티 합세 되갖고 오는데, 음 저 그 사람은 인제 에 그때 당시 오는 과정에, 그 충청도 관찰사가 계속 그 의병에 가담한 의병의 가족들을 체포해 갖고 옥에 가두고 못된 짓을 했잖어. 그래갖

고 가족들이 와서,

"니가 의병에 가담을 했는디 아버지가 감옥에 가고, 니 형도 감옥에 가고 막 그랬다."

고. 해가지고 다 뿔뿔이 그 다시 돌아가고 나머지가 700명이 있었다는 얘기지요.


## (47) 영규대사의 죽음

김복만 의원(60대, 남) 금산군T 4앞
금산군의회 / 강현모, 황윤선, 심보익 조사(2007. 2. 22.)

앞의 이야기를 마치고 이곳의 칠백의총에 대해 많은 이야기를 해 주었다. 그러다가 영규대사의 죽음에 대해 묻자 생각이 났는지 구술하여 준 것이다. 일반적인 칠백의총에 관한 것은 폭넓은 지식을 가지고 있으나 영규대사에 관한 이야기를 일상적인 수준이라 하겠다.


게 그러고 인제, 거기에 인제 이 에 영규대사가 여기서 가가지고 지금 저기 어디야, 갑사에 묘소가 있잖아요 그건 왜 묘가 있는지 아세요? [조사자 : 예.] 아 세, 왜 거기 묘가 있는지 아시냐구? [조사자 : 자세히는 몰라요]

여기서 인제 전투하다가 아 창상을 입어가지고, 어 후일을 약속하고 이제 그, 그 갑사 쪽으로 가시는데, 거기 누난가 누가 거기 뭐 사셨다고 그러더라구요. 그 근처에. 그 얘기 들으셨어요? [조사자 : 예.] 예. 가는 도중에 인제 그 음력 8월 18일 그때는 늦장마가 져가지고,

그런데 자꾸 인제 배에 창상을 맞아가지고 인제 가다가 빗물도 들어가고, 또 뭐 냇가로 가는데 물도 채고. 이로 인해서 인제 결과적으로 인제 그 병이 돼가지고 인제 돌아가셔서 거기다 묘소를 만들었는데. 사실

상 지금 인제 대사의 묘가 있는 게 유일하게 영규대사밖에 읎어요. 에 오 그 정도뿐이 저는 알 수 없어요.

　[조사자 : 근데 여기서 창상을 입어가지고, 보석사 주민들은 보석사에 와서 돌아가셨다고 이야기하고] 안 그려요, 그건. 그리 가셨어요 안 그래요, 그건. 자기 누나가, 그렇게 하고, 저는 그렇게 알고 아니,(조사자가 사건에 대한 설명 생략) 영규대사가 아침에 에 조헌 선생한티 조언을 했어요.

　"오늘은 싸움에서 패배밖에 읎으니까, 좀 후일을 약속하자."

　근디 인제 조헌 선생은,

　"사람이 한 번 죽으면, 나라를 위해서 죽으면 됐지. 무슨 후일을 약속하느냐. 여기서 싸워 버리고 뭐 후퇴는 없다."

고. 이런 얘기를 했어요. 영규대사는 아니라는 것을 분명히 조헌 선생한티 얘기를 하세요. [조사자 : 예 그런 얘기 했습니다. 문헌에 기록됐습니다.]


## (48) 영규대사와 조헌의 갈등

김복만 의원(60대, 남) 금산군T 4앞
금산군의회 / 강현모, 황윤선, 심보익 조사(2007. 2. 22.)

　앞의 이야기를 마치고 이곳에서 전승되고 있는 영규대사에 대해 다시 묻자 별로 전하는 것이 없다고 하다가 생각이 났는지 구술하여 주었다. 제보자는 이 이야기를 구술하면서 반목과 질시로 패배한 것으로 인식하고 있는 것 같았다.


　거기서 진 친 것 같아요, 그 칠백의사 진지, 그래 거기서 조헌 선생 허고 영규대사 하고 아주 인제, 인제 서로 이렇게 안 좋은 관계가 된 거야. 그래갖고, 그런데 벌써 에 승병장하고 의병장하고 서로 인제 분쟁이 생긴다는 걸, 벌써 그건 서로 의견의 일치가 되어도 어려운데, 숫자적으로.
그런 분쟁을 했으니.(조사자의 의견 생략) 여기서 담판했지요. 영규대사가,

　"양반들은 자기 죽을 자리를 보면 죽는다."

고. 이런 얘기를 했어요.


## (49) 영규대사의 천래강 전투

이동복 의원(60대, 남) 금산군T 5앞
금산읍 금정가든 / 강현모, 황윤선, 심보익 조사(2007. 2. 22.)

　　김복만 의원의 소개로 금산군의회에서 앞에서 만난 분이다. 제보자는
교사로 활동하다가 정년퇴임을 하였고, 현재 향토사학자와 군의원으로 활
발하게 활동을 하고 있다고 했다. 금산에 대한 남다른 애착으로 금산의
역사와 관련한 학술회에 자주 참석하고 직접 개최하기도 하였다. 제보자
는 임진왜란 때의 금산의 싸움에 대한 기존의 연구에 대한 말하면서 생각
이 났는지 구술하여 준 것이다.


　영규대사에 그 에 그 언급은 전혀 없었어요. 근게 그냥 향토연구를 하
는 사람으로서 그냥 그냥 들었던 것들을, 하야튼 그 보석사에 보면, 의
선각 있었다라는 것 그런 것, 이런 게 그 그래 인제, 그 그간에 의선각을
지었다는 것만 있지, 의선각이 있시면서 어떤 일화라든지 이런 것은 전
혀 없는 것 같아요. 그렇지 않겠어요.
　[조사자 : 그럼 저기는 못 들으셨어요? 그 사실은 권종 군수 이야긴데,
천래강 싸움에 이 조헌 선생이 싸웠다는 이런 이야기, 바뀐 이야기 못
들으셨어요?] 그러니까 조헌 선생이, 인제 구전으로 해서. 이제 그거에
대해서는 제가 쫌, 저 나름대로 해석을 했고, 전해, 전해오는 구전으로
해서는 조헌 선생이 그, 그 뭐야 그쪽 천래강을 왜병, 왜병이 건너오게

끔 어떤 여자가 그 앞장서서 했다. 근데 그 여자가 조헌 선생을 사랑했는데, 안 받아주니까 그 한(恨)해서 에 그 뭐야 왜군을 유도를 해서 인도를 했다. 이제 그런 거시기 하고.

장군봉이 있어요. 그 대사 쪽. 근데 천래 건너편 쪽에. 대사 쪽에서 인제 뭘 저기 했는데. 그 장군대에는, 그 장군대에서 조헌 선생은 싸우자고 했고, 그 영규대사는 그렇죠, 고거 하나는 있네. 영규대사는 월령봉에서 싸우자고 했는데, 에 스님이니까 말발이 안 서가지고 이 장군대에서 막아서 실패를 했다. 그런 그 구전이 있는데, 그것은 전혀 아니거든요.


## (50) 영규대사와 조 중봉의 일화

이동복 의원(60대, 남) 금산군T 6뒤
금산읍 금정가든 / 강현모, 황윤선, 심보익 조사(2007. 2. 22.)

앞의 이야기를 마치고, 천래강 싸움이 원래 금산군수 권종의 이야기란 것, 그리고 금산전투 당시에 광주목사 권율의 연락을 기다림에 대해 설명하다가 생각이 났는지 구술하여 준 것이다.


(조사자의 설명에 대하여) 그런데 하야튼 기달리라고 하는 것으로는 인제 기억을 해요. 그래서 에 기다려도 안 오니까 인제 싸웠다. 그런데 싸움은 여기서 걸은 게 아니고, 죽기로다 한 것이거든요. [조사자 : 예. 그러니까 오는 놈이, 왜군이 정탐을 해가지고, 뭐 정탐을 해.] 그것도 이미 황선각(윤선각의 잘못)이가 제보를 해갖고, 오는 사람도 숫자까지 다 정확하게 제보를 했단 말이지요. [조사자 : 그럴 지도 모르지요.] 예. 제보를 했다, 했다는 것이에요.

그래 인제 그것을 그 출전 스님, 그 그때 당시의 비문, 그 누구, 윤, 윤 누구 쓴 것인데, 거기에 나와요. 그래서 그러니까 그 양반도 서인이었기 때문에 그렇게 잉 역사적으로 기록이 되고 저렇게 현창되게 되었지. 서인이 아니였으면 아 저기 뭐, 저 광주에서 그 의병, 그 저 누구여. 김 무슨 장군? [조사자 : 김덕령?] 잉 김범령. [조사자 : 김덕령.] 덕, 덕령이여. [조사자 : 덕령.] 예. 그래 그 사람 얘기는 허구로 뭐 죽음을 당하고. 잉 솔직히 해서 의병, 의병으로 했다 공을 세운 사람치고 나라에서 상 받은 사람 하나 읎어. 급격한 공을 세운 사람도.

## (51) 영규대사의 일화

태진수(73, 남) 금산군T 7뒤<br>복수면 곡남리 은혜약국 / 강현모, 황윤선, 심보익 조사(2007. 2. 23.)

조사자들은 조 중종과 영규대사가 금산전투를 하기 위하여 금산으로 들어왔을 길목인 진산면과 복수면에서 조사를 시도하였으나 아는 제보자를 만나지 못하였다. 노인정 옆에 있던 약국에서 조사하는 도중에 만난 제보자에게 물어서 들은 것이다.

[청중 : 의병을 일으켜서?] 아니 원래 승려로서의 그 영규대사가 그 인자 의병대장이였고. 또 인제 거기에 인자 조헌 선생 허고 가세해서 같이, 전란을 같이 했던 그 분들 아닙니까. 영규대사도 있고, 거기에 그렇겠네요. 그 저 조헌 선생이 선봉장이 되고, 그러고, [청중 : 가서 세 해, 합세했다는 거지.] 좌우의 그 역할을 맡았겠지, 인자. 전쟁에 좌 대장 우 대장 허는 식으로.

# (52) 영규대사 묘와 관련한 전설

이순재(81, 남) 공주시T 1앞
계룡면 월곡리 개인집 / 강현모, 황윤선 조사(2007. 4. 18.)

처음엔 역사적으로 고증이 안 되는 이야기라며 거부하다가, 사적 고증과는 관계없이 전해 내려오는 이야기를 채집 중이라는 조사자의 설명을 듣고 구술해 주었다. 제보자는 논산 노성에서 태어나 이곳에 30년 전에 이사를 왔다고 한다.

[조사자 : 들었던 얘기면 됩니다. 저희들 뭐 역사적인 것은 아니고, 그냥 할아버지 어렸을 때, 젊었을 때 들었던 얘기?] 글쎄 그 양반이, 듣기로는 저, 저 뭐여 저, [조사자 : 금산요?] 금산 거기 전투에서 그저 부상을 당해가지고, 참 복부에 그 저, 그 창을 맞아가지고 인저 그 내장이 끌어 나오는, 나오는 것을 움켜쥐고서 저 여기로 오셨다는 거여, 계룡까지. 그래 인저 그 양반이, 그런데 그 당시에 그 저 지사라든지 그런 게 인저 그 부하가 지금 현재 그 모신 장소에, 그 우에 그저 윤 씨네 산소가 있거든. 거기다가니 인제 그 묘를 묘터를 잡을라고 그라니까, 그런 게 돌아가시기 전인 게 비지, 그 때가. 그 운명하기 전에.
"거기다 야 장소를, 그 산소자리를 정하야겠다."
고 그러니께.
"이 자리는 임자가 있다. 이 양반이 자기보다 훨씬 그 지휘가 높은 양반이 여기 올, 올테니. 나는 고 그 저 계단 밑에다가 써다구. 그라머는 그 양반들 인저 그 자손이(의) 대에도 날 건사를 안 할 게다."
그런 그 유언을 하셨다는 고런 전설이 있어요.
(조사자가 정려의 신이성에 대해) 고기 계룡에 있지. 그런 얘기는 들었어요. [조사자 : 그런 얘기는 어떻게 되는데요?] 나도 그것 저 제대로 듣들 못

해서, 그냥 하야간 고기 불망비라고 그랬던가.(중략) 그 양반에 대한 내력은 나는 자세히는 몰르지. 그라고 내가 뭐 특별히 공부도 많이 못 했고, 내가.(조사자가 6·25때니 학질의 신비성에 묻자.) 예 고런 신기한 그런 전설이 있기는 있어요.


## (53) 부상을 안고 내를 건넌 영규대사

이용정(91, 남) 공주시T 1앞<br>계룡면 월곡리 제보자 집 / 강현모, 황윤선 조사(2007. 4. 18.)

교육계에서 퇴직 후 소일하고 있다는 제보자는 많은 연세에도 불구하고 정정하였다. 과거 교사를 하였던 경험 때문인지, 임진왜란과 관련된 많은 역사적 사실들을 소상히 알고 있었으나 검증되지 않은 자료를 인용하여 이야기하는 데 있어서 매우 신중한 태도를 취하여, 다소 조사에 어려움이 있었다. 제보자는 주로 누구로부터 들었다는 짤막한 이야기를 여러 편 제보하였다.

그 들은 것도 다 인제 늙어서 잊어 먹은 거지.(일동 웃음) [청중 : 그려 나도 잊어버리고] 아, 창으로 옆구리를 찔러서 이렇게 쥐고서, 여기 찔린 디를 쥐고서 강을 건너와서, 했다는 그런 얘기는 좀 들었는데, 크게 재미 될 만한 건 나 아는 게 없어요. [조사자 : 혹시 왜 왔는지 그이야기는 없었습니까?] 예? [조사자 : 왜 왔는지?] 그저 그 왜놈들이, 그저 왜놈들 죽이려 왔지요.(조사자의 유도질문이어서 생략)

## (54) 기운이 남달랐던 영규대사

이용정(91, 남) 공주시T 1앞
계룡면 월곡리 제보자 집 / 강현모, 황윤선 조사(2007. 4. 18.)

앞의 이야기를 마치고 임진왜란과 영규대사에 대해 유도 질문을 하자
생각이 났는지 앞 이야기에 이어 구술해 주었다.


[조사자 : 혹시 그럼 갑사에 있을 때, 나무를 하면서 뭐 몽둥이를 꺾어
왔다든가 뭐 이런 이야기도 못 들으셨어요?] [청중 : 절에서 그것 그 나
무 해 날르는 그런 저기 뭐.] 예. 갑사에는 있었대요. 갑사에서 인저 심
바람하고 이렇게 했나 벼.
[청중 : 그 소시부터 그 기운은 아마 쫌 넘달리 에 장사였던 모양여.]
그 분, 그 갑사, 그 왜 짐대라고 있지 왜. 그것을 뭐 뛰어넘었다는 그라
고 그런 말이 있지요. 영규대사가 그 짐대를 뛰어넘었다고.
[조사자 : 나무를 해 와서 어떻게 했다고요?] [청중 : 아니, 나무를 해
오는 디도, 아니 딴 사람 그것 저 뭔, 및 번 가져 오야 그것 할 놈의 것
을 잠깐 가서 그냥 해와 가지고서, 딴 사람은 짊어지도 못하게 그렇게,
몇이 짊어져도 못 질 것을 금방 가서 그 고, 해온다. 해 왔댜. 그것 기운
이 아마 유달리.](조사자의 유도질문 생략)


## (55) 영규대사의 죽음

정필영(78, 남) 공주시T 1앞
계룡면 화헌리 경로당 / 강현모, 황윤선 조사(2007. 4. 18.)

조사자들은 월곡리에 조사를 마치고 상성리를 이동하였으나 제보자들
을 만날 수가 없었다. 화헌리로 이동하여 노인정을 찾아갔을 때 15-6분의

어른들이 화투와 담소를 나누고 있었다. 찾아온 목적을 설명하자 제보자가 선뜻 나서 구술하여 주었다. 귀가 약간 어두운 제보자는 조사자의 유도 질문에 따라 구술하여 주었는데, 이곳에서 400년 이상 살아온 가문의 자손으로서 고향임을 자랑하였다.

있는데, 사실은 저 양반이 여기 금산인가에서 그 어디이지? 금산이지, 금산. 금산 이쪽이 전투를 하다가, 거기서 에 이 창자가 다 찔러가지고, 창을 맞아서 가지고 찔러가지고, 인제 그 초포께기라고 여기 광석면 거기 내가 있는디, 그 내를 건너올 때 폭우가 져가지고, 폭우가 져가지고서 그 창자를 이렇게, 이렇게 쥐고서 그 놈을 못 들어가게, 암만 쥐도 손으로 쥐는 것이야 들어간다 말이여.

그래서, 그래 걸어 도보를 해가지고 계룡까지 온 거여. 지금 비각이 서 있는 디가 거기여. 거기서 그 양반이 작고를 했어요. 작고를 해서 인저 길이길이 해서 인저 그 비, 거기다가 비각을 세웠는디. 원인인즉 여기가 인저 이 저기 왜군이 쳐들어오니까 충청감사를 공주로 만나러 가서,

"병력을 다고. 그러면 내가 병력을 데리고 가서 그 그거를 막으리라. 막을란다."

그런디 이 이 영규라는 사람은 신분이 절 주지 대사도 아니고, 목쟁이여, 목쟁이. 말하자면 그 나무 해다 불 때서 이렇게 해주고 밥만 얻어먹고 사는 사람인데, 하루에 몽댕이 하나씩을 깎아다가 마리(마루) 밑에다 넣었어. 그런 얘기는 들었어요.

들었는데, 눟구서 고렇게 눟구서 낭중에 인저 말하자면 인저 즉 자기, 전북(?)대로면 충청감사는 돼서 병력을 달라고 하니까, 신분이 그렇게 생겨서 주느냐 말이여. 안 주지.

그래 안 주어서 중을 전부다 규합을 해가지고 여기서 나갈라고 하는디, 즈의 목깽이 신분으로써 중이 말을 듣느냐고. 거기 공, 거기, 거기

가면 짐대가 있어요. 엥 짐대 높이는 내가 몰라도, [청중 : 갑사 내에.] 그 짐대 위에 올라앉아서 팔만 대 장도를 내려 쬐니께, 주지가 쩔쩔 대는 거여. 인저 주지가.

그래 주지가 인저 그 규합을 하니, 뭐 모이니께 사람이 모이겠다. 그래 '그 뭉둥이 그 전부 다 줏으면 그 숫자가 맞을 것이다' 생각을 했는디 두 개인가 한 개가 모지랴.

"아이 이것 전투는 실패했다."

그리 생각 했는디, 그 주지가 이렇게 나무를, 마 나무할 적마다 뭉둥이 하나씩 주어다 넣으니께 이상하다고 하나를 감췄다(청중 웃음) 그 얘기여. 그래서 인저,

"그 감췄다."

고. 얘기를 허니께,

"그러면 그렇지. 내가 뭐 틀림없이 해다 놓았는디, 이럴 일이 있느냐."
고.(청중 웃음) 고러면서 인자 조 중봉 저 양반을 여기다가 앞세우고서, 그 양반을 데리고서 벌이, 저기다가 전투를 했어요. 츠음에는 협력을 했는디, 그 여기가 진을 치는 것은 대략 산 등생이나 말랭이다 치는 것이 진 아니여. 그런디 그 벌판이다 진을 쳤다고 하고, 그 조 중봉이라고 허는 분이. 그러니께 그 말하자면 그 영규대사 하는 말이,

"서원을 쳐다보고 허는 이하고 내가 무슨 전장을 허겠느냐!"
고 문답이여. 그렇잖아. 나중에 죽으면 서원에 들어갈 사람, 그런디 이이는 죽어도 서원에도 못 들어가는 것 아니여. 그런게 국가에 무슨 뭐이가 옰으니께. 그래 그걸 쳐다보고 앉어 있는 이하고 무슨 전투를 하겠느냐?

그래서 거기서, 그래도 치열하게 싸워가지고서 하다가 인제 처음에 얘기한대로 창이 살이 찢어져 가지고서 여꺼지 왔어요. 여기까지 온 것은 충청감사한테 '당신 달라'고, 쫓아가서,

"당신이 병력만 주었으면, 내가 어떻게 하던지 거기 전투에서 승리를 할 건디. 안 주어서 내가 중을, 아무 것도, 병사 훈련도 못한 중을 데리고 갔으니 전투가 되느냐?"

그래서 거까지 가다가 거기서 작고하셨어.


## (56) 영규대사 비각의 신이함

정필영(78, 남) 공주시T 1앞
계룡면 화헌리 경로당 / 강현모, 황윤선 조사(2007. 4. 18.)

앞의 이야기를 마치고, 조사자가 옛날에 이곳에서 채록하였던 내용에 대해 묻자 생각이 났는지 구술하여 준 것이다.


[조사자 : 혹시 지서, 계룡면에 지서 세웠잖아요. 지서 세울 때, 6·25 때 폭격, 그 옆에 폭격을 받았는데 그것 안 탔다면요?] 응. 응. 그것, 그것 그것도 얘기를 할게. 고게 그 집하고 그 영규대사 비각하고는 붙었어. 붙었는디, (청중의 말 청취불능) 아이 그 비각하고.

붙었는디, 고게 인저 에 지금마냥 함석집도 아니고 초가집이었어요. 근디 그걸 면사무소 앞에 있는 집이고, 그래서 인저 하야간 폭격을 한 거여. 폭격을 해서 냅다 다 타는디, 바람이 인제 획 감아가지고 영규대사 비각에 달라 붙들 못하게 저 짝으로 밀어 붙였다고.

그래서 인저 영규대사 비각 그 끄실리지도 않고 안 탄 거여. 그렇게만 들었으니께.

## (57) 영규대사가 입산수도한 이유

정필영(78, 남) 공주시T 1앞
계룡면 화헌리 경로당 / 강현모, 황윤선 조사(2007. 4. 18.)

앞의 이야기를 마치고, 조사자가 옛날에 이곳에서 채록하였던 탄생담에 대해 묻자 생각이 났는지 구술하여 준 것이다.

[조사자 : 혹시, 그런데 영규대사가 이곳에서 태어났다는 말도 있던데?] 이 영규대사가 태어난 곳은 아니고, (청중이 무학대사와 혼동한 내용 생략) [조사자 : 그럼 어르신! 여기 보기에, 어릴 때에 갑사에 들어, 들어간 이유는 무엇인지 혹시 들은 일 없습니까?] 어릴 때에. [조사자 : 영규대사가 왜 갑사에 들어갔는지?] 영규대사 왜 그렇게 들어가느냐? 그 얘기는 쪼금 들은, 그런 얘기는, 그런 얘기가 있드라고.

그의가 그 박팽년의 손이여. 그 생육신(사육신의 잘못)인가. 생육신 박팽년의 손인디, 자기가 행적을 드러내고 살던 못 햐. 그래서 여기 와서, 알기는 무지하게 알어. 그것 본래는 서산대사의 제자라고 그런 얘기를 들었어. 서산대사의 제자인디, 거기를 들어올 적이 자기의 행적을 감추기 위해서 들어온 거여.

그런데 그, [조사자 : 태어났는데, 아니 태어났을 때 겨드랑이에 날개 나가지고 죽일려고 하니까 절에 들어갔다는 얘기는 없었습니까?] 몰라. 나 잘 들리지 않어. [청중 : 원래는 태어났을 때 여기 겨드랑이 밑에가 날개가 났는데,] 예. 그런 것도 있었어요. [청중 : 그래 죽일라고 해서 일로 왔다 그런 얘기 들었느냐고?] 절로 들어갔다.

[조사자 : 그 절에 젊은 여장군이, 입산 시절에 그 절에 당간지주를 옮겨가는 내기를 했다는 얘기도 없었습니까? 당간지주 이로 옮겼다는.] 그건 모르겄어. 모르겄는디 저 넘어 옥녀탑이라고 왜 저 넘어 있지. 그 탑

을 세울 적이 영규대사가 가지고 갔다던가, 누가 하야간 이리 가지고, 거기서부텀 가지가고 그랬단 말은 있는디, 누가 했는지는 난 거기까지는. 내가 학식이 옳는 사람이라. 확실하게 그런 걸 기억을 못 하고.


## (58) 영규대사의 짐대 올라가기

정필영(78, 남) 공주시T 1앞<br>계룡면 화헌리 경로당 / 강현모, 황윤선 조사(2007. 4. 18.)

앞의 이야기를 마치고, 조사자가 옛날에 이곳에서 채록하였던 내용에 대해 묻자 생각이 났는지 구술하여 준 것이다.


[조사자 : 임진왜란 때 뭐 당간지주를 짤랐다거나 넘었다는 얘기는 없습니까?] 뭐 바닥 물이? [조사자 : 아니요. 당간지주, 갑사의 당간지주를?] [청중 : 훈련할 때에, 훈련할 때에 당간지주를 넘어, 넘은 일이 있다고 들었느냐? 그 소리여?] 그 저 짐대를? [청중 : 엉!] 그건 그 전이는 뭐 그런 올라갔다는 말은 옳고.

그 중을 모집을 헐라는디, 중이 인자 대 저 말하지만 주지가 말을 안 들어서, 거기 올라앉아서, [청중 : 그래 올라, 올라갔다는 얘기지?] 잉. 올라앉아서, 그런게 축지법이지 뭐, 그 개인이 뭐 차력쟁이처럼 그 뭣이고 거기 올라가겠어. 축지법으로 올라앉아서, 잉 대주전에 이만 팔만대장경을 내려쬐니까, 주지가 답, 답변을 못하더라.

## (59) 묘 자리를 잡은 영규대사

정필영(78, 남) 공주시T 1앞
계룡면 화헌리 경로당 / 강현모, 황윤선 조사(2007. 4. 18.)

앞의 이야기를 마치고, 조사자가 옛날에 이곳에서 채록하였던 내용에 대해 묻자 생각이 났는지 구술하여 준 것이다.


여기 사람들 알기는, 알기는 그 비각 자리에서 죽었다 그렇게 알어. [조사자 : 그러면 묘지는?] 충청감사를 만나서 담판 싸우고서 죽을라고 왔는디, 고기서 죽으니께 할 수 읎이 그 자리에 무덤을, 거 지금 후천 군수 북대 편이여.

"거기다 자기를 묻으라."

고. 성을 유언을 할 때, 그 죽으면서 유언을 했는디,

"거기다 묻으면 그 윤씨네가 제사를 지내고 그냥 가던 않을 껏 아니야. 장황 말고 국가 공신인디 거기다 잔이라도 한 번 부어주고 갈 테이니께 거기다가 묻어다오."

그래서 거기다 묻었다는 그런 말은 들었어.(월봉리 이야기를 하다가 생각이 났는지) 모르겠어. 하야간 으 운명하면서 동네사람들이 모였었는지, 하야간 모였는디 저기다 쓰라고. 거기 후천가 나중에 썼어. [조사자 : 네?] 후천 산소가 나중에 썼다고. 후천의 자리라고 비워놓고, 자기는 북대 편에 거기다 써 달라고 그라고 그래 그랬다고.

"이 자리는 후천의 산소, 후천의 자리니께(웃음) 난 북대 편에 써 달라."고.

## (60) 영규대사의 옥녀탑 옮기기

정필영(78, 남) 공주시T 1앞
계룡면 화헌리 경로당 / 강현모, 황윤선 조사(2007. 4. 18.)

앞의 이야기를 마치고, 조사자가 옛날에 이곳에서 채록하였던 내용에
대해 묻자 생각이 났는지 구술하여 준 것이다.

[조사자 : 영규대사가 젊어, 공주에 있을 때 여장군하고 내기를 했다
는 이런 얘기는 못 들었어요?] 그 여장군하고 말했다는 것은 그 고, 고
뭐여? [청중 : 옥녀봉?] 아니, 그 탑을 잉겨 가고. [조사자 : 옥녀탑?] 잉
겨 가고 그랬다는 것 아니여. [조사자 : 어떻게, 어떻게 되는지 그것
좀?](웃음) 그건 난 잘 모르것고, 하야간 이짝이다 갖다가 세워놓으면,
그 여장군이 저기다 갖다 세우고.
[조사자 : 그래서 어떻게 나중에 되요?] 나중이, 나중이 이 저 영규가 빼
앗겼다나 벼. [조사자 : 그래서 저쪽으로 옮겨간 거에요?] 응 무거워가지고

## (61) 영규대사 하마비의 신이성

김정택(90, 남) 공주시T 1앞
계룡면 경천2리 자택 / 강현모, 황윤선 조사(2007. 4. 18.)

조사자들은 화헌리에서 조사를 마치고 경천리로 이동하여 노인정 찾아
갔으나 어른들이 없었다. 길가에서 만난 한 가게의 주인에게 묻자 자신의
아버지인 제보자가 이야기를 잘 할 것이라 소개를 받고 자택으로 찾아가
서 만나게 되었다.

(남의 집살이에 대해 설명하다가 구술) 그 분은 그러면 불목, 불목한인 디,
절, 절에는 계급이 15계급이 있어. 맨 15계급이 불목한이여, 불 때는 사

람, 맨 꼭대기가 저 주지이고 그렇지, 근디 거기 가서, 갑사, 갑사에 가서는 불목한이 노릇을 하고, 나무를 해다가 거시기 허고, 그 틈나는 대로 그 놈을 거시기 저 메꾸리 만들어서, 메꾸리를 대가리에 다 쓰고서 그 저 중, 중신(?) 모자처럼 쓰고서 전쟁을 했다 이거지. 그래서 나라를 위해서 그 개근을 한 사람이여.

그래 그래서 영규대사가 계룡면사무소를 들어갈라면 거기 그 돌팍 있잖아요. 돌팍에다 이렇게 글 씬(쓴) 돌팍에다가 '말 타고 가는 사람, 니려가서, 저 니려서 가거라' 그렇게 썼잖아. 까만 글씨로.

그전에 전라도 지사가, 전라도 도장관이 거기를 말을 타고 인제 구배를 데리고 거기를 지나가는디, 참 말발굽이 붙어버렸어. 잉 영규대사 말발굽이 붙어버렸어. 아 그래서 이 저 전라감사는 그 전 광주는 도시가 아니었어, 전주에 도시가 크고. 에 전라감사가 전주에 있었어요. 전주를 가니께는 인자, 그런게 훌륭한 사람 믲이 갈 때는, 앞에 갈 적이는 그 아래를, 거기를 가면, 거기서 말에서 니려서 하마를 해야 하는디, 하마를 해서 가지 않고 그리 참 말발굽이 붙어버렸단 말이여.

그래서 뭐 말 붙어서 할 수 없응께. 이 무당들, 전주에 무당들 다 들여서 그렇게 사흘 나흘을 인제 굿을 했어. 굿을 허고 참 패장, '패장 영규대사라'고 비각을 쓴 것이 있는디, 패자를 못 벗어서 승장 정의 장사라, '정의대사 승장 영규대사' 이러고서 사흘 굿을 허고, 훌륭하게 허고 허니께, 나중에 어지간히 해서 그 말발굽이 떨어졌다는 말이여, 말 떨어졌어, 그래 그 후에는 글리 지나가면 발써 부상을 하니께, 아 그것 그 관헌들 또, 관헌들이 그냥 전라감사나 군수나 해도 큰 벼슬인 디. 임금 밑의 큰 벼슬인디, 그것 패장, 이 싸워가지고 저 저 진 이, 진 사람,

"진 중놈의 새끼 앞에서, 그래 말에서 내려서 갈 수가 있느냐!"

그래 그 아래로 길을 돌렸어. 그렇지. 아래로 돌렸어. 경계다, 경계 지

역, 그래서 돌아서 댕기게, 지금 그 일본 놈들이 와가지고서 그 길을 그 저 저 모르리께로 왜 새로 맹길었어, 이쪽 편으로다. 그 전이는 전라도는 가는 저 길이, 하마루로 가는 길이 일로 댕겼시오, 일로. 경천, 경천으로 해서 지지미가로 해서 일루 다녔어. 박문수 박 어사 그 조루다, 일루다 인자 삼남 넘어 다녔어.(현재 상황에 대한 설명 생략)

## (62) 영규대사의 최후

김정택(90, 남) 공주시T 1앞<br>계룡면 경천2리 자택 / 강현모, 황윤선 조사(2007. 4. 18.)

앞의 이야기를 마치고, 조사자가 옛날에 이곳에서 채록하였던 영규대사
의 죽음에 대해 묻자 생각이 났는지 구술하여 준 것이다.


[조사자 : 영규대사는 창에 찔려가지고 창자가 나왔는데 여까지 왔다면서요?] 응 그런께, [조사자 : 그건 어떻게 돼요?] 거기 인제 육백의총 거기서 인제 죽어, 한 사흘 싸움 쉬었다는데, 싸워가지고 죽어서 그 육백의총이 그 금산께, 거기서 죽어가지고서는.

근데 그것은 영규대사란 그, 그 사람은, 그 사람 말로는, 말로는 그때 조 중천이란 사람이고 하는 사람이 이 도 거시기인 디, 도청사관 인디. 그 조 중천이가 진법이 나빠서 죽었다. 자기가 주장하는 진법대로 하고 거시를 했으면 승전을 했을 일인 디, 조 중천 때문에 죽었다고 그래서, 그래서 저 배를, 저 총 맞은 배를 거기시 허고서, 저 풋개로다가 냇물을 건너서 오는 디, 뱃속으로다가 저 거기서 물이 많이 들어와서, 그래서 인제 거시기 해다는 거여, 죽었다는 거여.

그래, [청취불능] 패해갖고서 저 저 무내미, 에 지금은 공주로 이렇게

댕기지만, 무내미로 해서 지산(기산)으로 해서, 정대로 해서 이렇게 질러 댕기는 질(길)이 있시오. 지금도. 질러 댕기는 디, 그 정 주천을 죽인다고 그 무내미 와서 그 질러가는 질로, 골로 간다고 한 것이, 고기 와서는 참배에 너무 물이 들어왔기 때문에 그 질로 무내미를 넘어가지 못 해서 못 넘어 고개라고 그전에 했었다 그 말이여. 그런 얘기가 있어.

[조사자 : 조 중천이에요? 아니면 윤선각이예요?] 응? [조사자 : 충청도 관찰사, 조 중천이기도 한 조 중봉?] 응. 조 중천이, 응. [조사자 : 죽이러 온 거에요?] 조 중천이를 죽인다고 그 그것 돌아가는 것인데, 그건 자기 자신이 거시기 한 거지. 뭐 그것 거기는 방어, 방어하지 않나. 조 중천이도 뭐, 지금 말하면 충남 경찰서장인가, 경찰서장인가 그 정도 되는 벼슬인디. [조사자 : 그러면 금산의 누구랑 같이 가서 싸웠어요?] 응? [조사자 : 금산엔 누구랑?] 금산에.


## (63) 설법으로 짐대를 올라간 영규대사

김정택(90, 남) 공주시IT 1앞
계룡면 경천2리 자택 / 강현모, 황윤선 조사(2007. 4. 18.)

앞의 이야기를 마치고, 조사자가 당간지주에 관한 경쟁담을 묻자, 잘 모르겠다며 당간지주에 올라가 의병을 일으킨 과정을 설명하다가 구술하여 준 것이다.

탑을 그 세운 역, 역사는 잘 모르겠시요. 그런데 그전이, 인제 예전 말 속에 인제 중들이 그 나오지를 않으니께, 영규대사 이 자신이 그 꼭대기를 이 설법으로 말이여 올라가서, 거기를 앉아가지고서 중들을,

"아무게! 내 자지를 좀 보라."

그래서 중들이 나와서 보니께, 거기 가 앉아서 그 중인서 하드라는 거여. 그래 거기로 올라가기는 어떻게 올라가며 내려오기는 어떻게 내려오느냐 말이여. 그러니께 설법이여. 설법으로다 이 여기 성 같은 것도 다, 그러니깐 저 설법으로다 돌막을 날라서 쌓은 거여. 그래 말도 안 하는 소리이지.

돌막은 누가, 돌막을 날라다가 거기 마이산 거시기 그게 쌓은 게인디. 그것을 슬(설)법으로 쌓지, 그냥은 뭐 사다리 놓고서 그것 마이산 거시기 쌓겠어요?

## (64) 창자를 안고 내를 건넌 영규대사

박선동(79, 남) 공주시T 1뒤<br>계룡면 양화리 제보자 집 / 강현모, 황윤선 조사(2007. 4. 18.)

제보자는 자신의 고향인 공주시 계룡면에 대해 대단한 자부심을 가지고 있었다. 향토사학자에 버금 갈만큼 계룡면의 문화나 역사에 대해 상세히 알고 있었는데, 제보 도중 수시로 학자들의 견해를 비판하면서 나름의 의견을 피력하기도 하였다.

[조사자 : 당간지주 어떻게 세웠다고요?] 예? [조사자 : 당간지주?] 당간지주는 야(나)중이 세운 걸로 나는 그렇게 알아요. [조사자 : 어떻게?] 츠음이 나갈 적에 세운 게 아니라, 야중이 끝난 뒤에 세운 걸로 나는 그르케 알고 있어요. [조사자 : 나와서?] 예. 예 예.

그래서 인저 거기다가 이전이가 내가 얘기는, 거기서 절이었었지, 중이었었지. 서산 저, 그 뭐여, 영규대사가 서산대사 직제자에요 사명당하고 둘이. 그래서, 거기서 저거 할 적이, 여기 그 왜놈들이 저기하고 왔을 적이, 이게 그기 저 뭐여 청주에서 전장을 하고 금산이 가서 그 적진지를 거기루, 인제 여기서도 나가서 지원을 나가서 싸운 걸로 그렇게 알고 있어요.

그러다가 인저 결국은 야중이 거기 비밀루다가 인저, 그 전라도 종 뭐여 전주성과 거기서 지원단이 나온다는 디 안 나오는 바람에 영규대사가 결국은 배에 칼을 맞았어요. 그래서 그 창사구(창자)를 쥐고서 여기 저 조 들을 건넜다는 거요, 저 내를. 내를 건너갖고 와서 죽었기 때민이, 그 묘이가 어딨는고 하니 계룡에 있어요, 계룡 유평리여. 그래구서 거기다 비가 또 있지요. 그래 칠백의총의 비라는 것만, 그것만 나는 알고 있어요, 그 영규대사가.

## (65) 전쟁 때 영험으로 타지 않은 영규대사 기념비각

박선동(79, 남) 공주시T 1뒤<br>계룡면 양화리 제보자 집 / 강현모, 황윤선 조사(2007. 4. 18.)

앞의 이야기를 마치고, 조사자가 옛날에 이곳에서 채록하였던 내용에 대해 묻자 생각이 났는지 구술하여 준 것이다.

[조사자 : 그럼 저기는 없어요. 그 영규대사가, 육이오 때 폭격을 맞았다는, 비 옆집에요. 비각 있는 옆집.] 예, 폭, 폭격을 맞았지요. 그래가지고 그 헐렸어요, 거가. [조사자 : 그래, 그 집은 다 탔는데, 비각은 안 탔다는 이런 얘기가?] 예, 안 탔어요. [조사자 : 왜 안 탔는 그런 얘기는 안 전해 져요?] 예. 내가 그거 알고 있지요, 그거야.

6·25사변 이적이 불이 홀랑 탔어요, 거기 기와집이. 거기 무슨 식당이더라. 잊어버렸어요. [조사자 : 동남당인가 뭔가 무슨 식당이.] 예, 식

당이 큰 놈 있는 디, 그거만 홀딱 타고서 홀딱 남았어요. [조사자 : 바로 옆집인데 안 탄 이유를?] 안 탔시유. [조사자 : 왜 안 탔는지 그런 얘기는 없어요?] 나는 그것까장은 몰르지요. 왜 안탔는지 까장은 워트게 알아요. 내가 신이 아닌 이상. [조사자 : 아니 그니까 신이한 아닌, 영규대사 영력 때문에 안 탔다 뭐 이런 얘기는 없어요?] 글쎄요 그렇게들 얘기들 할 테지요.(계룡면지 오류에 관한 의견 생략)


## (66) 영규대사의 최후

박선동(79, 남) 공주시T 1뒤
계룡면 양화리 제보자 집 / 강현모, 황윤선 조사(2007. 4. 18.)

앞의 이야기를 마치고, 조사자가 옛날에 이곳에서 채록하였던 내용에 대해 묻자 생각이 났는지 구술하여 준 것이다.


그런디 그 때가, 나는 그 하마비라는 것은 거기 잘 몰르것고, 내가 알고 있는 것은 하야간 창사구를 칼이 맞아 갖구서, 훔켜쥐고서 그 냇물을 건너버렸다는 거여. [조사자 : 영규대사가 왜 창자를 움켜쥐고서 이쪽으로 왔어요?] 예? [조사자 : 여기 온 이유가 뭐에요?] 축성(출생)지가, 저 원래가 저 재(자)기가 거주하던 디가 갑사 아닙니까. 그러니까 오다 그런 줄로 알고 있습니다.

그냥 무조건 다 조직해서 따른 것만 알지, 가갖고서 같이 전투를, 그 청주에서 저기하고, 급히 내려와서, 합세가 돼서 저것 해 갖고서, 어 지원 약속이 연락이 잘못된 것이 뭐냐면, 전주이든가 그 지원 이것 올라오야 중인디, 그것 못 받아서, 지원을 못 받아갖고 숫자가 몰려서, 거기서 실패하고 나는 그렇게 알고 있어요.

## (67) 영규대사의 최후

박일동(77, 남) 공주시T 1뒤
계룡면 양화리 제보자 집 / 강현모, 황윤선 조사(2007. 4. 18.)

앞의 이야기를 마치고 먼저 소개받은 제보자를 자택으로 찾아갔다. 자택 인근에서 밭을 매고 있어 찾아온 목적을 설명하자, 그런 이야기가 있다는 것은 말하면서도 구체적으로 구술하여 주는 것을 꺼려하였다. 이것저것 유도하는 도중에 구술하여 준 것을 채록하였다.

여기 신원사, 역시 영규대사는 원래 그, 그 뭐 3·1 운동을 뭐 저 허, 그때는 뭐 유불선 다 기독교이고 뭐고 중이고 뭐고 전부. 그래 갑사에서 머슴살이 하면서 그, 그 지하에서 운동해서 그게 다 운동한 사람이여. [조사자 : 그게 어떻게 운동했어요?] 응?(조사자의 재질문 생략) 그런게 거기는 인제 거기 나무꾼인 줄 알지. 츠음이 우리들은 들은 얘기이지만, [조사자 : 들은 대로만.] 예, 그런게 그건 신성치 않지요.

영규대사가 그 서산대사 즉, 사명담이니 뭐이니 그러니깐, 그 도가 높아서 제자가 많다고 하잖아요. 내내 그 분네 소속이여, 다들. 스님들도 그 지랄이여.

영규대사는 잘 몰라요. 그 분이 갑사에서 머슴살이 하면서 나무꾼 노릇을 하면서 결국 나중에는, 나중에 보니께 그게 참 대사라. 나라를 생각해서 그 숨어서 그렇게 했다고 그러고. 그 얘기는 있었지요.

## (68) 당간지주에 오른 영규대사

백화(39, 남) 공주시T 1뒤
갑사 계룡산 / 강현모, 황윤선 조사(2007. 4. 19.)

갑사의 당간지주를 살펴보고 갑사로 이동하던 중 제보자를 만났다. 승복 차림이었으나 머리는 깎지 않고 허리까지 길게 늘어뜨린 차림이었다. 스님이냐 물었더니 제보자는 자신을 처사로 소개하였다.

아 요 당간지주가 스물네 개 정도 있었거든요. 참 스물여덟 개인데, 지금 스물네 개밖에 없잖아요. 그 의적 그 저기 일로 임진왜란 때, 그 이 영규대사께서 그 의병들을 소집하기 위해서 간단한 시범을 보여주셨다고, 저 당간지주를 뛰어 올라가셨다고 그러더라고요. 저 견공수련하고 그럴 결하고 가깝겠지요? 올라가서, 고 날, 4개가 고 때에 그 무너져서 내려가 없다고 지금 전, 전설로 전해져 내려오는데, 자세한 건 잘 모르겠습니다.
그 후로는 어떻게 그러고선, [조사자 : 청련암에 기거하면서 뭐 했던 일화 같은 건 없습니까?] 그 일화가, [조사자 : 나무를 했다가 뭐 했다는,] 예, 그 분의 행장이 지금 정확하게 내려오는 이 구절이, 구설로도 없습니다.

## (69) 대를 깎아 창을 만든 영규대사

백화(39, 남) 공주시T 1뒤
갑사 계룡산 / 강현모, 황윤선 조사(2007. 4. 19.)

앞의 이야기를 마치고, 조사자가 옛날에 이곳에서 채록하였던 내용에 대해 묻자 생각이 났는지 구술하여 준 것이다.

[조사자 : 나무를 해 와서는 몽둥이를 하나씩 갖다 놨다, 나중이 전쟁에 썼다든가?] 대, 나무보다는 여기 주변의 대, 대나무를 많이 쓰셨다는 것 같아요. [조사자 : 어떻게요?] 여기 대나무를 갖다가, 그 이것도 인자 이 날짐승 길짐승 못 들어오게도 하지만, 그 방어책으로도 신호대로도

이렇게 심어 놓고, 그 산에 가서 인자 그 죽창들 있잖아요. 대나무 갖다가 죽창을 이제 많이 깎으셔가지고 이제 의병 활동하실 적에 많이 사용을 하셨다는 그 전설인데.(웃음) 제가 거기까지는 그 그건 평범한 이 전해오는 평범한 전설입니다.


## (70) 신이한 능력을 보인 영규대사

염필만(86, 남) 공주시T 1뒤<br>갑사 입구 부흥슈퍼 / 강현모, 황윤선 조사(2007. 4. 19.)

제보자는 갑사 입구에서 작은 상점을 운영하고 있다. 원래 고향은 이북이라 하는데, 갑사 근처 마을에서 오래 살아 그와 관련한 자료를 많이 가지고 있었다. 고령에도 불구하고 기억력이 좋아, 다른 제보자로부터는 들을 수 없었던 새로운 형태의 이야기를 들을 수 있었다. 무엇보다 제보해 준 이야기들이 완벽한 서사를 갖추고 있고 조사하는 내내 즐거웠다.


들은 대로 그냥, 아는 대로 말씀해 주실게요(말씀 드리겠습니다). 영규대사, 그 시님 그 원래는 이 갑사, 이 계룡 출신이거든요. 계룡 출신인데, 갑사에 와서 도를 닦았대요. 불도를 믿고 그랬는디, 그건 인제, 그 양반이 말인즉 도를 닦는디, 절에 들어가면 관세음보살을 찾잖아요, 왜. 딴 사람들은 들어서 관세음보살을 찾는디, 그 양반은 늦게 절에 입사했으니까, 늦잖아요. 예를 들어서 다른 사람은 만 마디 했으면, 그 양반은 단 백 마디밖에 관세음보살을 못 찾았단 말이에요 인제. 그렁게 이 양반이 급하니께,

"에 나는 그럼 앞서 태야겠다. '천타불. 만타불'."

막 이렇게 불러가는 공포를 하셨데요, 그 양반이. 그렇게 공포를 하다가 인제 그 양반이 원래 머리가 참 뛰어난 분이었었나, 이 갑사에 올라가면은 철 당간이라고 있어요. 그게 옛날에는 서른넷 칸이었다는데, 중

도에 와서 때려서 쪼끔 네 칸이 줄어들었데요. 지금도 있어요, 그게. 이
제 보물로 되어 있거든요. 근데 도를 닦아서 거시기 할 적에, 그 양반이
거를 뛰어넘었다고 그래갖고. 경장히 높아요 그게, 철 당간이요.


## (71) 금산전투에서 조 중봉과 의견이 엇갈린 영규대사

염필만(86, 남) 공주시T 1뒤
갑사 입구 부흥슈퍼 / 강현모, 황윤선 조사(2007. 4. 19.)


앞의 이야기를 마치고, 조사자가 옛날에 이곳에서 채록하였던 내용에
대해 묻자 생각이 났는지 구술하여 준 것이다.


그러는디 그렇게 저렇게 살다가 임진왜란이 나서 승병으로 나갔데요.
승병으로 나갔더니, 그 양반은 승병대장으로 나가고, 그러카고 인제 어
문과에서는 옛날에 조 중봉이라는 분이 있었대요. 그렇게 그 양반이 원
오야지 노릇한다더니, 원 대장 노릇하고 인제 이 양반은 스님이니께 [조
사자 : 부 대장] 그 못 하잖아요 인제. 그러니께 그 조 중봉 밑에서 이제
거시기 할 적에, 원래 이 저 금산, 그 쪽이서 인제 왜적하고 싸우러 나가
는데, 싸우는데 금산서 그 왜적한테 밀려서 들어오는데, 금산 싸움에서
금산 싸움에서 인제 진을 치는데, 이 영규대사는,
　　"산을 앞을 삼고 진을 치고 하자."
　　그러니까. 조 중봉 대사는,
　　"산을 등을 지고서 진을 치자."
　　그랬다는 거여. 그래 산을 이렇게 있는디, 앞이다 진을 치면 저쪽에서
왜적이 이렇게 쳐들어오면 막기가 쉽잖어요. 그때는 옛날이는, 우리 조
선 사람덜이 무기가 별로 없잖아요. 그르케 그 사람들은 조총도 있었잖

아. 막 쏘면 다치기 쉽잖아요. 그르니께 영규대사는 그걸 생각하고,

"산을 앞을 삼고, 이렇게 안고서 산을 안고서 이렇게 싸우자."

만약에 급하면 후퇴하기도 쉽고 도망가기도 쉬우니까. 근디 그 양반, 그 조 중봉 씨가 우기는 바람에 그렇게 못 했대요.


## (72) 부상을 입고 공주로 돌아온 영규대사

염필만(86, 남) 공주시T 1뒤
갑사 입구 부흥슈퍼 / 강현모, 황윤선 조사(2007. 4. 19.)

앞의 이야기를 마치고, 조사자가 옛날에 이곳에서 채록하였던 내용에 대해 묻자 생각이 났는지 구술하여 준 것이다.

그래 인제 산을 이렇게 등을 지고서 진을 치고서 싸우다가 그 영규대사 시님이 그때 적탄에 맞아서 다쳤대요. 그래 어디가 본부냐 하면, 여기가 원 본부요. 그 양반에게 대해선.

그 양반이 여기 공부한 여기, 여기서 나갈 적에 그 모의 작전한 나무, 여기 그 갑사 여기 앞에 가면 당산나무라고 있어요. 여기 들어오는 입구에 거기 비석도 세우고, 당산나무도 있어요. 그 나무가 그 전에 있었는데, 그 나무 밑에서 그 모의작전을 하고서 떠나갔다 그 양반 다시 들어왔다. 그래 오다오다 인제 여기가 본부니까.

금산 싸움이서 다쳐가지고 오다오다 어디꺼정 왔나면은, 그 사람은 원래가 계룡 사람인 디, 여기 오다 보면 저기 계룡, 계룡서 들어오는 저수지 있지, 왜 여기. 그 전엔 옛날엔 저수지 없었어요, 여기에. 근디 거기 오다가, 피를 흘리고 오다가 인제 지치고 목 마릉께 물을 먹, 못 마시고 그르카다 거기서 들어 뉘 돌아가셨나 어쨌나, 그 자세한 건 모르겠어요.

도대체 자세한 역사는 몰라요.

그른 디 거 그래서 그 때가 거기가 그냥 그 저수지 있는 거기가 전부 밭이고 논이었었어요. 그래 거기를 화량 갱(강)변이라고 했데요. [조사자 : 화량 경단, 아니 갱변?] 예. 그 영규대사가 싸우다 와서 거기 가서 드러누워 있을 적에 돌아가셨다 해서 화랑 갱변이라고 이름을 지었대요. 그래서 영규대사 모이가 지금 계룡면 면사무소 앞에 가면 비각이 있어요.

근데 모이는 어디다 썼느냐 하면 고짝이 유평리라고 있어요. 고기 모이 있어요. 모이 있는 디, 모이 있는 디 고기 이 모이 날등이 이렇게 있는 디, 이 날등에는 윤, 파평 윤 씨들 모이들 있어요. 이 사람들도 벼슬한 분들 이예요. 그런 게 요쪽에 요렇게 있는 디, 요기다 모이를 썼는 디 여기가 자리가 좋데요.

그러고 썼는 디, 이 양반들이 모이를 쓰고 제사를 지낼 적에 이렇게 하냐, 이 영규대사 여기 제사도 함께 지내자고 했데요. 이 파평 윤 씨들이. 왜 그 저기 제사를 지내느냐면, 예를 들어서 스님은 옛날에는 아마 천하게 있었잖아요. 그래 스님 제사를.

"아니야. 그 양반도 인물이여. 국가 공신이여. 제사 지내세."

그래 제사를 따로 차려가지고 와서 이 양반들 제사지내고 영규대사 모이를 제사를 지냈 데요. 그래 그게 땅이지 파평 윤 씨들 땅인 디, 여기를 아주 묘지의 땅을 및 백 평의 아주 떼어 주었데요, 아주 그냥. 그랬는 디 그전에, 그전에는 이 파평 윤 씨들이 제사를 모셨는 디, 지끔은 이게 향교 유림에서 해요. 공주 유림에서 지내고 있지만, 이 분들은 제사를 안 지내요, 현재까지는.

근디 그 화상은 어디 와 있느냐면 갑사 절에 가면 표충원에 거개 서산대사 사명당 있는데, 거게 영규대사 화상이 있어요. 나 고게, 고게 뱀에 몰라요.

## (73) 꾀를 부려 당간지주를 훔쳐온 갑사 남승

염필만(86, 남) 공주시T 1뒤
갑사 입구 부흥슈퍼 / 강현모, 황윤선 조사(2007. 4. 19.)

앞 이야기를 마친 뒤에 생각이 났는지 바로 구술해 주었다. 경기도 포천 사람으로 여기 와서 아들 낳고 키운 사람에게 들었다고 한다.

[조사자 : 그럼 또요, 여기 보면 당간지주, 당간지주가 있었는데, 여기 허고 딴 데 허고 여장군, 딴 데는 여장군이 있었는데, 당간지주를 옮겼다는 말.] 예. 예, 그것 있지요. [조사자 : 어떻게 되는 데요?] 그것. 이 당간지주가 원래는 그게, 영규대사가 오기 전에 여기 게 아니고, 여기 계룡면 반포면 상신리라고 있어요. 거기서 당간지주 대가 있어요, 원래. 당간지주 세웠던 디가.

그래 그 쪽이는 여승이 살고, 여기 갑사에는 남, 남승이 살고. 살았는데 남자 승이 갑사에 살며 가만히 보니께, '그 당간지주를 여자가 가지고 있으면 뭐 하느냐 말여. 가지고 와야겠다'고. 남자가 그걸 밤새도록 그걸 다 니어넘겨 왔다는 거여. 그 묘다 떡 세워 놓면 없어졌거등요. 그 보, 알아 보니께. 여 갑사에 있는 남자 스님이 그걸 다 며왔어. 그러니 여자 스님이 밤에 또 다 며 갔대요 또.,

그렇게 저렇게 하다가, 갑사에 있는 스님이 머리를 썼는데, 전설에는 이런 얘기까지는 있었어요. 짚신을 맹길었는 디, 짚신이 신, 옛날에 신고 다니던 짚신 있잖아? 맹길었는데, 아마 무쟈게 크게 맨들었던 모양여. 맹길어서 별안간 어떻게 할 수 없으니께. 오래 신고 댕겼던 것처럼 해서 떨어진 것처럼 해가지고 거기다 진흙을 덥뿍 묻혀서, 여기 저기 물푸리채라고 있어요. [조사자 : 물푸리채요?] 예. 글르로 그것 가지왔다 넘어갔다 했대요. 그래 거 다 넘겨 놓고서 거기다 신발을 벗어 놓고 왔대요.

그래 여자가 그거 가지고 올 적에, 밤에 넘어오다 보니께 거기가 신발이 있거든요. 신발이 보니께, 보통 크고 보통 거시간 것 아니거든요.
"아이고, 이런 사람 괜히 하고 싸우다가 내가 지게 생겼구나."
여자가 졌단 말이 있어요.


## (74) 영규대사가 공부한 청련암

염필만(86, 남) 공주시T 1뒤
갑사 입구 부흥슈퍼 / 강현모, 황윤선 조사(2007. 4. 19.)

앞 이야기를 마치고 영규대사와 관련이 없는 북사자 사리탑에 관해 구술하다가, 영규대사의 입산수도에 관해 묻자 생각이 났는지 구술하여 주었다.


그런디, 대적전 여기 바위 밑이 영규대사 그전에 공부한 터가 있데요. [조사자 : 대적전 밑에요?] 아니 재적전 옆으로 이렇게 쪼금 돌아가면 거기 양지쪽에 따뜻한 디, 여기가 영규대사 공, 공부한 움막 터가 있데요, 거기가.

그런데 지끔 몰라요. 거기가 산이 돼버려서, 및 백 년 전이니까. 근게 고렇게 되어 있고.(당간지주 있던 갑사 원 대웅전 터 설명 생략) [조사자 : 청련암에서 공부하였다는데, 그 대적전 옆에 그게 청련암입니까?] 지끔은 거기가, 그전에 우리 와서도 거기가 그냥 개인 암자처럼 토굴이 돼 있었는데요. 대적전 그 건너 가면은, 대적전 고 뒤가 바로 이렇게 개울이 있어요. 여기 명월담이고 저기 있지. 근디 고 고쪽으로 돌아가면 청련암 절 터 자리가 있어요.

근디 지, [조사자 : 청련암, 지금 절은 없는 거지요?] 없어요. 지금 움막도 읎고, 아무 것도 없어요. [조사자 : 아까니 위에서 보았을 때 청련암 있어서 가 볼려고 갔더니 아무 것도 읎어 가지고.] 없어요. 다 은어지고 없어요. 그 옛날이 읎어졌어요, 다. 그 옛날이 거기, 청련암 글로 그 일대를 전부 밭이었어요. 근디 지끔 산 되어 버렸잖아요. 읎어요.


## (75) 화랑 강변의 유래(영규대사의 최후)

염필만(86, 남) 공주시T 1뒤
갑사 입구 부흥슈퍼 / 강현모, 황윤선 조사(2007. 4. 19.)

앞 이야기 뒤에 "장사나면 날개 난다"는 내용을 구술한 뒤에 그런 영웅
들의 죽음과 영규대사의 죽음에 대해 묻자 생각이 났는지 구술해 주었다.


게 개서, 그 영규대사가 원래 성씨 박 씨인데요, 밀양 박 씨래요. 그 양반이 계룡서 낳서, 계룡서 커가지고 갑사에 와서 공부해서 그렇게 큰 사람이 됐데요. 그런게 제가 말씀드린 대로, 임진왜란 때 왜적허고 싸우다가, 금산 싸움에서, 그 알기 쉽게 적탄에 맞아서 이게(배를 가리키며) 터져가지고 본부를 찾아 오니라고, 더 이상 싸울 수가 읎잖아요. 오다오다 거슬려다가 여기다 와서 이렇게 드러누워서, 그 자리가. 거기를 그 전이는 이름이 없었데요, 게기, 그 지역 이름이.

거기 전부 논이고 밭이었는디, 그 똘이 있으니 또랑 가에서 할 수 읎이 목도 타고 하니께, 물도 마실 겸 해서 누었다가 거기서 돌아가셨다고 그러는 디, 그렇다고 해서 거기 이름을, 그 양반에게다 따라서 화랑 강변이라고 지었데요. 화랑 강변이라고. 그래 후에서부터 거기 아주 그래 화랑 강변이라고 졌어. 그래 근디 중고에 와서. 및 십 년 전에 거기 저수지를 막았잖아요. 그래 거기가 아주 물바다가 되어버렸어요.

## (76) 나무를 잡아끊어 불을 땐 영규대사

염필만(86, 남) 공주시T 1뒤
갑사 입구 부흥슈퍼 / 강현모, 황윤선 조사(2007. 4. 19.)

앞의 이야기를 마치고 이곳의 당산나무의 괴목당산제에 구술한 뒤에, 조사자의 유도질문을 듣고 바로 생각이 났는지 구술해 주었다.

[조사자 : 아니 이런 얘긴 혹시 못 들으셨어요? 전, 전쟁 나가기 전에 여기서 나무꾼, 절에서 땔나무 하는 사람. 영규대사가 땔나무 했다는 뭐 이런 얘기는?] 그런 얘기도 있었지요. 워니(무척) 많이요, 고것 그런 얘기는 많아요.

그 절에서 불목쟁이 노릇 했데요. 그거 불목쟁이라고 하는 것이 절에서 불 때, 나무해서 불 때 주고 밥 을어 먹는 천벽아지가 있었잖아요. 행자처럼. 그런 사람 노릇, 노릇도 했대요. 처음이 그렇게 하면서, 그 영규대사가 불 땜서도 그냥 관세엄보살 잘 했고 나무도 잘 하고. [조사자 : 그러면서 나무 해, 나무도 어떤 사람, 한 몇 십 명이 할 것을 혼자 하고 했다는 이런 얘기도 있고] 글쎄. 그런 말도 있는 디요.

그거 여러 사람들은 불 땔 적에, 어째 불을 때는데 보니께 나무 꺾는소리가 안 나거든요. 스님들이, 대중 스님들이 방에서 들으니까, 방은 뜻뜻혀 오는데. '그 이상하다' 이렇게 보니까, 스님이 나무를 꺾어 때는 게 아니고, 힘이 좋으니께 나무를 이렇게 쥐면, 쥐잖아 이렇게. 이렇게. [조사자 : 응 잡아끊어.] 잡아끊으시고 그런게 이렇게 쥐면 끊어. 끊어서 이렇게 집어넣어. 여느 사람은 약하니께 힘을 들여서 꺾어서 넣는데, 아이 이 스님은 이렇게 해서(끊는 시늉을 보이며) 그랬다고 해서 그런 말까진 제가 들었어요

[조사자 : 그렇다면 또 나무도 많이, 그 여러 사람이 했다가 '내가 한다'고 해서 혼자 나무 다 해왔다는 이런 얘기도 있던데요?] 근데. 그런

얘기도 있는 디, 자세한 건 모르겠고요. [조사자 : 아니 그런 얘기 있었습니까?] 그랬다고 하는데, 자세한 건 모르겠어요.


## (77) 몽둥이를 모아 놓은 영규대사

염필만(86, 남) 공주시T 1뒤
갑사 입구 부흥슈퍼 / 강현모, 황윤선 조사(2007. 4. 19.)


앞의 이야기를 마치고, 조사자가 옛날에 이곳에서 채록하였던 내용에 대해 묻자 생각이 났는지 구술하여 준 것이다.


[조사자 : 저기는요. 그럼 그 나무를 하러 갔다가 몽둥이를 하나씩 해서 전쟁준비를 했다는 뭐 이런 얘기?] 그 분이 나무를 하러 가서 작대기란 거 있지요? 지게 작대기라고 그러지 왜. 그걸 가지고 와서, 많이 모아 놨대요. 거 얼마나 모아는 건 모르고요. 그냥 작대기 삼아 해 두는 모디켰다(모아놨다). 모아 놓고 모아 놓고, 그것도 아마 무쟈게 모아 놨네벼. 그래서 그것 어디서 사용했느냐면, 나중에 다 스님들이 그 하나씩 쥐고 나갔어요.


## (78) 장군 우물터에 세워진 해우소

여인국(59, 남) 공주시T 1뒤
갑사 입구 수정식당 / 강현모, 황윤선 조사(2007. 4. 19.)


제보자는 앞의 염필만 할아버지의 소개로 만났다. 제보자의 부친이 교사였던 관계로 수학기 동안에는 줄곧 외지에서 생활을 했다고는 하나, 삼대째 뿌리를 박고 살아온 공주 토박이인 데다 공주 및 갑사의 역사 문화에 관심이 많은 분이어서 어렵지 않게 조사할 수 있었다. 그러나 영규대

사 관련 일화는 많이 들을 수 없어서 아쉬웠다. 계룡산의 4가지 특징을
설명하는 도중에 생각이 났는지 구술하여 준 것이다.


'이쪽에 갑사에 가서는 힘 자랑 하지 마라'는 소리가, 아까 우리 식구
가 얼핏 얘기 허던데, 원래 갑사 터 거기가 아니예요. 그 대적전 건너 절
터 있는 것 보셨지요. 그 주추를 보시고. 거기가 원 인제 철 당간지주를
깃점으로 해서, 그게 인제 절에 행사 있을 때 깃발이 달아 지는 것이니
까 쉽게 얘기하면 국기게양대야, 그 철 당간지주라는 게. 자기네들 표시
그거인데.

그 갑사에는 그 장군 우물터가 있는데, 그 장군 우물터란 게 지금 철
거한 제가 그 10여 년 전, 훨씬 넘었구나. 6-7년, 십 오육 년 전에 갑사
총무스님한테 얘기를 해서, '저 빨리 헐어야 된다'고. 그 장군 우물터가
있어서 그 우물을 먹고 인제 영규대사 출현했다 이거여. 그 우물터 있는
것, 그러니까 그 임진왜란, 정유재란 끝나고 다 소실시키고, 일제강점기
때에 이 새끼들이 거다가 이제 그 비방 책이란 게 인제 우물을 못 먹게
할라고 거다가 화장실을 엄청 깊게 판 거야. 인제 푸세식, 그 재래식 화
장실을. 그래 인제 갑사에 와서는 힘 자랑 하지 말라는 것이고.


## (79) 영규대사와 조 중봉이 작전협의를 한 고목나무

여인국(59, 남) 공주시T 1뒤<br>
갑사 입구 수정식당 / 강현모, 황윤선 조사(2007. 4. 19.)


앞의 이야기를 마치고, 이곳에 있는 고목나무에 관한 것이라 생각이 났
는지 구술하여 준 것이다. 이 이야기는 이곳에 실제로 전승되었다고 하나
부정적으로 생각하는 사람들도 있는 이야기이다.

그 분이 인제 특별한 것은 인제, 여기 지금 그, [조사자 : 고목나무?] 고목나무. 인자 당산제 지내던 곳인데, 그 인제 떼목(괴목)지신이라 지금 판자에 안내판 해 놓았지. 거기서 인제 그 조헌 선생하고, 뭐 인제 작전 계획도 세우고 그랬다는 설화가 있는 거죠. [조사자 : 그건 어떻게 된 건지. 이야기 좀 자세히 좀?] 아니 인제, 워낙 그게 지금 죽은 지가, 저 나무가 죽은 지가 10년 정도 될 거예요.

아마, 그러니게 저건 왜 위하게 되어 있느냐면, 저 나무는 지금은 전기가 들어왔지. 옛날에는 그 장명등이라고 지름으로 그 불을 밝히는데, 절에 그 스님이 장명등에 기름을 매일 가득 채웠는데, 초저녁에만 불 켜 놓으면 쪼끔 있으면 불이 다 꺼지고 그러는 거여.

그래 인제 하루는 인제 불침번을 슨 거지. 6척 장승이 와갖고 기름을 쭉 따라갖고, 인제 따라가서 보니까 인제 사라진 곳이 그 나무인데, 나무가 지금 포장되었지만, 옛날엔 비포장이니까 껍데기 울퉁불퉁 나와 있는 것 아니요.

거기에 인자 행인들이 거기다가 모닥불을 놓았는 몬양이여. 그러니까 인자 뿌리가 상한 거여. 이 데이트 했다고 그러지. 인제 '덴 면목 기름 바르면 낫는다'고 하는 그런 설화가 있었어. 그러니까 그 장명등 기름이 없어지고. 인저 거기다가 인제 그 때부터 사람들 거기다 불 못 놓게 하고, 사찰하고 주민들하고 위하는 나무가 되었지. 그러니까 한 및 백 년 되는 거죠.

그래 임진왜란이 일어나면서 1600, 1700년 초인가, [조사자 : 1592년.] 1500년 1600년. 그러니까 그 위에 부터인께 4-500년. [조사자 : 460년.] 벌써 그렇게 되었나. 그래 그때부터 인제 주민들이 매년 거기 대고 나무를, 당산나무를 그 매사 모신 거라, 초사흘 날인가 해마다 그 대목 대신제를 지내요.(지내는 과정 생략)

## (80) 박달나무 몽둥이를 갈무리 해 둔 영규대사

여인국(59, 남) 공주시T 1뒤
갑사 입구 수정식당 / 강현모, 황윤선 조사(2007. 4. 19.)

앞의 이야기를 마치고, 조사자가 이곳에서 채록하였던 어릴 때 겨드랑이에 날개가 나서 입산수도를 했다는 것에 대해 묻자 생각이 났는지 구술하여 준 것이다.

그건 제가 잘 몰라요. 하야튼 계룡면에 태어난 것은 사실이예요. 그리고 인제 승려가 됐는데, [조사자 : 승려가 됐어도 처음에는 그것, 그 나무, 땔나무나.] 아니 그러니까 그 승려가 되는 과정이 복잡한 거야.(승려가 되는 종목(불목), 채공(반찬), 공양주(밥), 승려 과정 생략) [조사자 : 그런 과정 중에 뭐 재미있는 이야기 없습니까?] 그건 별로 들은 게 없습니다.
　[조사자 : 그 나무를 허러, 허러 갔다든가, 나무를 하러 갔을 때 나무를 하나씩 잘라다가 그 뭐야.] 아, 그 얘긴 들었어요. 뭐냐면, 박달나무를 그 인제 승려가 되기 전이지. 종목(화목) 시절에 그 인저 절에 마루가 있을 것 아닙니까. 마루 밑에다가 나무를 해갖고 올 때마다 이렇게 목검을 하나씩 그 짤러다가 마루 밑에다 차곡차곡 싼 게, 나중에 써 먹었던, 왔지요

## (81) 부상을 안고 공주로 돌아온 영규대사

여인국(59, 남) 공주시T 1뒤
갑사 입구 수정식당 / 강현모, 황윤선 조사(2007. 4. 19.)

앞의 이야기를 마치고, 조사자가 옛날에 이곳에서 채록하였던 내용에 대해 묻자 생각이 났는지 구술하여 준 것이다.

[조사자 : 영규대사가 그 금산 싸움에서 여기까지 왔다고 돼 있는데?] 아니 그게 인제 쫌. 그 제가 아는 걸로는, 영규대사가 금산에서 죽었으면 좋은데, 총상을 입고 여기까지 왔데는 거야, 걸어서. 그래서 인저 그 상처가 덧나서 죽은 거지. 그니까 그래서 칠백의총에 읎고, 여기 모신 거 아니야. 고향에 와서 돌아가신 거지.(조사자의 설명과 신원산에 백 자랑하지 마라 생략)

[조사자 : 그 다음에 뭐 여기 철간당주를 그 무슨 어디 옮기고 했다는 이런 이야기는 없습니까. 영규대사가?] 옮긴 게 아니라 그 꼭대기 올라가서 호령했다고 얘기 하고 있지.


## (82) 매장해 달라고 유언한 영규대사

황진경 스님(74, 남) 공주시T 2앞<br>
갑사 신흥암 / 강현모, 황윤선 조사(2007. 4. 19.)

수정식당에서 조사를 마치자 오전에 스님과 잡았던 약속 시각이 임박해 왔다. 갑사를 지나 매우 가파른 소로 길을 30여 분 걸으니 어느 새 계룡산 중턱에 닿았다. 비교적 너른 평지 위에 신흥암이 자리잡고 있었다. 제보자 스님은 조계종의 요직을 거쳐 동국대학교 이사까지 지낸 화려한 경력을 지니고 있었다. 그런 만큼 불교사 전반에 대해 매우 해박하였고, 영규대사에 대한 관심도 적지 않았다. 힘들여 올라온 것이 수고스럽지 않게 느껴지는 순간이었다.


(영규대사와 관계되는 것은 주로 이조실록, 불교사 일부, 임란사 승병부분 문헌기록이 나온다면) 영규대사는 원래 공주 분으로써 공주 갑사에 출가를 하셨던 분이예요. 그런데 인제 요기 요 밑에 동네에 그 계룡면 그 박 씨들이 많이 살아요, 지금도.

그 박 씨 가문에 그 태생을 하셔서 인제 그 갑사로 인제 출가득도를 하셨는데. 에 선천적으로 태고 나시기를 에 무골로, 아주 특출한 장사로, 그렇게 참 응 건장한 그런 에 모습에다가, 그보다도 인제, 인제 기개가 남달리 출중하시고, 그런 게 여기 절에 와서 계시면서도 그 무술을 연마하고, 또 그 불경을 또 연찬을 허고. 그러는 동안에 인자 하나의 불교적 인격을 형성한 그 위에 에 이 무술을 연마해가지고, 특히 인제 그 잉 그 영규대사의 기개는 파사현정으로 오 그 살으가지고 물리치고, 또 정을 들어내는 그러한 인제 참 정신 아주 투철해서, 그래도 그 임난 때 그 서산 스님이 그, 그 승병, 그 동원을 해가지고, 그때에 인자 인물을 선별하기 위하여 간택을 하는디, 아주 이 영규대사가 이 청년 중에서도 발군에 그런 그 우뚝 솟은 그런 아주 장부다 하는 것으로 발견을 해가지고, 그래서 당시 제자로 삼고, 그래서 그 사명과 함께 아 좌우보초를 삼고 그 거느리시고, 그 임난에 에 왜적을 척결하는데 아주 수훈의 공을 이룩하셨지요.

그런데 이 영규대사는 에 아, 이 영규대사는 에 요 갑사에서 청련암이라고 그랬어요. 거기서 인제 오래 주석하시다가. 저기 왜 그 금, 금산전투던가 그때. 에 그 거기서 에 이 냥반이 거기서 그 적의 화살을 맞고서, 여기가 인제 이 오, 장, 오장육부가 이렇게 막 나올 거 아니겠어요. 그래 이놈을 붙들고서 거기서 여기까지 오셨다는 거여, 여기 그 저 갑사까지. 그래서 갑사에서 그 열반에 드셨는데. 에 그 유언이,

"나는 화장하지 말고 내 묻어 달라."

해서. 그래서 이제 저 건너, 요 계룡면 면소재지 그 건너 그 산자락에 영규대사 묘가 있습니다. 그래서 지금 현재는 에 춘추로 찾아가서 그 영규대사 추모하는 분도 있고. 또 지금부터 그래 몇 년 전인가는 내가 자세히 모르는데, 여기 신도안에 아마 지끔 7-8년 되었을 거야. 7년, 그 군승

들이 주관을 해서 이 갑사에서 영규대사의 추모제를 꼭 그 모시고 그럽니다, 해마다. 그리고 군악대도 나오고 군 장병들도 나오고.

그런데 의국 그 충성인 그 승려로서는 참 그야말로 그 자기의 은사이신 그 서산 스님을 비롯해서 사명 스님 영규 스님 그렇게 에 우리나라에서 전공을 세우시고 그랬는 디, 물론 에 승병 인제 모두 와서, 모두와 더불어서 같이 그 전적을 이루었겠지만, 에 지도급에서 크게 활약을 하시고, 또 전술전략이 뛰어났기 때문에 마침내는 왜적을 물리치는데 성공을 했지 않았느냐 이렇게 생각이 듭니다. 그런 디, 영규 스님에 대해서는 전국적으로 각 사찰에는 에 서산 스님이 모셔져 있는 디는 반듯이 그 좌우 보초로 좌에 사명, 우에 영규대사를 모시는 디도 탱화가 구성되어 있고 그렇지요.

그런 디 특히 그 갑사 승려로서 그와 같이 그 임난 전투에 출정한 승군지도자로서는 여기 인저 영규대사를 거목으로 받들어 모시고, 이렇게 이 갑사에는 소규모적이지만 주로 영규대사에 대한 해마다 재를 모셔오고 그랬었는디, 그 아까도 말씀드렸지만 그 에 인제 육군본부 군승 주관으로 육군뿐만 아니라 그 육해공군 삼군이 이렇게 모두 동참을 해서 절에 스님들과 같이 지내. 추모제를 모시는 것이지요. 그렇게 발전이 된 셈이지요.(지내는 과정 생략)


## (83) 영규대사의 입산 출가

황진경 스님(74, 남) 공주시T 2암
갑사 신흥암 / 강현모, 황윤선 조사(2007. 4. 19.)

앞의 이야기를 마치고, 조사자가 옛날에 이곳에서 채록하였던 내용에 대해 묻자 생각이 났는지 구술하여 준 것이다.

[조사자 : 아까니 출가한 내력담이 없습니까?] 제가 알기로는 에 그 출가한 것은 그, 그 양반이 원래 인제 무골로 그렇게 건강하게 태어나셔가지고, 인제 '산자수명한 이 사찰 같은 디서 저 무술 연마도 하고, 내가 심성 수양도 해야 되겠다' 그래서 인자 에 유년에 출가를 하신 거요. 젊은 시절. [조사자 : 그런데 어떤 조사한 것에 의하면 겨드랑이에 날개가 나아가지고 부모님이 죽일려고 해가지고 누나가 도망가라고 해서 출가하였다 이런 얘기도 있드라고요.] 그래 고런 그런 일설도 있어요.

[조사자 : 어떻게 된 이야기에요?] 아니 그런 게 고, 그 몸에 그 지금 말씀대로 양쪽에 비상이 있고 그래서, 그 하마터면 옛날에 인제 큰 뜻을 품거나, 그 이상하게 어떤 그 괴인이 나온다든지 기인이 나온다든지 하면은 나라에서 대개 죽이는 수가 있어요. 또 그리고 또 인제 조금 인제 그 나라에 대한 비판을 하게 되며는 그 역적으로 몰리 몰려서 그 때는 그냥 삭(싹) 죽이잖아요.

그러니깐 '그 기를 조금 꺾고, 그리고 좀 널리 운수짐미를 하고 그러면서 그 생명체계를 세워 나가는디 있어서는 그래도 산장에 가서 그 심정수양을 잘하면, 그래도 그런 불의 재앙은 모면할 수 있지 않겠느냐' 그런 의미에서 고렇게 본 대책이라고 보아지는데, 아무튼 그 아주 그 너무나 저 그 현격적으로 뭐 두각 되는 그런, 이러니 남달리 특출 허고 해가지고, 그래서 인지 쪼금 인제 부드러운 사람으로 바꾸게 해서 어 세상에서 그 너무 소란스러이 않도록, 그래서 암만 주변에서는 그렇게 출가를 권했을런지 모르겠지만, 그러나 본인 자신이,(불교의 자유성에 대한 설명 생략) 그래서 사내대장부의 성격이나 기개대로 살 수 있는 곳은 이 부처님 도량이 아니냐. 인제 그러한 것을 나름대로 판단을 해서, 에 그 출가를 단행하기에 이른 게 아니냐. 이런 측면에서도 어 그 답을, 에 그러했을 것이다고 이렇게 추정이 가지요.

## (84) 기이한 능력이 있었던 영규대사

황진경 스님(74, 남) 공주시T 2앞
갑사 신흥암 / 강현모, 황윤선 조사(2007. 4. 19.)

앞의 이야기를 마치고, 조사자의 질문을 받자 영규대사에 대한 평가를 정리하면서 생각이 났는지 곧바로 이어서 구술해 주었다.

아 그 그것 그 일화가 참 많아요. 당체 많아서 뭐 다 일일이 열거할 수가 없어서 그렇지. 어 그 분에 대한 그 신화 전설 같은 이야기들이 너무 많은디, 그래도 현실에 근사치를 내게 한다고 한다면, [조사자 : 저는 그런 일화들을 많이 듣고 싶거든요.(사명담과 영규대사 일화 비교 생략)] 아이고 뭐 그 더러 언제 그 뭐여 떠도는 얘기이고, 인제 무슨 구전되어 오는 그런 얘기들 인저 그런 것들은 더러 있지마는, 대게 인제 그 사화가 있고 또 저 야, 야 야화가 있고 모두 이러잖아요. 그런디 승려들 사이에는 하야간 에 저 대단한 그런 그 용기를 가진, 그런 아주 승려로써 용장이었다.

그러고 한 손으로 그래 뭐, 한 백 근, 뭐 및 백 근을 그냥 그 집어 던지고. 그래서 그 전투에 나가서도 인제 그, 막 이 잠을 안 주무시고. 다른 사람들은 왜 대개 승병들이 잠을 자지 않습니까. 그런데 그 이 냥반은 메칠이고 잠을 안 주무신답니다 그냥.

그러고 또, 그 눈에 또 그 일설에는 눈동자가 둘이었다는 말도 있어요. 그래서 이 다른 사람 못 보는 것까지도 본다는 거여. 그래서 그 밤중에도 이 적병이 잠복해가지고 이렇게 막 이 산으로 기어 올른다든지 하는 것도 재빨리 보시고. 그냥 막 아주.

그러고 또 승병들을 앞세우지 않고, 당신 스스로 그냥 다 직접 그냥 막 칼을 휘둘러서 막 무찌르고. 그래 아주 용기 화신으로 어 추종을 못

할 정도로 그렇게 특출했던. 그런 이 그 기상을 가지고 계셨다.

그러고 이 양반이 또 갑사에 계실 때는 뭐 전체 승려가 다 그 때도 그 수백 명이 살 살았는 디 전부 영규대사 제자 되고. 에 그렇게서 그것도 말하자면 그 통솔력도 있으시고, 인저 그 지휘력이 아주 참 풍부하셔가지고 대중을 잘 이끌어 가시고. 또 한때는, 한편으로는 참 아주 그 화기애애한 그런 자비한 모습을 또 보이기도 하는가 하면은, 또 한편으로는 아주 에 한번 그 생각을 일으켜서 용단을 내리게 되면 그건 아주 바닥을 보는 그런 성격의 소유자였었다.

또 뭐 이 너무나 이게 그, 그 부처님도 그렇고, 도 누가 위대한 분이 나온신다 그러시면 거기에 여러 가지 그 인격을 찬탄하는 그런 장엄이라든지 그런 그 장식들이 많이 거기 붙어서 모두 말이 떠돌고 그러잖아요.

에 하야간 뭐 우연한 사람들은 뭐 이 손을 대고서 뭐 실갱이를 허고 뭐 허지만, 이 양반은 입으로 불 불기만 해도 막 전부 사람이 막 쓸어졌다고 허더만. 원체 응 입으로 불기만 해도. 뭐 그와 같이 힘이 장사여, 그 당시에. 그래 참 불출세로다가, 그 불세출로 참 아주 그 대 그 역사에, 그 용사에 장군에 그러면서 인제 그 승려로서 그렇게 수행을 계속 또 잘 하시고.

그러나 이러한 기개를 가지고 계신 분이 일찍이 이 불교라는 요람이 없었드라면 어디 그 의처가 마땅치 않았을런가 모르고, 또 이 영규대사가 절에 들어오셔서 그렇게 인저 모술을 인제 무술이라든지, 인제 신술, 신술, 낭(야)중에도 이렇게 잘 참 그 수련 허셔가지고, 그 모든 그 작위를 갖추셨다 할지라도 국란에, 임진란과 같은 그런 왜적의 침범이 일찍이 없었던들, 아마 서산, 이 사 뭐여, 이 영규대사가 또한 오직 자기의 그 모든 역량을 어떻게 써야 할 그러한 그 장소가 마땅지 않을 것 아니냐.

그래서 그런 점으로 미루어 볼 때 그 이 사람이 출중한 그 영검이 여세출이라고, 이 시대에 따라서 이렇게 출현한다고 그러는데, 아마 특히 영규대사는 서산 사명과 달리 아주 선천적으로 이 최고로다 아주 잘 타고 나셨다고.

그래서 이러한 분은 어떻게 보면 임란을 물리치게 하기 위해서 어 이 세상에 출현을 했고, 또 출가득도를 해서 승병대장이 돼서 이 승단을 대표해 가지고 승첩했던, 불교도 다시 그 국가로부터 인정을 받아서 그 중흥시키는 계기를 마련해 주었고, 따라서 에 그 왜적을 커다란 전공을 세우지 않았느냐 그렇게 생각해 볼 수도 있겠습니다.


## (85) 봉을 깎아 전쟁에 대비한 영규대사

황진경 스님(74, 남) 공주시T 2앞<br>갑사 신흥암 / 강현모, 황윤선 조사(2007. 4. 19.)

앞 이야기 마치고 승려로서 불도를 닦아가는 단계에 대해 말하다가, 조사자가 영규대사의 입산수도 직전에 꾸었다는 꿈 내용에 대해 묻자 이에 생각이 났는지 구술해 주었다.


오, 그 그런 얘기도 있어요. 그 은사께서는 그렇게 선몽해서 어느 날 그 이 영규가 나타난 것이 저 사람을 상대되는 인물이었다. 인자 그런 얘기도 있고, 하야간 잡다한 얘기들이 많아요. 저 많이.

[조사자 : 또 이런 얘기는 없습니까? 이것 뭐야 이 부목한, 나무 땔나무를 스님은 하고 있어, 여 나무를 허면서 뭉둥이를 하나씩 해 왔다든가 뭐 이런 이야기는 없습니까.] 그러니께 부목을 츰에, 그 소임을 다 각기 나눠서. 인제 분담을 하는데, 어떤 사람은 인제 고양주 하고, 어떤 사람은 또 채공을 하고, 또 어떤 승려는 그 부목을 하고, 또 어떤 승려는 또

채갱이라고 또 그런 것들을 하고.

그런데 이제 이 냥반은 힘이 장사니까 나무를 하는 책임을 맽긴 거죠.
인제 그래서,

"나무를 벼 오라."

고 하니까. 나무를 해 오라고 하니까, 나무를 잔뜩 해오다가, 이 저기 그
긴 그 봉을 깎아가지고 그 수백 개를 해왔더라는 거이요. 그래가지고 그
봉을 가지고서 이 다른 승려들에게 하나씩 노나주고서, 그러고서 인제
그 뭐여 무술을 가르쳐, 가르치고 그랬다는 그려.

# (86) 신이한 도술로 승병을 일으킨 영규대사.

황진경 스님(74, 남) 공주시T 2앞<br>갑사 신흥암 / 강현모, 황윤선 조사(2007. 4. 19.)

앞의 이야기를 마치고, 조사자가 옛날에 이곳에서 채록하였던 승병과정
에 대해 묻자 생각이 났는지 구술하여 준 것이다.

그 츠음에는 승려들이 승병을 모집한다는 것을 부정적으로 인식하는
사람들이 많이 있었던 것이지요. 그 때 그 상황에서도. 그 왕은 명도 있
었지만은, 그 승병 총 사랑관, 서사 스님께서 했다하더라도, 왜 쪼금 부
정적으로 받아들이느냐 하면, 이 불교 대의가 불살생이거든. 살생하지
말라는 것이거든.(이후 불교적 논리 설명 생략)

어째튼, 아무리 국난이라고 허드래도, 그 이 살, 살상을 일삼는 이 전
투 승려로 나간다는 것은 이건 있을 수 읎는, 그런 부처님 자비 사상과
배치되는 것 아니냐 해서. 그게 부정적인 부분이 팽배했었다고요. 그러
함에도 불구하고 그 이 영규대사를 거점으로 승병을 모두 모집을 해야

되겠는데, 영규대사의 말을 자꾸 안 듣고, 그러는 인, 그 승려 부리들이 없지 않았었다고요. 그러니깐 그걸 방편으로 어 그 말을 안 듣는다. 다른 말을 하는 데도 안 듣는 게 아니라 사람 죽이려 나가는 데도,

"니들 다 같이 우리 나가자."

이러니, 넓은 의미로 봐서는 그 살상을 하는 게 아니라 우리가 죽음을 당하는 한이 있다 하더라도 절대 살상을 해서는 아니 되지 않겠느냐 하는 반론 때문에 그게 인제 부딪치게 된 거요. 그 당시도 그 전부 다 승병 그 대열에 나간 승려들만이라고 볼 수 없어요. 그 때도 그래, 지금도 마찬가지 아니에요. 그래서 그 영규스님에 그, 그 인제 그 서산대사 그 그릇됨을 알고 당신의 제자로 삼았을 것은, 삼았음도 물론이거니와 그 중책을 맡겼지요. 그랬습니다.

## (87) 사제지간인 영규대사와 서산대사

황진경 스님(74, 남) 공주시T 2앞
갑사 신흥암 / 강현모, 황윤선 조사(2007. 4. 19.)

앞 이야기를 마치고 영규대사 승병과정을 설명하다, 조사자가 서산대사
와 영규대사가 만난 시간에 대해 묻자 생각이 났는지 구술하여 준 것이다.


[조사자 : 영규대사가 서산대사를 만나는 시기는 언제쯤이었습니까?] 아이 그거는. 그때는 그 원래 영규대사가 그, 그 당시는 그 서산 스님이 그 우뚝 솟은 그런 거목으로 이 승단에 그 다 아주 위상이, 이 전 종단을 풍미하고 계실 때니까, 영규대사가 승려 되어서 모두 이 심신양면을 인제 수련을 허고. 그러고서 그 서산대사를 저 묘향산에 가서 뵈옵고 왔다. 인제 그 뒤로 그 벌써 인제 만나 뵈옵 난 뒤로부터, 인제 스승과 제자

의 인연이 이루어지고 동시에 그 즉 인자 상호 육식상통 하는 게 무어냐 하면, 앞으로 인제 그. 그 당시 인제 전운이 감돌 때거든, 그런게 한때는 유생들이 사명대사에 대해서, 참 서산대사에 대해서 어 그, 그 쪼금 유교 유생들은 인제 그 불교에 어떤 거승이 있다고 그러면은 그걸 쪼금 폄하하고 또 인제 그 불교계 에 그 참 거목 그 서산을 그 당시에 이제 왕이 자꾸 좀 가까이 했으면 좋겠다 하는 그런 인제 그 의사가 계셨던 몬양이여. 그러니까는 그것을 또 주위에서 시기질투 하는 사람들이 또 있어가지고,

"이 서산이 모의를 한다. 모반을 할려고 하는 그 모의가 있다."

그렇게 또 인제 상소를 허고 허는 바람에, 근디 그걸 벌써 스님이 아, 아시는 거여. 그래서 어 아침 식, 그 새벽에 이 축원이 있어요 그런데 이, 이,

"성상폐하 수만세."

라고 즉 오래 사시도록 이것을 전후 첫 번에 넣어가지고 부처님께 전부 축원을 하고 그걸 거기다 딱 이 단, 법당 밑에다 붙여놓은 거여. 그래도 저.

"서산 스님을 포박해 오라."

는 또 명이 떨어져 가지고 그 붙들러 갔잖아요. 그 붙들러 갔는디, 그 붙들러 간 사람이 보니깐 아침저녁으로 그저,

"성상폐하 에 수만세."

라고. 자꾸 그 축원을 하거든. 그게 벌써 자기 그 어떤 그 환난을 닥칠 걸 미리 아시고 그걸 그렇게 하셨다고. 그래가지고서 인제 그 서산스님을 포박해서 가면서 그걸 떼 가지고 같이 가셨다는 것 아니여. 그래 갔다가 풀려나고 그랬던 거여.

그런게 이게 여러 가지 역반응 같은 것들이 작용해가지고 하도 유생들이 그렇게 하면서 전부 양면작전을 하거든. 이 전투에서 싸우러 가는 데에는, 이게 전쟁터에 나가는 것은 그건 살기보다는 죽으러 가는 거 아니여. 그런데 자기네 유생들 아들딸은 그 안, 아들들은 안 보내고 그 승

려들만 갖다가 앞 재, 앞 재비로 세우는 거여. 그러면서 또 이것이 뭉쳐 가지고 힘이 크면은 또,

"이것이 모반을 그러한 그 조짐이나 그, 그런 의사가 없을 수가 없다. 있을 수 있는 것이다."

라고. 또 그 유생들이 또 미리 그렇게 억측을 해가지고, 한쪽에서는 '이용해야 된다'고 주장하는가 하면, 한쪽에서는 '요것 조심해야할 요 대상이다. 이게 모의가 있을 수도 있다' 이러는 바람에 모략중상이 들어가서 그래서 그 한때 서산스님도 아주 곤욕을 겪었어요. 그래도 다행히 그 축원문 그것을 미리 이렇게 써서, 그래서 그걸 갖다가 보이니까 어떻게 그 여기 모의 있다고 해서 그 엄벌에 처할 수 없잖아.

인제 이러한 것을 그 이 영규대사도 다 이게 벌써, 일단 기본이 환쟁이라고 한 번 눈동자를 보면 서로 다 알게끔 돼 있단 말이야. 그래서 에 그 여러 가지 그 서산스님으로부터 영규대사가 밀지를 받았을 거요. 받고 이 분은 원래 인제, 이게 그 아주 원체 그 무인으로서 아주 그 또 모든 연마를 하고 그래서, 미리 먼저 선수쳐가지고 그 승병 훈련을 했을 것이다. 이렇게 와서 그게 부족함이 없는 얘기일 것 같아요.


## (88) 영규대사의 무술훈련과 능력

황진경 스님(74, 남) 공주시T 2앞
갑사 신흥암 / 강현모, 황윤선 조사(2007. 4. 19.)

앞의 이야기를 마치고, 조사자가 옛날에 가산사에서 훈련했다는 것에 대해 묻자 생각이 났는지 구술하여 준 것이다.


가산사도 물론 거기 그렇게 했을 거고 가산사뿐이 아니지요. 다른 절에

서도 절마다 그 인제, [조사자 : 아니 영규대사가 가산사에서?] 글쎄. 절마다 인제 영규대사가 그 승, 승병을 그 집합시켜 놓고 그 무술을 가르치시고

그 이 영규대사 이 저기 저 요사체 같은 게 있잖아요. 저 뒤에서 그냥 확 뛰어가지고 저쪽 그 마당으로 뛰어넘고 그랬다는 거요. 그 굉, 굉장한 일이지. 그래서 절을 이렇게 요사체 같은 것이 있으면 뛰어서 저쪽으로 넘어 뛴다는 거요. 그래서 그거는 인제 뭐 비단 영규대사가 급히 말하자면 그 이름이 나 있으니까, 그 승려들 모아놓고서 그러고서 인저 무술을 시험을 허기 위해서 행차도 하시고 그랬던 거지.(가산사 훈련 부분에 대한 대화 생략)

[조사자 : 제가 또 듣기로는 공주 그 공산성 안에 영은사라 곳이 있답니다.] 예. 영은사 있지요. [조사자 : 거기서 훈련을 했다는 얘기도 있거든요] 그래 영은사도 계셨어요. 영은사도 계시고, 저 마곡사 거기서도 계셨고 그 여기 영은사도 계셨어. 여기 갑사에서 여 공주 영은사까지 계셨고

주로 그 양반, 그 당시에 그 이 승병들 동원하는 디는, 어렵지 않게 쉽사리 전부 사람들 모았던 것이지요. 그것은 영규대사의 인격을 신뢰하는 나머지에서 모아들었던 것이죠. 그 일반 우열, 보통 승려가 그 모이라고 한다고 해서 그 모이겠어요, 그게.


## (89) 미천한 승려와 영규대사의 최후

황진경 스님(74, 남) 공주시T 2뒤
갑사 신흥암 / 강현모, 황윤선 조사(2007. 4. 19.)


앞의 이야기를 마치고 승려들의 생사관에 대한 설명이나 계룡산 신도 안이 불교의 대운 터 등을 설명하였다. 그래서 천대받던 불교 승려에 대한 이야기를 묻자 생각이 났는지 구술하여 주었다.

그래서 영규대사 그 당시 그 여기 공주에도 그 유생들이 그 갑사에 많이 오고 그러는데, 영규대사한테는 꼼짝은 못 했다드럼은. 원체 아주 모골도 장대한데다가 그 이름이 나있어서 함부로 했다가는 죽는 것을 알아가지고 두려움이 있었다는 거요.

(승려들의 죽음에 대해 설명하다가) 승려들은 게다가 숫자에 계산은 안 넣어지요. 승려들 죽은 것은, 승려들 죽은 것은.

인제 대체적으로 그 저 뭐여 영규대사만 그렇게, 인저 여기서 인제 칼을 찔려가지고, 배에. 아니 장, 창자가 모두 나오는 것을 붙들고서는 인제 여까지 왔다는 거요. [조사자 : 그래 여까지 온 이유가 왜 오셨는지 그건 모르겠어요? 뭐 전해오는 얘기는 없습니까?] 승려들은 원래가 인제 그 자기 고향이나 정신적인 요람이 자기 집과 같은 것을 친다면 이게 절이지요. 그 자기가 여기서 있었던 절이고 또 득도출가 했던 절이니까 거기 와서 자기가 몸을 거두어야 되겠다, 인제.(조사자가 조사상황 설명 생략)

그런, 그런 얘기로 나는 전 못 들었는데, 어째든 그, 그 영규대사가 그 말하자면은 실패를 하고, 그래서 자기 득도사찰에 와서, 대개 승려들이 그 다른데 이렇게 가다가도 이 죽을 때는 자기 절에 와서 죽거든요. 그게 하나 전통입니다, 그게.

[조사자 : 실제로 봤을 때는 아마 금산전투에서 돌아가신 것으로 되어 있거든요. 정확하게 나와 있지는 않은데,] 아니지요. 금산 전투에서 인자 하는 건, 말하자면 그 시신이 여기까지, 여기까지 오면서도 숨을 거두지 않았으니까.(시신 수습과정에 대한 대화 생략) 여기까지 오신 것이 사실이예요. 여기까지, 갑사까지. 이것을 붙들고서 그 원체 그 힘이 장사니까 오지, 우연한 사람은 거기서 죽잖아요. 보석사는 또 죽는다면은 보석사까지 어 죽지는 못 허지. 그 금산 그 지금 그 전투지에서 그냥 거기서

죽는 거지. 죽었다고 해. 헌, 헌다면 말이지.

그러나 그게 결국 그때 칼로 맞아가지고 창자를 끌어 안고 그러고서 여기까지, 갑사까지 오셨다는 거여. 그런 디 그 부모, 이것 누나나 어머니나 뭘 보고자, 그건 승려들은 그런 것 읆습니다. 그래 그런 설이 성립될 수 읆어요. 그런 건 승, 그 생각을 허지 않고, 대개 어 또 그, 그 마당에 윤선각한테 원군을 요청한다고 하며는 그거는 벌써 그 공식 채널이, 그 윤선각이 그 당시에 공주에 있었는지는 모르겠지만, 설사 공주에 있다고 하드라도 그거는 인제 지금 명재경각지간인데 무슨 원조를 요청해요. [조사자 : 원군이 아니라 따지러 온 것. 왜 군대 보내지 않았느냐. 안 보내 보내주었느냐?] 아니 그것을 따지러 온다고 해도, 그거를 예(여기 ; 배)가 이렇게 되었는데, 어떻게 따질 새가 어디 있어. 아무리 원, [조사자 : 억울하니께.] 장사라고. 아무리 원 억, 억울하다고 할지라도 이미 벌써 때는 저물어졌잖아요. 다시 이건 자기가.

이게 이 여기 찔리며는요 창자만 나오는 게 아니라 피가 막 철ー(철철) 막 피가 다 쏟습니다. 그래 여기서부터 여기까지 온다고 하더라도 이것 틀쳐 쥐고 피가 나오게 하고, 그렇게 해서 여기까지 오기 그것마저도 벅차고 힘든데, 하물며 어딘 디 원군을,

"너 무엇 때문에 원군을 안 보냈느냐?"

고. 따진다. 그거는 쪼끔 말이 쪼끔 비약적인 것 같예요. [조사자 : 제가 보기에는 그쪽이 더 타당한 것 같예요. 왜냐하면 왜 보내지 않았느냐. 우리 너 때문에 이렇게 많은 사람이 다 죽었다. 사실 따지러 온다는 얘기는, 죽이러 온 거는 얘기랑 같은 의미였거든요.] 글쎄, 인저 그 상황은 인자 여러 가지 인자 합리적으로 뭐 도출을 해서 그렇게 유권해석을 할 수도 있을 런지 모르겠으나, 일단은 대개 승려들이 자기 본사에 와서 죽어요. 예를 들면 즤희도 이렇게 딴 디 가서 있다가라도 엥 죽을 때 되면

자기 본사에 온다는 것은 자기 인연이 있는 사람, 그래서 그 사후래도 그냥 어따 묻어 달, 묻어 달라고 하는 의미라든지, 아니면 화장을 해달라고 한다든가. 인자 그래서 어 자기 대개 그 아는 인연지로 찾아오는 거여. 예 그 어디 생소하는 디서 그냥 뭐 죽을 수도 있지만, 그러나 쪼끔이라도 버팅 길 수 있다고 하면은 그래도,

"내가, 하이고 우리 본사에 가서 죽어야지."

그런 생각이 있다는 거예요. 예.


## (90) 기이한 능력으로 승병을 모은 영규대사

윤길수(67, 남) 공주시T 2뒤<br>계룡면 중장2리 마을회관 / 강현모, 황윤선 조사(2007. 4. 19.)

황진경 스님과 대화를 마치고 갑사를 빠져 나와, 중장2리 마을회관 앞에 어르신들 여러 분이 있는 걸 보고 발걸음을 멈춰서 조사하게 되었다. 제보자 윤길수 할아버지는 중장리에서 나고 자란 분으로 어린 시절에 들었던 일화를 주위 청중들로부터 도움을 받으면서 제보해 주었다. 특히 제보자는 영규대사 관련 전설이 근자 들어 왜곡되고 있다며, 그 부분에 대한 안타까움을 힘주어 표현하였다.

그 철 당간지주를, 영규대사는 장수라. 그게 지금 24개거든. 28개였을 때 그걸 넘었다 다니었다는 얘기여. [청중 : 철간 당, 당간이요. 네 개가 떨어져 나갔어요. 28개었는데.] [조사자 : 그런데 왜, 왜 그걸 뛰어 넘었어요?] [청중 : 비바람에 떨어졌어요.] [조사자 : 아니, 아니 왜 넘었느냐고요?] 그런 장수였다고. 그러니께 영규대사가 저기 저기를 헌 거지, 장수지. 그래서 영규대사가 있는 디, 이것도 다 저기가 다 읽었어도 다 잊어버려서 모르겠네. 그 뭐라고 하지. 무슨 군사들 다 모아서 그러고선,

[조사자 : 승병요] 응? [조사자 : 승병.] 응. 그 사람들이 다 그 사람이 한 거예요. 영규대사가. 그래 인저 내막은 모르지. 다 잊어버려서 우리가.

인제 그 때는 스님도 아니라고, 아니었었다고 하드라고요. 절이 가면 불 때 주는 사람보고 절의 부목이라고 하거든요. 그 부목 스님, 부목 노릇을 한 거예요, 그 절이서. 그래 부목 노릇을 하다가 임진왜란이 일어나서, 각 처에서 의, 저기 승병들이 자꾸 일어나니까.

"이 갑사도 인저, 중들도 나가서 싸워야 될 게 아니냐."

그러니까, 그 일개 그 저기 불 때는 사람이 가지고 하니까 말을 듣겠어요. 지금 이네든지, 그리니까 말을 안 들으니까 뭐 말은. 그 대뜰에서 그 철 당간지주를 뛰어 올라갔다는 거여. 그래 그 뛰 올라가서 그 중들, 그 전이는 고 갑사 절에 스님들이 굉장히 많았었데요, 인원이. 그래서 그 당간지주 올라가서 호통을 치면서,

"안 가겠느냐?"

고. 그러니께 그 때서는 이냥 할 수 없이, 인저 그 전쟁을 하러 나갔다는 그런 얘기가 있더라고요. 이것 그전부터 전설로 들어왔어요.


## (91) 몽둥이를 모아 전쟁에 대비한 영규대사

윤길수(67, 남) 공주시T 2뒤<br>계룡면 중장2리 마을회관 / 강현모, 황윤선 조사(2007. 4. 19.)

앞의 이야기를 마치고, 조사자가 옛날에 이곳에서 채록하였던 내용에 대해 묻자 생각이 났는지 구술하여 준 것이다.


[조사자 : 부목하러 땔나무를 하러 갔다가, 나무를 갖다.] 뭐 그런 얘기도 있어요. 어떻게 지금 그 저기 이 나무를 허러 다니면서, 지금으로

말하자면 인저 나무에 빤듯하고 쓸만한 나무를, 그게 잘라다가는 사람이 이렇게 이 저기 무슨 연장 자루 할 만한 이렇게 크기를 갖다가 절 마루 밑에다 많이 싸놨었다고 그러드라고.

그래서 그걸 가지고 그 때는, 근디 그때는 뭐 그걸 가지고 뭐 이렇게 일본 사람들하고 싸우겄어요. 근디 그런 얘기도 있드라고요, 그렇게. 그렇게 앞날을 내다보셨다고 하나. 그런 그렇다고 허드라고요.


## (92) 부상을 안고 고향으로 돌아온 영규대사

윤길수(67, 남) 공주시T 2뒤
계룡면 중장2리 마을회관 / 강현모, 황윤선 조사(2007. 4. 19.)

앞의 이야기를 마치고, 조사자가 옛날에 이곳에서 채록하였던 내용에 대해 묻자 생각이 났는지 구술하여 준 것이다.


[조사자 : 금산전투에서 패해가지고.] 예, 금산전투도 조헌 장군이랑 같이 하다가, 그 금산전투에서 그 저기 창 맞아, 총 맞아가지고서 그 양반 고향인 여기 계룡면, 지금 저기, 저기 있는데, 고 월암리 고 뒤에 산소 있는 디(데) 거기가 고향이라고 하는 걸로 들었어요.

그래 거기서 인저 전투를 하다가는 완전히 인저 패해서 다. 거기 가면 왜 거기가 칠백의총 지금 모신 데. 거기서 인제 한, 사람들이 다 죽고 인저 완전히 헐(흩)어지니까, 자기 총을 맞고서 자기 고향 쪽으로 오다가, 여름인가 언제라나 비가 많이 와가지고서, 그 물 근(건)너 가다가는 이 총 맞은데 물이 들어가 가지고, 지금 고 면사무소 앞에 비 시운 데요 거까지 오셔서, 거기서 더 못 가고서는 거기서 돌아가셨다고.

[조사자 : 왜 왔지요. 여기까지요.] 그러니까 패해서 인저 총 맞았으니

까 고향으로 인저 온 거죠, 말하자면. 그래 그런 얘기는 있지요. 그래 그런 세밀한 것 같은 것은 그쪽 인제 관리하시는 분들한테 물어봐야지. 저희는 그냥 전설로만 알고 있지.


## (93) 조헌보다 미래를 예견한 영규대사

윤길수(67, 남) 공주시T 2뒤
계룡면 중장2리 마을회관 / 강현모, 황윤선 조사(2007. 4. 19.)

앞의 이야기를 마치고, 조사자가 옛날에 이곳에서 채록하였던 내용에 대해 묻자 생각이 났는지 구술하여 준 것이다.


[조사자 : 금산 전투에서 진을 조헌 허고 치는데,] 그래 그런 얘기. 어떤 책 같은데 한 번 나온 걸 본 게, 그런 게 있드라고요. 근게 금산 전투 하는데, 인제 진지를 구축해야 될 것 아니에요. 진을 구축하는데, 영규대사 스님은,

"산에다가 진을 치자.

고 하고. 조헌 장군은,

"들판에다가는 진을 치자."

고. 그래서 들판에다가 진을 쳐서 몰살을 했다고. 그런 그건 책에 한 번 나온 것 그런 것을 봤어요. 근디 전설적으로 그런 일은 못 드렀는데, 책에서 그렇게 나와 있드라고,

그렇게 나온 것이 있드라고요. 그래 그때 에 영규대사가 만약 장, 승려가 아니었고 정식 조헌마냥 장군이었으면, 인자 그 분의 말을 들었으면 그렇게 패하지는 안 했을 것 아니였느냐 하는 그런 식으로다 한 번 책에 난 건 봤어요.

## (94) 불에 타지 않은 영규대사 기념비각

유재경(70, 남) 공주시T 2뒤
계룡면 하대리 삼거리 방앗간 / 강현모, 황윤선 조사(2007. 4. 19.)

작은 상점 겸 떡 방앗간을 운영하고 있는 제보자는, 본래 강원도에서 태어났다고는 하나 어린 시절부터 계룡면에서 살아 계룡면 역사 및 문화 유물에 어둡지 않았다. 수줍음이 많은 성격이어서 처음엔 거듭 구술을 거부하다가 재차 설득하자 이에 응하였다.

[조사자 : 그 전장에서 어떻게 하셨다고요. 여기까지 오셨다고요?] 거간사판 인자 싸우다가 왜적에게, 왜놈에게 이 칼에 복부를 찔려서, 찢겨서 창자를 안고 오다가서, 이 지금 영규대사 비석 세운 디. 월암, 월암 고기가 면소재지 있는 디. 그걸 거기다가 거기까정 와서 찔려서 죽어서, 묘이는 그 아래 쓰고 그 비각을 거기다 세웠는디.

6 · 25때 그 집이 다 탔는 디도, 이거 이상 해. 진짜 송진 지글지글 끓면서도 안 탔어, 그냥. 그것 구태네 집이 붙었었거든, 어렸을 적에. 요맨큼, 요기서 요만치씩 밖에 안 됐어. 근디 홀랑 탔는디, 그거(영규대사기념비각)는 그저 송진만 지글지글 끓고 타지도 않았어. 그때 소각될 건디.

## (95) 쇠를 모아 전쟁에 대비한 영규대사

유재경(70, 남) 공주시T 2뒤
계룡면 하대리 삼거리 방앗간 / 강현모, 황윤선 조사(2007. 4. 19.)

앞의 이야기를 마치고, 조사자가 옛날에 이곳에서 채록하였던 내용에 대해 묻자 생각이 났는지 구술하여 준 것이다.

[조사자 : 영규대사가 절에는, 출가한 이유는 왠지 그런 얘기는 없습니까?] 몰르지요 뭐. 갑사서 츰이는, 이 갑사 절에서 나무 해다 불 때 주고 인저. 자꾸 쇠 같은 거를 있으면 갖다가 감추고, 갖다 싸구 이랬던 전설은 있던데. 그때 전쟁이 나고서, 쇠 끄내다가 연장 만들고. [조사자 : 그 다음에 나무하다가 나무를 짤라다가 몽둥이를 미리 만들었다는 얘기는?] 인자 그런 것도 좀 있을 테이고.

## (96) 부상을 안고 고향으로 돌아온 영규대사

김태환(63, 남) 공주시T 2뒤<br>계룡면 중장리 갑사슈퍼 / 강현모, 황윤선 조사(2007. 4. 19.)

제보자 김태환 할아버지는 갑사 진입로에서 작은 상점을 운영하고 있다. 푸근하고 넉넉한 인상에 부끄럼을 많이 타는 성격으로, 영규대사 관련 일화를 더 많이 들려주지 못하는 점이 못내 아쉽고 미안하단 말을 거듭하였다. 조사자는 그 순수하고 겸손한 모습에서 점점 엷어져 가는 인정을 진하게 느낄 수 있었다.

큰스님이셨나 봐요. 그래가지고, 옛날에 그 서산대사 그 분하고 사명대사, 영규대사 그렇게 지셨대요(계셨대요). 그래가지고, 응 제가 배운 것은, 인제 청주 그 싸움에서는 참 전공을 많이 크게 세우셨는데, 금산전투에서 인저 패해가지고, 거기서 인저 그 뭐 총을 맞으셨나 화살을 맞 인저 거기서 인저 말 타고 오시다가 유평리에서 아마 돌아가셨나 봐요. 그래가지고 거기 옛 묘가 있어요. 영규대사 그런 묘가. 그래가지고 인저 그 계룡면 앞에 보면은 그 영규대사 비문이, 비문이, 비석이 집(비각)이 있어요. 그것만 알고 있어요.

## (97) 창을 맞고 고향으로 돌아온 영규대사

정필상(77, 남) 공주시T 3앞
계룡면 금대리 보은정사 앞 / 강현모, 황윤선 조사(2007. 5. 18.)

계룡면 유평리를 향하던 중, 도로변에 위치한 소박한 절집을 확인하고 영규대사 관련 일화를 들을 수 있을까 싶어 들렀다. 건물은 조립식 건물로 불당이라기보다는 굿당에 가까웠고, 부부가 함께 사는 것으로 미루어 보건대 대처승이거나 박수, 혹은 무녀의 남편이 아닌가 싶다.


[조사자 : 그 얘기 다시 해주시지요] 그 얘기 뭘 다시 햐. 내내 대사, 대사가, 말하자면 저기 지나가다, 말 타고 가다 창 맞아가지고서, 창 맞아가지고서 거기서 인저 창사구(창자)를 틀켜 쥐고 맞춰 가다가. 거기서 쓰러져서 무슨 그 말하자면 영혼이 떠난 자리거든. 그래서,

"자리가 여긴게로구."

그래서 거기다 말하자면 대사 그 사당 그 졌잖어. 나무 밑이다가. 그래서 영규대사, 영규대사 왜 그러나 했더니, 그 사당은 아마 저, 그 밑이, 계룡 밑이 유평. 큰 사당 아마 그거던가.(영규대사 일화를 듣게 된 내력 생략)


## (98) 영규대사의 일화(짐대, 최후담, 몽둥이 준비)

민병용(77, 남) 공주시T 3앞
계룡면 금대리 개인집 뜰방 / 강현모, 황윤선 조사(2007. 5. 18.)

앞의 제보자에게 이야기 듣기를 마치고 큰 마을로 들어갔으나 노인정은 굳게 닫혀 있었다. 마침 그때 인근에 사람소리가 나서 찾아 집안에 갔을 때 4명이 술을 마시고 있어 찾아온 목적을 설명하면서 부탁하자 생각이 났는지 구술하여 주었다. 청중은 정일구(75, 남)님이다.

짐대는 영규대사가 쌓았다는 거 아니여. [청중 : 그런데 나는 그게 고지(거짓말)가 안 들려.] 원냥 축지법으로 그 위에 올라가서는 막 그게 저기 호령했다는 소리도, 옛날에 어른들이 그러 하는디. 그렇거니 그 인제 유래, 그 언제가 그 책자에 나온 것 보니까 그런 것 읎대.

저기 한냥(화랑) 내, 저기 저 굴다리 있는 디서, [청중 : 연산, 연산서 그 화살 맞았나 총 맞았나 허가지고 배 툴켜 쥐고 와서, 여기 와서 돌아가셨다는 디. 그 양반.] 화살 맞아가지고 여기, [조사자 : 그래 금산서 싸우다가 여기 총 맞아가지고 왔다.] [청중 : 연산서, 연산서.] 총 맞았나 화살인가? [청중 : 아니지, 그러니까 총이 있었지, 그 때도. 여기 맞고서 배를 툴켜 쥐고서, 물을, 그 여름에 장마 지니까.] 에, 장마 지니까 꾸정물이 막 배속에, [청중 : 꾸정물이 배속으로 들어간께 툴켜 쥐고 와서, 여기 와서 그 양반이 돌아가셨다는 거죠] [조사자 : 그런게 왜 금산서 여기 왔는지 그런 얘기는 없었습니까?] [청중 : 몰러. 우리도 그런 얘기는.]

[조사자 : 그런데 당간지주를 옮겼다는 얘기, 쌓았다는 얘기는 뭐에요?] 갑사 짐대 있잖아, 짐대, 높이 쌓은 거, 요렇게 된 것, 통. 그것을 그 양반이 축지법으로다 해서 쌓았다는 거여,(웃음) 말하자면(당간지주가 떨어진 것에 관한 조사자의 답변 생략)

그리고 저기, 지금 저 계, 계룡에 거시기 있잖아. 저, 저, [조사자 : 비, 비각요?] 비문이 있잖아요. 거기가 6·25사변 때 그 옆댕이 집이 있는디, 그 뭣 다, 다 탔어도 그 집은 안 탔잖아. [청중 : 그 옆에 있어.(웃음)]

(조사자가 갑사에 있을 때 나무 몽둥이를 준비했다는 것을 묻자) 글쎄. 그 이야기는 있어요. 그런디 그 유래 책자 보니까 그게, 그게 있네요. [청중 : 그

런 게 나오지를 않는다니께.] 하루 인저 몽댕이 하나씩을 이렇게 해놓았다가. 인자 위 위급할 적이.

에 그래서 저 저 친하게 지냈녀 벼, 츠음에는. [청중 : 대우를 못 받았지. 중놈이라고 해서.] 머슴, 머슴 살았네 벼. [청중 : 아이 그 때만 해도 중놈 아니여, 중놈.] 츠음엔, 츠음엔 인제 머슴을 살으셨나 어째나 그래가지고서 한디, 그래가지고서 이 양반이 도통을 해가지고서 이렇게 했다고 그 스님이다 말씀을 들었는디, [청중 : 어째튼 대단한 분이여, 대단한 분.] 그러니께 지금도 저 지향(제향), 지향을 몇 일 하는가 모르겠네.(이후 생략)


## (99) 몽둥이를 모아 전쟁에 대비한 영규대사

이산행(77, 남) 공주시T 4앞
계룡면 월암리 노인정 / 강현모, 황윤선 조사(2007. 5. 18.)

월암리 노인정에 들어가니, 6-7분 할아버지들이 어울려 소일하고 있었다. 처음엔 모두들 제보하기를 마다하여 적잖게 애를 먹었으나, 좀 지난 후에 제보자가 노인정으로 들어오면서 조사가 순조롭게 되었다. 제보자는 계룡면에서 나고 자란 토박이로, 영규대사 관련 일화는 물론 여러 설화를 많이 알고 있었고, 특히 민요에 대한 해박한 지식을 가지고 있었다.


으른들이 그런 말씀을 하시더라고. [조사자 : 어떻게 되었는 데요?] 중이로, 그 중이 있는데, 중이로 있던 게 아니고. 그 이 절이서 말하자면 나무 해주고 그랬었댜.

그렇게 살다가니 인저, 살다가 이 양반이 나무 해 오면서, 몽딩이 하나씩을 이렇게 해서 마루 밑이다가 하나씩 하나씩 늫고 그렇게 했댜. [조사자 : 그래가지고 그 스님이 하나 몽둥이 감추,] 스님이 아니고. [조사자 : 아 그니까, 딴 스님이 그 몽둥이 하나를 감췄는데, 그것을 알았다는.] 그 하나씩 나무 해오다가니, 인제 나무를 좋은 놈, 쓸 만한 나무 이렇게 하면은, 그래 미래에 그 양반이 알았든가, 그 인저 마루 밑이다가 딱 넣어놓고 이렇게 감춰 났데지.

그래서 임진왜란 때, 말하자면 인제 어 연산서, 연산 펄에, 거기서 인제 말하자면 인저 기병하여가지고 싸울 적이, 이 사람은 말하자면 무관 아니여. 무어라고 인자 전장하는, 사람들은 반대를 한고 하니, 이제 영규대사가 인저 그 사람이,

"전장하는 거기다 진 치면 안 된다. 에 마당에다 쳐야한다."

이 사람들이 말하자면 골창(골짜기)에다 진을 쳤다 이거여.

그래 인제 이래 그 뭐여 쇠 철망으로다가 냅다 인저 그물 던지듯 던지니께, 아 뭐 골짜기 있는 놈이, 그 놈한테 눌려가지고 그 다 진 거 아니여. [조사자 : 그게 어디서 싸웠다고요?] 연산. [조사자 : 금산이 아니고 연산요?] 아니. 연산 아니여.


## (100) 부상하고 공주로 돌아온 영규대사

이산행(77, 남) 공주시T 4앞<br>계룡면 월암리 노인정 / 강현모, 황윤선 조사(2007. 5. 18.)

앞 이야기를 마친 뒤에 영규대사와 직접적 연관 없는 다른 설화를 이야기하다가 기억이 났는지 구술해 주었다.

영규대사 묘가 여깄어. [조사 : 지금 갔다 왔습니다.] 그런데, 그 양반이 거기서 싸우다가니, 말 안 듣고 해가지고, 그, 그 놈들한티 인제, 왜놈들한티 인제 이 창세기(창자)가 배가 인자 갈라졌단 말야. 그래 장마가 졌어요 그래 인제 원군, 원군한티. 여기 군수한티 항의를, 말하자면 항의를 하러 온 거야.

그래 장마를 지구 해가지고, 저 하냥 강변이 그 강변이요, 강변여. 하냥 강변이라고 하는디. 비가 억수로 와가지고 그것 건너 오다가니, 배에 창세기에 물이 들어가 가지고 죽었다고 얘기해서 비각을 여기다 세운 겨. 금산도 비각 있고, 금산도(이곳의 비각을 금산으로 옮기려 한 것 반대한 이야기 생략)

## (101) 하마비의 영험으로 굴욕을 당한 일인들

이산행(77, 남) 공주시T 4앞<br>계룡면 월암리 노인정 / 강현모, 황윤선 조사(2007. 5. 18.)

앞의 이야기를 마치고, 조사자가 옛날에 이곳에서 채록하였던 내용에 대해 묻자 생각이 났는지 구술하여 준 것이다.

[조사자 : (앞부분 생략) 일본 사람들이 영규대사 비를 깨뜨렸다는 것?] 근데 인자. 일본 놈덜이 말 타고 지나가면, 말굽이 떨어지덜 안 했댜. 거기가 하마차여, 거기가. 하마. 그래 인자 말 타고 지나가는 놈의, 그 일본 놈들은 거기 말굽이 떨어지들 안 했댜. 그 인제 영규대사가 그 뭐야, 한이 있어서 그런지 어뜨카는지(웃음), 잉 왜놈들은 거기 이 말 타고 지나가면 말굽이 떨어지들 안 해서 내려서 갔다고 했지.

## (102) 신이한 능력을 가진 영규대사 비각

이산행(77, 남) 공주시T 4앞<br>계룡면 월암리 노인정 / 강현모, 황윤선 조사(2007. 5. 18.)

앞의 이야기를 마치고, 조사자가 옛날에 이곳에서 채록하였던 내용에 대해 묻자 생각이 났는지 구술하여 준 것이다.

① 폭격에 불에 타지 않은 비각

　[조사자 : 또 여기 임진왜란 아니 6·25때.] 6·25? [조사자 : 네. 그 비각 옆에 집이 뭐 음식점이.] 아니, [조사자 : 거기 불이 다 탔다는데, 그 옆이 있던 안 탔다고요?] 안 탔지. 그 사람 집하고 사이가 얼마 안 떨어졌어. 그게 얼마 안 떨어졌어. 연산옥이라고 그 집이 있었지.

　[조사자 : 그 어떻게 된 건데요. 좀 자세히 설명 좀 드려요] 아. 폭격 맞아서, 폭격에 맞아서 탔지. 탔는디, 세상 모이 거기만 끄실리지 않았다고 그래. 어하게 안 탔어. [조사자 : 왜 안 탔는지, 그게?] 왜 안 탔는지, 물론 그게 인저 원인서 못 타게 해서, 구(귀)신이 있어서 못 하게 했지. (웃음) 말렸는지 모르지 그게.

② 학질을 낫게하는 비각

　[조사자 : 옛날에 그 비각 앞에서 그 하루걸이 걸린 사람들 거기 가서 병을 고쳐고 했다는 이런 얘기도 있다던데?] 그런 얘기도 있었어. 워티냐면. 하루걸이가 그 전이는 있는디, 하루를 건너서 하루 아팠다, 저녁 때 아팠다. 거기에 절하고 한 바꾸 빙 돌아서 집이. 그때는 뒤 안 돌아보고 그 안이서 절하구서나 한 바꾸 빙 돌아서 가면 그냥 떨어졌다고 그랬어. [조사자 : 뭐 다른 건 없고요] 떨어졌어. 하여튼 그런 얘기가 있어. 하루걸이가 떨어졌다구.


## (103) 철 당간지주에 올라 호령을 했던 영규대사

정주상(77, 남) 공주시T 4앞<br>
계룡면 월암리 제보자 댁 / 강현모, 황윤선 조사(2007. 5. 18.)


　노인정 회장님의 소개로 오래 동안 계룡면장을 비롯하여 공직에 있다가 퇴임 후 소일하고 있는 제보자를 찾아갔다. 제보자는 공주의 역사 문화에 대한 관심이 지대하여 의심이 나면 직접 사료를 살펴보고 필요하면 답사를 하는 등, 공주의 역사 문화를 제대로 알고 알리기 위해 왕성한 활동을 하고 있다고 한다. 실제로 조사를 하던 날도 구술만 하다가 성이 차지 않았는지, 조사자를 직접 유적이 있는 현지로 데리고 가 차근차근 설명해 주었다.

공양주조. 화부로 갔다는 거여, 화부. [조사자 : 불목한이?] 예. 그래서 계룡산이 가서 날마두, 그저 밥하는 나무를 해 날르는디. 박달나무 몽딩이 하나씩을 갖다가 마루 밑이다가. 뭐 몇 천 개를 맨들어 놨다가 그날 훈련을 시키는디.

그 저 갑사 그 저 대적전 앞에 철 당간지주가 있어요. 지금 저 24절(마디)이 남아 있는디. 승려가 그 훈련에 잘 뭐여 따르덜 않고 하니까, 그 철 당간지주를 뛰어 올라가, 날맹이. 그니까 올라가 호령을 하니까, 그저 말하자면은 대열이 증도가 되어. 그런 저 뭐여 뭐시가 있지요, 얘기가. 정사가 아닌.(중략)

원체 11척이나 되고 준엄하고 허니까, 엉 그 저 이 국가에 충성하는 것이 아니라 역, 역학(역적) 관계가 되니까, 뭐여 갑사에 뭐 부모네들이 희망해서 입산시켰다, 인저 그 그런 인저 그런 얘기가 야사로 있었을 테지요

## (104) 여승을 물리치고 당간지주를 옮겨 온 영규대사

정주상(77, 남) 공주시T 4앞<br>계룡면 월암리 제보자 댁 / 강현모, 황윤선 조사(2007. 5. 18.)

앞의 이야기를 마치고, 조사자가 옛날에 이곳에서 채록하였던 내용에 대해 문자 생각이 났는지 구술하여 준 것이다.

[조사자 : 그 당간지주를 옮기는, 서로 옮기기 시합을 하는데, 여, 여승이 옮기는 데는, 여승은 번쩍 옮기는데, 이 영규대사는 힘이 없어서 겨우 옮겼는데.] 그 얘기는 저, 저 뭐시 저 반포면에 상신리, 상신리에 그, 그 무슨 구룡사라고 그랬든가? 거기는 여승 여장군이 있었고. 잉 갑사는 옝규대사가 있었는디.

그 당간지주가 옛날 속언에 얘기하면 하루 저녁은 상신리 그 저 바로 이 저 계룡산 너머니까. 그리 앵겨져(옮겨져) 있고. 그러믄 인저 또 영규대사가 이걸 뽑아다 또 제자리에 앉혀놓고 그랬는디.

인저 그것은 이 뭐여 저, 지혜로운 얘기로 알려진 모양이지요. 뭐여 저 짚시기(짚신)를, 짚시기를 맷방석만한 면적의 짚시기를 삼어 가지구 그 철 당간지주 밑이다 놔뒀는디. 또 뭐여, 그 구룡사의 그 여장수가 그걸 뽑으러 왔다가 그 짚시기를 보니까. 그걸 신는 사람이믄, [청중 : 멍청한 사람이지.] 대단한 것이라. 눈이 띠면은 잉, [청중 : 큰일 나겠다.] 잉 큰일 나겠다 싶어서 안 가져갔다. 그래 그런 얘기는 더러 있었지요.

## (105) 제삿밥 얻어먹을 자리를 잡은 영규대사

정주상(77, 남) 공주시T 4앞
계룡면 월암리 제보자 댁 / 강현모, 황윤선 조사(2007. 5. 18.)

앞의 이야기를 마치고, 조사자가 옛날에 이곳에서 채록하였던 내용에 대해 묻자 생각이 났는지 구술하여 준 것이다.

그저 뭐 계룡 사람인디, 애국 충정한 이 충신 아니여. 영규대사가. 쉽게 말해서 속인은 자식들이 있지만, 잉 승려는 손이 없지 않소. 그런디 유일하게 승려가 묘를 써가지고 있는 사람은 영규대사 밖에 읎다 이거여. 그러니까 잉.

[조사자 : 그럼 묘 쓴 이야기도 뭐 있던데. 묘가 그게 아니고 좀 더 오래, 어디에 써달라고 해가지고, 왜놈이 보게 했다. 이런 얘기도 있던데.] 그런 얘기 아니여. 묘는 거기 인저 병자호란(임진왜란의 잘못) 때 바로 영규대사 묘소, 바로 영규대사 묘소가 여기서 썼을라면, 여 정통날에 거기저, [청중 : 윤씨네 묘] 그렇지. 파평 윤씨들 조상이 있거든. 윤 명제 선생 그 저 그 선대, 근디 원래가 일화는 파평 윤씨의 조조상 산소 자리를 영규대사가 알려 주었다는 얘기지. 알려 주고 자기 묘자리는 그 옆댕이 붙인 디다가, 그저 얘기했다는 그런 일화. 그건 풍수지리에서 얘기하는 일화이고.

그 그러니까, [청중 : 살아계실 때 얘기이고.] 그렇지. 살아계실 때 풍수지리에도 통, 능해가지고. 그러니께 그 정승 나고 할 장소는, 자기는 승려이니까. 근디 그건 윤씨 측에서도 그렇게 얘기허는 것 같아. 그 거기 잡아준 디이고, 자기는 그 지샀물이라도 얻어먹을라고, [청중 : 문앞에다 갖다 놓았다. 그렇게 생겼지.] 그렇지. 인저 그런 얘기가 풍수지리에서 있는 얘기이고, 풍수지리 그 저 일화에서 얘기여. [청중 : 영규대사가 그 조상, 윤씨 조상 묘를 잡아, 잡아주었다는 얘기죠?] 응 그렇지요.


## (106) 부상하고 고향으로 돌아온 영규대사

정주상(77, 남) 공주시T 4앞<br>계룡면 월암리 제보자 댁 / 강현모, 황윤선 조사(2007. 5. 18.)

앞의 이야기를 마치고, 조사자가 옛날에 이곳에서 채록하였던 내용에 대해 묻자 생각이 났는지 구술하여 준 것이다.

그래가지고, 그런디 그것보다도 여기에 나타나는 걸 보면, 뭐여 저 금산서 칠백의총, 인저 거기에도 지금 거 뭐여 그 양반이 모셔져 있거덩, 영규대사가. 거기 전투에서 잉 그냥 뭐란 얘기는, 옛날 뭐 저 승병들이 승려들이 고기 먹을 이치가 없는디. 그때 그 비가 그 많이 왔다는 얘기지요

오는디, 쇠가죽 그 저 텐트 얘기지 요새 얘기로. 그런디 인저 전투를 하러 나가면 인저 식량 조달을 못 해서. 소 잡아먹으면 그 껍데기로, 가죽으로 잉, 가죽으로 이 뭐 채의를 만들어서 비를 피했는디.

그 저 그 뭐여 일본 넘(놈)들 그 장창 있잖어요. 이다기다라고 이렇게. 그걸루 뭘이를 찔러서 창자를 맞아가지고 창자가 나오는디. 공주의 관군 지원을 받기 위해서 금산서 연산으루 해서, 연산에서 여기, 거기 냇물이 풋개 냇물이 있거덩. 풋개 냇물을, 창자를 움켜쥐고 집어넣어 가매 근너 오는디, 창자가 나오는디 그 저 황톳물 들어가면 사람 죽을 께밖이 더 있어. 거기서 드러누워서, 원래 그 장수다 이런 얘기지.

그래서 삼십 리를 걸어 올라와서 불당 고개라고 하면 부차당이라고 그라잖아요, 부차당. [청중 : 거기서 돌아가셨지.] 잉. 부차당 이름이, 그 저 우리 고을 고지명이 부처 불(佛)자 집 당(堂)자 불당동이거덩. 그래서, 그래 부처당에 와서 돌아가셔가지고서 거기 묘소가 마련되어 있다 그런 얘긴디. 모이(묘)는 누가 써 써줬다 이런 얘기도 읎고. 뭐 물론 승려들이 써줬다고 그런 얘기도 읎고. 그냥 일화로 얘기는 그렇게 돼 있지요. [청중 : 돌아가시기는 인자 거기서 돌아가셨다.] 응.

## (107) 진의 위치로 조헌과 갈등한 영규대사

정주상(77, 남) 공주시T 4앞
계룡면 월암리 제보자 댁 / 강현모, 황윤선 조사(2007. 5. 18.)

앞의 이야기를 마치고, 조사자가 돌아온 이유를 묻자 앞에 말씀을 반복
하며 신분이라는 단어에서 생각이 났는지 구술하여 준 것이다.


그 때 신분 사회가 잉 신분, 조 중봉하고 관계 얘기도 나오고 저 한디.
금산 가서 거기서 얘기 들어보니까 그 진지를 능선에다 잡을라고 영규
는 잡어 하는디, 조 중봉 선생이 우목한 분지, 우목한 디다가 잡는디. 그
것도 말하자면 그 얘기 안 맞는 얘기여. 아 그 뭐. 저 의병장이건 조 중
봉 선생이건 다 저 충신인디, 상의해서 했을 것인디, 말로는 거기서 말
하자면 승려계급이,(전화로 이야기 중단) 흩어져 있는 얘기, 야화 수집헐라
고 하는 몬양인디 뭐.(대화 생략)


## (108) 무골로 태어나 입산 출가한 영규대사

정주상(77, 남) 공주시T 4앞
계룡면 월암리 제보자 댁 / 강현모, 황윤선 조사(2007. 5. 18.)

앞의 이야기를 마치고, 조사자가 옛날에 이곳에서 채록하였던 내용에
대해 묻자 생각이 났는지 구술하여 준 것이다.


아 그러 얘기 뭐여. 저 뭐, 저, 아까 말씀해 준 것, 묏이, 근디 어깨 밑
이 비늘이 덕적덕적 그 났는디. 그 비늘이 심상치 않게 그게 날개처럼
생겨서, 아까 말씀에는 누이가 무엇해서 어떻게 했다는 디, 그것도 교수
님한테 내가 듣는 얘기이지.

그 여기서 그 누이가 그랬다는 얘기는 못 듣고, 자기네 가문에서 출생을 해놓고 보니께, 보통 사람허고 틀리거든, 근디 여기도 보면은 뭐 11척 장신이고, 하야튼 장골이었던 몬양이지요. 그러니께,

"아이 우리 집이 좋은 집사가 아니고,"

이게 말하자면 그 주위에 그 때 인저 시시하고 말이여. 뭐 이렇게 나오고 어쩌고어쩌고 하니께,

"긍게, 암만해도 제게 역적이 날 것 같다."

는 무슨 그런 얘기가 있었을 테지요. 그래서 인저 일찌감치 인저 갑사에 말하자면 신분이 가장 얕은 승려로다가 말이여. 그 저 잉 입산을 시켰다 그런 정도 뭐 얘기가 되지. 그것 뭐.


## (109) 폭탄에도 타지 않은 영규대사 정문

정주상(77, 남) 공주시T 4앞
계룡면 월암리 제보자 댁 / 강현모, 황윤선 조사(2007. 5. 18.)

앞의 이야기를 마치고, 조사자가 옛날에 이곳에서 채록하였던 내용에 대해 묻자 생각이 났는지 구술하여 준 것이다.


[조사자 : 그 옛날에 육이오 때 그 정려 바로 옆에 금산 무슨 옥, 연산 옥이?] 면산옥. [조사자 : 있었는데 불나고.] 예. 불 난 게 아니라, [조사자 : 폭격 맞아가지고.] 예. 그러믄 그 저 뭡니까, 지금 에 지금 저. 보기 좋게 잠깐 쓸 게요.(그림을 그리며) 이렇게 영규대사 정문이 지금 이렇게 있어요. 면산옥이라고 요렇게, 집이 요렇게. 요 요건 헛간채, 저 사랑채. 뭐 저 여기는 안채에서 주방으로 이르러 영업하는 디고. 여기는 저 음식물 저장도 이렇게 하고 하는.

연산서 그 저 미 저 뭐여, 6 · 25때 공주 그 우금치 고개 너머에서 패전하고, 패전하고서 경천리로 해가지고 연산까지 고기가 삼십 리 되는디. 연산으루 후퇴를 해서 그 길을 가는디, 그 옹호하기 위해서 연산면 있는 포병 후원 지원부대가 포를 쐈어요. 이 계룡 쪽으로다가. 쏜 것이, 그 포가 이 요 헛간 여기다 여기에 떨어가지고, 불이 붙어가지고서 이게 저 목조건물로 그냥 연목가래 이래서 저 목조건물에 그 저, 뭐십니까 볏짚으로다 해일은 집. 그건 뭐 우리가 본 거니께, 그때 시절에. 그게 요렇게 해서 지붕 요렇게 돼 있는디, 요거 포싹 다 탔어요.

탔는디, 옝규대사 정문은 끄을음 하나도 오지도 안 했어. 전부 다 바람이 저쪽으로 불어서. 그건 실홥니다 그건. [청중 : 근디 6 · 25때인디.] 6 · 25때 얘기예요. 그 건물 뭐 아주 본 거예요.


## (110) 일본 관원이 지나가지 못하는 하마비

정주상(77, 남) 공주시T 4앞
계룡면 월암리 제보자 댁 / 강현모, 황윤선 조사(2007. 5. 18.)

앞 이야기에 이어 조사자가 하마비 관련 일화가 있는지를 묻자 바로 구술해 주었다. 원래의 하마비는 수해 때 방천을 한다고 뽑아다 쓰고서 사라졌고, 현재는 그 후에 다시 만들어 세운 것이라 한다.


고건(하마비) 또 저 고 일화가 분명하게 남아 있어요. 일본넘들이 공주가 옛날 그저 뭐 골 아닙니까. 그래가지고 말을 타고 이 경천리를 이렇게 이 연산이루 가 말을 타고서 늘티고개 넘어서 오게 되면은, 그 정문 앞에 오면은 까닭 없이 말굽이 부러지고, 말굽이 부러지고 말이 못 가고. 그래서 요 위 늘티 고개라는 디, 판티 고개지요. 고기서 저리 휘어서, 저

짝 저 갑동이라고 말이지요, 갑옷 갑(鉀)자 갑동, 갑골. 고리 갑사로 넘어가면 고리 소로 길을 내서는 이, 이 길을 못 댕기고 일본 놈은 그리 우회했다. 그런 얘기는 구전에 전해져 있는 얘기고.

## (111) 조헌과 영규대사가 작전계획을 한 괴목나무

정주상(77, 남) 공주시T 4뒤<br>계룡면 월암리 제보자 댁 / 강현모, 황윤선 조사(2007. 5. 18.)

앞의 이야기를 마치고, 조사자가 옛날에 이곳에서 채록하였던 내용에 대해 묻자 생각이 났는지 구술하여 준 것이다.

[조사자 : 그 괴목나무에 초부터 다시 좀 해주세요.] 네. 그건 요샛 얘기고, 요샛 얘기고. 괴목, 거기 괴목대신제라고 해서 인제 요즘 지내고 있는데, [조사자 : 조 중봉 선생하고 그 다음에.] 잉, 조 중봉 선생하고 거기서 금산전 출전을 하기 위한 협의를 하고 모의를 했다. 그런 일화도 거기가 남은 장소라고요.

[조사자 : 금산이에요? 청주성이에요? 기병초기요?] 응, 기병 초여. 그러니께 응 내가 지금 얘기하는 것은, 금산 싸움인지 청주인지를 모르지만, 에 저 조헌 선생허고 거기서 그 말하자면 만나서 그런 저 국난지사를 협의 핸 장소가 거기였었다. 그렇게 또 거기가 전해지고 허는 디인데, 지금 말하자면 저 그 괴목도 원체가 상대히 규모가 크고, 몇 백 년 된 건데. 인저 그 장소적인, 그 말하자면 우리 애국자의 신성시 되는 얘기를 함초하고 있는 걸로 해석이 되지요

## (112) 영규대사의 최후

정주상(77, 남) 공주시T 4뒤
계룡면 월암리 제보자 댁 / 강현모, 황윤선 조사(2007. 5. 18.)

앞 이야기를 마치고 영규대사의 추모제에 대해 말씀을 한 뒤에 영규대사의 최후에 대해 대화를 하는 도중에 구술하여 준 것이다.


그런데 이 양반이 인자 흔히 우리 얘기허기로는 키 뭐 11척이고 뭐 그런 말이 나오거든요. 11척. 그러니까 인저 어떻게 됐었던 아주 이인이고 기인인 것은 틀림없어요. 그러니까 거기서 조헌허고 거의 다 몰살하니까, 거기로 사실은 그 반대했던 전장이거든, 이 양반은. 청주 청주성 탈환은 이이가 다 했던 것이고, 주관 일을. 그리고 금산 전투는 사실은 반대했던 전투요.(조사자의 금산 전투의 배경에 대한 설명 생략) 그래 같이 죽은 거여. 죽을라고 한 건데, 결국은 아까 얘기한대로 너무 억울하니까,

그러나 일어나더라. 그때 얘기로는 여기 여 영은사에서도 잉, 또 갑사에서는 옛날에 자기 한때 볼목한이라는 소리가 부엌이, 부엌이다가 불만 때고 그랬다는 것이 얘기거든요. 임진왜란이 일어나니께 그때서 저 시작이 된 거라. 그러니까 어떻게 됐던 그 양반은 그냥 그 전장 자체 거기서만 죽어서 너무 억울하니까, 재기헐라고 여기까지 온 걸로 우리는 그렇게 받아들어야 돼요.(죽음에 대한 평가 생략) 그거(누나나 어머니를 만나러 왔다는 것) 그건 진짜로 너무 저 얘기가 안 통하는 얘기지, 그 양반은 그런 큰 뜻을.

우리나라의 소위 에 임진왜란 때 뭐여 서산 또 사명 실지 행동으로 전장을 잉 선봉대장이로 해서 전장을 한 분은 이이가 오히려 더 훌륭한 분이거든요. 그런게 사람이란 게, 학자라는 게 머리에 암만 있으면 무엇 합니까, 행동을 해야지. 잉 그런게 그 세, 소위 그 분들이 말이여, 오히려 선봉장이고 살신성인 행동을 한 분은 이 분이 더 중요하다 이렇게 생

각하고 있는데, 너무도 억울하니께, 아까 얘기대로 에 충청감사나 전라 감사, 그런게 권율이가 전라북도에 있었던가봐, 그 때에. 그러니까 이 분들에게 무언가 관군을 지원을 해 달라 잉 하고, 또 공주가 또 가까우니까 더 그렇고.

그러니께 재기(자기)가 재기할라고 그렇게 불당골이라는 디까지 와서, 왔는디 결국은 거기서 그때 운명한 것 아니냐. 그게 맞고, 맞는 것으로 보고. 지금 초포라는 데가 어디냐면, 에 강, 강경서 논산 올라와서, 그게 어디 입니까. 지금 에 연산, 연산 그 새에 올라오는 그, 그 아오리라는 데가 있는디, 그것보고 초포라고 그래요. 그것보고. [조사자 : 경천리 그 근처 아닙니까?] 아니야. [조사자 : 한참 더 밑입니까?] 아 그럼. 경천 고, 그때는 비가 니각(?) 한없이 왔다는 겨. 그런게 나라가 망하고 그럴 때이니까. 가만히 그게 경천이 아니여. 그게(지도에 찾는 과정) 총탄에 어떻게 부상을 입었으니께 잉, 물 위로 들어갔다 소리가, 초포라는 디가 여기에요. 이건 뭐 틀림없어요. 여기가 초포란 디가.

여기서 여까지 왔는디,(지명을 찾는 과정 생략) 여기 오면 금대리, 잉 요 것 금대리. 요 요께가 인저 불당이란 디 금대리 요기, [조사자 : 유평리 아닙니까?] 잉. 여기는 인저 산소 있는 디고. 원래 불당이라는 디는, 이 불당골이라는 디는 이 금대리 여께여, 여기. 잉 이짝 여기는 나중에 이 모이를 쓴 거고. 또 요께까지 이 여기가 경천. 그전에 길이 이렇게 해서 어 지경리 쪽으로 해서, 이렇게 옛날에 그렇게 났는다 거여. 이렇게 이 게 노성으로 쭉 가는 길이고. 그러니께 이 방향을 타고 올라온 것은 틀림없을 거여. 나는 그렇게 보는 겨. 근디 아까 뭐 여자 어짜고 뭐 어머니 가 어떻게 하고, 여자허고 했다는 소리는 누구가 하나 그 뭐 무슨 야사 소설을 하나 써가지고 그런 소리를 써 놓은게 있대.(소설에 대한 대화 생략)

## (113) 영규대사의 양병 장소인 영은사

정주상(77, 남) 공주시T 4뒤
계룡면 월암리 제보자 댁 / 강현모, 황윤선 조사(2007. 5. 18.)

앞 이야기를 마치고 어느 사람이 소설을 써서 가지고 왔던 사실과 소설
의 내용에 대해 이야기 하다가 조사자의 유도에 의해서 구술하여 주었다.


[조사자 : 뭐 여기 영은사에서 뭐 훈련했다는 얘기에 대해서는 없습니
까?] 글쎄. 여기 인저 우리 그냥 영은사가 양병장소였었다 그 그렇게만
알고 있지요. [조사자 : 그래도 무슨 누구누구가 어떻게 지냈다 얘기는
없고요?] 잉. 긍께 근거가 어디 어디서 나온 것은 몰르고, 영규대사가 그
야하튼 청주까지 가기 전이예요. 그런데 하였다는 그 말까지 나오는데.


## (114) 영규대사와 서 고청의 축지법

정주상(77, 남) 공주시T 4뒤
계룡면 월암리 제보자 댁 / 강현모, 황윤선 조사(2007. 5. 18.)

앞의 이야기를 마치고, 조사자가 서산대사와 사제 관계에 대해 묻자 생
각이 났는지 구술하여 준 것이다.


잉 근디 그건 인저 그때 전쟁을 하던 안 할 때이니까, 그 미리 이 양
반들은 기인들이라 자기네끼리 다 통했다. 그래 여기서 오직하야 저 서
기라고, 여기 저 고총(고청) 선생이 있잖아요, 청양 그 양반들하고 같이
축지법도 해서, 저 누구여, 저기마냥 그 누구지, 그게. [조사자 : 송구봉?]
송구봉이 아니라 저 뭐여. 우리 에 아산 그 현감하던 뭐여, [조사자 : 율
곡 선생?] 아니, 율곡? [조사자 : 토정 있잖아요.] 엉, 토정. 그 토정 그런

식이루, 이이들도 어, 에 고청(서기) 선생하고 그냥 서로 말이여, 잉 축지법으로 서로 왕래하고 그랬다는 거여. 그러니까 저기 뭐여 서산대사가 묘향산에 있어도 문제가 안 되거든, 서로 통하는 것. 그렇게 인저 에 그거에 과거 사실은 그 분들이 가능했다.(토정 일화 생략)

[조사자 : 혹시 뭐 영규대사하고 누구와 축지법 시 뭐 시합을 했다든가 이런 이야기는 혹시 없습니까?] 그러니까 저 서 고청 선생하고 축지법으로 해서 통내하였다 그 얘기여.(서고청 선생의 일생에 대한 대화 생략) 그렇지. 있었고, 학자로서 서로, 그 요즘 말하면 우국지사로서 통래하셨다 인자 보기도 한 것지요.


## (115) 당간지주에 오른 영규대사

윤석조(77, 남) 공주시T 4뒤
교동 행정동우회 사무실 / 강현모, 황윤선 조사(2007. 5. 18.)

제보자는 공주시 행정동우회 회장으로, 공주시의 전반적 역사 문화에 대해 해박하였다. 그러나 주로 문헌이나 고증을 기초로 한 역사학적 관점에서 이야기를 펼쳐 구비문학 자료를 조사하는 조사자로서는 자료 채집이 용이치 않았다.


[조사자 : 그 다음에 또 보면 당간지주 옮겼다는 소리는 못 들으셨습니까?] 그런 게 그게 옮긴 건지, 전혀. 아니 우리는 불목한이로 있다가. 인저 말하자면 병기를 병기를, 어 우리가 인저, 할 수 없이 뭐 죽창이나 이런 식으로, 잉 그런 것을 여기저기다 인저 자기가 그 불목한 하면서 감춰 놨는데. 인저 즌장(전쟁)을 인제 시작이 돼 가지고 출병을 할라고 해 보니까, 희명 안 되는 거라, 아까 얘기대로.

긍게 우리 생, 얘기는 그 하나의 그 뭐라고 할까, 요즘으로 말하자면 기가 필요하다 할까 뭐에 의해서, 그 당간이 뭐여 그 스물 현재 네 개 남았는데. 원래는 스물여덟 개라고 돼 있드라고 또 보니께. 근디 그 위에 올라가서 사자후를 했다. 인자 우리는 어려서 클 때는, 사실은 또 그렇게 들었어.

시발하니 그 꼭대기 뛰어 올라갔다. 그라믄 그건 인저 무예가 출중하다. 그런게 인자 시작은 그렇게 되는 겨. 그걸 뛰어 올라갔다. 그거 뭐, 앵기고 그라는 건 뭐 아무 의미가 없는 소리고. 그 꼭대기 올라가서 사자후를 했다. 그래 그 담부터는 꼼짝 못하고 그 명령을 들었다 이런 얘기여.

## (116) 폭격에도 타지 않은 영규대사 정문

윤석조(77, 남) 공주시T 4뒤
교동 행정동우회 사무실 / 강현모, 황윤선 조사(2007. 5. 18.)

앞의 이야기를 마치고, 조사자가 옛날에 이곳에서 채록하였던 내용에 대해 묻자 생각이 났는지 구술하여 준 것이다.

그 정문에 6·25때 그 흔히 얘기하는 호주기(비행기 일종)란 놈이 와서 막 폭격을 계속 했었거든. 그랬는데 고기만 딱 남은 거여, 그 근처 집이 다 에 그 폭격 의해서, 응 민간 집 그 근처는 다 탔는데, 정문 그거만 남았어요. 그러니까 거기 사는 사람들은

"역시 이 양반은 이 영검이 있는 분이라. 그 자체로도 그때 6·25때 다 날라 갔을 걸 보존이 됐다."

거기 사람들은 자부심으로 얘길 하고 있더라고. [조사자 : 또 혹시 거기 초학, 하루걸이를 고치기도 했다는 디 그걸 못 들으셨어요?] 그건 못

들었고. 하야튼 정문이 살아남은 건 완전히, 거기 사는 분들이, '그 양반이 엉 영험하고' 뭔가, 우리가 왜 흔히 얘기하는 어디입니까? 중국 사람들이 우리 삼국지에서 나오는 관운장이 뭐 어떻게 해서 했다는 식으로, 사실은 여기도 에 원래는 그러한 훌륭한 아주 인저 그 뭔가 이 무엇 영걸이 있었다.

잉 그런게 그 죽, 사후에도 그 정신이 내려오는 거다. 그러고 사실은 우상이라고 하지마는, 뭐 사람이 그렇게 맨드는 거여. 그럴 수도 있어요. 즈희들 믿으니까 그대로.


## (117) 영규대사의 탄생담

이붕선(69, 남) 공주시T 4뒤<br>
계룡면 갑사 입구 한양식당 / 강현모, 황윤선 조사(2007. 5. 18.)

제보자는 갑사 입구에서 한양식당을 경영하고 있다. 1차 조사 때 와서 조사하려고 하였으나 부재중이라 그냥 돌아갔다가, 이날 겨우 만나 조사를 할 수 있었다. 제보자는 매우 호탕하고 털털한 성격으로 거듭 저녁을 권하였고, 이미 식사를 하였다고 사양하자 말리는 데도 굳이 식당에서 파는 막걸리와 안주를 차려 와 재차 권하였다. 본래는 타향 출신이라고 하는데, 스물이 갓 넘어 이곳으로 거처를 옮겨 지금껏 살고 있다고 한다. 영규대사 관련 설화를 다수 알고 있었고 또 달변이었다.


[조사자 : 에 영규대사의 일반적인 전해오는 얘기요. 우선 영규대사가 뭐 갑사에 출가했다는 뭐 이런 얘기에 대해 없습니까? 왜 출가했는지 뭐 겨드랑이에 날개 났다든가 이런 얘기는 혹시 못 들었습니까?] 그런 얘기는 저기 뭐야, 그 본래 저기 먼저 양화, 잉 양화데기라고 보야 될 때, 신원사 그 밑에 동네에서 그 양반이 태어난 거, 어쩌튼 박 씨 그 가문에,

순천 박 씨여 그게. [조사자 : 적, 뭐 판티?] 판티는 그게 임진왜란 때 금산벌에서 인제 잉 조 중봉 선생허고 같이 합해서 싸우다가 결국에 인저 적탄에 맞아가지고 뭐야 귀향을 하던 차, 거기서 인자 순직했다고 해서 그 자리에다가 인저 순의비를 만들은 거고.

본래 고향이 요기 잉 양화데기, 그 데기가 본래는 고향인데, 글쎄 뭐 천상데기서도 얘기하는 것으로 보아서는 그 양반이 굉장히 인저 어려부터 그 뭐 출가할 그 뜻을 가지고 항상 그이가 살았다고 하드라고. 왜냐면 신원사 저기 현재 바로, 바로 절 밑에서 잉 자기가 어린 시절을 보내면서 저기하다가 보니까, 그 스님들허고 접촉이 아마 많았던 몬양인 것 같아요. 응 그러니까,

"아이구 이것 불교적에, 적이란 게 이렇게 심오하고 오묘한 저기로구나!"
하는 그런 인제, 어려서부터 인저 느꼈던 것이지요. 잉, 그래서 결국은 방황하면서,

"아 이것 뭐 어지럽게 세상 저기 결혼 생활할 게 읎이 입산수도 해가지고, 엉 독거생활하면서 그냥 그런 중이 해가지고 중생들을 교화하는 저기나 해야 되겠다."
하는 얘기여. 그 뜻에서 결국은 뭐 입산수도를 하게 됐다는 얘기로 되야지. 그 외 뚜렷한 어떤 얘기는 없드라고.


## (118) 호랑이를 때려잡고 출가하게 된 영규대사

이붕선(69, 남) 공주시T 4뒤
계룡면 갑사 입구 한양식당 / 강현모, 황윤선 조사(2007. 5. 18.)

앞의 이야기를 마치고, 조사자가 옛날에 이곳에서 채록하였던 내용에 대해 문자 생각이 났는지 구술하여 준 것이다.

[조사자 : 아니, 혹시 여기 겨드랑이 날개 나가지고 부모가 죽일려고 하는데, 누나가 '야, 너 이제 죽으니까 출가를 하라'고 했단 얘기 못 들으셨어요?] 아 그 적이도, 근디 그 날개가 아니고 굉장히 용맹스러워가지고 일곱 살인가 열여덟 살 때 잉, 그때만 해도 야산이니까 한당지 가서 그 집을 인저 호랭이가 쳐들어 왔다는 겨.

잉 호랭이가 들어 왔는데, 뭐 부모들이 대개 뭐 도저히 감당을 못 하고 저기 하니까. 기생이가 딱 가서 보더니만, 그 호랭이를 기냥 주먹으로다 한 줌에 팼는데 호랭이가 죽어 버렸댜. 그래가지고 그때 말하자면, 인제 말하자면 에 일본 감정의 세대니까.

"야, 이게 잘못하다가는 우리 가문에 장수가 났다고 해가지고, 잉 이 왜놈들한티 결국은 전부 멸족을 당하는 거 아니냐. 엉 가족들이."

그래서도 인저 그런 저기도 있어 가지고, 결국은 도망가다시피 해서 인제 산속으로 들어가서 인제 입산수도를 했다고 하는 얘기도 있지. 날개 돋친 게 아니고, 호랭이를 맨주먹으로 때려 죽여가지고.

그러니까 소문이 다 날 거 아녀, 동네 전체에. 거기서 계룡 면내가 전체 난거지. 그러다 보니깐 왜놈들이 그냥 내버려 둘 리가 없지, 장수가 났으니까. 결국은 그걸 뭐 죽인다든지, 어떤 저기해서 처단할라고 하는 그런 저기가, 기미가 보이니까 부모들이 피신을 시킨 거야. 여기 산속으로, 부모들이.

## (119) 죽창을 만들어 전쟁을 대비한 영규대사

이붕선(69, 남) 공주시T 4뒤<br>
계룡면 갑사 입구 한양식당 / 강현모, 황윤선 조사(2007. 5. 18.)

앞의 이야기를 마치고, 조사자가 옛날에 이곳에서 채록하였던 내용에 대해 묻자 생각이 났는지 구술하여 준 것이다.

[조사자 : 출가해가지고, 출가해가지고 불목한으로 있었다가 나무 때, 나무.] 예, 화목. 화부라고 해가지고 인제 나무하는 거. 나무하는 그런 거, 처음에. 그니까 어떤 절이고 가면 행자 저기라는 건, 밥을 하다든지 공양주 노릇을 하든지 화부 노릇을 하든지. 그 둘 중에 일 외에는 없어요, 잉.

그래 거기서보텀 인제, 그러니까 쉽게 말해서 스텝 바이 스텝식으로, 이렇게 인제 해가지고서 결국은 인저 계를 받고 그러고선 인자 승려가 되는 저기인데. 그 화부가 하면서 마치, (거기 꼽찌를 안 했어요, 내가 그(온풍기) 켜 볼라니까.) 벌써 이 양반은, '아 앞으로 우리나라 저기가 잉 큰 전란이 나올 거다' 예측하고서, 그 나무하러 가가지고 곧고 뭘 빳빳한 나무, 응 그러니까 뭐라고 할까 물푸레 같은 나무, 그런 걸 해가지고 죽창을 응, 그 갑사 스님들도 모르게, 나무를 해가지고 옴서 그걸 몇 개씩 만들어서는 자기 나름대로 인자 감춰 놨다는 겨. 응 그 그래갖고서 인제 큰 스님, 주지 스님이 한 번 보니깐, 그 이상스럽게 막대기를, 창을 만들어 가지고 전부 다 해놨단 말이야. 그러니까 인제,

"오라."

고 해서, 행자니까 '오라'고 해서 인제 물어 봤다는 거여.

"그만 우리나라도 이게 멀지 않아서 큰 전란이 날건데, 거기를 대비하기 위해서 이 죽창을 만든다."

그러니까, 아 주지 스님도 깜짝 놀랄 수밖이 옶지. 잉 '저기 츰 와가지고 행자 노릇하는 중놈이, 워째서 저렇게 영특하게 벌써 미리 잉 아 국운에 대한 얘기까지 예측을 하는 놈이면' 신기하거든. 그러니까,

"너, 나무 하는 거 가만 두고, 응 승려로서 저기 와서 계를 줄 테니까. 진짜 도를 닦는 승려가 되라."

그러니까.

"아니라고, 아직 내가 할 일이 남아 있기 때문에 그 일을 완전히 마무리 하고 나서, 잉 그러고 나서 계를 받아가지고 내가 승려 체험을 하겠다."

그래서 그게 한 십 년인가 얼마 정도 흐르면서 그 죽창을 만드는 게, 무려 뭐 오천 갠가 얼마를 만들었다는 겨.

## (120) 승병들의 사기를 높인 영규대사

이붕선(69, 남) 공주시T 4뒤
계룡면 갑사 입구 한양식당 / 강현모, 황윤선 조사(2007. 5. 18.)

앞의 이야기를 마치고, 조사자가 옛날에 이곳에서 채록하였던 내용에 대해 묻자 생각이 났는지 구술하여 준 것이다.

그래가지고 인제 계를 딱 받고 나서 저기하다 보니까. 그 왜놈들이 그 때서부터 인제 전쟁을 일으킬라고 들먹들먹 하는 그 기미를 알았다는 겨. 영규대사가 그래가지고,

"아 이거는 이런 저기로 해서는 안 되겠다."

그래가지고 전국 사찰에다가, 그 때는 인저 완전히 승려 입장이니까 전국 사찰에다 의뢰했다는 겨.

"젊은 승려들을 잉, 잉 모집해가지고 군사 훈련을 시켜서 앞으로의 전쟁에 대한 대비를 해야 되겠다."

그러니께. 이건 응 황당하지. 응.

"어째 중들이 저기 와가지고, 군대 훈련을 받아가지고 군대를 하냐?"

그래가지고 굉장히 그 반발이 있었는데, 하도 이 양반이 설득을 하고 또 그쪽 저기, 전국 사찰 저기 주지 스님들한티 이해가 가게끔 얘기를 해가지고.

"그러믄, 하여간 얼마가 되든지 전국의 승려들, 그만 장정 승려들을 응 모집을 해줄 테니까. 그람 당신이 알아서 책임지고 훈련을 시켜서 전쟁에 임하는 저기를 해라."

그래가지고 인제 그때 모인 것이 육백, 육백 승려 저기가 인저 모였다는 겨. 그래가지고 그거를 아 여기 이제 훈련을 할 때 되야면, 아 이건 뭐 똑같은 승려 입장에서 저기 하는 저기니깐 재미가 읎지. 훈련을 해도 뭐 특이한 무슨 뭐 묘기 같은 뭐 해야 되는 저긴데, 아 가만히 보니까 이 승병들이 사기가 다 뚝 떨어가지고 지쳐있는 상황이었다 이거여.

그래 그 때 이제 영규대사님이 인제 철 당간이라고 있어요. '휙-' 타고 날라가지고 철 당간 꼭대기, 그의 도막이 저 스물여덟 개 있는데. 그게 인조대왕 12년인가 그 벼락을 맞아가지고 네 동강이 떨어가 가지고 스물네 개 대로 인제 돼 있단 말여. 그 철 당간지주 저기가, 고 꼭대기로 올라가서 호령을 했다는 겨. 응,

"이봐라. 너희들 아무리 승려고 저기지만, 나라가 이렇게 돼서 응, 응 풍전등화가 위치해 있는 저긴데, 응 느희들이 발(궐)기 안 하면 도저히 나라를 구할 길이 읎다. 그러니까 궐기해가지고 하여간 인저 저기로서는 죽은 목숨이니까, 나라에다 아주 목숨을 전부 바치고 거기서 아주 결사적으로 싸우자."

그래가지곤 그 나머지 승병들이 거기서 굴복을 했다는 겨.

"아, 역시 잉 저렇게 훌륭한 양반이 계시기 때문에 저 양반 뒤를 따라야겠다."

그래서 그 즉시 바로 청주, 청주성 탈환을 했다는 겨. 하고 나서 그러니까.(일반적 전투 상황을 나열한 것이어서 생략)

## (121) 최선을 다한 금산 전투

이봉선(69, 남) 공주시T 4뒤
계룡면 갑사 입구 한양식당 / 강현모, 황윤선 조사(2007. 5. 18.)

앞의 이야기를 마치고, 조사자가 옛날에 이곳에서 채록하였던 내용에 대해 묻자 생각이 났는지 구술하여 준 것이다.

관군, 응 조 중봉 인제 의병장이, 도저히 자기들 관군 가지고는 안 되게 생겼으니까, 여기 인제 요기 오다 보면 괴목나무, 어디 가서 괴목 대신제를 우리가 지내는데, 고기서 조 중봉 선생이랑 그래가지고 작전을 세웠다는 겨.

이 청주성 탈환을 했고, 현재 왜군들이 전라도 이상까지 와가지고 진을 치고 있는 저기인데, 잉 결국 익산 저기, 전라도 저기는 우리나라 곡창지대 아니냐. 잉. 그러니까 거기서 소출 쌀 나오는 것은 전부 지들이 강제 공출해가지고 가지고 갈라고, 결국은 점령했으니까. 결국에는 먹을 쌀이 준비를 해야 되는데, 곡창지대를 빼앗기고 나니께 안 되지 않냐. 야 그러면 아주 가서 왜들이 분명히 잉 익산서 예를 들면 서로 통로가, 그전에 삼남대로라고 해서 익산서 저 금산을 통해서 금산서 저 계룡을 통해가지고 이렇게 해서 인저 공주로 해서 인저 서울로 올라가는 것 삼남도로란 말이여. 그러니까,

"길목을 지키자."

그래서 결국은 조 중봉 선생하고 영규대사 허고 합세해가지고 거기는 관군이 700명, 여기는 인저 600명. 그래 1,300명 모여가지고 딱 지키고 있으니께, 아닌게 아니라 왜놈들이 쳐들어 오드라는 거여. 그래가지고 처음에는 1차적으로 아주 그 거기는 뭐 3,000명 정도 그 병력이 되는데, 처음에는 이겼다는 겨, 싸워가지고. 그러니까 이놈들이 거의 반 이상이

인자 1500명 정도가 죽고 나니까, 그러니까 경상도 있는 왜군들을 다 불러가지고 15,000명인가 얼마를, 잉 그러니께 여기 1,300명에 15,000명이라면 응 10대 1 되는 셈이니깐, 뭐 물론 뭐 전쟁에서 여담 뭐 및 대 100도 할 수 있고, 뭐 그런 얘기가 되는데.

하야간 결사적으로 끝까지 싸워서 다, 그래 싸우다 싸우다 그러니깐 뭐 이건 우리나라 저 6·25사변 때 몬양, 중공군의 인해전술 하는 곳 몬냥 직여도 직여도 오니깐 잉 지쳐버렸다는 겨, 잉 관군이나 저 승병들이. 그러니까 지쳐버리니깐, 뭐 먹을 것 못 먹지, 및 일, 일주일, 일주일 연간을 그냥 계속 싸움만 했다는데 지치지. 그러니까 시들하니깐 이놈들이 그냥 막 쳐들어와가지고 저기 가서 하는 찰라에.


## (122) 부상하고 고향에 돌아온 영규대사

이붕선(69, 남) 공주시T 4뒤
계룡면 갑사 입구 한양식당 / 강현모, 황윤선 조사(2007. 5. 18.)

앞 이야기에 이어 바로 구술하였다. 제보자는 황해도 사람으로 사십 년 전에 이곳 갑사를 들어왔다고 한다. 제보자는 서울에 중앙공무원도. 공주에 와서 신문사 기자로 생활하다가 자연과 더불어 살게 되었다고 한다.


그 이순신 장군하고 거의 비슷한 저기야, 이 영규대사가. 자기가 응 조총에 맞았는 데도.

"어때, 나 저기해서 그런 소리 해지, 했다 소리 하지 마라. 그 승병들이나 관군들한테."

그래가지고서 도저히 참을 수가 없으니까, 몰래 응 단신으로 몰래 빠져나온 거여 인제. '내가 죽어도 고향 땅에 가서 죽는다.' 그래가지고서는 그래서 여기 뭐 경천, 보니까 인제 경천중학교 초등학교 있는 데, 그 동네를 저기해서 거쳐가지고서 여기 와가지고 늘티. 여기 와가지고 결국은 여기서 순직을 해가지고, 그래서 면사무소 옆에 그 뭐여 비각을 세우고. 고적 고 자리서 순국을 하셨다는 거여.


## (123) 묘소가 있는 영규대사

이붕선(69, 남) 공주시T 4뒤5앞
계룡면 갑사 입구 한양식당 / 강현모, 황윤선 조사(2007. 5. 18.)

앞의 이야기를 마치고, 조사자가 옛날에 이곳에서 채록하였던 내용에 대해 문자 생각이 났는지 구술하여 준 것이다.


그래가지고 했는데, 특이한 건 뭐냐면, 옛날에 승려들은 아무리 장군이고 뭐고 해도 돌아가시면 다비를 해가지고 화장을 했잖아. 그런디,

"이 양반은 하도 그 공적이 좋고 훌륭한 저기가 되니까, 이것 도저히 우리가 이 양반의 혼을 저기해서 계속 유지해야 되는 저기니까, 그대로 저기해서 신체대로 옛날 응 우리나라 아 인자 장례식으로 하자."

그래서 시신을 그대로 이냥 묻었다는 겨. 그래서 그게 잉 사찰에서, 어떤 면에서 보면 한 동안,

"이것은 다비식으로 ·해가지고, 다시 잉 뭔 유골이라도 끄내서 화장을 해가지고 저기 하는 대로 해야 되지 않느냐?"

하는 저기인데, 우리 뭐야 영규대사선양회가 공주에 있단 말이여. 거기서 극구반대 했지. 허고(Tape 5앞에 계속) [조사자 : 사암연합회에서.] 사암연합회서도 응.

"그런 식이라면 이건 뭐여 불교를 떠난 하나의 징조 아니냐. 장군이니

까 장군적 입장에서 그냥 그대로 신위 모셨으면 모신 그대로 저기 하자.”

그래서 인자, 그래서 인자 우리가 잉 1년에 그 양반의 추모제를 인제 배향을 지내는 게 9월 28일 잉, [조사자 : 25일 아니고 28일요?] 아 이십, 가만히 있어 봐. 내가 그것 어디다 메모해 놓은 게 있는데, 25일인가 뭐야 하야간 이십 고 사이거든.(추모제 추진 방향에 생략)


## (124) 영규대사의 최후

이붕선(69, 남) 공주시T 5앞
계룡면 갑사 입구 한양식당 / 강현모, 황윤선 조사(2007. 5. 18.)

앞 이야기를 마치고 잠시 쉴 겸 사담을 한 동안 늘어놓다가 조사자의 유도 질문에 따라 이어서 구술하였다.


[조사자 : 그 다음에 그 그러면 여기 건너, 아까니 조총을 맞았다고 했습니까. 조총을 맞아서 돌아가셨습니까 아니면 요까지 와, 아니,] 아니, 살아서. [조사자 : 근데 여기 추포를 건너다가 뭐 물에, 창자에 홍수가 져가지고 그런 얘기는 없었습니까.] 아 그때 당시 그 저기 여름 아녀 그게. 그러니까 그 저기네. 장마, 장마가 졌는데, 그 뭐 뭐 물이 냇가로 막 흘르고 그러고 하는데, 급하니까 그리 떠 들어서 저기 해서, 그 조총 맞은 디로 뭐 그 물이 들어가 가지고 그래 쉽게 돌아가셨다 하는 얘기도 있긴 있더라고.

## (125) 영규대사의 화장실

이봉선(69, 남) 공주시T 5앞
계룡면 갑사 입구 한양식당 / 강현모, 황윤선 조사(2007. 5. 18.)

앞의 이야기를 마치고, 조사자가 옛날에 이곳에서 채록하였던 내용에 대해 묻자 생각이 났는지 구술하여 준 것이다.

[청중 : 영규대사 화장실은 있다며?] [조사자 : 영규대사?] 아아. 영규대사 저기 고것은 저 독별소득기 있어. 저기 저 여 문필봉 밑에. [조사자 : 어떻게 되는 건데요?] 아 거기에, 참 나도 여기서는 몰랐는데, 잉 78년도가에 (계룡산 취재과정 생략)

눈속을 이만큼씩 빠지는 디를 더푹 기다시피 해가지고 가다보니까, 아 변소가 하나 딱 나오는데, 하야간 뭐 이팍 한 두 평 되지. 그런데 그런 바위가 어디서 나왔는지 몰라. 구들장 같이 생신 저기인데, 고기로다 인자 뚜껑을 해 덮었드라고 밑에 인자 돌맹이로 쪼끔식 이렇게 쌓고. 그리니께,

"뭣이냐?"

하니께, 그 노인 양반들이 그랬어.

"뭐 영규대사가 그전에 잉 정 승병들 훈련시키고 그러고 핼 때, 거기 연병장이 한 대여 평 되게 산속인 데도 뻔뻔해요. 그런게 그 양반 훈련시키는데 가서, 산속에서 몰래 훈련시키고 그저 하다가 그 화장실로 저기로 쓰던 거라."

고. 거기 화장실 저기가 그냥 그대로 있는데, 아주 뭐 내가 봐도 도전히 그 돌을, 이 계룡산에서는 그런 돌이 나올 저기가 안 된다 말이야. 아 근디 그런 돌이 있어가지고,

"아 도대체 이 돌맹이가 그럼 어디서 온 거냐? 아니면 이 자체에서 저기 해서 잉 해가지고 했을 테지. 이 무겁고 큰 놈의 돌맹이를 잉 내가

볼 적이는 어디서 잉 운반해 온 저기가 아니다.”

그러니까 그 양반들도,

“혹시 여기서 저기하면 어떻게 뭐 나서 그런 일을 핸 거지. 잉 그 뭐 이것 딴 데는 갈 수가 없는 저기다.”

그러면, 대략 그러면,

“이 돌맹이를 들었다 놨다 할라면 장정이 및이 저기해야 되냐?”

그러니께. 5명 정도는 가져야 그거를 들었다 놨다 하는데, 영규대사 혼자서 들어서 했다는 겨. 엉 그러니께 뭐, 그 뭐 어마어마한 장수였지 뭐. 맨 주먹으로 호랭이 때려잡을 정도이면 뭐, 뭐 얘기할 것 읎지 뭐 그래.

아 그래서 저기 했다고 해서, 그래서 나도 그 아 영규대사 그 돌변소가 있는 것을 그리 알고. [조사자 : 지금도 있어요?] 아 지금도 있어요, 그대로. 그게 인제 숲이 우거졌은 게 거기 뭐 무서워서 가지고 못 하지만.(화장실에 관한 평가 생략)


## (126) 영규대사의 탄생지

이붕선(69, 남) 공주시T 5앞
계룡면 갑사 입구 한양식당 / 강현모, 황윤선 조사(2007. 5. 18.)


앞의 이야기를 마치고, 조사자가 옛날에 이곳에서 채록하였던 내용에 대해 묻자 생각이 났는지 구술하여 준 것이다.


영규대사 여기 저 왜 양화데기, 순천, 순천 박 씨네들인데 뭐, [조사자 : 밀양 박 씨던데, 밀앵 박 씨하고 순천 박 씨허고 틀립니까?] 겐디, 저기 왜냐면 밀양 박 씨라고 이자 그 저 문헌상에도 나오는데, 양화에 있는 저기들이 밀양 박 씨가 아니라 순천 박 씨들이야.

잉 거면 그 저기들 또 고 뭐 집안이라고 하고 하는 저기가 나오거던 [조사자 : 그 판치, 판치는?] 늘치. 판치가 그것. [조사자 : 그쪽, 그쪽에는 박 씨들은 없습니까?] 거기 박 씨들도, 뭐 가만히 있어 봐. 계룡에 계룡 박 씨, 박 씨. 박 씨들 및은 있지. [조사자 : 거기 밀양 박 씨들 아닙니까? 혹시. 그런데 문헌에는 판치에서 태어난 것으로 되어 있거든요.] 아, 근데 판치가 아니여. 그것 저기는 양화데기가 저기 한다고 해가지고, 거기서 선친들이 거기서 생존해 계셨다고 해가지고, 거, 거 박 씨들이 전부 아주 뭐 자기들이 잉 영규대사 저기 몇 대 손이니, 뭐이니 하면서 그리고 하는 디, 저긴데. 잉 그게 무슨 뚜렷한 잉 승려적이니까. 잉 서자가 되면 호적이나 뭐이니 아무것도 읇잖아. 그러니 그걸 빌미로 해가지고 뭐 지들히 쫌, 쪼금 뭐 가문의 빛을 내기 위해서 하지는 뭔지.


## (127) 영규대사의 최후

김인식(75, 남) 공주시T 5앞
계룡면 하대리 / 강현모, 황윤선 조사(2007. 5. 19.)

숙소에서 하룻밤을 유숙하고 아침 일찍 만나게 된 제보자다. 이날 계룡면에서 주최한 노인잔치가 있었는데, 이로 인해 제보자 만나기가 쉽지 않았다. 제보자 김인식 할아버지도 노인잔치에 가기 위해 길을 나서던 중 조사자를 만나게 되었다고 한다.

[조사자 : 여기서 뭐 태어, 태어 났다며요. 어떻게 태어났는지 아세요?] 태어난 건 몰르고. 그 분이 싸우다가, 자기 누이네 집에 들어갔다가 자기 누이한테 쬦겨서.

"전쟁에 나갔으면 전장터에서 죽지 왜 여기 집에 들어왔느냐?"

고렇게 해서 나가다가 그 뭐여 계룡, 그러니까 면사무소 앞이 비각 있잖아요. 그래 저 고개를 못 넘어가고 죽었다고 그랬지요, 늘치고개를. 고 애기 밖이 들은 애기 없어요.

[조사자 : 그러니까 금산에서 싸우다가 그냥 왔습니까. 아니면 창 맞고 어떻게 왔다는,] 그러니 다쳐가지고 자기 누이네 집이를 들어, 들어가, 들어가니까. 그 한티 밑이가 그 자기 누이네 집이었는디.

"싸우러 나갔으면 전장터에서 죽지, 왜 집이 들어왔냐."

하니게. 그 애기 듣고 다시 나가서 가다가 죽었다는 그 애기밖이 들은 게 없어요.


## (128) 부상하고 관찰사를 죽이러 왔던 영규대사

조재식(84, 남) 공주시T 5앞<br>계룡면 하대리 노인회관 / 강현모, 황윤선 조사(2007. 5. 19.)

계룡면 하대리 노인회관에 들어서자, 7-8분 어르신이 담화를 나누고 있었다. 모두들 계룡면에서 주최하는 노인잔치에 참석할 예정이라며, 지원 차량을 기다리던 중이었다. 그 잠깐 틈을 타서 제보자 조재식 할아버지가 들려주는 이야기를 조사할 수 있었다.


(조사자가 당간지주를 옮긴 것에 대해 묻자) 그래가지고서 그 영규대사가 그, 임 임진왜란이. 그 저 갑사서 나무해 땠다고 했지만, 그 때서는 인저 장사 장수였었는 디, 그걸 장사 체를 않고서 이냥 나무나 해 땠다고 했는 디, 그 짐대를 올려 뛰었었댜. 올라갔다 내려갔다. 그래가지고선 옛날엔 중을 사람으로 예기들(여기질) 안 했어, 중을. 근디 이 근래는 중이 뭐 괜찮아. 근디, 그래가지고설랑 그때 공주 그 원한테 가서 선봉으로,

"선봉으로 정해 달라."

고 항게. 중이라 선봉이로 안 해주고 후봉이로 했단 거여, 후봉이로 선봉 후봉은 틀리잖야. 지금으로 말하자면, 아주 제일가는 장사거든. 그래 후봉이로 했다 앞이를 못 갔어, 앞이를. 일본 놈처럼 앞이를 못 가고 뒤 갔는디.

일본 놈한티 칼을 맞아가지고 이것 창세기(창자)가 나왔다는 거여. 창세기를 끌어 안고서서 '공주 그 관찰사를 내가 직이러 간다'고. 선봉을 안 해줘서. 끌어안고 올르다가 무네미라고 있잖야, 저기. 늘치 고개. 거기 못 넘어가고 죽었다는 거여. 그래가지고설랑은 그 이 원 영규대사 그 비가 있었지, 계룡에. 계룡이 비가 있었는디, 그 원 영규대사 그 묘에다가 더러 일 년에 한 번씩 제를 지내, 지금. [조사자 : 그 영규대사가 왜 아니, 감사, 참 선봉을 안 서 줘서 죽이러 왔다고요? 원을요?] 응. 선봉이로 안 해줘서, 원을. 그래 지가 앞장 섰으면 일본 놈을 때려 죽일긴디. 뒤서 해가지고서 일본 놈한티 칼을 맞았다는 거여. 말이는 전설이 그려 참. 그래 영규대사 비 알지.


## (129) 짐대에 오른 영규대사

조재식(84, 남) 공주시T 5앞
계룡면 하대리 노인회관 / 강현모, 황윤선 조사(2007. 5. 19.)

앞의 이야기를 마치고, 조사자가 옛날에 이곳에서 채록하였던 내용에 대해 묻자 생각이 났는지 구술하여 준 것이다.

보낼, 안 보낼라고 했어. 아 나무나 해 때고 하던 사람이 가서 뭐 햐. 그러니께 자기 지 재주 부리느라고 그 짐대라는 디를 이 땅이서 올려 뛰었어. 올라가서, 올라갔다 내려갔다 했다는 거여. 그 재주 부릴라고. 그 재주 보고서 보내기는 보냈지. 보냈다가 그 선봉으로 안, 안 한 해

주어가지고, 선봉이라는 것은 앞재비(앞잡이)여, 장사도. 장수도 앞재비인데, 앞재비를 않고 뒤이서 목을 하다가, 후원하다가 칼 맞아서 창세기가 나왔다는 그런 말이 들어가서.


## (130) 구원병을 청하러 왔던 영규대사

이근선(74, 남) 공주시T 5앞
계룡면 하대리 노인회관 앞 / 강현모, 황윤선 조사(2007. 5. 19.)

제보자는 계룡면에서 주최하는 노인잔치에 가기 위해 바삐 발걸음을 재촉하던 중이었다. 그런 바쁜 와중인데도 조사자의 청을 물리치지 않고, 평상에 앉을 자리를 마련해 주기까지 하면서 침착하게 조사에 응해 주었다. 다시 한 번 어르신들의 여유와 인정을 느낄 수 있는 순간이었다.


하야간 우리가 듣기로는 갑사서, 갑사서 스님 생활을 하다가,(평상을 닦는 과정의 대화 생략) 스님 생활을 하니까 결국은 그게 임진왜란 적인가, 하여튼 그 일본 놈들이 결국은 쳐올르는 것을 막으러, 의병을 모아가지고 그래 인저 싸우다가, 구원병을 청하러 이리 공주로 향해서 인저, 옛날 공주지요? 공주를 향해서 인저 올라오는 길인디. 아마 저 연산 쪽이서 이렇게 올라왔을 테지요.

그 오다가 그 유평리에 자기 누님이 사셨대요. 그런데 누님을, 근디 이, 인저 창자에 일본놈 총을 맞, 맞았는지 그래 움켜쥐고서 구원병을 청하러 가다가.

"아이 기왕에 내가 죽을 바에는 누님이나 보고 죽어야겠다."

고. 유평리에 들렀단 말여. 그런디 누님 얘기가,

"잉, 장부가 잉 싸우러 나갔으면, 잉 전장 마당에서 끝까지 이 종식할 일이지. 싸우다 말고 누이 보러 오는 게 뭐냐?”
고. 누님이 호령을 하시더래요. 그도 큰 사람일 테지요. 그래 인제 그렇
게 해서 구원병을 데려온 누이 얘기 듣고서 나와가지고. 구원병 청하러
창자를 움켜쥐고 가다가, 지금 며, 면, 면소재지, 지금 면소재지 그 앞이
와서 쓰러져서 돌아가셨대요.

그래 인저 그 산소를 유평리에 모시고 1년이면 한 번씩 그 영규대사
제를 갑사에서 지내줘요. 아는 게 그것뿐이요.


## (131) 나무를 모았던 영규대사

이근선(74, 남) 공주시T 5앞<br>
계룡면 하대리 노인회관 앞 / 강현모, 황윤선 조사(2007. 5. 19.)

앞 이야기를 마치고 조사자의 유도에 따라 바로 이어서 구술하였다. 12
살에 강원도 금화에서 넘어와 이곳에 정착하게 되었다고 한다.


[조사자 : 그 다음에 거기서 불목한으로 있다가,] 예, 그랬어요. [조사
자 : 나무를 짤러 왔다는 뭐 이런 얘기는요?] 예, 그런 얘기도 있었어요.
왜냐면, 나무하러 가서 나무를, 그른 게 인제 창을 만들라고 그런 계산
을 하고서. 나무를 벼다가, 꼿꼿한 나무를 벼다가 그냥 하나씩 하나씩
이 모뎌서(모아서) 놓았다는 얘기를 하더라고요.

그러자 결국은 인저 난리가 나니까, 결국은 아 뵉에서 뭐 낭구(나무)
나 하고 하는 중인디, 일단은 큰소리 치고서 전장 마당에 나가야 된다고
그르니께. 주지가,

“아, 저, 저놈이 미쳤네비라.”
고. 그러자 사실은 인저, 그 뭐 그 철장(철 당간)을 훌훌 넘었다나 어트겠

다나. 그러니까. '이거 보통 사람이 아니로구나' 하고서, 아마 아마도 그 당시에 에 구원병을 청하고 뭘 하는 입장인디. 우리 스님들이 목탁만 치고 있을 리가 아닌 때가 아니라고. 그래 모다 그 해온 창을 하나씩 들고서 나갔다는 그런 얘기가 있어요.


## (132) 영규대사의 최후

배상천(89, 남) 공주시T 5뒤
계룡면 유평리 길가 / 강현모, 황윤선 조사(2007. 5. 19.)


앞의 이야기를 마치고, 유평리의 노인잔치 장소에 갔으나 너무 소란스러워 금대 마을로 갔다가 다시 유평리로 이동하여 조사를 하였다. 제보자를 만난 조사자가 옛날에 이곳에서 채록하였던 내용에 대해 묻자 생각이 났는지 구술하여 준 것이다.


[조사자 : 저기요. 영규대사가 어떻게 돌아가셨어요?] 아. 아 대면 절이서요. 절이서 그냥 나무해 나르고, 그냥 정지서, 중을 되기 위해서,

그런디 그 해 에 일본 전투에 가서 잘못하다가 옆구리에다 총을 맞았디야. 그런게 한양(화랑) 갱변이라고, 저기. 갱변 저기 와가지고, 이짝, 차 다니는 그 짝에, 그래서 인자 건너오다가 총 맞은 디 물 들어가서 죽었디야.

그래서 거기 비각은 잉 있었거든, 면 앞에. 그런디 비각도 읎앴지.

[조사자 : 아니, 왜 요까지 왔어요. 금산서 싸웠잖아요.] 예? [조사자 : 금산서 싸웠잖아요.] 금산서 싸웠지만, 여기 저 갑사 절이 있으니, 있으니까 절 오느냐고 그랬지. [조사자 : 절로 오느냐고요?] 누구든지 죽을 적이는 즤놈의 고향에 갈라고 할 꺼 아니여. 그래서 이리 온 거지. (묘에 대한 이야기 생략)

## (133) 영규대사의 짐대 옮기기와 정문의 신이성

제보자1(?, 남) 공주시 웅진동 mp3-1
공주시 웅진동 한산소 노인회관 / 강현모, 이지은, 정다운 조사(2007. 5. 13.)

앞에서 다른 할아버지들에게 이야기를 듣는 도중에 제보자에게 영규대
사에 관한 이야기를 구술하여 주었다. 제보자는 이 고장에서 오래 사신
분으로, 옛날 역사를 소중히 여기었다. 제보자는 행여 구술하여 준 이야기
가 후대에 잘못 전하여 누가 될까봐 걱정하며 녹음하는 걸 선뜻 허락하지
않았다. 그래서 조사자가 이야기가 듣고 싶을 뿐이라고 설득해서 MP3에
비밀리에 녹음하게 되었다.

### ① 짐대 옮기기

영규대사가 갑사 스님이여. 스님인데 갑사에 들어와 가주고 보니까
'진을 치면서 전장 터로 했으면 좋겠다' 그렇게 생각해서 진대를 세웠단
말이여. 그런데 그게 일곱 토막, 여덟 토막이나 떨어져 도망갔고, 지금
현재는 그 모지란 진대만 서 있단 말이여.

그래 그거를 저녁에 갖다 세우면은, 새벽에는 승문사에 있는 여승이
훔쳐 가, 진대를. 자기의 부하를 맨들려고 했던지 아니며는 같이 전장을
일으키려 했던지, 여승이 그렇게 쎈 사람이 있어.

그런데 어느 날 영규대사가 가만히 생각을 해보니까, 그냥 훔쳐오는
걸, 서로 싸우기만 했다가는 큰일 나게 생겨서 짚을 한 동을 사 가주고
신을 삼았다는 겨. 신을 삼아 가주고 그 놈을 신고 가서 진대를 가지고
오니께, 가주(가저)오고서 그걸 벗어놓고 오니까, 그 여승이 와보니까 신
을, 그게 무지한 신을 신고 와서 가지고 갔더라 그 말이여. 그러니까 그
여승이 이제는 그한테 붙들리면 죽게 생겼다 하고 포기하고 놔 뒀는디.

② 영규대사 정문의 신이성

그러자 동학 난리가 나서, 난리에 피해서 계룡면 소재지가 월암리 거든. 월암리로 피난을 와가지고 그때 마침 장마 지고 그랬는데, 피해서 와가지고 있다가 거기서 전사를 했어. 해서 기왕이면 내가 죽으면 죽어도 갑사에 가서 죽는다고. 갑사를 가다가 죽은 게, 지금 현재 갑사 위에 계룡면 월암리 소재지에다가 정문을 세웠어.

그게, 그 자리가 영규대사 죽은 자리고, 월암리 조금 더 가면 뭐를 하냐면 정문 비각이 현재까지 있고. 계룡면 월암리에서 보존해 주고 관리하고 그라고 있다고. 나는 듣긴 그렇게 들었는데, 그 이하는 모르겠네.

그건 이제 전장 6·25동란에 폭탄을 거다가 떨어뜨렸는데, 다 엎어지고 다 탔어도 정문은 고대로 있어서 그냥 그대로 보존하고 지금까지 있는 겨.


그니깐 여승에 대해선 그때 그러고 말았고, 진대는 갑사에 기냥 지금까정 현재 있으니까 학생들도 가믄 이제 진대를 올라가면서 찾는데, 진대 세운 데가 어딘가 하면 벌판에 세웠 댔지. 그게 몇 메타냐, 한 30메타 넘을 꺼여, 30메타. 가마터에서 [청취불능] 그래 그게 역사라고 우리는 그렇게 듣고 있는 거여.


## (134) 영규대사의 앞날의 예견 능력

소태섭(67, 남) 공주시 오룡동T 1앞
공주시 옥룡동 길가 / 강현모, 신은미, 이상현, 이승호, 오성규 조사(2007. 5. 17.)


조사자들은 5월 3일에 경로당을 갔었으나 다 집으로 돌아가신 뒤였다.

오늘 다시 와서 마을을 돌아다니면서 조사하다가 노인정을 찾아갔으나, 어른들이 점심식사를 한 뒤 낮잠을 자고 있어 마을을 돌아다니면서 조사를 계속하였다. 이때 길거리에서 만난 제보자는 정년퇴직을 하고 쉬고 있지만, 계룡면장을 하였던 분이라 한다.

[조사자2 : 공주에 청련암이라고 있어요?] 오? [조사자2 : 청련암, 공주?] 모르는 디.(이야기가 끝난 줄 알고 녹음기를 껐다가 다시 켬) 계룡 갑사에 애길 건디. [조사자1 : 영규대사요?] 잉.

영규대사가 임진왜란 때 그 저기 승장이였어, 승장. 승장이라면 그 저기 뭐여 중이 전 저기 뭐여 장군이 됐다 이거여. 그래서 지사도 지내야, 계룡서. [조사자2 : 여기서요?] 아니 계룡서. [조사자2 : 아~.] 그 갑사에서 지냐. 이게, 그 승장이라고 유평리에 있어, 이 영규대사 모이(묘)가. 사당이 있다고. 그 내가 계룡 면사무소에서 오래 있어가지고 행사도 많이 했어.

근디, 이 사람은 중인디, 그 임진왜란 올 거라고 하고서 인저 작대기 같은 거, 이런 막대기 같은 걸 죽, 옛날이는, 지금은 총이지만 대포 같은 거지만, 옛날에는 몽둥이 대창 같은 걸로 싸맸다고. 그런 게 몽둥이를 올, 산이서 올적마다 하나씩 갔다 놨냐. 근디 나중에 보니깐 임진왜란이 나가지고, 저기 중들이 군대가 되가지고 일본 놈들을 무찔러 적 몽둥이 가지고, 그, 그 승장이 영규대사라고 해서, 저 서산대사라고 그런 사람들 다 이 승장이여, 승장. 그 사람들 앞일을 알은 거지. '아 언제는 저기 뭐 난리가 날 것이다' 이렇게 저 사람들 예측을, 그런게 일반 사람들보다 쫌 영리한 거지. 지금으로 말하면,

"아이 앞으로다니 일본 놈들이 우리나라 쳐들어 올 것이다."

긍게 인저 뭐 '병법이라든가 이런 걸 국가에서 잘 운영을 못 해가지고 외국 놈이 오면은 분명이 우리나라가 망할 것이다' 이렇게 이 사람들 짐

작을 하고 미리 예방, 저기 예방책으로다니 저기 예언을 한 겨. 예감만 하고서다니 준비를 한 겨. 유성룡 같은 그 사람들은 다 그런 거 아녀. 거의 이순신 장군도 있는디, 임금한테 저기하고, 아이 저 이순신이 왜 이순신이나 유성룡 때에 이순신이 된 겨. 그 이순(신)이, 유성룡이가 저 영의정, 임금에다가니 막 유성룡이 아니 이순신이 직, 역모로 죽일라고 하는데, 막 간청해가지고 말이야,

"이 사람 죽이면 안 됐다."

고. 막 그것하고 상소하고 그랬잖아. 상소가 뭐여? 임금한테 얘기하는 게 상소여. 막 모가지를 걸고서나니 임금한테 막 항의하고 막 그래서 유성룡이가 그래서, 서해 유성룡이가 그래서 유명한 겨. 지금도 서해 유성룡이를 역사에 길이 남는 사람이여.

[조사자2 : 그러면 그 때 영규대사에 대해서 제를 올린다고 하셨잖아요. 그럼 영규대사에 대한 영정 같은 것도 있어요?] 있지. 저 갑사에 있어. [조사자2 : 그게 키도 크고 덩치도 크고?] 아, 그럼. 저 뭐 우락우락허지. 옛날 그 승장들은 불교에서 그 하기 때문에, 불교 그림이 있어서, 있어. 저기 갑사에 있어. 영규대사의 영정이 있어, 산신각에.

[조사자2 : 그럼 금산 보석사가 아니라 공주 갑사에 있는 거예요?] 응. 갑사. 아니 금산에서 이 저기 저 뭐지 일본 놈들을 싸울라다가니 배가 이게 터저 가지고 죽은 것이 계룡 와 죽었어. [조사자1 : 아. 죽은, 돌아가신 건 계룡에서 돌아가신 거고?] 응. 이 사람이 원래 장군 돼기는 금산서 했을 껴, 아마. 시작을 거기서, 승장 저 막 나라가 위태로, 위태로운게 누가 막 저기 중들도 군대를 가야, 옛날에는 중들도 이런 뭐 안 갔었는디, 지금처럼 면제가 됐었는디, 지금 막 그냥 중 그들이 많이 데리고 서서는 막 대창, 이 작대기 같은 이런 거 막, 영규대사가 평소에 그 저 산에서 막 해다 놓은 것 가지고서 막 지금 뭐여, 대모 같은 거 인제

막 그 저기 일본 놈들, 인제 항쟁한 거지, 싸운 겨.

[조사자2 : 어떻게 불교에 귀의하게 되었어요?] 그 물론 그 사람은 저기 뭐여, 내가 알기로 아버지 이 박씬디, [조사자2 : 네. 똑. 박씨 맞아요.] 박씬디. 청주 박씬가 어딘디, [조사자2 : 밀양 박씨라고 그런데요.] 밀양 박씨. 근디 그 계룡 늘떠라는 데서 거기서 옛날에 태어났대, 그 사람이. 그 계룡 면사무소 가면 있어. 영규대사 그 갑사에 가면 스님들한테 물어보면 잘 알어.

(갑사에 가는 방법 대화 생략) 그래 한 번 갈라면 글리 가서 스님들한테 자세하게 알아야 뎌. 근디 그 사람들 저기 밀양 박 씬디, 청주에서 그 영규대사 저 그 저기 일가들이 청주에 산댜. 박가들이 와서 제사 지낼 때 와. 대표 인저 그 후손들이 별루 많지 않아서.


## (135) 영규대사의 최후

소태섭(67, 남) 공주시 오룡동T 1앞
공주시 옥룡동 길가 / 강현모, 신은미, 이상현, 이승호, 오성규 조사(2007. 5. 17.)

앞의 이야기를 마치고 후손이 없다는 예로 이곳 공주와 관련된 김종서 장군 예를 들어 설명한 뒤에 옥룡동의 지명유래 대해 간단하게 설명하여 주었다. 영규대사가 창에 찔렸다는 이야기에 대해 묻자 구술해 주었다.


[조사자2 : 아까 영규대사가요 창에 찔려가지고 배에 상처를 입어서,] 대창 서가지고, 그 저기 계룡서, 저수지에서 상월면 갈라면 큰 내가 있수. 이 강 같지는 아니지만, 이 강에 준하는 큰 하천인디, 장마가 들어서 이저 그 쌍화단이 저기 창자니 배다니 깨(꿰)뜨려서 저기 해서 그 냇물을 건너오는 디, 뭐 창자에가 저기 가득해서 끝인 게 죽을 꺼 아니여, 물에

들어가면. [조사자2 : 흙탕물 같은 게 들어가면, 흙탕물이 들어가서요?] 아녀. 흙탕물이 아(니) 들어가도, 물이 들어가면 죽을 꺼 아니여.

그래서 근디 그 계룡 와서, 그 하천을 건너가지고 계룡까지 와가지고 죽었다는 겨. [조사자2 : 근데 왜 다시 거기서 공주까지 다시 넘어왔어요? 뭐 하려고요, 부모님 보려고요?] 아니. 그때 관찰사가 여기 공주에 있은께, 관찰사 죽인다고 온 기지. 그때 승병해가지고 가는디, 관찰사가 무관해 가지고 도와를 안 주니깐, 관찰사 죽인다고 말이여, 나쁜 놈이라고. 관찰사 만나러 이 계룡으로 오다가니 죽은 겨. 공주 오다가니, 그 늘 띠라는 그 고개에서 죽은 겨. 그렇게 그 도와줘야 할 놈을 안 도와줬기 때문에. 영규대사가,

"관찰사가 나쁜 놈이다."

이 소리 그럭하고선 관찰사 만나러, 도움을 청하러 오다가니 죽은 겨. 그 내(냇가), 내에서 인자 비가 많이 와가지고 그 영규대사가 아마 거기서 횡사 했나 벼. 거기서 인제 죽었어. 긍게 그 저기 계룡면사무소 가보면 그 영규대사 비각이 있슈. 거 비각하고 써 났을 껴, 뭐라고. 그러면 거기 보면 그런께 나와.

[조사자2 : 젊었을 때 여장군과 싸웠었다는 데?] 몰러, 그런 건. 그런 건 모르고, 하튼 이 사람이 저기 왜놈들한테 해가지고 저기 쌈하다가니 부상을 당해가지고 하천서 오, 건너와서 오다가니, 공주 관찰사 앞까지 갈라고 오다가 계룡서 죽은 겨

[조사자2 : 왜군과 싸울 때 뭐 어떤 특이한 점 있었어요?] 모르지. 게 가면 저기 저 그 스님들한테 물어봐야지, 그 사람에 대해서. 갑사 스님들한테 물어보면 알 겨. 그 영규대사에 대해서 그 주로 스님들 아는 이가 있나 아직 모르지만, 그래도 거기 가보면 영규대사 지사를 지내고 하기 때문에 거기에 대해서 어느 정도 사(역사)적으로다니 무슨 전해오는

中의 문서니 갑사 가보면 알낀디. 그 스님들이 지금, 옛날처럼 이렇게 역사 공부 전혀 이런 건 관심 없어. 그네들은 맨날, 그네들은 시주만 받으로 댕기고 그러지.


## (136) 영규대사의 신이한 능력

소태섭(67, 남) 공주시 오룡동T 1앞
공주시 옥룡동 길가 / 강현모, 신은미, 이상현, 이승호, 오성규 조사(2007. 5. 17.)

앞의 이야기를 마치고, 이런 내용들은 전승 현장이나 그 근거지에 대한 현지조사의 중요성을 강조하다가 생각이 났는지 계속 이어서 구술하여 주었다. 이를 끝내고 축지법의 대해 설명을 이어주었다.


(근디 내가 볼 때는 영규대사에 대해서 내가 좀 고기 그때 계룡 면장했을 때) 그 이 사람이 저 태어난 거는, 하여튼 뭐 절에서 그냥 심부름 하다가니 어떻게 그렇게 했다는 겨. 그런게, [조사자2 : 여기 불목한이 아니면 목군 였다고 그러덴 데요?] 응? [조사자2 : 갑사에 있을 때요?] 목군이면 뭐라면 절에서는, 지금은 저기 저 보일라 같은 게 있은게, 옛날이는 전부 나무를 뗐거든. 그런게 나무 장사, 나무하는 하는 디서 일꾼으로 있었어, 거기서.

[조사자2 : 그러면서 무기를 만들었던 거예요?] 아니 뭐 그 산에서 올 때 몽둥이 하나씩을, 나무하고 올 때 하나씩 가져온 거. 무기를 만든 게 아니라, 무, 무기를 모였지, 작대기 같은 걸. 몽둥이를. [조사자3 : 몽둥이로 싸운 거예요, 그러면?] 그래 옛날에 몽둥이로 싸웠지. 뭘 싸웠어. 지금 총으로 싸운 거여.(일동 웃음) 아이 지금처럼 뭐, 뭐 핵폭탄 이런 걸로다니 뭐 싸운니, 옛날이는 대창 같은 몽둥이로 때려잡고 뭐 활로 쏘

고 그랬지. 그 그가 뭐야, 저기 작대기 같은 걸로 막 때리고 그랬지. 아이 요새 대조영 같은 것도 나오대. 그거 저 쌈 싸우는 것. 막 활 쏘고 막 불로다니 막 잉 던지고 말이여, 돌맹이로다니 이렇게 막 저 화차가지고, 맨들어 가지고서.

[조사자2 : 영규대사가 그럼 전쟁할 때 진법 같은 거, 전술 같은 거 쓰시는?] 잉? [조사자2 : 전술이나 진법 병력 운영체제 같은 거 아시는 거 있으세요?] 아이 그것 어떻게 되었어. 그건 몰, 몰라도. 하야튼 그 사람이 그 절에서 어렵게 그 저, 저 신분도 나무하는 신분이니께, 심부름 하는 사람 비슷하지. 뭘 이냥,

"어디 갔다 오라."

고. 하면,

"나무 하고 오라."

고. 하고 그런게 옛날이는 그 먹기 살기가 대간하니(어려우니)깐, 절에서 믹여 주고 옷도 주고 그라니껭, 그 맛으로도 황송항께 열심히 한 거지, 그 사람은. 그러고 그 사람이 그 '전쟁이 날 것이다' 이렇게 하는게, 위녕이 뭣인가 좀, 다른 사람보다 선견지명이 있어가지고 그 열심히 한 겨고, 그 사람은. 그래서 임진왜란이 이게 원래 사명당 그 사람한테 배웠다고 하고 그랴.

[조사자2 : 사명당이요?] 잉. 그 그저 뭐지. [조사자2 : 사명대사요?] 응. 사명대사. 사명대사는 뭘 물 튕겨서 일본을, 말하자면 저기했다든. 그런 사람은 뭐 도사지. 그래 보통 사람들이 아니구, 그냥 천기가 아는 겨. 그러고 그 사람은 뭐여, 축지법을 알아가지고 갑사에서 금강산을 말이여 이것 뭐지, 사명대사 만나러 공부하러 댕겼댜. [조사자2 : 영규대사가요?] 아니. 그 그런 사람 있지. 저, 저 서거정(서고청의 잘못)이라고 그런 사람 있어. 반포에 가면 서거정이 있잖아. 서 총리라고, 그런 사람은 그

축진법으로 어떻게 뭐 날아 댕기는 것은 아니고, 그냥 어떻게 이상하게 생겼지, 이렇게. 지금 얘기가 안 돼지, 긍게. 하튼, 하튼 가, 강원도를 말이여 그 서선대사 있는 디를 다녔다는 겨. 날라 댕기도 못 했어.


## (137) 영규대사의 최후

제보자1(70대, 남) 공주시 금성동T 2앞
공주시 금성동 노인회관 / 강현모, 이나현, 이정수, 이미연 조사(2007. 5. 24.)

조사자들이 노인회관에 도착하여 찾아온 목적을 설명하자 외모가 까무잡잡한 피부, 짙은 쌍꺼풀, 큰 눈, 마른 얼굴을 한 전직 중학교 교사였던 제보자가 이야기를 구술하여 주었다. 제보자는 이곳 공주의 곰나루 사당제와 전설, 그리고 효자마을에 대한 이야기를 하다가 조사자가 영규대사에 대해 묻자 생각이 났는지 구술하여 주었다.


영규대사는 그 묘가 있잖아. 묘비가 있어 고게. 근데 그 양반이 옛날에 그 싸움을 싸움터에서 싸움을 해가지고 다쳐서 계룡에 오면, 계룡이라는 데가 있어. 원 고향이 거기여. 근데 거기 와서 죽었어.

그 죽으니까 자기 생가가 거기란 말이여. 그르니까 갈 디가 없잖아. 거 화장도 못하잖아. 그래서 그 신곡이라고 하는데 거기가 원 고향이여. 거다가 지가 묻으셨어. 그래서 그 영규대사가 살던 집이 있어, 지금도 맨 앞쪽에.

그래 그런데 거기 가 보면은 그 역사에 대해 다 나와 있고, 거 사진도 있고. 그래서 그 영규대사 사당을 어다 했냐 갑사에 있시요. 갑사 팔장면에 다 해났다고. 그래서 절을 크게 짓고, 절에서.

근데 그런 디를 하루면 돌아.

## (138) 영규대사의 최후

임경희(?, 여) 공주시 산성동 Track 6
공주시 산성동 공산성에서 / 강현모, 김보은, 김세라, 윤빛나 조사(2007. 5. 24.)

공산성 안내원에게 영규대사에 대해 묻자, 이곳 공산성 안에 있는 영은
사와 관련되어 있는 인물이라 구체적으로 생각이 났는지 구술하여 주었다.


금산전투에서 너무나 부상을 많이 당해서 창자가 이만큼 다 나온 상
태로 갑사 주변까지 왔어요. [조사자 : 영규대사가요?] 엉. 영규대사가.
원래 성명도 박영규에요, 이름이. [조사자 : 박 씨예요?] 엉. 영규대사가
그렇게 승병장으로서 그렇게 나라를 구하기 위해서 인자 스님들이 많이,
그때는 승병을 많이 했으니까. 거 여 금산전투에서 이렇게 막 부상을 많
이 당하고 그렇게 거의 돌아가실 지경이 돼서, 창자 이만큼 나온 상태로
왔데요. 그렇게 해서 거기 와서 돌아가셨거든요.

근데 우리나라에서 유일하게 스님이지만 어 산소를 가지고 있는 분이
아닌가 싶어요. 그 스님들은 돌아가시면 거의 화장하고 하잖아요. 그런
데 그 영규대사는 갑사에 있는 스님들이 묘를 만들어 줬어요. 승병장이
기 때문에 묘를 만들어 주고, 지금도 영규대제를 지내요, 보면.

[조사자 : 그 묘는 어디 있어요?] 계룡 쪽에 있어요. 계룡 유평리라고
하는데, 고 쪽에 있는데, 영규 그 대제 지금도 봄에 3월 달에 지내니까,
그 영규대제를 지내고.


보면은 이제 여기에서 영규대사가 그 공동묘(영은산 인근) 앞에서 승병
들 훈련을 시키고, 영은사에서 잠을 재우는 합숙소. 그 영은사가 세조
때 지은 절이라고 하지만, 그렇게 통일신라 때 불상도 나오고 하는 걸로
봐서 그 이전부터 이미 절터로서 자리가 있지 않았느냐. 이렇게 보고 있

지요, 신라시대 불상이 6구나 나왔다고 하니까.


## (139) 영규대사의 철탑 뛰어넘기와 몽둥이

제보자1(72, 남) 공주시 산성동 Track (14
공주시 산성동 공산성 영은사 앞에서 / 강현모, 김보은, 김세라, 윤빛나 조사(2007. 5. 24.)


공산성 안내원에게 이야기 듣기를 마치고 새로운 제보자를 찾고 있을 때 영은사 앞에서 쉬고 있는 제보자를 보고 찾아온 목적을 성명하자 이곳의 지명에 대해 구술하여 주었다. 그래서 조사자가 영규대사에 대해 묻자 생각이 났는지 구술하여 주었다. 제보자는 공무원을 퇴직한 분으로, 계룡면에서 근무하였을 때 영규대사 관련된 일화나 제의에 관여하였다고 한다.

### ① 영규대사 – 철탑을 뛰어넘음

[조사자 : 아, 할아버님 그러면요 영규대사라고 혹시 아세요?] 영규대사요. 어 스, 스님병장이지. [조사자 : 스님병장이요?] 응. [조사자 : 영규대사가 공주에서 되게 유명하다던데?] 영규대사는 음, 마곡 저기 저 갑사에, 갑사에서 그 스님들(으로) 사시면서 그, 그 외적이 쳐들어오니까 그것은 해야 되겠다고. 그래서 거 스, 저기 저 스님 스님들끼리, 그 스님들끼리 훈련을 시켰어, 응.

그래가지고 당간지주라고 높완(높은) 철탑 있는데, 그걸 훌쩍훌쩍 넘었다는 거지. [조사자 : 아 철탑을 넘었데요?] 그렇지. 그 스님, 영규대사 묘가 계룡면에 있어요. [조사자 : 아 계룡면에,] 예. 예 묘가. 승병장이에요, 승병장.

### ② 몽둥이 가지고 훈련

[조사자 : 그러면 키도 크고 막 덩치도 좋았다는 거예요?] 예. 아 글쎄

뭐 평소할 수 있는 능력과 재질과 그런 거 뭐 다 가지고 있었던 모양이지. 그러고 나무 하러 가가지고 몽둥이 하나씩을 갖다가 맨들어다가 그저 마루 밑에다가, 절 마루 밑에다가 넣어놨다가 그거 가지고서 전부 말이지, 그걸 가지고 훈련을 시키고 말이지 그렇게 하면서 외적을 물리친 거지. [조사자 : 그래서 이긴 거예요?]

## (140) 영규대사의 생애와 몽둥이

김준배(86, 남) 계룡면 향지리 cd 6<br>공주시 계룡면 향지리 길가 / 강현모, 하윤호, 여훈, 이원 조사(2007. 5. 13.)

조사자들은 향지리 입구에서 버스를 내렸을 때 함께 내린 제보자를 만나게 되었다. 먼저 신분과 찾아온 목적을 설명하며 무거운 짐을 대신 들어드렸다. 할아버지의 댁까지 가는 도중에 조사한 것이다. 제보자는 신도 안에서 태어나 한때 일본에서 생활을 한 분으로, 나이에 비하여 정정하였다. 남을 배려하는 마음가짐을 가진 분으로 세상의 이치, 천지의 이치를 강조하였지만, 학교는 교문 문턱도 가보지 않았다고 한다. 이야기 중에 (1)과 (2)에 자신의 개인 이야기와 일본에서 생활을 말씀하여 주다가 조사자의 질문에 다시 구술하여 준 것이다.

### ① 영규대사에 생애

[조사자 : 혹시 뭐 그러면 여기 이야기 중에 영규대사라는 것 아세요?] 영규대사. 그게 인저 뭔고 하니 뭐 옛, 옛날 임진왜란 때 사람 아니여? [조사자 : 네. 임진왜란이요. 임진왜란과 연관 돼서 이게 전해내려 오는 이야기를 좀 듣고 싶어서 그런데?] 전설? [조사자 : 네. 네.] 에 영규대사 비각이 요 넘어 계룡 면사무소 앞에 있거든. 그러닌께 임진왜란 때면 한 지금으로 450년 전이네.

에 또 그 양반 전사 했잖여. [조사자 : 네. 전사요?] 예. 전사 했어.(동네 아주머니와 만나 인사 생략) [조사자 : 아 그럼 영규대사가 임진왜란 때 전사한 거예요?] 그럼. 전쟁 뭐 전장하다가 전사했지. 그래 이,

[조사자 : 그 영규대사라는 사람이 공주에서 태어난 거예요?] 그렇지. [조사자 : 공주사람이라고요?] 그게 박 씨더라고. [조사자 : 박 씨요?] 응. 성이 박 씨여. 그래 묘는 여기 저 유평1구 묘지가 있거든. 유평1구 가면 있어. 여기 그라고 비, 비각은 그런게 계룡면 면사무소 앞에 있고, 그 찔대(짐대)는 갑사에 있고.

## ② 몽둥이를 준비한 영규대사

[조사자 : 여기 혹시 갑사, 공주 있는 절에 임진왜란 예상하고 미리 몽둥이 깎아 놓고 절 마루 아래에 숨겨났다고 하는데 혹시 하세요?] 영규대사가? [조사자 : 네. 네.] 그것은 그때 무지막지하게 몽둥이로 팬다는 거지. 그런 디 그때 일본 사람들은 총이 있었고, 우리 한국에서 이놈의 총이 어딨어. [조사자 : 아 몽둥이 들고 싸우는 걸로?] 그렇지. 그러니게 그쪽이서 무기가 달려가지고서 진 거 아니여. 아 이순신 장군도 전사했잖여.(이순신 장군 이야기 생략) [조사자 : 싸울 준비, 전쟁 준비한 거네요?] 그렇지.


## (141) 영규대사의 일화

유의종(58, 남) 계룡면 봉명리T 1앞
공주시 계룡면 봉명리 마을회관 / 강현모, 가은혜, 김나연, 양성우 조사(2007. 5. 13.)

이 제보자는 투박하게 생긴 분이었다. 적극적으로 우리를 많이 도와주려고 하였고, 지나가던 길인 우리에게 먼저 말을 걸어 주었다. 그리고 이곳도 가보고 저곳도 가보라고 많이 알려주었고, 도움이 많이 되었다.

[조사자 : 공주에 있는 절에서 임진왜란을 예상하고 미리 몽둥이를 깎아 절 마루 아래 차곡차곡 숨겨두었다는 이야기도 있던데 그 들어보셨어요?] 그런 식으로 내내 영규대사가 그랬나 거시기 했다는 거여. 주동을 했다. 주동 인물이여 그게.

[조사자 : 혹시 청주성을 탈환한 이후 중봉과 함께 금산에서 전투했다는 이야기도 들어보셨어요?] 그런 지역으로 댕기면서 했다는 것만 알지, 우리가 뚜렷하게 모르지. 그런데 전체 내려오는 그, 그 양반이 했다는 것은 즉 항상 영규대사가 이렇게 훌륭한 일해서 국가에서도 공헌을 했다는 거시기를 했기 때문에 국가에서도 정부 아니 정부 다 해 주니까.

[조사자 : 영규대사가 금산전투에서 총을 맞았는지 창에 찔렀는지 아니면 상처를 입고는 빠져나오려는 창자를 감싸 쥐고 공주까지 왔다는 이야기도 있던데 들어 보셨는지요?] (고개를 저으며) 그것은 내가 몰라.

[조사자 : 영규대사가 본래 키도 크고 덩치도 컸다는데, 혹시 힘도 장사여서 거기 높은 곳 당간이나 철간지주를 단번에 훌쩍 뛰어 넘었다는 이야기도 있는데, 비슷한 이야기 들어보신 적이 있으신지?] 그렇지. 그런 것이 좀 들어온 것이 다 그 양반이 그렇게 했으니께, 훌륭했다는 양반이여. 뭐 스님 중에서도 특이했다는 얘기여, 그러니께.


## (142) 영규대사의 최후

제보자1(72, 남) 계룡면 봉명리T 1앞<br>
공주시 계룡면 중장리 길가 / 강현모, 가은혜, 김나연, 양성우 조사(2007. 5. 13.)

조사자들은 갑사에 가기 위해 탄 버스에서 백발노인인 제보자를 보았다. 처음 보았을 때 머리도 길고 수염도 길고 옷도 스님 같은 옷을 입고 있어 도인 같은 느낌을 받았다. 버스에서 내려서 갑사 올라가는데 방향이

같아서 여쭈어 봤다. 처음에는 다가가기 힘들었는데 막상 같이 얘기해보
니 편안했고, 박학다식한 것 같았다.

금산전투에서 싸움하다가 에 배에 칼 맞고 여기까지 왔데. [조사자1 :
배에 칼 맞고요?] 응. 여기서 인제 죽었는데, 계룡에 지금, 그 저 영규대
사 묘라고 계룡에 있고. 여거는 인제 그 사정이 조금 기록된 실정이여,
갑사는. [조사자1 : 혹시 아는 옛날이야기 있으세요?] 옛날이야기. 옛날
이야기는 없지. [조사자2 : 임진왜란 때 이야기나,] 그때 얘기가 그런게
간단하게 지금 전해져 오죠.
　[조사자1 : 영규대사가 여기 왔다가 금산전투에서 해가지고 공주까지
온 이유가 뭐 어머니나 누나를 만나는 것, (이하 녹음기의 오작동의 조사자의
말 지워짐)] 그 배에 창 맞고, 전쟁에서. 배에 창을 맞고 왔다고, 피신으로.
[조사자2 : 아 피신하러요?] 응. 그래서 여기 와서 인저 혼을 가니께. [조
사자2 : 지나가다가 개천에, 창자가 흘러나왔는데, 뭐 그게 뭐 흙탕물에
들어가서 죽었다는 뭐 그런 이야기는?] 그런 얘기도 있지. 그 얘기여.
[조사자1 : 영규대사가 힘이 되게 세 가지고 뭐 절간 담장도 넘고 그랬
다던데, 그런거랑 관련된 다른 이야기는 아시는 거 없으세요?] 몰라. 그
런 얘기는 읎고.


## (143) 영규대사의 신이성과 최후

갑사 주지스님(65, 남) 계룡면 봉명리T 1앞<br>공주시 계룡면 중장리 갑사 / 강현모, 가은혜, 김나연, 양성우 조사(2007. 5. 13.)

영규대사에 대한 많은 이야기를 듣고 싶어서 갑사를 찾아갔다. 입장료
까지 내고 올라간 우리들은 갑사 관리사무소에 들어갔는데 최근에 모두

바뀐 바람에 영규대사에 대한 이야기를 아는 분이 없었다. 절에 도착하여 막 불경을 외고 나오는 스님께 달려가 영규대사에 대하여 물어 보자, 구술하여 준 것이다.

계룡면 그리고 갑사에 출발을 했어. [조사자 : 갑사에 출발했어.] 스님네 들네가 다 그러다가, 수행을 열심히 하시다가, 지금은 없어졌지만은, (손으로 앞산을 가리키면서) 저 앞산에 보면 청련암이라고 있거든. 절이 쪼그만 했는데, 거기에 주석사가 있거든.

거기서 공부하시다 나라에 위기감을 느껴, 그래서 산에 가서 인제 뭐 박달나무로다 몽둥이 같은 거 준비하고, 죽창 같은 걸 준비하신다고. 그러고 그 임진왜란 때 그 일본군이 쳐들어 왔잖아. 왜군들이 쳐들어 왔는데, 청주성을 뺏겼어. 그런 다음에 여기서 우리나라 최초의 의승장이야. 사명대사, 서산대사보다도 먼저 봉기를 해가지고, 여기서 스님들을 모아.

그래서 스님들이 그렇게 막 할라고 하니깐 스님들이,

"무슨 살생을 하느냐?"

"스님도 음, 민심이 좋아서 살생도 와서 나라를 위해서 민족을 지키기 위해서 봉기를 해."

그 다음에 스님들이 영규대사의 힘을 못 믿어. 그러니깐 여기 철봉을 옛날엔 철간당주라고 해가지고, 지주를 해가지고 절 표시를 해가지고 그 형체를 마디가 채비를 세웠 데야. 거기를 훌쩍 올라가서 딱 앉아.

그래서 그런 이적을 보이니까, 스님들이 그런 영적을 믿어. 그래서 청주 가서 뺏어, 뺏었는데, 금산에서 전투하셨는데, 열세고 지치셨잖아. 그래서 인제, 인제 그 조헌 장군이 그냥 막 그렇게 해서 조헌 장군 허고 같이 가. 위에 갔는데 조헌 장군이 위험에 빠졌어. 빠질 것 같으면, 스님이 아니 같이 갔는데, 직, 역부족으로 패퇴를 했어, 결국 거의 다 죽고.

영규대사가, 더군다나 다 죽고, 거기에다가 인제 칼을 맞았는데, 그 내장이 다 흘러 내려왔어. 이렇게 다 담구선 이렇게 말 타가지고선 오셔. 오셨는데 그래서 원래 스님들은 그 웬만하시면 화장을 하거든. 그 스님은 물마시면서 거기서, 거기 딱 서서 떨어져서 돌아가셨어. 순국하셨어. 그래서 요 그 앞에 보면 영규대사 그 산소가 있어.

그래서 그, 그 영규대사가 좀 나라를 (위해) 순국하였다 해서 제를 지내고, 또 갑사에도 고찰이니까 여기서 11월 3일 날 영규대사 크게 행사해. 추모한다고. [조사자2 : 11월 3일요?] 응. 날짜는 변동 있는데, 10월 말이나 11월 그때 해. (12월 3일 고때 맞추어서. 그 다음 삼군, 여기 삼군 있잖아. 이를 그런 게 삼군, 삼군 의장대, 치타대 그 조(소)충수 뭐 이래.

[조사자2 : 다른 내려오는 이야기 같은 거 있나요?] 그런 건 잘 모르겠는데.(이곳에 영규대사가 온 이유를 물었으나 모르겠다고 하였다.)


## (144) 영규대사의 오뉘힘내기와 최후

양태서(78, 남) 계룡면 구왕리T 1앞
공주시 계룡면 구왕리 자택 / 강현모, 권윤희, 김수진 조사(2007. 5. 24.)


마을에 도착하여 이야기를 많이 알고 있는 분으로 소개를 받고 자택으로 찾아가서 이야기를 듣게 되었다. 조사자들은 처음에 많은 이야기를 들었지만 녹음의 오작동으로 인하여 영규대사 이야기만 다시 듣고 녹취하였다.


### ① 오뉘힘내기

아니, 영규대사가 어떤 대목이 잘못되는 거여. [조사자 : 여장군 이야기?] 응? [조사자 : 여장군 이야기가 어떤건지?] 여장군? [조사자 : 네.]

그게 저 여장군하고 저거 내기했다는 거지. 그 저 오뉘탑 있잖어. 그 저 탑을 돌을 갖다가니 그 계룡산 저기 그 왜 오뉘탑이 있잖여, 오뉘탑.

여장군은 오뉘탑을 쌓고, 이 영규대사님은 여기 짐대, 짐대 세우기로 그 그렇게 했다는 거지. 에 그런디 인저 그 저 오뉘탑을 먼저 쌓게 에 되었는데, 그 어머니가 그러니까 아들 편을 들어야 하잖여. 그래서 저 그 짐대는 몇 관대만 더 올라가면 되겄는디, 오뉘탑은 다, 다 마무리가 되가더라는 겨. 그래가지고 잠깐 세워서,

"도대체 얘기, 회의를 좀 하고, 어째 이렇게 하자."

뭐 좀 중단을, 중단을 시켰다는 겨. 그렇게 해가지고서 뭐 그 저 그 짐대가 먼저, 먼저 세워지고 그렇게 했다는 거지. 오뉘탑이라는 게 그래서 거기 오뉘탑, 오뉘탑 그라는 겨. 그거여.

## ② 영규대사의 최후

[조사자 : 금산전투라든지 청주성 전투라든지 전투, 전투에 대해 영규대사에 대해 아시는 거 없으세요?] 영규대사가 그 전투는 많이 했지. 많이 여기저기서 많이 하고, 인제 여기 인저 갑사 와서, 갑사, 갑사 와서 그 진을 좀 잘못 쳐가지고서 거 일본 놈들한테 인제 습격을 당해 가지고서 죽은 겨.

그래서 그 계룡서, 계룡 화랑, 그 전이는 화랑 갱변이라고 그랬어, 저기. 이 에 피가 흘르고 인저 그랬다고. 거기서 총을 맞아서 창새기(창자)도 끊겨지고서 화랑 갱변 거기 건너스면서 죽었다는 거지. 에 그래가지고서 그 저 유평리 1구에다가니 영규대사를 거기다 뭐 안장시켜 주었어. 그래서 거기가 아 그 광장햐. 아직도 묘 거기 무지하게 왕릉처럼 그렇게 모셔 놨어. 옛날이는, 옛날이는 쬐끔하게 이렇게 됐, 했었는디, 묘를 썼었는디.

거기 그 노성 윤씨, 그 제향 지내는 그 밑이 거기, 그때 인저 그 노성 윤씨 그분들이 자기네 선영 그 시사 지내고서, 거기 태주봉사를 해 줬다는 겨. 태주봉사란 건 뭐냐면은 워낙 훌륭한 명장이기 때문에 그 잔, 한 잔을 부어 올리고 그렇게 했다는 거지. 그래서 인제 그것이 인저 자꾸 인제 지금 시대에 인저 내, 내려오면서 그 인저 그 유림들이, 유림들이 훌륭하게 그냥 아주 묘, 묘를 만들어 놓고, 거기다가 인저 저 들어가는 입구 그 문도 해 세우구, 그 제향각도 거기 져 놓고.

해서 어 푸짐하게 지내야, 그래 갑사서 스님들이, 주지 스님들이 그 참석하고, 하고 유림들이 참석하고 해서 푸짐하지. 연년, 연년 이렇게 제향각을 지내지, 유림들이. 향교, 향교 유림들이 그 이렇게 지내.

그러고 저 계룡, 계룡 거기 저 면사무소 앞에서 그 비각, 비각 세워놓고, 비각 지어져 있고 그랴. 그 원래 훌륭한 분이라. 명장이지, 명장. 승려, 승려 생활하면서 장군 노릇 한다는 게, 이게 뭐 보통 난 사람으로서는 안 되잖어. 그래서 그렇지. 지금까지도 '영규대사. 영규대사' 이름 났잖아, 지금도. 그래서 공주시에서 공주 시 유림들이 향교, 향교 임원들이 많이 모여, 많이 모여서 제향, 제향 지내고.

[조사자 : 오천 가람사(가선사)? 옥천 가람사에서 무기도 군사 훈련도 하셨다고, 영규대사님이. 혹시 아시는지?] 그 대목은 잘 모르는디. 에 그 대목은 잘 모르는디, 어째든 영규대사가 사역, 어 그 전국 그 승려들이 합심 와(해)서 그 따랐으니까, 그 분을 따랐으니까 굉장하지. 굉장한 역사지.

[조사자 : 어떻게 죽었는지, 아까?] 응? [조사자 : 영규대사가 뭐?] 죽은 것은 저 갑사 그 갑사에서 거기다 진 치고서, 일본 놈들이 상봉으로 올러 서서 내려, 내려 막 그 사격 했, 했으니까 그게 죽을 수뺙에. 그렇게 해서 실패했지, 거기서. 실패했어도 다행이 요기 초상을 맞았는디, 창새기가 막 나오니께 이놈을 끌어안고서 저 계룡까지 왔다는 겨, 계룡. 계룡,

계룡 거기가 그 옛날에는, 그 저수지가 지금 맥혀져 있지만, 옛날에는 그 개울이었다고. 그래 화랑, 화랑 갱변이라고 하지. 화랑, 화랑 걍변. 그 거기서 죽었다는, 거기서 전사했다는 겨. 그래서 거기서 전사했기 때문에 거기다, 거기 유평 거기다 안장해, 해고 그랬더랬지.

[조사자 : 영규대사 뭐 태어났을 때 뭐 신기한 일 같은 거 없었어요?] 응? [조사자 : 영규대사님이 태어났을 때 뭐 신기한 일 같은 거 없었어요?] 글쎄. 그 그런 건 모르지. 그런 건 모르고, 나중에 인저 여기 승려들 그 대표가 되어가지고, 훌륭한 장군이 인저 된게 어 왜적들, 왜적하고 일본놈들 허고 싸웠다는 인저 그 역사가 내려오잖아.

[조사자 : 영규대사가 본래 키도 크고 덩치도 커서 높은 곳을 단번에 넘었다고 하던데, 비슷한 이야기가 있으십니까?] 영규대사가 남매인데 둘 다 힘이 장사야.


## (145) 영규대사의 최후

김재영(83, 남) 노성면 죽림리 cd 6
논산시 노성면 죽림2리 자택 / 강현모, 임태균, 양해성, 김재영 조사(2007. 5. 13.)

마을에 대해 잘 알고 있다는 제보자를 자택으로 찾아가 조사를 시작하였다. 깔끔한 옷차림에 말투는 느리면서 매우 정확하게 구술하여 주었으나 중간에 작은 목소리 녹취하기 어려웠다. 마을의 방우동 유래담 등 여러 가지 구술하여 주는 도중에 조사자가 질문하자 구술하여 준 것이다.

[조사자 : 영규대사에 대해서는 들어보신 적은 있으세요?] 영규대사? [조사자 : 네.] 영규대사는 나 별로 잘 몰라. 영규대사 저 말하자면 어 임진왜란 때 칼 맞아 가지고 이 신원사, 갑사 거기, 거기 경천 내, 냇물이

서 물 근(건)너다가 배로 물 들어가서 이놈이 죽었다고 어쩌구 그러지. [조사자 : 그 이후(청취불능) 그 영규대사요?] 물 들어갔다구 그랴.

그래서 대장을 시켜줘야 하는디, 대장을 안 시켜주고 아 이놈이 이냥 중이라고 그때 발써 박대를 해서, 그전 양반 놈들만 대장을 시켜줘니미나 그가 하자는 대로 안 해가지고 이놈이 이냥 절단 났다고. 그래서 공주 도, 도지사, 도지사 패 죽여 버린다고 칼 맞고서나 이놈이 이냥 오다가 그렇게 물, 물이 들어가서리미나 물이 배지(배)에다가 물이 들어가는 께는 할 수 없이 죽어서, 가다가 못 가고 말았다는 겨. [조사자 : 아 그러니까 공주 인제 배에 칼 맞고 공주 도지사를 죽이러 가다가 배에 물이 들어가서요?] 응.


## (146) 영규대사의 묘소를 쓴 유래

이도범(76, 남) 노성면 가곡리 cd 1
논산시 노성면 가곡2리 자택 / 강현모, 이석진, 송준범, 김기원 조사(2007. 5. 13.)

조사들이 가곡2리에 도착하여 이야기를 잘 해줄 분으로 소개를 받고 자택으로 찾아갔다. 자택에 제보자 부부가 있어 찾아온 목적을 설명하자, 책을 보면서 자연스럽게 구술하여 주었다. 이야기들은 주로 자라면서 어른들에게 듣고 보았으며, 커서 책에서 본 것이라고 하였다.

[조사자 : 혹시 영규대사에 대해 아는 게 있으면 말씀해 주세요?] 영규대사는 임진왜란 때 뭐야, 유명한 말하자면 승장이야, 승려였거든. 그 양반이 승려인데, 그 분이 의병을 일으켜 가지고 금산전투에서 그 전사를 했다고 난 그렇게 알고 있어. 확실한 건 몰라도.

그래서 하여튼 계룡 소재지 그 근방에서 영규대사의 옷을 많이 물고 왔다나. 그런 하여튼 전설적 얘기를 들었는데, 갑사에 가면은 영규대사를 모신 사당이 있어. 지금 있다고 그렇게만 알고 있어. 몰라. 거기 유평리라고 하는 데는 거기에도, 거기에는 없는 거 같고 갑사 절 내 사당이 있다고 거기 영정을 모시고서루. 그 정도는 내가 알고 있어. 그 이상은 잘.


## (147) 의병을 일으킨 영규대사

김영천(72, 남) 노성면 가곡리 cd 6<br>논산시 노성면 구암리 자택 / 강현모, 이석진, 송준범, 김기원 조사(2007. 5. 13.)

가곡리에서 조사를 마치고 구암리로 자리를 옮겼다. 가곡1리 이장님의 소개를 받고 제보자를 자택으로 찾아가 작은 방에서 조사를 하였다. 조사와 답변으로 조사가 이루어졌는데, 옛것을 알아야 민풍양속을 지킬 수 있다며 구비문학에 대해 적극적인 모습을 보여주고 있었다.

[조사자 : 마지막으로 영규대사에 대해 아시는 것 좀 말씀 해주세요?] 영규대사는 내가 알기로는 시대 연조도 정확히는 잘 모르지만은, 영규대사는 내가 알기로는 자기가 절 중으로 있으면서 국가가 난리가 나가지고 의병대장 비슷하게 의병을 이끌고 적에게 항거 했다는, 내가 그 정도로만 해서, 말하자면 크게 전과 없어도 항전을 한 게지. 국가를 인제 잡는다는 차원에서.

그래도 이런 평민하고는 틀린 분이, 그래도 중이, 불도만 할 분이 국가 위기에 그런 큰일을 했다고 해서 상당히 그저 후세들이 존경할만한 스님이 아닌가.

## (148) 의병을 일으킨 영규대사

양주성(71, 남) 노성면 호암리T 1앞
논산시 노성면 호암리 노인회관 / 강현모, 이비조, 조미나, 최란 조사(2007. 5. 20.)

조사자들이 호암리에 도착하여 노인회관을 찾아가니 5-6명이 화투를 치면서 쉬고 있었다. 찾아온 목적을 설명하자 이곳의 호암리의 마을 이름의 내력, 고령 김 씨 신도비에 얽힌 이야기, 소가 가르쳐 준 묘 자리, 토정에 관한 전설 등을 구술한 뒤에 영규대사 이야기를 질문하자 '잘 모르겠다'고 대답을 하고 난 뒤에 구술하여 준 것이다.

여기는 영규대사에 관한 얘기는 일체 여기는 몰라. 그 양반이 갑사 절에서 기거하던 양반, 중노릇을 하던 사람이거든, 영규대사가 갑사에서, 갑사 절에서.

그 때 인저 뭐여 전란이, 인제 임진왜란이 나니께, 중이 인제 의병을 일으켜서 그때 인저 싸웠어. 그래서 영규대사가 거기서 돌아가서 거기다 묘 썼어. 여기서는 영규대사와 아무 관련도 없고.

여기 사람들은 영규대사가 누군지도 몰라. 여기여 이 근방 사람도 물어봐. 영규, 영규대사 하면 모르지. 아무도 몰라. 거기나 가야 알으까, 으유 거기나 가야 알으까. 그, 그 영규대사에 대해서 그 내력을 잘 알라믄 갑사 절에 가서 스님들한테 물어보면 잘 알거여. 스님들한테. 갑사 절에 가서 그 스님한테 응, 스님한테 물어보믄.

고 영규대사 사당이 있어, 갑사 절에. 그 영규대사 영정을 모셔놨거든. 그게 인저 영규대사 그, 그게 젯(제사)날은 그 용(영정) 내다가 인저 행사하고 그러더라구. 그러니까 갑사 절에 가서 영규대사 그 내력을 알려면 거기 가서 알아보아야지.

## (149) 의병을 일으킨 영규대사

오충균(74, 남) 노성면 읍내리 cd 7
논산시 노성면 교촌리 자택 / 강현모, 손정현, 이정행 조사(2007. 5. 28.)

마을에 도착하여 노인정을 찾았으나 문이 닫혀 있었다. 마을을 돌아다니는 도중에 자택에 쉬고 있던 제보자를 만나 이야기를 요청하자 구술하여 준 분이다. 제보자는 충남대학교를 마치고 현재 이곳에서 살고 있다고 한다.

저기 위에 가다 보면, 어디냐 공주 가다 보면 영규대사 그러면 머가 있어. 아이 그 거기까지는 모르고. 아이 그 일도 못하지 만은 바빠서 나가야 하고. 그랴고 자세한 이야기는 몰라. 전라남도 그 머냐 절 먼(뭔) 절 먼 절인가 모르겠네. 옥천 가산사인가 하여튼 거기 가보니까 임진왜란 때 싸운 내력이 있어. 사명대사와 같이 싸웠다고 하던데, 난 모르겠어.

## (150) 영규대사의 일화

이원하(74, 남) 노성면 노치리 cd 3
논산 노성면 노치리 자택 / 강현모, 서동일, 이병진, 심규석, 신성수, 최생영 조사(2007. 5. 28.)

동네 이장님의 안내로 자택으로 찾아가서 조사를 하였다. 이장님은 중간에 바쁜 일이 있다며 가서 제보자와 조사자 간에 질문 방식으로 조사를 하게 되었다. 제보자가 동네에서 오래 거주하여 동네에 전해져 오는 설화와 이야기 등을 조금씩 기억하고 있었다. 마을 지명 유래와 생불이 된 사람에 대한 이야기를 구술하다가, 조사자들이 영규대사에 대해 묻자 생각이 났는지 구술하여 준 것이다.

[조사자 : 혹시 영규대사라고 아세요?] 영규대사 알지. [조사자 : 그럼

그 분에 대해서 이야기 좀 해주세요.] 영규대사는 한 마디로 불쌍하게 돌아가신 분이야. 잉 불쌍하게 돌아가신 분인데, 영규대사께서는 어떻게 했냐면은 나라를 위해서 있는 힘을 쓴 분인데. 잉 내야 엄격이 말하면, 내가 부락을 위해서 아무리 노력을 해도, 응 노력을 했다 하더라도 그가 걸 몰르면 난색이 들어나는 거여. 그렇게 됐어 영규대사가.

[조사자 : 어떻게 해서 돌아가셨나요?] 그때 당시에도 이런 시대야. [조사자 : 어려운 시대였나요?] 응, 어려운 시대인디, 영규대사가 어떻게 됐냐면은 죽겠다고 일을 하려고 했는데, 응 할라고 했는디 밑에서 안 들어줘. [조사자 : 그 분이 왜들에게,] 쉽게, 쉽게 이야기해서, 쉽게 얘기해서 자살을 한 거야. 지금으로 말하면 음독자살이야.

[조사자 : 왜놈들하고 싸우셨나요?] 그렇지. 많이 싸웠지. [조사자 : 이 근처에서 싸우셨나요? 여기 보니까 영규대사 묘가 있더라구요. 어떻게 그 분에 대해서 뭐야 전해져 오는 이야기가 있나요?] 그러니까 나도 모르지. 내가 일흔 넷인데, 나도 모르지. 영규대사는 역사적으로 그렇게 됐다는 것은 알지. [조사자 : 이 근처에서 돌아가신 거예요, 영규대사?] 모이, 모이는 여기 있지. 모이는 계룡에 있어.

그럴 적에 우리는 거기를 지낼 적이도 그냥 안 지내야. 차를 타고 지내더라도 고개 숙이고 지내. 숙이고 지내지 그냥 안 지내. 그럴 적에,(조사자 한 명이 잠깐 밖으로 나감) 그럴 적이 우리가 저기 공자님이나 무슨 저기, 뭐 있냐면은 향교나 또는 서원이나 할 적이는 문이 이렇게 되있잖아. 절대 고개를 숙이고 지내. 그럴 적에 나도 영규대사 거기, 터를 지낼 때이는 차안에 있더라고 (고개를) 숙이고 지내. 그게 예의야.

## (151) 영규대사의 묘소와 최후

이덕만(74, 남) 상월면 주곡리 cd 8
논산시 상월면 주곡리 노인회관 / 강현모, 안경민, 정진환 조사(2007. 5. 13.)

노인회관 앞에서 술자리가 벌어져 찾아온 목적을 설명하자 제보자가 여러 가지 이야기를 많이 해 주었다. 특히 이삼 장군에 대한 이야기가 많았는데, 그런 중에 조사자가 영규대사에 대해 묻자 생각이 났는지 구술하여 준 것이다.

여기 계룡면이라고, 여기가 계룡면에 가면 영규대사 사당이 있지. 영규대사가 중인디, 그 중이 그때 당시 중들을 모아가지고 불한당을 읊앴다고는 하는디, 그거 뭐 확실한 걸 우리가 알어. 거기 가 보면, [청중1 : 영규대사 사당 가 봤어? 그 거시기는 없고 그 문만 있어.] [청중2 : 어디?] [청중1 : 아 여기 계룡면 거기 가면 있어. 영규대사 묘소라고 이게 팻말(푯말) 써 붙였잖여. 고 아래 가면, 고 가면 사당 있어.]

[조사자 : 영규대사 혹시 공주에서 태어난 사람이에요, 그러면요?] 아니 공주에서 태어난 게 아니라, 태어난 건 자세한 건 모르는데, 거기 절이 있었다 이거야, 절. 그 절에서 중 노릇을 하다가, 그 중들을 데리고 불한당을 읊앴다 이렇게 얘기가 나오는디. 영규대사 사당이 있어, 요 계룡면 가면.

[조사자 : 그러면 영규대사 절이 있었다고 하잖아요. 근데 뭐 임진왜란을 미리 예상해 가지고 몽둥이를 막 많이 깎아 놓아가지고 그 정, 그 임진왜란 때에 승리했다는 얘기가 있는데 들어보셨어요?] 그런 식으로 얘기가 되어 있고. 그 전설이 영규대사 사당에 가면 있어, 영규대사 사당에 가믄. 아, 계룡 가기 전에 저 길거리다가 팻말 써 붙였어, 영규대사 뭐 거시기라고. 묘소라고도 써 붙이고 거기 있어. [청중 : 우리 들어가지

도 못혀.]

　[조사자 : 그 영규대사가 금산 전투에서 여기 찔러, 옆구리 찔러가지고서 창자가 이만큼 튀어 나와는데, 그거를 감싸쥐고 와가지고 이 공주이 근처까지 와가지고, 이 냇가에서 씻었다는 얘기가 있는데, 그런 얘기는 들어보신 적 있으세요?] [청중1 : 그 사람은 그 거기 가면 그런 표현이 되어 있어.] [청중2 : 그런데 학생들이 우리네 같이 아마 아까 얘기.] 그 영규대사 거기를 가봤더니, 이렇게 표지판에다가 이렇게 조옥(쪽) 써 놨더라고. 거기 가면 그 확실한 뭐가 있어. [청중2 : 그라고 대학교 다니는 학생애들이 보편적으로 여기와 가지고 자료 수집해서 논문을 올려가지고, 연구 하실라고 하면, 그래서 박사학위 할려면 그것 부담적 스러워. 우리는 확실한 건 몰라.]


## (152) 영규대사의 최후와 보석사 은행나무

박성기(70대, 남) 엄사면 엄사리T 1앞
계룡시 엄사면 엄사리 노인정 / 강현모, 김아름, 한재숙 조사(2007. 5. ***.)


　조사자들은 계룡면 내흥리를 조사한 뒤에 계룡시 엄사면 엄사리를 노인정을 방문하였다. 찾아온 목적을 설명하자, 화기애애한 분위기에서 구술하여 준 것이다, 제보자는 나이를 밝히지 않았으며, 약간 유교적인 사상이 강한 분으로 보였다.

① **영규대사의 최후**

　갑사에서 승려 생활을 했어. 중이란 말여. 그때에 조 중봉이라는 양반이 충청관찰사로 있는디,

　"진을 금산 가서 쳐라."

그래 금산 가서 진을 치고, 일본 적들을 막을라고 하는 도중, 일본 사람들 그 조총이란 총이 있는디, 우리나라 화살이 뭐 깽깽이 같은 걸로는 당하들 못햐. 그래서 이 양반이 복부에 총을 맞았어.

그래 창자가 나오니께 창자를 이렇게 두 손을 부대 안고서는 조 중봉을 때려죽인다고, 공주 감영으로 가다가, 에 계룡면 버들뫼라는 데가 있어. 계룡면 버들뫼. 거기 저 냇 강변에서 쓰려져서 죽었어.

그러니께 동민들이 그 양반 시체를 떼매다가 그 뒷동산에다가 묻었어. 근디 그 산은 시방 누구에 산인고 하니, 파평 윤씨네 종산이여. 에 종산인디, 이 선산이 이렇게 있는디, 이 옆구리에 이렇게 묻었는디, 고기에 인자 발굴을 해가지고 박대통령이, '참 나라를 위해서 구국운동을 하다 죽었다'고 해서 잘 산소를 가꾸어다 맨들어 놨지, 시방. 영규대사의 역사는 그렇게 되있어. 공주 버들뫼라는데, 거기가. 산소를 내가 가보고 그랬지.

## ② 영규대사가 심은 보석사 은행나무

근디 가면은, 금산읍에서 쪼끔 가면 남일면 가는 디께에 에 그게 무슨 동네더라? 그 동네 이름은 모르구. 은행나무가 다섯 구(그루)를 뺑뺑 돌려서 심은게 있어, 이렇게. 근디 그놈이 커가지고 딱 붙어 번졌어. 그래서 그 은행나무가 몇 아름이 되아. 근디 그, 그 은행나무가 난리가 날라면 울어. 그 임진왜란 때 그 나무가 영규대사 그 시절에 심은 거여, 그게.

근디 그 뒤에 보석사라는 절이 있고, 보석사 그 앞이 에 그 은행나무가 있지. [조사자 : 지금도 있어요?] 시방 있지, 그럼. 그 은행나무가 엄청히 크지. 그게 영규대사가 그 보석사하고, 그 뒷산이 에 금산군 그 무슨 산이더라. 금산서는 최고 높은 산이여, 그 산이. 그 산 주변에 그런 거시기가 있어. 뭐 내가 아는 게 있어야지.

## 3. 금산 지역 기존조사 구비설화 자료

## (1) 조헌 중봉보다 뛰어난 영규대사(석동리 2)

황하순(90, 남) / 석동리T 1앞<br>석동리 자택 / 김균태, 강현모, 이선주, 이동전, 이종민 조사(1992. 7. 21.)

이장님 댁에서 조사를 마치고 나이가 많고 이야기를 잘 하시는 제보자를 소개 받고 댁으로 찾아갔다. 조사자들이 찾아가 목적을 설명하고 부탁을 드리자, 방송국에서 왔나, 어디서 왔냐며 이야기를 시작하여 주었다. 제보자는 나이에 비하여 매우 정정하였고 말씀도 조리있게 잘 구술하여 주었다.

여기 절이 들어가 봤으면, 거기 비석이 하나 큰 비석이 가 섰지. 그 비석이 뭔 비석인지 알어? [조사자 : 옛날 의병?] 의병, 의병. [조사자 : 의병 장수인지.] 응. 의병이라고. [조사자 : 승병인지.] 그 중이거든. 중이, 말하자면 그러니게 의병이라고 하는 거여. 그 의병의 장수거든.

그런데 그 절이(에) 와서루 인제 중허고(중노릇 하고) 살았디야. 말인즉슨 그려.(기침) 중허고 살다가 그 저 임진왜란이 일어나서, 임진왜란 때 나서가지고서, 그런게 부목 살 때여. 나무를 하러가면 장달 몽댕이(장작 몽둥이) 하나씩 짤러 갖고 오더랴. [조사자 : 몽댕이요?] 응. 몽댕이.

그래서는 중들 있을 때는 귀경하기로, 참 시방마루 개화가 돼서 이것 아니여. 참 중이라면 중인 줄 그냥 이렇게 지내는지. 칠칠 덕이 많이 사는디, 한 오십 명이 사는데, 그 댐 바깥으루두 절이 많았어. 나무새 밭으루.

그런디 임진왜란 때에 다 파괴해서 다 읎애버렸고서, 그래서 한 300년 그냥 묵어 자빠졌었디, 법당 하나만 남고. 그런데 우리는 모르지만, 우리 아버지는 알어. 우리 아버지가 그렇게 얘기를 하거든. 그래 한 300년 그냥 묵어 자빠졌으니, 부석(사)에 가며는, 25살이나 먹었어. 부석 가며는. 에 그냥 그 법당 마리(마루) 가서, 법당 하나만 이렇게 섰드랴. 그런게 법당 마리에 가서 낮잠을 한숨썩 자고는 풀을 가갖고 이렇게 했는디.

그런데 왜란이 나가지고서루 인자 의병, 승장이라고 그 사람이라드만. 에 상당히 그냥 몽둥이 하나씩을 모르게서 이렇게 낳는디, 300여 개 되는디,[청취불능]

하루는 그 중 하나가 그 몽댕이 하나를 감췄어. [조사자 : 그 몽댕이를 하나 감췄어요?] 응. 감췄으니께, 감췄는디 그 이튿날은 떡 와서 들여다 보더니, 마리(마루) 밑이를 이 몽둥이 해다 감춘 줄 알고 그 놀래서 딜여다 보더니만,

"몽댕이 하나가 읎다. [조사자 : 몽댕이가 읎다.] 그런니 어떤 놈이 감췄냐? 내 놔라. 안 내놓으면 니의(너희) 큰일 난다."

그래서 할 수 읎이 내 놓았는디. 마당에를 가더니만은 중이 그 법당 마당에서 그냥 훌쩍 뛰는디, 법당 날망에 기와집 날망에 가서 딱 번젖히 일어났드랴. 그냥 그 거기 모듬발로 마당에서 뛰어서 그 법당 지붕이루 올라가드랴. 그런게 그 열 질이나 뛰는 겨.(웃음) [조사자 : 열 질이나 되는 곳을 직접 뛰어 올라갔어요?] 응 그런디야.

그 때는 그냥 그 사람을 보고서 벌벌 떨었어, 그냥 중들이. 아이, 인자 스님이, 스님이라고 허고 그랬는디. 그런게 중이,

"잘못 했습니다."

"이놈들! 저 몽둥일 하나씩 들고 다 나서라."

허니까. 허기야 안 들고 나서는 놈들이 뭐 국물도 읎는 거지.(웃음) 그래서 인자 이놈은 말짱 들고서 이냥.

"나선 채로 가자."

저짝이 진악산 날망에, 전 면, 군이서(에서), 군이서 그 면이루 넘어가는 재가 있어. 그 군이서 넘어가는 재가 있는디, 그 재 넘어가자면 제일

꼭대기가 하나 있어. 이짝에서 쪽 나가면. 전에 그게 주지가 한 번 바꿨었냐 봐. 그래 본께로 그 거기다가 진터를 닦어 놨어, 그 장수가.

진터를 닦어서 진을 거기다 치고서 작전하고서. 인자 임진왜란 났는지, 기다리는 말짱 말장트랴. 뭉둥이 하나씩 준비해가지고 거기를 갔단 말이여. 갔는디 일본놈이 저 부산으로 해서 들어와 가지고, 저 뒤 저쪽이루 이 공주를 들어갔어. [조사자 : 공주요?] 공주를 들어가서 공주를 패전해서 인자 거기서 고 주봉, 조 준봉(조 중봉, 조헌) 두 장수가 에 나서 가지고서루 그 장수들한테 패전했단 말이여.

패해서 인자 쫓겨갔는디 인자 여기, 쳐서 인제 여기를 나와서 그 조 준봉 고 주봉. 그런단 말이여. 조가 고가. 그, [조사자 : 조가 고가 뭐요?] 그 고 주봉, 조 준봉. 고 주봉, 조 준봉 그렇게 해여. 그래서 진이 와서 묘이 자리 여기 진악산 말랭이 거기다가 진을 쳤거든.

"그래 어떤 놈이 여기다 진을 쳤냐?"

그랬어.

"그래 내가 진을 쳤다."

그런데 이 중은 아니야. 중이라.

"중놈이 무슨, 공부나 할 것이지 무슨 진을 치고 니가 장수질을 헌다고 허냐? 중이 끝까지 중 말을 들을 수가 읎다, 양반이. 그런게 우리 그리 안 간다."

이 여 중이란 놈, 점 할 수 있는 사람은 거기가 있어. 칠백의총에 가 있어. [조사자 : 조헌이라. 그 얘기 좀 해 주세요?] 에. 칠백의총에 가서 있는디, 그 칠백의총에 의총인 게. 인저 눈부리(내부리의 잘못인 듯)라고 저기 군북면 눈부리라고 있어. 눈부리라고 벌판이 있는디, 거기 벌판에다가 고 주봉하고 조 준봉하고 둘이,

"여기다 진을 칠란다. 그런게 니, 너도 이 우리를 따라 오니라."

그런께. 그 사람이 말이,

"그게 댁을 따라가는게 아니라, 내가 진 친디는 일본놈이 들어오는 것을 제다(전부) 알게 되고, 여기서 진을 치면 금방 코 밑이 들어오드래도 모른다. 그 번덕(벌판)에서 진을 치며는 어떻게 아느냐? 저 날망에서 진을 치며 제다 들어오는 걸 저기 십 리 밖에, 이십 리, 삼십 리 들어오는 것도 안다."

"아이, 그것 이 중 말을 들을 수 읎다."

[조사자 : 중 말을 못 듣는다.] 응. 그래서 할 수 읎이 중이 혼자 이길 수가 읎고 근디. 그래서 거기를 왔는 디. 그래 합하여 합산 했는디, 칠백 명 군사가 [조사자 : 칠백 명?] 응 칠백 명. 그래서 칠백의총여, 거기가. 그래가 지금 이 칠백의총이라 하는 겨,

칠백 명 인제 가죽제합(?)을 져 들어. 가죽지합이란 것이 퇴 가죽, 그 놈을 있어가지고 칠백 명이 번을 전부, 전수 잇대여 만들어 났다 그 말이여. 그런게 수단을 인자 잡어서. [조사자 : 아이 수 가지고 엮어가지고.] 응, 암만.

그래가지고 인제 거기를 지키는디, 여기를 지켜도 이놈들이 안 들어와. 그래 여기를 잠을 안자고 지킨 놈이 정말 죽겄지. 그래 열흘만이,

"에이, 난 안 들어오는 게비다고. 자자."

고. 그래 잠이 흠뻑 들어선 게, 아들 밑 것들 모르네. 싫것들 자느라고. 그래서 요래돼서 이래 누워가지고 그 사람들이 인자 할 수 읎이 자는디. 들어와서 본께 자거든 말이여. 그런게 그냥 말짱 덧치 비듯이 그 덧치 치게 할 때. 덧이 칠백 개가 젖혀 있는데, 그 놈을 죄다 뺏어내서는 막 밟아서. 칼로 찔르고 밟고 그냥 수백 명이 그 놈들도 왔거든.

그런디 수백 명 올라서서 막 밟고 그냥 창으로 찔르고 허니 견녀 닐 수 있어. 그런게 시체 다 죽었어. 그래 시체 다 죽어서, 거기 조준봉도

다 죽고, 고주봉도 죽고.

그 영규대사라고. [조사자 : 영규대사요?] 응 영규대사. 영규대사라고 이름이, 호가 그랬어. 그래 영규대사라 허는 사람이 인자 거기서 에 조사(?)한티, 그 사람은 진을 친 사람이라 기운도 장사고 그래서,

"내가 이쪽에 가서 그 자웅 친 게 있는디."

대를, 그 사람 밖에 내뺄 사람이 읎어, 그래도. 대로 찔러가지고서 내빼는디, 창자가 그냥 이 길게 짧릅게 이렇게 나오거든. 그 놈은 더듬더듬 안고서 장각을 햐. 그래 공주 무슨 뫼라고 하는 재가 있어. 그 공주 밑에가 하나 섰어. 거기서 날망에 가서루 못하고서 그 돌맹이가 죽었어. 그런게 그 창자들을 안고 죽었드랴.(웃음)

[조사자 : 안고 죽었다고.] 응 안고서. 더듬더듬 안고. 그래도 나와서 터졌으니, 배가 터졌으니 그 발목을 더듬는 디 살을 거여. 그래서 그 영규대사가 잘 했다고 여기다 비석을 하나 세우고서. 그런게는 거기는 죽었다고 비를 해 세우고.


## (2) 보석사의 창건과 역사(석동리 6)

보석사 스님(?, 남) / 석동리T 2뒤<br>석동리 보석사 / 김균태, 강현모, 이선주, 이동전, 이종민 조사(1992. 7. 21.)

조사자가 오전에 들렀던 보석사를 다시 찾아가자, 제보자인 스님께서 반갑게 맞아 주었다. 그래서 이곳 보석사와 관련된 이야기부터 시작하여 준 것이다.


보석사는 신라 헌강왕 때 조구대사라고 스님이 인자 지었다고 그러죠. 그런데 조구대사가 보석사를 짓기 전에 요 위에 가면 영천암이 있죠.

[조사자 : 예. 영천암.] 응. 영천암.

길 영(永)자에 샘 천(泉)자라 해서 영천암인데, 왜 영천암이라 하냐믄, 거기 우물이 하나 있어요. 자연 동굴에서 나오는 우물이 하나 있는데, 그 조구대사(가) 영천암에 초막을 짓고 에 수양을 하고 계셨는데 어, 한 해에 인자 극심한 가뭄이 있었다는 거예요.

가물어 가지고 동물이 다 떠나는 그런 입장인데, 아 조구대사가 인제 기도를 한 후에, 그 바위를 지팡이를 가지고 뭐 이렇게 암반을 가리키니깐 동굴이 생기면서 거기서 물이 나와 가지고 그 가뭄을 다 해결할 정도로. 그런 어떤 거를 했다는 거에요. 그게 영천암이고,

그 영천암에 계시다가 인제 조구대사가 고렇게 한 다음에, 여기 큰절을 창건했다는 겁니다. 창건했고. 고 다음에 그, 그 사기는 정확하게 들은 건 없고.


임진왜란 때에 우리가 승병장 가운데 인자 어, 사명대사라 하는 분은 많이 알려져 있습니다. 그런데 영규대사, 여당 영규대사라고 하는 분은 잘 안 알려져 있다구요.

근데 이 이가 승병 800명을 이끌고 여기 계시면서 활약을 많이 했다는 거예요. 청주성을 함락하는 데도 막대한 공을 세웠고. 결국은 인제 금산 전투에서, 여 금산은 칠백의총 있지요. 그 전투에서 전부 이자 그, 저 조헌인가요? 의병장. 그이들하고 다 전사를 했는데, 영규대사는,

"우리는 전열을 좀 더 다듬어 가지고 그렇게 전쟁을 하자."

그랬다는 거예요. 그런데 조헌 의병장이,

"사나이가 뭐 그런 저런 거."

그 쉽게 말해서 거 의협심만, 그것만 가지고 무모하게 인자 작전을 했단 거야. 그래서 인자 전사를 해가지고, 그럼 승병 800명은 흔적이 없어

진 거에요. 칠백의, 칠백의총이라고 해서 남아 있거든. 그러면 그 때가 유교가 아, 지금은 사실은 역사가 왜곡되고 있다고. 그 유생들의 군사력, 이 승려들이 그런 것은 다 인제 없애뻐린 거지.

그리고 스님들이란 원래 필요한 자리에 나와서 얘기했다가 아주 얘기 전에 뭐 역할을 하고는 그 다음에 소리 소문 없이 자기 자리 돌아가 버리고 그런 게 있습니다.

그 영규대사가 인제 여기 계셨고. 그 다음 여당이라고 요기 영규대사의 호를 따서 여당이라고 하고. 인자 고렇게 하면서 하다 보니깐, 이 왜병들이 이 절을 다 인자 불을 질러 버렸다는 거예요. 불은 질른 것을 고종 황제 때, 민비가 시주를 해가지고 그 이 법당이라든지 요 위에 건물 지어가지고 원찰을 삼았다는 그런 얘기가 있고.

## (3) 영규대사의 일화들(석동리 8)

보석사 스님(?, 남) / 석동리T 2뒤<br>
석동리 보석사 / 김균태, 강현모, 이선주, 이동전, 이종민 조사(1992. 7. 21.)

앞의 이야기를 마치고 이곳에 있는 영규대사의 비석과 관련되어 생각이 났는지 여러 가지 일화들을 말씀하여 주었다. 이 이야기를 마치고 불교에 대한 것과 다비식에 대해 말씀하여 주는 것을 듣고 조사를 마쳤다.

### ① 일본인들이 파괴한 영규대사의 비석

또 저 밑에 가면은 의병승장 비석이 있어요. 그 영규대사를 기리는 비석인데, 고 비석도 영규대사 종적을 기리기 위해서 나오는디.

일본 사람들이 그 때, 그쪽 가보면 정을 가지고 그 비석을 다 쪼아 놨다고. 글자를 다 파괴시켜. 땅에 묻어 놓았던 것을 찾아내 가지고. 어,

지금 그걸 다시 세워 났어요.

## ② 영규대사가 활동하였던 의선각과 활꼴

또 의성각(의선각)이라고 요 앞에 건물이 그 영규대사, 영규대사가 여기에서 좌선하고 수행하던 곳이고.

그 영천암 뒤에 가면 활꼴이란 데가 있어요. 영규대사 거기서 무술을 연마하고 하던 고런 장소가 있어요.

[조사자 : 영규대사님이 성을 쌓다고.] 성? [조사자 : 틈이 없다는 그런 얘기가 들은 거 같은 데요?] 그 요 위에 나도 올라가 보지는 못 했는데, 위에 어데 성이 있다 합니다. 성이 있는데, 그 영규대사가 쌓다 하는 소문들은 들었는데, 그 영규대사가 쌓았는지 그 전에 쌓은 건지는 모르겠고.

## ③ 영규대사의 최후

그리고 영규대사에 관한 전설이 있드라고. 영규대사가 고향이 어디냐면은 저 계룡면 갑사가 있는 고 부분이라요. 거기가 영규대사의 고향이라. 그라고 인제 출가는 갑사에서 하고 공주 청남(청련암)이란 데서 수도를 많이 했다 그래요, 처음에는.

근데 여기에서 금산 전투에서 어, 쉽게 말해서 칼에 상처를 입고 창자가 밖으로 나온 것을 이렇게 손으로 끌어안고 걸어서 그까지 가셨다는 거예요. 계룡산 그 저 갑사 앞에 까지. 그래 갑사 앞에서 가면은 비각이 있어요. 영규대사가 쉽게 말해서 저 돌아가신 자리가 있고.

고기서 쪼끔 가면 묘소가 있어요. 대개 스님들은 화장을 하는데, 아마 당시에 임진왜란 가운데 그 스님을 공적이 이런 걸을 생각해서 스님이 묘를 썼는가 봐.

그런데 거기에 자기 누님이 사셨다는 거야, 근데 이렇게 해서, 상처를

안고 가니깐, 누님이,

"사나이 대장부가 그 자리에서 죽지, 어떻게 찾아 오냐?"

꾸지람을 들었다는 거지.

④ 영규대사의 탄생담과 출가 내력

그런데 내가 영규대사 묘소 있는 동네에 가서, 그 동네 노인들한테 인제 전설 같은 거를 들으니깐.

어릴 때부터 하도 기골이 장대했데요. 장대했는데, 그 당시에, 옛날에는 그런 게 있었나 봐. 왜 원체 등치가 크고 힘이 좋은 아이가 태어나면 그 아이가 자라서 역적모의라도 할 수 있으니깐 미리 없애, 저거(제거)해 버린다는 거야.

그래서 영규대사, 그 때는 영규대사가 아니겠지. 에, 갑사로 들어가 가지고 거기서 나무도 해 주고 뭐 좀 그런 걸 하면서, 우리가 요즘 말하는 숨어 지내는 거 비슷하게. 그렇게 계시다가 스님이 되고.

스님이 되니깐 임진 민란(왜란)이 일어나니깐 그 활약을 했다는 거여. 고런 그 이야기를 내가 들었지. 사실인가는 모르겠지만.


## (4) 영규대사와 칠백의총(석동리 9)

김용석(59, 남) / 석동리T 3앞
석동리 이장님 댁 골목 / 김균태, 강현모, 이창화, 장혜룡, 박강우 조사(2003. 11. 28.)


조사자들은 석동리에 도착하여 이장님 댁을 찾아가는 도중에 제보자를 만나 찾아온 목적을 설명하고 부탁을 드리자 간단하게 말씀하여 주었다. 그러고 조사자들이 여러 가지를 부탁하였을 때, 바쁘다고 말씀하면서도 말씀을 계속하여 주었다.

누구, 누구야. 조언(조헌) 선생하고 영규대사, 그런데 영규대사를 기리는 거라, 이게.(웃음) 영규대사가 뭐냐면은 칠백의총, 저 대전 가담 보면 칠백의총이 있지. 칠백의총 알아? [조사자 : 보기는 했는 데여 자세히는 안 가봤거든요.]

어, 칠백의총이 뭐냐면은 임진왜란 때 의병선(승)장인, 영규대사가 의병선장이 돼가지고 의병을 700명을 모집을 해가지고 금산에다가 이제 진을 치고 있었던 거야. 왜군들이 청주에서 넘어온다는 소식을 듣고.

오, 그래가지고 조언(조헌) 선생하고 이렇게 만나기로 했거든. 그런대 거기에 거기에서 진을 치고 있는데 어, 확실히는 몰라도 어떻게 돼서 700명이 전부 몰쌀을 당했어, 700명이. 그래가지고 어 그러기 위해 고민은 어느 누가 한 사람이 그것을 으, 좀 시체를 나중에 에, 이렇게 해가지고 700구를 한꺼번에 이렇게 뭐냐면은 매장해 논 것이 칠백의총이거든.

그 양반을 기리기 위해서, 여기에서 영천 사람[청취불가] 저 위에서 공부를 하고, 여기에서도 공부를 할 수 있다는 것이거든, 영규 대사가. 그래가지고 그 양반을 기리기 위해서 그것을 에, 여기다가 그 비를 세운 거라고.(웃음)


## (5) 진악산과 영규대사(석동리 12)

김용석(59, 남) / 석동리T 3앞<br>석동리 이장님 댁 골목 / 김균태, 강현모, 이창화, 장혜룡, 박강우 조사(2003. 11. 28.)

앞의 이야기를 마치고 이곳 마을과 관련된 이야기라 생각이 났는지, 마을의 유래에 대해 설명하여 주었다.

[조사자 : 혹시 이 산(산을 가리키며) 이름이 무엇인지 아세요?] 진학(진

악)산. [조사자 : 유래?] 그러니깐 저(손으로 진악산을 가리키며) 위에 가면 성터도 있어. 임진왜란 때 싸우던 성터도 있고, 아까 영규대사 스님들이 의병들을 모아가지고, 그러니깐 민병만 전부 모아가지고, 그러니깐 이 의병 선장이라고 하는 것이 괭장히 값이 있는 거야.

사실은 이게 안 그래? 이 조언(조헌) 선생이라든가 이순신 장군 이런 사람들은, 권율 장군 이런 사람들은 국가에 노고를(녹을) 먹고 어, 산 사람, 생활을 했던 사람이지만, 영규대사라고 하는 사람은 완전히 민병으로만 그, 그리고 스님들로만 구성을 해가지고 나라를 지키려고 했던 거니깐 뜻이 있는 거지, 이게 더. 어, 그걸 알아야 되는데 정부에서 뭐냐며는 그 쪼금 나구 그러니깐. 이 마을에 와가지구 살면서 저렇게 중요한 것이 있는데, 이것을 떠 갈려고 그랬었어. 또 언젠가는 저 칠백의총의 비를.

아 그래가지고, '우리 마을에 있는 건데, 옛날서부터 있던 건데 왜 떠가느냐.' 그래가지구 반대를 한 사람이거든. 내가 어. [조사자 2 : 영규대사님이 이쪽 진학, 이 근처에서 싸우시고?] 어 그렇지. 그런 것이 있어. 그러니깐 이게 유명한 건데, 사실은. 사실은 생각해 보라고, 젊은 사람들이 막 정치해서 막. 옛날 이조 때 같은 그런 당파 싸움이 다시 일어나고 시작하거든. 막 이게 에, 그렇잖아 지금 현재가 맨날 자기 막 그 당약 막 그 이득만 당권만 잡으려고 뭐 민생이나 국민들은 생각지도 않는단 말이지.

그런데 이런 사람들은 진짜 이 선조들이 배워야 할 숭고한 정신이 있는 거야. 으 어, 그냥 자기 목숨 버려가면서, 그 때 생활을 살아보지는 않았지만 뻔하잖아. 지금같이 뭐 먹는 것도 충분하지 않고 그런 생활에서, 막 그 난리 때 서로 도망가기에 바쁜 때 말이지. 으, 막 스님들하고 민간인들하고 곡괭이 들고, 무기가 뭐가 있어? 그런 사람들 700명을 모아가지고 싸우러 갔다고 하는 것은 그 자체가 정말 숭고한 거야, 그지. 어, 그런 거거든. 그렇게 뭐냐며는 역사가 있고 좋은 건데,

이걸 무의미하게 박정희 대통령 시절에도. 칠백의총을 왜 저쪽에다 졌냐면은 무슨 역사 학교를 질려고 했던 그런 것이 그 때 당시 있었어. 왜 그러냐면은 다른 임진왜란 때 다른 사람들은 국가의 노고를 먹고 살았지만은, 이 양반만큼은 완전히 그냥 민간인 그 자체로 싸운 거거든. 그러니깐 정신을 받들기 위해서, 저 칠백의총도 박정희 대통령이 세운 거야. 어, 그렇게 세운 거야. 아, 왜 그러냐면은 저쪽 현충사 있지, 그 쪽은 이순신 장군을 기리기 위한 그 저것이 있잖아. 근대 거기보다도 더 유명하게 박정희 대통령이 살았으면은 더 유명하게 만들었을지도 몰라, 저게. 으, 그런 것이 있다고 여기가.

그러니깐 유명한 턴데, 그것이 뭐냐면은 지금에 와가지고 하나 무의미하게 비석도 떼 갈려고 하고, 자기 막 가까운 데에서 행정 싸움에서 이기려고 하고 그러니깐. 그런 것이 좀 뭐냐며는 모순이라 이 말이지. 왜 그러냐면은 옛날에 기리던 것이 그 장소에 있던 것을 보존을 해야 되는 거거든.

## (6) 성재산 유래(구억리 9)

최완종(65, 남) / 구억리T 1뒤
구억말 길가 / 김균태, 강현모, 김태진, 윤영로, 이형래 조사(2004. 5. 31.)

앞의 이야기를 끝마치고, 이곳의 지명과 관련된 역사적 전설의 현장이라 생각이 났는지 이어서 성재산의 유래에 대해 이야기해 주었다.

저기 우측에 뾰족한 산이 우리 여기 말로는 성재산이라고 하는데, 임

진왜란 때 여러분들 저 조중봉(조헌) 선생이 묻혀 있는 칠백의총. 호가 그렇고.

그 양반이 의병 칠백 명을 거느리고, 저기 가면, 저 산 끝에 금강이 흐른다고. 영동으로 해서 옥천으로 해서 대청댐을 해서 금강으로 빠져나가는 여기가 금강 상류야. 거기 가면 원골이라고 해서, 우리 충남하고 충북하고 경계가 좁아 우측에 산이 있는데, 그 산은 월령산이라고 해서 그 산은 달 월(月)에 달빛이라 그래서, 달빛이 비치는 산이라 월령산이라고 하는데, 그곳에 영규대사는 승려 3백을 데리고 그 산에서 성을 쌓고 지키다가 영동 방면으로부터 왜군이 올라올 때,

"거기서 공격을 하면은 오지도 가지도 못하니까 강물에 빠져 죽기 밖에 더 하겠느냐."해서 거기서 성을 쌓고 지키는데, 그 의병대장 조헌 조중봉 선생은,

"저 산에다 성을 쌓고 지키자."

고 한 거야.

"그러면은 자기들은 안전하다."

는 거야. 우리가 일방적으로 볼 때는 거기가 안전하다는 거지. 왜군이 그 쪽으로 올 리가 없지. 금산을 향해서 공격을 하지. 그러고 뒤가 딱 깎여 있어서 뒤로는 공격을 못 한단 말이야. 지금도 저기 가면 성터가 있어. 그래 이제 영규대사하고 조헌 선생하고 의사가 서로 맞지 않아서, 그렇게 퇴각을 해서 후퇴를 해서 칠백의총으로 가서 칠백 명이 다 죽었다 해서, 거기다 의총 묘를 만들어 놓고 보호를 하고 있는데. 저 산은 거기다 성을 쌓은 산이라고 해서 성재산이라고 하고 있지.

## (7) 성재산 유래(대산리 7)

김선길(72, 남) / 대산리T 1앞
대산리 2구 자택 / 김균태, 강현모, 박민경, 진수진 조사(1996. 11. 9.)

앞의 제보자에게 더 이상 채록이 불가능하여 새로운 제보자를 찾아 나섰다. 우선 장소를 대산2구로 장소를 옮겨서 마을 사람들에게 이야기를 잘 해주실 분을 부탁하자 제보자를 소개하여 주었다. 제보자는 몇 년 전 초등학교 교장 선생님을 퇴임하신 이 마을에서 가장 학식이 많은 분이었다. 정 자세에서 한 번도 흐트러짐 없이 이야기를 해 주었는데, 설화 등은 비과학적인 얘기라 하여 극구 거절을 했다. 그리고 마을에 관한 전설을 물었을 때도 비과학적인 이야기라며 이 이야기를 해 주었다.

옛날이 여기가 임진왜란 때 싸움터였어. 싸움터에 딴 동네 댕기면서 뭐 들어봤는가? 얘기. [조사자 : 아니요.] 싸움터 였었는 디, 내가 알고 있는 건 옛날 할아버지한티 들은 얘기지만, 소위 왜놈들이라고 했지, 일본 사람들을. 왜놈들이 여기 영동 직구(지구)부터 쳐들어오면서 금산으로 해서 대전으로 서울로 목표하고, 그냥 추계에 들어온다고. 왜놈들을 수천 명을 끌고는 이 영동 지역에서 금강 강변을 따라서 말이지, 이 전라도를.

그때 얘기를 들어보면은 조헌 씨라고 하는 중이 한 분 있었고, 조 중봉이라고 하는, 조 중봉이라고 하는 분이 조헌 씨로 그 사람이 의병 대장이었어. 의병 대장이라고 하든 저 알가 몰르지만은 정식 군인이 아니고, 지방에다 그냥 지방민들을 민병대처럼 주어 모아 가지고서 작당해서 도치 내지는 쇠시랑(쇠스랑) 뭐 그런 등을 가지고서 일본에 나서 대항할려고 조직을 한 부대의 대장이었다 이거여. 조 준봉이라고 하는 분이.

그래 그 분이 여기 와서 지휘를 하면서 모인 것이 여기 금산직구, 옥천직구, 진산 요 주변에서 다 사람을 모아서, 수천 명을 모아서 작당을 하고. 저 영동 쪽에서 이리 침범을 해서 들어오는, 금산으로 치고 들어 올려고 하는 것을 정보를 듣고는, 인제 여기 와서 진을 잡아 놓고, 무슨 짓을 하는가 하면은 그 당시의,

"부인들 앞치마를 입고 나와라."

해 가지고, 강가에 흘러 나가는 돌멩이를 전부 이렇게 담아 가지고서, 산 날망이 가서 성을 이렇게 쌓아놨어. 그래서 여기 성터가 지금도 있어, 천태산이라고. 성터에게다 돌멩이를 다 옮겨나서나 성을 이렇게 잘 만들어 쌓어. 지금도 성터가 인제 저 순전히 남아 있어. 군데군데 무너진데 있지만은 말이여.

거다가 애써 이 주민들 여기 사람들 모두 동원시켜서, 남자 여자 다 동원시켜서 성을 싸놓고 인자 거기를 대비해서나, 일본 놈들이 오면은 대항할라고, 수비를 할라고 하고 있는 참인디. 이놈들이 저 일본, 왜놈들이 그 쪽으로 올라오나 보니까, 강 물줄기가 요기 와서 요헐게 찌드라게 되요. 문수 올라와서 됐단 말이여. 요기 가서 요렇게 이렇게 노다지 되어 있단 말이여.

그러면 위치가 여기여. 여기를 뭐라고 하느냐면 개터라고 해. 개터. 물 흘러가는 골목, 골짜기. 지금도 경의대교라고 큰 다리가 보여. 지금은 다리가 놔 있지만은, 그전엔 거기가 참 뭐여 배, 배라고 말하믄 알려나 몰라. 옛날에 저 나룻배라고 해서 송판을 이냥 크게 한 것을 이렇게 대여 만들어 쌍돛이나 돛대로 이렇게 밀어가면서 사람들 이렇게 실어 날르고, 금산서 영동까지 다니는, 그때는 저 차가, 버스가 있었남. 시커면 그것, 지금으로 말하면 개인 승용차 자가용 정도 되는 게 그런 따위들 이렇게 하며는 고것도 배에다가 실어 가지고 들어가서, 건너가서 그 영동에서 가게 맨들었고. 또 여기서 오는 배는 금산에서 그렇게 했고. 그 뭐야 자동차로, 그 배로 실어 날르지. 배에다 실어갖고서 참 거시기란 곳이란

말이여, 여기가.

　그런디 어디 정보를 들었는가, 일본 놈들이 저 영동 쪽에서 이리 추계리로 올라오다가는 물이 이만큼이나 더 많아서 이리 건너올 도리가 없어. 그래서 이놈들이 방향을 쪼금 위로 잡아 올렸다 이 소리여. 그러니까 여다가 애쓰게 그 부인들이랑 모두 나와서 그냥 힘을 들여가면서 성을 쌓아놨던 그 성이 허사가 돼버렸어. 진지로, 그리로 오지 않고, 이놈들이 방향을 다른 디로 이렇게 돌렸기 때문에. 그래서 거기서 다시 내려와서, 우리는 올라와서 보니간, 여기는 천여 명밖에 안 되는데, 저기는 수만 명의 군사가 막 추격해 오면서 화포를 쏴갖서 온다 이거여. 화포를 쏘면서. 포탄을 쏜다 말이여. 쏘면서. 우리게는 제우(겨우) 있다는 것이 뭐 도치나 괭이나 뭐 삽이나 뭐 호미나 이런 따위로 대항할라고 하는 참인디. 숫자로 재버리면 대항할 수가 없는 그런 숫자로, 거기는 숫자가 많고 여기는 숫자가 적고 하니깐.

　여기서 뭔 짓을 했느냐 허면, 산에 가서 산에 가며는 빨간 흙이 있다고 하지. 빨간 흙이 말이지. 옛날에 그 집을 짓기 때문에 이 벽을, 벽이 다 이렇게 빨간 흙이래도 좀 벽을 발르면은 좀 대개 살았던 거여, 옛날에. 빨간 흙을 이렇게 산에 가서 그저 막 파가지고서는 강이다가 전부 다 이렇게 띄었어. 그러니까 강의 물이 무슨 색깔로 변하겄어. [조사자 : 빨간색이요.] 빨간색으로 인저 변해갖고 홍당무 색, 저 홍당무가 되어가지고서루 말이여, 홍수가 되어 버려. 그러니까 물의 깊이를 대개 몰를 거 아니여. 그냥 댕기며는 요런(깊이를 알려주며)것 뱀이는 안 되어. 이런 것인디, 저 놈들이 들어오면 대항해서 이겨낼 수가 없단 이 소리여. 그래 적당히 생각한 것이 흙탕물 파서 막 그냥 뿌려갖고서나 그냥 흙탕물이 막 내려가.

　근디 고 전에 말했던 그 배, 인자 사람 나룻배 댕기고, 차도 싣고 댕기는 고기는 물이 얼마 깊질 안 해서, 그냥 걸어서 건너서 올 수 있는 그런 정도였었단 말이여. 인자 고기를 못 오게 맨들기 위해서, 그 위에 올라가서 흙탕물을 막 뿌려서 그냥 홍수가 되니깐 물을 수심을 알 수가 없잖냐. 그래서 작당을 하면서 이 강으로 이짝 오면 그냥, 건너오는 대로 하나썩 하나썩 찔러 죽이고 뭐 이냥 뭐 어쩌고 한다 이런 식으로 그런 작당을 하고 있는 참인데.

이런 얘기해서 안 됐지만. 여성들, 조 준봉씨라고 하는 대장의, 인제 그때만 해도 그 사람이 좀 잘나면은 그 전부 다 세컨드(첩)라고 있었나없었나 모르지만, 본처가 있고 한 디도 자기를 좋아하는 세컨드가 있었단 말이여.(일동 웃음) 그런디 세컨드가 안하고 뭐라고 하는가. 그 첩같이 하는 고 저 애인이 있었는 거야. 그래가지고는 옛날 사람들 이렇게 지금 광주리라고 기억하나 몰라. 광주리에다가 미역 같은 거, 멸치 같은 거, 참 명태 같은 것을 이렇게 넣어갖고

"파시오."

하며 팔러 다니는 생산하는 장사치를 하고서, 그 여자가 거기 와서 그놈을 이고서, 저쪽이는 인자 일본 놈들이 한없이 그냥 모여서 있는디, 이 여자가 와서 그 여자가 그 물을 건너간다, 왜군은 그 위에 가서 있는디. 그러면 왜 이 여자가 그 짓을 행동을 했어, 행동을. 조 준봉이란 분이 여기 소위 의용군 대장이라고 하는 사람이 그 사람한테 이냥 한 맺히게 '기달리고 기달리고 하다'가 자기도 몰르듯이 하고, 그냥 국가만 위하고, 뭐여 주민들을 동원시켜 갖고서나 민병대를 이렇게 조직해 갖고서나 그렇게 싸우기만 하고, 그냥 자기는 돌보지 않는다 하는 것도 미워서 그런 짓을 했다 이 얘기여.

광주리를 이고 이렇게 건너가는 디 보니까, 요만히 밖에 안 되거든(다리를 매만지며). 그러니까 저 건너 바라보고 있던 일본 놈들이, 왜놈들 저

기 응 홍당무 물이라 아주 짚은 줄이라 알고서 못 건너고 있디만, 저 여자가 건너온다. 바라보니깐 그 여자가 누구여 소위 대장이라고 하는(녹음 중단) 자기의 참 축첩이라고 할까, 애인이라고 할까. 그 여자가 그냥 거기를 건너는 바람이 그 물을 건너게 됐다 이거여, 일본 놈이. 그러니까,

"도리가 없다. 여기 있다간 우리가 다 죽게 생겼고, 저기는 수만 명이고 여기는 천 명 밖에 안 돼. 그러니 도리가 없으니까 안 돼서 적당한 디로 가서 숨어 가지고선 작전하자."

그래서 이리로 올라와서는 이 제원 땅이 여기로 올라와서 곰곰히 생각하니까, 그때의 부대장이라고 하는 사람이 누군가 하면 영규대사라고 하는 대사, 중이 하나 있었어. 그 사람이, 그 사람하고 둘이 상의를 하면서, 대장하고 인자 부대장하고 둘이 앉아서,

"자 우리가 저 숫자허고는 도저히 대항하고 싸울 수가 없고, 여기서 우리가 다 죽고마니 한 디로 도망가서 적당한 산세에 타고서, 산세에 가서 우리도 투망하도록, 그놈들 오는 대로 돌멩이로 대가리를 깨던지 어쩐지 싸워 보자."

허나. 제원 땅에 와서 상의를 하는 디, 상의를 한 번 두 번 세 번 네 번, 아홉 번까지 상의를 했어. 그래고서 상의를 하다가는 결국, 군북에서 옥천으로 빠질 것이냐, 이 금산으로 해서 저리 저 전라도로 빠질 것이냐. 거기서 아홉 번을 상의를 했다고 해서 그 구억리라고 하는 동네가 있어. 제원면에. 그런 동네가 있어.

그렇게 상의를 하다간 그래도 조 준봉 대장이라고 하는 이 분이, 음 자기 주장대로 해서,

"금산으로 가자."

그래 골짜기로 갔다고. 즤의들은 홀감산이란 산에서 거기서 멸망한 것 아니겠어. 물론 갔다가,

"적당한 장소를 진지를 만들고 우리도 대항하자."

그렇게 금산으로 올라갔단 말이여. 금산으로 즉 가마 타고 올라가다 보니깐, 오면서 아나 모르지만 칠백의총이라고 알어. 칠백의총 알어. 금산서 대전 나가다 보면 그 칠백의총이라고 쓰여 있는 디, 거기가 요, 거기 보면. 거기가 그 칠백의총이라 이름을 진 이유가 그 지방에서 뭐라고 하까 의용군이라고 할까 민병대라고 할까. 죽 모여서 인자 활 뭐 창 이런 걸 갖고 인자 대항을 하다가 도저히 안 되겠으니까, 거기를 가다 보니까 산이 거기가 아늑하니 오목하게 되어 있어. 그래 그 안으로 쏙 들어 가면은, 그 너머로 바로 오는 것은, 적이 올라오는 것을 이렇게 추결할 수 있는, 공격할 수 있는 그런 장소가 바로 지금 칠백의총 모셔논 자리여. 그러니 칠백의총이라 하면, 무슨 뜻이냐 하면 칠백 명의 군인들이고 자리에서 일본 놈에게 대항하다가,

"죽어도 여기서 죽자. 도망이나 하지 말어라."

하고서 [청취불능] 끝까지 전투하다가 칠백 명이 거기서 다 죽었어. 그래서 거기다가 한 무덤에 큰 묘가 생겼어. 크게 돼 있지 거기. 그래 금산의 칠백의총이라 하는 것이야. 그래 이것이 생긴 거야.


## (8) 왜적을 물리치기 위해 쌓은 성재(명암리 3)

김흥춘(60대, 남) / 명암리T 1앞
명암리 회관 / 김균태, 강현모, 홍성우, 정덕현, 김흥기 조사(1992. 7. 21.)

앞의 이야기를 마치고 조사자가 찾아온 목적을 다시 한 번 설명하였다. 그러자 주변이 있는 지명이란 점과 역사적 사건과 관련된 전설이라 생각이 났는지 구술하여 준 것이다. 이 성재에 관련된 이야기는 부리면과 제원면 일대에서 널리 전승되고 있는 전설인 것 같다.

왜정 때에, 에 지금 칠백의총에 있는 그, 그 묘소가 칠백의총 그 묘소가 있는 옛날이, 그 분들이 임진왜란 때 영동에서 다들 이쪽으로 올라오는데, 그 성째에다가 성을 쌓은 거예요. 성째에다. 지금도 흔적이 있어요. 성 쌓았는데, 성을 쌓고 막 있는디, 일본 놈들이 쳐들어 온 거예요. 근데 성에서 그 모든 준비하고 있는데, 그 우(위)다가 어떻게 했는고 하니, 물은 얕으니까 못 건너오게 거기다 흙탕물을 갖다가 막 풀은 거예요. 땅이 이게 안 보이게 말이여. 못 건너오게.

그래가지고 있는데, 일본 놈들이 인제 못 건너와서 인자 아우성을 인자 하고 있는데, 인자 그 저 싸울라고 막 지금 아우성하고 있는데, 어떤 아주머니가 밥 광우리를 이고 그리 건너온 거예요. 그래가지고 그걸 보고서 일본 놈들이 막 거기서 성째로, 거기를 막 진주해가지고, 그래서 거기서 쫓겨가지고.

그러니까 거기서 피를 얼마나 많이 흘렸는지, 거기가 피난골 자리가 있어. 거기서 내려오면 피가 어떻게 많이 흘렸는지 고기 내려오면, 영동에서 내려오면 피, 피난 장적골이 있어요. 그래서 쫓기서, 또 쫓겨서 쫓겨서 저 구억리라고 있었요. 평촌리. 구억리가 거기서 우리 인자 우리 저 한민족 거시기들이, 왜병들이 피해가지고 지쳐가지구 구억리서 인자 그 앉아가지고 생각을 헌 거여.

"이래 죽으나 저래 죽으나."

그래 그냥 생각을 여러 가지로 한 거여. 그래서 거가 아홉 번을 생각해서 구억리여. 아홉 번 생각, 구억이란 얘기가 거기서 구억이란 얘기 그 얘기요. 그래가지고 쫓겨가지고, 쫓겨가지고 칠백의총에 가서 전부 이냥 거시기 헌 거요. 그래서 칠백의총 거기 가 보시면 알겠지만, 아마 그 성째에서는 요 원래 거기에서 쫓겨가지고 거기서 패해서, 거기서 싸우다가 그렇게 된 거예요.

## (9) 승병장 영규대사(제원리 4)

제보자 2(?, 남) / 제원리T 1앞
제원리 노인회관 / 김균태, 강현모, 노규래, 김경우, 정형화 조사(1992. 7. 21.)

앞의 제보자가 이야기를 마치고 나서 장가가는 법을 조사자가 구술하자 재미있게 듣고 있었다. 그리고 옆에 있던 제보자가 앞의 이야기와 관련된 임진왜란을 배경으로 투쟁하는 과정을 그리는 것이란 점에서 비슷한 내용이라 생각이 났는지 구술하여 준 것이다.

그때에 영계대사가 있어. [조사자 : 영계대사요?] 영규대사여. [청중 : 영규대사.] 영규대사는 오룡뱅이나(의병장이나?) 지냈지, 인자. 그러면 그 위서부터 돌을 굴글리면 일본 놈들 다 잡을 수가 있다. 그렇게 했는디, 안 들었다는 기여.

안 듣고서나 조 중봉이 후퇴를 그냥 막 해왔어. 그래 일설에서 성째를 그때 쌓았다고 허는데, 성째는 그때 쌓은 게 아니여. 성째가 있는디, 성째는 그 먼저 백제 때 쌓다고 하는 말이 있어. 시방. [조사자 : 성째를요] 응. 아니 그 성째를 그때 당시에 잘 몰라가지고 조 중봉이 성째에다가 성을 쌓았다고 이렇게 나와 있었거든. 그런 디 그게 아니라 그때에 쌓은 게 아니라, 그때 백제 때 쌓았다.

그런디 인제 난두리라고 하는 디서 한바탕 적군과 아군이 싸운 디라고 난두리라고 햐. 시방. 거기서 한바탕 했어, 싸움을. 그라고서는 인제 후퇴를 자꾸 해가지고서나 구억리로 지내갔어, 구억리. 구억리에 아홉 번 생각을 했다는 겨, 조 중봉 선생이. [조사자 : 싸울까 말까 싸울까 말까.] 참 어떻게 할까. 이것 어디 가서나 이것 싸워야 되느냐. 말하자면 아홉 번 생각하다가 구억리에서 후퇴를 해가지고.

거기서 쪼금 더 가면 칠백의총 전사한 디가 나와. 의총이라 하는 디,

의총이란 디 가서. 의총은 옳은 의(義)자, 묘 총(塚)자 의총이여. 의총에 가 가지고, 인자 그러니께 옳게 죽었다고 의총이라고 맹글었지. 그런 게 의총에까지 후퇴 했는디 보니까,

"산세가 좋고 백년대계 좋으니께 내가 죽을 자리는 여기로구나."
허고서나 거기서 칠백의사가 다 몰사 죽음 했다 말이 있어. 그래 영규대사는 맨 원영정에다 청천할 그놈에게다 쳐부수질 안 하고서나 우리가 이렇게 참패만 당하냐. 해가지고서 후퇴를 해가지고서나, 자 그 어디 더 가가지고서나, 거기서나 죽었다는 거여.

[조사자 : 그럼 막 영규대사님이 더 뛰어나신 분이네요. 알고 보면.] 그렇지. 영규대사 더 전략이 났지. [조사자 : 그것은 뭐 이쪽 사람이세요, 뭐 금산 그쪽이나?] 영규대사, 내내 그때 당시에 승병장이여. 승병장. 중으로서나 장사, 장, 장군을 지낸 사람이여, 영규대사는. [조사자 : 그 분이 뭐 이쪽, 이쪽에 오신 적은 읎고요?] 읎지. [청중 : 저기허고 살았은께.]


## (10) 영규대사와 조 중봉(헌)(호티리 8)

전군식(55, 남) / 호티리T 1뒤
호티2리 사거리 자택 / 김균태, 강현모, 김수진, 조영재 조사(1996. 11. 9.)

앞의 이야기를 마친 제보자는 더 이상 이야기가 없어서 못 한다고 하다가, 이곳에 실제로 일어났던 사건이 전설로 전승되는 것이라 생각이 났는지 스스로 구술하셨다.

아마 여기 조 중봉이가 칠백의총이 여기 있잖여? [조사자 : 아, 예, 이쪽으로 더 가면.] 칠백의총. 조 중봉이 하고 말하자면 영규대사하고 이끄는 군대가 있었어, 일본 놈들 처치할라꼬.

그래서 저기 제원 저쪽으로 가면 적백강이 있어. [조사자 : 예. 적백강?] 응. 적백강. 거기서 바우가 많은 데서는 진을 치고 있었고 헌 디 저 위루 건너 오면은 안 되거든. 그래서 숯가루를 뿌린 거라. [조사자 : 예, 숯가루요?] 숯가루. [조사자2 : 숯가루.] 하얀 물, 하얀하게(까맣게를 잘못 말한 듯), 그러면은 물이 깊은지 어쩐지 모르잖아. 숯가루를 뿌린 거여. 응. 조 중봉이하고 저 영규대사하고 그래 거기다 진을 치고 있는 거야. 근디 건너오면 와그리 그냥 화살을 내릴 지를 자리거든. 그래 숯가루 뿌려가지구.

그래 하는 디, 그런께 뭔가 모르지만 조 중봉이나 인자 이런 우리나라 망할려고 그러는지 모르지마는, 그놈의 여자가 동동 걸어 치고 건너더라는 거여. 그래가지고 일본 놈들이 거리 막 거리 건너온 거여. 그러니깐 거기서 패한 거지, 거기서. 여자는 동동 걸어 부치고 밥 광주리 쓰고 건너 가니껜, 일본 놈들이 알고, 깊은 줄 알았더니 '간단하구나' 그리 막 건너와서 막 쳐들어 오니께 우떡게 햐. 그래가지구 칠백의총까지 온 거여. 칠백의총. [조사자 : 그, 적백강에서요?] 응. 여기서 진을 치고 있는 디, 영규대사는 여기 저 대함리 솔재라고,

"거기 가서 한 번 더, 한 번 싸움을 하자."

그러니께,

"기왕에 죽을 몸, 죽을 몸 그냥 죽는 디 기왕에 죽으니 여기서 죽자."

그런 게 그 영규 대사가,

"그럼 헤어질까."

조 중봉이가 칼로 찔렀어. 배를 찔렀어, 배를. 조 중봉이가. [조사자 : 영규대사가요?] 응. 영규대사를. 그래 영규대사가 창자를 끌어안고 십리 길 내려와서 죽었다는 거여, 여기 와서. 그래 영규대사 그 비 있다는 거여. 그래,

"딴 데 가두 진다."

이거여, 조 정봉이는. 그래 영규대사는,

"한 번 더 싸우고 거기 가자."

고 하니, 여기가 명당이거든, 칠백의총이. 그래서 조 중봉이는 왜 그러냐면 여기서 싸워. [조사자 : 여기서 싸워.] 응. 칠백 명이여. 여기서 몰살하여 죽었잖아. 칠백의총여. 그래 그러니께 그때 그 난리를 치루고, 뭐냐 그냥 저, 저 뭐냐면, 아주 저 그 모가지를 끊어다가 모가지만 끊어다가 그 칠백 명 거기다 묻어가지고 거기가 칠백의총이여. 거기가 크지.

거 칠백의총이는 10월 23일 날, 아니, 9월 23일 날 제 하나 올려. 도지사님도 오고 허지만. 응 거기가 그 칠백의총이 형편 읎었어, 처음엔. 박정희 대통령이 저 이순신 장군님 몬양으로 거기, 거기만 똑같이 해놨어, 해놓기는. 똑같이 해놨어.

그래 거기가 관광지나 그렇게 해놓고, [조사자 : 처음에는 여기가.] 가 보면 인제 싸우던 유적비가 있었는디, 소시랑 가지고 싸우고. 그래 일본 놈들,

"딱궁 딱궁!"

그 조총 가지고 그러니께 당할 수 있나. 그러니께는 그래 무너진 거지. 그때 무너지지는 안 했어. 완전히 그냥 여기서만 무너졌지. 그때 왜 천마산 절개 그 쪽에 늦어져기 때문에 그랬지, 여기를. 지원군이 여기를, [조사자 : 늦게 도착해 가지고 그때 망한 거예요. 칠백의총.] 응. 그렇지. 그때 해방재 넘어 왔었지, 지원군. 그래 늦게 못, 못 당도한 거지.

근데 그 물 건넜었던 것이 그게, 그게 귀신이랴. [조사자 : 그 여자가 귀신이래요? 일본, 우리나라 하고?] 응. 밥 광주리 이고 간 여자가 귀신이라는 거여. 근디 그게 나중에 거시기 하다 보니깐, 저 조 중봉 거시기가, 큰 아가씨를 그렇게 가질려고 하는 디 마다를 해 가지고 죽었다는 거여. [조사자 : 아가씨를요?] 아가씨가 조 중봉이를 좋아 했는디, [조사

자 : 반대하는 디요] 반대했다는 거여. 그래 그때 죽었어. 죽어가지고 그 귀신이 나타나가지고, [조사자 : 한이 살아갖고.]

"너도, 너도 견뎌 봐라."

하고. 거시기 그냥 건너간 거여. 건널만 하니께, 거기 못 건너가고 있으니, 적백강에 여기 있잖어.


## (11) 조헌 장군 일화(상리 3)

박찬요(63, 남) / 상리T 1앞
상리 대한노인회관 앞 / 김균태, 강현모, 유혜경, 박강숙, 유경희 조사(1992. 7. 21.)

앞의 이야기를 마치고 금산에 얽힌 이야기를 부탁하자 역사적 사건을 중시하면서 금산의 중요성을 부각시키는 역사적 내용의 말씀을 하다가, 임진왜란이란 것에서 생각이 났는지 구술하였다.

### ① 호랑이가 도와준 조헌

결혼을 어디로 했느냐면, 나 그 확실히 참 기억을 못하네. 저 먼 디로 했어. 근데 외가 집은 모두 잘 살고 하는데, 외갓집은. 자기는 그렇게 풍족한 생활이 못 되야. 네 외갓집이 가믄 항상 그 외할머니가 귀여워하지만 딴 사람들은 퍽 그 시답잖게 여겨. 근데 그런 것을 그런 꼴을 당하자 조헌은 어린 소견에도 어려서두,

"내가 괄세 받을라면 못(무엇) 할러 외가 집에 오느냐."

그래서 이 무슨 일이 있었어, 좋지 않은 일이. 밤중에 큰 고개를 넘어서 자기 집이를 오는 거여. 대여섯 살 먹은 어린 것이 그 재를 넘으리라고는 생각지도 못 햐. 근데 조헌은 그때 벌써 그만한,

"내가 괄세 받으니 차라리 없는 우리 집이 가서, 우리 집이를 간다."

구. 그래 그 외갓집에서 사람을 시켜서 어, 찾다가 읎으니까 혹시 집이를 갔을지도 모르겠다. 이랴서 이 뒤를 밟으라고 했어, 그 이 조헌이가.

그래 바람만 바람만(?) 가니까, 어느 지점에 딱 가니까 이 큰 호랑이가 나타났는데, 그 호랑이가 조헌 앞이 와서 예를 드리고 이러니까, 조헌이 그 호랑이 허리에 탄다 그거요. 그래 순식간에 이자 집에 데리다 줬어.

## ② 강직한 조헌

조헌은 원채 성질이 아주 강, 강직한 사람이여. 불의나 불의를 보고선 참들. 참들 못 햐.

따라서 임진왜란이 일어날 것을 미리 알고서 이 거적을 들고 도끼를 메구. 이것은 내 소청을 들어주지 않을래면 차라리 내 목을 벼들랑(베라는) 소리나 마찬가지여. 옥천에서 한양까지 올라가서 대궐 앞이 가서 거적을 깔구서 도끼를 끼구서 읍소를 햐. 일본이 곧 쳐들어오니까 율곡이 십만 양병설을 주장했지. 곧,

"그 왜놈들이 쳐들어오니까 십만 정병을 양성해서 거기에 대비를 해야 된다."

구. 조헌두 내내 율곡의 문인이여. 율곡과 성혼 문인이여. 이래서 십만, 왜놈의, 그때 왜놈 그 사신, 조신이라고 하는 그 사신이 왔었어요. '목을 베고 주방(국방)을 튼튼히 하라' 그 하는 상소를 올렸는데, 율곡이 십만양병설을 주장할 때도 '이 태평성대에 에, 군사를 양성하는 것은 오히려 화근이 된다'고 해서 여 묵살을 해버렸어. 조헌이, '일본 놈이 곧 쳐들어온다'구 그렇게 주장해두 그 미친 소리루 그렇게 알았단 말여. 과연 쳐들어 왔지. 그러니까 옥천이서 기병을 했지.

그래가지구 그때 숫자가 천칠백 정도 되야. 공주 갑사에서 여 승병을 이끈 영주(영규)대사하고 합세해서 임진년 8월 16일 날에 청주성을 쳐서

왜놈들을 쫓아냈지. 그라고서 이제 '에 왕을 모시러 올라간다' 모 이렇게 해서 온양까지 진출했는데, 그 당시 충청감사가 윤선각이, 윤선각이 감산데 조헌이 큰 공을 세우구 하니까, 관군은 싸우는 디마다 패 햐. 근디 의병들은 충주성을 수복하구 이겨. 이러니까 인제 시기를 했지. 그래서,

"금산의 왜병이 지금 창궐해서 백성을 죽이구 노략질을 하구, 부녀자 겁탈하구 뭐, 뭐 못하는 짓이 없다. 여기 먼저 쫓아내라. 조헌이 가면은, 가면은 내가 지원병을 원군을 데리구서 그 도와준다."

이렇게 약속이 돼 있는데, 이 이간질을 하구 뭐 이렇게 해서 의병들이 다 흩어지고 천칠백 중에 칠백만 남아. 반도 안 되는.

게 끌구, 여기서 대전서 오다 보믄 봤겠네. 칠백의총? 금산에서 꼭 4km 지점. 우리가 보통 냥 오 리 허라고 그러는데, 옛날 뭐 이 수는 거기가 오 리두, 십 리두, 오 리 이렇게 기양 뭐 얘기하니까. 거기다 진을 쳤는데 영규대사가 어 뭐라고 그랬냐면,

"금산의 왜병이 강성하구 에, 권율이 서 있어. 그래 우리 이 그 당시 칠팔천, 금산에 있는 부대가 칠팔천 있는데 우리 칠백, 이 의사가지구서는 도저히 칠 수가 없으니까 윤선각이 보내준다는 원군이 도착하거든 치자."

이렇게 제의를 했는데 조헌은,

"나라의 위급함을 보고 죽음이 두려워서 적을 공격하는 것을, 섬멸하는 것을 늦출 수가 없다. 다만 죽음이 있을 뿐이다."

이렇게 하구서, 금산 전투가 8월 22일 날 저녁부터 8월 23일 음력이루, 어 아침까지 이렇게 해서 인제 벌어졌는데, 우리가 생각해도 이 금산성에 칠팔천이라는 왜군이 있는데, 칠백 군사 가지구서 친다는 것은 뭐 무리지. 이래서 치다가 참이 다만 우리가 이 자랑할 수 있는 것은 단, 전진이 있을 뿐 후퇴를 한 사람은 없다. 그려서 에, 영규대사의 승정을 문벌(눈벌)이라고 하는데. 문벌이라고 하는데 에 진을 치고 있었고.

그래 같이 공격하다가 여기는 북문을 공격하고 영규는 서문을 공격했지. 공격하다가 인제 조헌 군이 패하고 하니까 영규도 싸우다가 문벌까지 후퇴를 했는데, 에 영규가 무예를 닦고 해서 아주 훌륭한 장수여. 그래서 기양 왜군 등을 종횡무진으루 다니면서 살육하다가 자기두 오 큰 부상을 입었어. 부상을 입어서 에 공주, 자기가 기도하던 디가 공주 갑사여. 말을 타고 갑사까지 가서 거기서 죽었어.

게 영규대사의 그것을 추모하기 위해서 기허당이라고 하는, 기허가 영규대사의 호여. 기허당이라고 하는 이 사당을 하나 져서 보석사 바루, 보석사 경내에 기허당을 져서 초상화를 모셨는데 어떤 나쁜 놈이 초상화두 다 훔쳐 갔어. 그래 읎어졌고, 의선각이라는 각을 져서 영규대사를 거기다 모셨어.

그러구 이제 의병승장이라고 하는 비석을 세워서 이렇게 에 보존하구 있는데, 1940년 왜정 말력(말년)에 일본 놈들이 칠백의사의 총이 있는 그 비석하구 금성면 선가리에 있는 대첩비하고 그러구 의병승장비를, 에 한시에 미리 구먹을 뚫버서 폭약을 장치했다가 한시에 그냥 폭파해 버렸어. 그래, 고 재봉 선생, 논벌에 있는 고 재봉 선생 비석도 한시에 그냥 폭파해 버린 거여. 이것을 인제 복원해서 지금 세워놓고 비각까지 져났지, 의병승전비는. 이건 야사가 아니구 실지 정사나 마찬가지.

## (12) 눈벌의 유래(하옥리 3)

전해근(?, 남) / 하옥리T 1앞
하옥리1구 자택 / 김균태, 강현모, 이상명, 우환국 조사(2003. 12. 7.)

앞의 이야기에 이어서 이곳의 지명이라 생각이 났는지 계속 구술하여 준 것이다. 이 부분은 Tape의 상태가 좋지 않아 기억을 활용하여 정리하여 놓았다.

임진왜란 당시 이곳에서는 치열한 격전이 치루어진 장소였어. 한국군과 일본군 모두 엄청난 사상자를 냈고, 이곳에는 엄청나게 많은 시체들이 있었다고 하여. 그렇기 때문에 이곳에는 서 있는 사람이 존재하지 않았고, 모두 누워 있다고 해서 이곳은 눕벌(눈벌)이라는 이름을 가지게 되었어.

의병 장군으로는 고경명 씨가 있어. 고경명 씨가 전사한 곳이 눕벌이여. 고경명 씨가, 말하자면 승병(의병)인데,[1] 말하자면 여기에서 전사했지. 여기에서 죽은 사람들을 모두 한 곳에 모아서 묻은 곳이.

## (13) 배티재 고개 승전비와 방어고개(하옥리 5)

전해근(?, 남) / 하옥리T 1앞
하옥리1구 자택 / 김균태, 강현모, 이상명, 우환국 조사(2003. 12. 7.)

앞의 이야기에 이어서 이곳의 지명이라 생각이 났는지 계속 구술하여 준 것이다.

여러분들 (조사자들에게) 저, 저 대둔산 안 가봤어? [조사자 : 가 봤어요.] 가 봤어.

고, 저 재가 배티재여. 고 배티재가 거기여. 그래서 인제 아군들이 이거,(할아버지들 대담 생략) 그래서 인제 배티재에는 누가 있었냐면 그 때 권

---

1) 제보자는 영규대사의 승병과 고경명의 의병부대를 혼동하여 말을 하고 있다. 이들은 금산 1차와 2차의 전투에 참여하였다가 금산에서 죽었다. 그런데 전설의 현장은 실제로는 금산1차전투에 참여한 고경명의 의병과 관련되어 있다.

율 장군이야. 권율 장군이 그 지휘를 했었어, 권율 장군이.

권율 장군이 틀림없이 인제 이 골짜기를 향해서, 그 대둔산을 넘어야지. 인제 말하자면 대둔산 고개를 넘어야지 거기서 호남으로, 거기로 가거든. 그래서 인제 권율 장군이 그 군사를 갖다가, 저 너머 저 앞에 말하자면 이 요 고개를 지나가는 길에다가 매복을 시켜가지구, 왜놈들을 전멸한 데가 바로 그 배티재여. 그래가지고 대승을 해서 그 배티(치) 승전비라고 크게 거 있어. 권율 장군이 이끄는 군사들이.

그래가지구 요쪽게(이쪽 방향)에서 금산까지만 함락을 했지, 말하자면 고기를, 재를 넘어가질 못 했어, 왜놈들이. 거까지 연결을 이제 방어고개에서부터, 이제 방어고개, 바로 위가 방어고개가 여기 있어. 방어고개 고 다음에(기침) [조사자 : 남산요?] 어. 남산 고 다음에 요 저 새내 강변, [조사자 : 그리고 눈벌.] 그래가지고 눈벌, 그래가지고 배티재로 연결이 이게 임진왜란 경로여, 이게.

그래서 인제 의병 장군으로는 고경명, 고경명이 인제 승병이여, 말하자면 고경명 씨가 말하자면 전사한 곳이 바로 눈벌이여. [조사자 : 아 눈벌이요.] 눈벌이여. 금산이 아주 임진왜란 때 치열한 전략지고, 어 전투지역이여.

[청중 : 그라고 고기 거 60년, 60년 고개가 뭐여. 저기 왜 가는디 가믄 비석 있구 한디, 저 저 60년 고개여, 뭐 60명 고개여?] 거기는 금산이랑 관련이 없고. 그 저 보석사 가믄 고경명, 말하자면 권율 장군 비석이 있는 디, 전승비 비가 있는 디, 왜놈들이, [청중 : 보석사 가문?] 어 들어가믄 입구에 조기 있었는 디, 왜놈들이 그냥 남포(화약)를 놔가지고 폭파해가지고 자 쪼가리가 나버렸어. 그 쪼가리를 요리 맞추고 조리 맞춰 가지구 해놓기 해 놨지. 그거지.

그러나 이제 이 하옥리라구 하믄 타격지로 유명한 것이 아까 그 방어고개, 방어고개라는 것은 적군을 저쪽에서 쳐들어오는 놈을 막기 위해서, 금산을 수호할라니까 여기도 막고, 만약에 새내 강변 고기서도 막고 했을 꺼 아녀. 그래서 그 고개가 방어고개가 하옥리가 있어.


## (14) 칠백의총의 유래(마수리 2)

최병칠(71, 남) / 마수리T 1앞<br>마수리 자택 / 김균태, 강현모, 김은정, 박찬미 조사(1998. 11. 14.)

앞의 이야기를 마치고 같은 이곳의 일이라 생각이 났는지 계속 이어서 구술하여 주었다.


임진왜란 얘긴디. 일본 놈들이 소총을 가지고서는 임진왜란 때 제원 천래강이라고 있는데, 그 강이 금강의 상류인데, 그 물이 좀 얕을 쩍인데, 그 놈들이 그 강가에까정 도착했을 때에, 조 정봉(중봉)께서 거기서 진을 치고 있다가 여자들을 시기(시켜)가지고서 남자들은 진흙을 파 나르고, 그리고 붉은 흙을 파 나르고, 여자들은 그 강물에다 그걸 막 풀었어.

그런데 보니께 어디가 얕은지 깊은지를 일본 놈들이 몰라 가지고서, [조사자 : 수심을 못 재게 하기 위해서.] 수심을 못 재게 해서 했는디. 그 때 마침 여자 하나가 걷어 부치고 건너가는, 말이 그런 디도 여자가 말썽이다. 건너가는, 말이,

"아따 저리 건너가면 된다."

해 가지고서, [조사자 : 그 중에 전부 흙탕물까지 풀었는데, 여자 분이 그 길을 알고 있던 길이라 그냥 건너가 버려 가지구.] 그렇지, 그렇지. 그래서 그래가지고서 그놈들이, 인제 왜놈들이 금산까지 인제 공격하게 됐댜. [조사자 : 원래 여자들이 말썽이죠] 말썽이야, 말썽. 그래서 그 막

사에다가 조 정봉께서 어 아마 한 800여 명~1,000명 이상 되겠지. 그건 모르지만, 숫자는.

  근께 도저히 격전을 하다가 진을 치고 거기에 인자 굴이 있거든. 또 진악산에 빈대굴이라고 하는 디, 굴 있는 디. 그 인자 굴속에서 인자 물도 있고 하니께 거기서 진을 치고 있다가 도저히 감당할 수 없으니께, 거기서 내다볼 적이 옛날 어른들은 자기 묻힌, 묻히는 디 후손이 번성한다고 해서 자기 죽음이 인제 땅이, 들어가는 그 땅을 소중히 여겼어.

  그래서 거기서 바라 보니께 거 칠백의총, 의사 총이 거기가 자리가 좋거든. 그래 거기서 인제 옛날엔 병막을 친 것이 뭐 참배를 해 가지고서 치할(채알) 친 거지. 치할을 쳐 놓구서 거기서 인제 죽음을 맞이하기 위해서 목욕재개하고. 그러고 옛날엔 상투 꼽았으니까. 상투. 모두 일단, 모두 풀고 머리 감고서 다시 인제 손질하고 그런 사이 일본 놈들이 거까장 도달했어. 도달 했는 디 반격 안 하고서 그냥 당하게 되는데, 그 때에 저, 그게 뭐여. 저, 도사가 누구냐믄 박 스님인디, 박 스님은,

  "그러지 말고 우리가 최후까지 싸우자."
해서 전쟁을 하자고 하는디, 워티기 여기서는 안 되구 하니께 이저 소라여, 금성면 소란재라는 데가 있어. 소란재까지 가서 잠복을 해서 잠복시켜 나가자 하는디,

  "조 정봉이 안 들어줘 가망 없다."
해가지구서 거기서 그 왜놈들이 [청취 불능] 치할을 내리쳐가지고 그냥 거그서 몰살을 당했어요. [조사자 : 그래서 몰살을 당해서 무슨 패나 이런 건 없었어요? 거기다 모셔둔 사당이나 이런 거요.] 있지. 그 사당이,
[조사자 : 그럼 그 사당에 관한 얘기.]

  그래서 인제 그 사당을 그 왜놈들 시대부텀 그 사당을 지어서 장인이라고, 공자 모시는 것이 장이 덜 거시기 인디. 거기서 인제 해 가지고서

이답(조상 제사를 위해서 문중에서 마련한 전답)도 그때 많이 장만해 가지고서 이답도 여그 여 [청취 불능] 많어 지금. [조사자 : 임진왜란 때부터 이답으로 돼서?] 그럼, 이답을 해서. 해 나오다가 인저 가을이 지사를 지냐.

근디, [조사자 : 누가 지내는 거죠, 그럼?] 거시기 저, 아니, 그 저 거시기 모라고 하더라, 응? [청중 : 의총제인가?] [청취 불능] 장인들 하는 것이 그 이름이 뭔가? 공자 모시는 그거 지금은 인제, 지금은, 지금은 이케 그란 디, 옛날에는 인제 장인들이 지사를 모셨는데, 박정희 대통령 때에 박정희 대통령이 오셔 가지고서,

"이건 너무 남루하다."

해가지고 묘도 다시 손질하고, 비도 다시 세우고, 또 왜놈들이 비를 부셨거든. 근디 비도 다시 세우고 그래가지고 사당도 다시 짓고, 공원처럼 맨들어 가지고 거기도 한, 이젠 [조사자 : 칠백의총에서요?] 칠백의총에, [조사자 : 강에서 그렇게 했던 설화가 칠백의총으루다 이케 모셔둔 영정들이란 얘기죠?] 그렇지, 잉.

그래서 인제 지금은 잘 지내는 디. 박정희 대통령이 생존해서는 해마다 제사 지내러 박정희 대통령 오셨는 덴 디, 그 이후로는 전두환 대통령 때부텀 지금까지 제사 지내러 안 와, 대통령이. 그게 금산 군민들은,

"그려도 나라 사랑하는 것은 박정희 대통령이다."

이렇게 생각하지. 부, 그, 지금 우리나라에서는 700명 묻은 묘가 없어요. 또 한 무덤이 그 월매나 위대한 자리여. 그 나라 사랑이. 그런데 대통령께서 모두 와 가지고서 꼭 지사 모셔야 이 국운이 그 영령들이 이 나라를 더 보호해 줄 건데. 그렇지 않아? 자네도 대통령 되걸랑 오구혀.(일동 웃음)

## (15) 조 중봉과 칠백의총이 생긴 내력(상가리 6)

조휘영(76, 남) / 상가리T 1앞
상가1리 쇠실 자택 / 김균태, 강현모, 강희재, 구미연, 황금영 조사(2003. 11. 6.)

앞의 이야기를 마치고 자신이 제보하였던 것에 대해 자랑을 하였다. 그래서 조사자들이 신대리의 다듬이들에 대해 묻자 '자세한 것을 모른다'고 하였다. 이곳에서 싸움을 하였던 것에 대해 묻자 생각이 났는지 구술하여 준 것이다.

[조사자 : 근데 여기 와서, 그러니까 금성면에 와서 좀 돌아다니다 보니까 여기는 그 저기 같예요. 여기는 저 일제 시대 때 싸우고 머 이런 얘기가.] 아 있지. [조사자 : 부수바위?] 응. 부수바위. [조사자 : 그런 얘기도.] 옛날에 나는 확실치 못한데. 그 부수바위, 배 형처럼 생겨 가지고 부수바위라니까, '배 거시기로 돼 가지고 이름을 부수바위다.' 이렇게 졌단 말을 듣고. [조사자 : 할아버지! 뭐 일제 시대 때.] 일제 시대 때.

### ① 성재산 싸움과 조 중봉

내 그거 하나 또 임진왜란 때지. 그런 것두 괜찮은 거유? [조사자 : 그럼요.] 역산디. [조사자 : 다 저희들한테는 소중한 자료예요.] 아 그래유.

그게 그때에 나도 겪은 사실은 아니고, 임진왜란 때의 일이기 때문에 들은 동선에 의하면은 왜놈들이 어디냐, 여 저 충청북도 영동서 건너와. 우리를 쫓아 온다구. 냉강이라구 거기 큰 짓구, 근데 거기서 왜놈들이 막 치구 들어오니까, 우리 아군들이 어떻게 할 줄을 몰라 가지구, 도저히 밀리니까.

왜냐. 준봉(중봉), 조 준봉 그 장군이 거기를 막고 오다가, 저기 무주에서 막 저 수심에 눌리게 할라구, 거기에 북동군이 내려 온다구 하는 거 아니여. 그라니께 가지는 못 할 거 아니여.

그러니까 참 그러니께, 여자란 게 그렇게 무서운 거예요. 그 당시에 그 중동(중간)으로 아마 애인이라고 해야 할까 뭐라구 할까 죽었어요. 그 여자가 옛날에 사모했던 모냥(모양)이지, 그 옛날에. 지금 말로 하면 그 여자가, 그냥 왜군이 건너오지 못하고 저기서 이쪽 건너 이력하구 있는 디, 여기서 진을 치고 있거든. 방어지를 구할라구 그럭하구.

저 쪽이서 여자가 막, 그 혼이 강으로 들어오는 거여. 그러니까 패배를 했다는 거야. 건널 새두 없이 여자가 막 그냥 건너니께니, 이 거 얕으다구서는 막 건너와가지구서는, [조사자 : 그 죽은 여자 혼이?] 저 일본 놈 앞잡이가 된 거여, 그 혼이. [조사자 : 강이 얕은가를 보여주려고요?] 응. 그냥 높은 곳에서 구정물이 있구 하니까 무서워서 못 들어오고 그러니까 뭐. 이 그러한 이야기.

## ② 영규 대사와 조 중봉

이번에는 준봉이 능벌(눈벌)을, 진을 치고 있는데, 그저 여기까지 왔어, 준봉 선생이. 참 옛날에 선처 아니여. 대사가 원효 대사(영규대사의 잘못인 듯). 그 양반이 까마구가 막 우니까 벌써 이 사람은 알어, 세상을.

그라니께 그 일본 놈이 진악산 날망우로 가서 허수아비를 세워놓고, 거기다가 진짜 일본 놈들은 쫓아오는 거야, 아군한테로. 여기서 볼 적에 허수아비 잔뜩 세워놔서 거기서 적이 많은 줄 알고서 당황을 한 거 아이여. 조 준봉 선생이 가만히 보니까 다 틀렸어. 그래서 세 분 아니었어. 권율 장군하구. 그래 이 여기서 원효 대사 하는 말이,

"선생님! 까마귀가 오(우)니게, 밥을 보고 까마귀가 온다고. 하니게 자리를 옮깁시다."

하니게. 한 번 얘기하고, 두 번 얘기 하니게,

“차라리 부지겨 버리자.”

해가지고. 그 장작을 태우고 여기 무슨 절이냐? 그 절 미쳐 못 가 가지구 거기서 죽어 갖구 비가 거기 있어요. 이거는 거짓말이 아니여. 거기 가서 그 냥(양)반이 죽고. 발새 살아나기는 틀렸단 말이야. 살아나기는 틀렸으니까, 머리 빗다 말구서니 창자를 틀어지구서니, 말을 안 들으니께 조 준봉 선생이. 발새 알았어, 사태가 틀렸다는 것을. 그리고 칠백의총, 그게 칠백 명의 무덤이야, 거기 가서 절루 돌아가셨지.

[조사자 : 그 칠백의총이 그 때 만들어진 거예요?] 그렇지. 그 칠백 의사여. 그게 그런 뒤에 준봉 선생은 어디로 갔냐면은, 그때 삼계 거시기에 가서 복성면(복수면) 수용리에 그리 갔지. 가가지구 참 묘가 거기 있어. 그래서 내가 듣고 본 사실이 아니기 때문에 들은 대로, 으른들한테 들은 대로만 말씀드리는 거지. 뭐 또 사실 틀림없는 얘기고. 여기 전부 원 거시기가 있으니까 증거품이. 선생 거시기로 올라가지 관광지로 유명하지. 왜 대둔산 못 미쳐서 거가 사당 쪼그만한 게 있고.

또 권율 장군은 양전리 가다 보면은, 그 따땃한데 고 부분, 그 양반들이 말하자면 소대장들이지. 중대장 원래 지금 용어로 얘기하자면, 그래 그런 현실인데 그 당시에 그렇게 그랬지. 뒤로 나도 확실히 몰라. 그래서 패했다는 얘기여. 그래서 여자가 제일 무서운 겨. 그렇게만 안 했다면은 여기서 진을 치고 싸울 준비를 했지. 여자가 근게, 근게 여자가 무섭단 거야. 거시기 할 적에 모아(뭐야) 전쟁이 패했어.

### ③ 신발 흙을 털어서 된 음전산

그래서 칠백의총이 생겨서 거기 군사가 700명이 들어가 갔는데, 음전 앞이라고 있어서 신발이 질어, 여기 거기가 군사들이 있다가 700의총으로 가면서 털은 거시기가 이만하게 큼직하게 군인들이 밟어서 산이 되

어 버렸어. [조사자들 : 진흙을 털어서 생긴 산이에요.] 700명이. 여기가
질어. 능벌이라는 데가 원래 땅이 질어. 가면서 털면서, 칠백의총이 거기
서 거기 거던. 가는 길에 털어서, 지금말로 군인이지 의병이지만. 거기서
턴 게 산이 된 거지. 지금 생각해 보면 거짓말 같어, 내 생각에는.

　[조사자 : 군인이 많았다는 얘기에요. 싸움이 많았다는 얘기에요?] 땅
이 질었다는 얘기이지, 능벌 땅이. 여기 가다 보면 부대 있지, 부대. 거
기여, 바로 거이여. 거기 땅이 질어서. 거기 가면서 칠백의총이 자리가
된 거야. 벌써 알았어. 지금 사람보다 백 번 영리했어, 그걸 보면. 지리
적으로 보면 신발 털은 걸 보면, 거기서 한꺼번에 다 죽었어. 그래서
700의사의 역사에 있는 일이지.


## (16) 칠백의총 생긴 유래(상가리 9)

함성렬(76, 남) / 상가리T 1앞
상가1리 쇠실 자택 / 김균태, 강현모, 강희재, 구미연, 황금영 조사(2003. 11. 6.)


　앞 제보자의 이야기 듣기를 마치고, 소개받은 제보자를 댁으로 찾아가
서 찾아온 목적을 설명하고 부탁을 드렸다. 마침 댁에는 젊은 아저씨가
있어 구술할 때에 분위기를 띄워 주어 조사하는데 용이하였다. 처음에 장
자못 전설이나 어풍대에 묻자 모른다고 하다가 칠백의총에 대해 구술하
여 주었다.


　[조사자 : 따른 전설 같은 거 없으세요, 알고 계신 거?] 지금 금산이란
데가 칠백의총이 있잖아요. 칠백의사가 관계된 곳. 임진왜란이라고 하면
지금 선조 때, 지금 사백 몇 년 전 그 갑자기 처들어 왔거던요.
　한국으로 그 사람들이 여기 와서 식량을 못 구한게, 호남평야에 식량

있는 곳에 주둔하기 위해서 여 금산서 들어오는 디, 신약골이라는 곳에서 충청북도, 여기는 금산 그렇거든요. 그런디 호남평야를 곡창지대를 점령할라고 왔던 거.

여기서는 조헌 선생이라는, 학생들이라면 들어 봤을 거에요. 조헌 선생이라는 분이 어디서 현감으로 있다가 의병을 일으켜서 있었는 디, 일본 사람들이 거기를 들어오는데 거기가 험해요, 양산 톨게트(톨게이트) 라는 곳이. 양쪽 산이 이렇구. 근디 영규대사라고 있는 디, 영규대사는,

"신약골에 진을 치자."

고 하고, 700 의병을, 근디 조헌 선생은 능벌(눈벌)이라고 능벌 있어요.

"여, 여 들판에 진을 치자."

고 해서 진을 친 거여. 여기는 칠백의사 밖에 안 되거던. 일본 사람들은 만 오천 명이 올라 오거던. 저 저 제원, 충북 양산서 이리 진격을 한 거여. 그래가지고 이제 들어와서 여기서 진을 치고 있다는 것을 알고, 일본 사람들은 진학산 날망으로 겨 올라간 거여.

영규대사 말대로 양산서 양쪽에 진을 쳤더라면 골로(그곳으로) 밖에 못 오거던. 거기서 돌을 던지던가 하면 뭘 하는 디, 조헌 선생이 여기다 진을 치자고 한 겨. 여기 칠백의총 저기 있거던. 그래가지고 만 오천 군하고 700명 하고는 숫자가 대들 못하는 거 아니에요.

그래가지고 여기서 칠백의사가 전멸을 한 거예요. 능벌 땅에 진을 치고서 있는 디, 자들이 모르게 와서, 만 오천 명이 700명을 공격을 하니 당할 수가, 당하들 못하는 거지. 그래가지고 칠백의총이 여가 생긴 거예요

[청중(아저씨) : 그라면 여기 고 조봉(재봉 : 고경명)비 얘기 좀 해 주세요?] 고 조봉은 전라남도 영암 군수로 있다가 의병을 조헌 선생이 있는 디로 와서 싸우다 같이 전사를 한 거지. 고 조봉 선생이 영암 현감으로 있다가 의병을 일으켜서, 여가 와서 같이 전사를 한 거여. 이건 임진왜

란 때 일이구.


## (17) 미륵사와 창바우 전설(지량리 1)

행법 스님(61, 여) / 지량리T 1앞
지량2리 천비산 미륵사 / 김균태, 강현모, 구경덕, 김현아 조사(1998. 11. 7.)

사찰의 별채에서 스님과 조사자들이 앉아서 조사를 시작하였다. 대부분 스님께서 이야기를 스스로 생각하여 구술하였으며, 조사자는 구술하는 내용을 들으며 녹음하였다. 조사자들은 이 마을의 역사와 관련되었다는 사실에 진지한 자세로 들었다. 이 이야기는 스님이 이 절에 오신 첫 해에 마을에서 이야기를 잘 하는 할아버지가 절에 와서 들려준 이야기라 한다.


천비산 미륵사라고 하거든요. [조사자 : 천비산 미륵사요?] 예, 천비산 미륵사. 하늘 천(天)자, 덮어줄 비(庇)자, 하늘이 이불을 덮어준다. 여기가 금산군 복수면 지량리 천비산 미륵사여. 음. 여기 오다 보면 둥구나무 있지요? 둥구나무.

둥구나무 있는데 고 옆에 보면, 둥구나무 옆에 좁은 시냇물이 돌아가는데 있잖어. 거기가 창바우야. 왜 창바우냐면 옛날에 영규대사가 갑사에서 인제 계시면서 인자 무예를 닦고 무술도 하고 인제 그런 걸 잘 하셨다지요. 그런데 임진왜란이 나니까 조헌 선생을 인제 영규 대사가 모시고, 조헌 선생이 인자 여 금산 와서 싸와가지고 돌아가신 게 아니고, 인제 조헌 선생 옆에는 영규 대사가 따르셨어.

영규 대사가 인자 갑사에서 수도하서 가지고 참 아주 무예가 출중하시고 아주 이런 양반 고승이신데, 그 분이 말을 타고 여기 쫙악 인제 지량리를 가는데, 지량리를 가는데 그 둥구나무 밑에 보니께 창바우라고

돌로 문이 요렇게 나가지고 지량리 농부들이 지게 지고 갈만큼만 문이
나 있어. 지게를 지고 인자 바작을 이렇게 달아가지고 지고 다니는데,
그런데 그 영규대사가 키가 크고 인자 말 위에서 말을 타고 창을 이렇게 하
고 가니까, 말 위에 창이 걸려 못 뚫고 나가는 걸, 말짱 도로 돌아오는 겨.

　"왜 그라느냐?"

하니까.

　"다른 데로 길을 돌아야지 돌이 문이 있어 가지고, 이 투구 쓰고 창이
이렇게 걸려서 나가덜 못 한다."

는 겨. 그러니까,

　"그럼 인자 문을, 길을 내고 가지 도로 돌아오느냐?"

　이렇게 가다 보니까 참 자기 투구 속을 말 위에서, 말 위 불쑥 말 타
는데, 말 위에 타니까 이 말이 자기도 걸려 못 빠져 나가. 그런 게 이렇
게 짊어진 창을 쑥 빼 가지고 그냥 말 위에서 돌 위를 팍 친 거여. 그 힘
이 얼마나 장정인지 창을 뽑아 가지고 돌문을 팍 친께 돌문이 뚝 떨어지
는 거여. 위에가, 통째가 뚝 떨어져, 그냥 떡채마냥. 딱 떨어지니까 이제
그 다음 말을 타고 지량리로 가는 거여.


## (18) 구문암과 창바위(지량리 2)

행법 스님(61, 여) / 지량리T 1앞
지량2리 천비산 미륵사 / 김균태, 강현모, 구경덕, 김현아 조사(1998. 11. 7.)


　제보자는 앞의 이야기를 마친 뒤, 이곳에 있는 지명에 관련된 이야기라
생각이 났는지 곧바로 이어서 이야기를 시작하였다. 제보자는 이 이야기
를 마을 할아버지에게 전해 들었다고 한다.

지량리서 쪼끔 올라 가면은 구문암이라고 있어요. 왜 구문암이냐고 하면은 바위가 문같이 이렇게 생겼거든. 쪼끔 올라 가면은 구문암이라는 바위가 이렇게 문같이, 성 마냥. 사람이 성 쌓아 놓은 것 같이 돌문이 있어요. 거기가 구문암이여.

거 위에 인자 왜병들이 온다는 소문을 듣고 인자 압제라고 그려. 거 쪼끔 올라가면 동네 이름이 압제인데, 압제 사람들이 여기 사람들이 다 마음이 칼칼하고 아주 정신력이 강하고 자립 정신력.

그런데 소문이 나가지고 여 구만리 사람, 여 한우물 사람, 지량리 사람, 압제 여 이 동네, 복수(면 사람)들 다 나와 가지고, 옛날에 여자들은 앞치마를 입고서 여기 저 구문암 와서 다 숨은 겨. 숨어 가지고 이제 왜병이 지나가면 막 돌 굴려 때리고 이랬는디, 거기서 막 때리고. 돌로 막 때리고 인제, 남자들은 또 인제 소시랑 가지고 와 찍고. 그래서 금산 저 나가서 소시랑 가지고 싸운 게 아니고, 이 쫍으니게 이 압제, 요 압제 구문암에서 이 길이 쫍으니게, 거기서 산에서 전부 소시랑 앞치마 해 가지고, 여자들은 앞치마에다가 돌 주서서 던지고. 남자들은 농부들은 이제 소시랑 가지고 거기 숨어 있다가 무지하게 죽였대, 일본 사람들.

그래가지고 나와서 대둔산에 가서 싸우다가 그 800명 스님들이 인제 스님 내무, 스님 병사들 또 인제 마을병사들 해서 800명 돌아가셨다고, 800명 병사 700의총 여기 산소 써놨잖아. 800명도 넘데요. 그냥 대략 저거 놓은 거지. 농부들도 많이 죽고.

인제 그래가지고, 이제 저 창바위 위가 그렇게 역사가 있어요. 영규 대사가 창으로 뚫었다고. 그런데 이 절은, 그런데 우리는 인저 6·25동란, 이건 그런 역사가 있고. 그래 인제 압제 구문암이고 임진왜란 때 생긴 역사, 그리고 인제 정문암의 창바위도 영규 대사가 창으로 뚫었다고 뚫은 창(槍)자, 창바위여. 그래 이름을 창바위, 창으로 뚫었다고. 그래 나도 그 인제 얘기를 어떻게 아느냐 하면, 여길 오니까 이 동네서 오래 산 할아버지가 해, 해 주더라구.


## (19) 미륵사의 역사(지량리 3)

행법 스님(61, 여) / 지량리T 1앞
지량2리 천비산 미륵사 / 김균태, 강현모, 구경덕, 김현아 조사(1998. 11. 7.)

제보자는 앞의 이야기를 마치고 관리하는 절의 역사에 관해 구술하여 주었다. 널리 알려지지 않은 절에 대해 그 가치를 알려주려고 열심히 말씀하여 주었다. 이처럼 많은 사람들이 모르고 있는 것에 대해 듣고 다른 사람에게 알릴 수 있다는 점에서 구비문학 수집의 필요성을 깨닫게 되었다.


우리 절은 무슨 역사가 있나 하면, 여기는 신라 선덕여왕 14년에 무력이(란) 사람이 창건 턴데, 여기 인제 신라 때 삼국통일 시킨 그 그릇이 있어요, 돌그릇이. 여기 또랑에. 우물가에 가 보면 돌그릇이며, 네모 빤듯하게 돌로 파논 그릇이 있는데, 그것에 뭐하는 거냐면 신라 때 600명 병사가 설거지 한 그릇이지.

그게 여기는 인제, 여 여기가 굉장히 오래된 절인지. 여기로 해 가지고 여, 여 식장산으로 해서, 저기 저 계족산으로 이렇게 해 가지고 둔산 지구로 해서 이 신라 땅이었다구. 이걸 인제 추적을 했거든. 추적을 해 가지고 옛날 역사, 우리 절이 선덕여왕 14년에 무령성자 창건터라구 나와 가지고, 고걸 이제 추적을 해보니까 여기가 이제 선덕여왕이 맥없이 이 절을 질 리가 없거든. 그래서 여기다가 미륵사를 져 가지고 국운을 기도하고, 나라 국운을 기도하고 삼국통일 시키는 이런 역사를 지니고 있어요.

그래가지고 이제 영규대사가 대둔산에 싸우다가 일본사람한테 조총을 맞고서 돌아오다가 갑옷을 벗어서 우리 법당에 싸리 이 큰 북통에, 쌀이 석 섬 정도 들어가는 북통이 있는데, 거 북, 북통 속에다 갑옷을 벗어 넣어놓고 가셨어요. 근데 지금 영규대사가 갑옷이 없거든. 그런게 북통, 북통 속에다 갑옷을 넣었는데, 빨갱이가 와서 보고 장군 갑옷이 있으니까 대웅전에다 불을 났다는 거여.

그래서 우리 법당이 그 때 선덕여왕이 이 절을 짓고 삼국통일을 시켜가지고, 그 절이 임진왜란 전에, 구조적 따라 그 전에 얼마나 먼저 있었던 절인디, 영규대사가 이제 700의총, 아 저 저 거시기서 싸우다가, 대둔산 가서 싸우다 일본 사람한테 조총을 맞고 공주로 돌아오시면서 여기를 들려서 보니까 그런 유서 깊은 절이고. 대웅전이 건립에 삼국통일 시킨 절이고. 그러니까 또 여러 가지 여기가 조건이 좋고 대전이 가깝고 그러니까, 북통에다 옷을 놓고 간 거여. 갑옷을.

그랬는데 이제 빨갱이가 와서 보고 장군 갑옷이 있으니까 법당 안에 불을 넣었어. 그래가지고 우리 법당이 불타서 법당을 그냥 났으면 갑옷하고 북통하고 보관되어 문화재 잽혀 가지고 얼마나 좋은 절로 소문이 났겠어요? 근데 이제 분실 되가지고 갑옷도 타버렸지, 절도 타버렸지, 이제 빈터만 남아 있어. 빈터만 남아있는데, 그 때 이제 그 삼, 600병사가 설거지 하던 그릇은 물가에 남아 있고, 이제 참 그 신라 때 조각했던 미륵불수상이 있어요, 저쪽 산에 가서. 그런 미륵불수상이라고 있어요, 역사자료가.

그래 이제 법당이 이제 너무 불나고 빈터만 남으니까 어따 보호를 못 받아 가지고 우리네 사찰 쪽에서, 우리가 질려니까 내가 언간히 고생했죠. [조사자 : 아! 여기에 새로 짓는 거요?] 다 내가 진 거요, 이 터에. 그 냥 황무지 빈터만 남아 있고 역사만 그런데, 빈터여 완전. 그래도 여기도 참 자랑스런 터여. 이 저 선덕여왕이 미륵사를 창건하고, 나라 국운을 기원하는 그런 사찰로, 참 여기서 600명 병사들이 기거하면서 응 삼국통일 시키고, 그 병사들 그릇, 설거지하던 그릇이 있으니까 자료가 되죠. 우리 국토는 다 그런 역사가 있어요.

근데 우리 산이 장이 골이 크거든, 골이 넓릅고. 골짜구가 여가 넓잖아. 근데 과거심불과적, 현재심불과적, 미래심불과적이라고. 과거에도 여가 이제 병사들이 지킨 적이 있잖아. 현재에도 여가 그린벨트 돼 가지고 저 한우물 군인들이 구만리 군인들이랑, 구만리 군인들이 여 가끔 여기 들어와서 훈련해요. [조사자 : 저쪽이 구만리요?] 응. 구만리. 그거 다음이 천대리. 구만리 부대 군인들이 여기 저 우리 산에 와서 다 지내. 사격도 하고 그 다음 저기 훈련 같은 거 총 쏘고. 왜냐하면 나는 총소리가 탕탕 나면 저기, 옛날에는 병사들이 활발히 싸울 적에 여기서 600명이 살았다는데, 그땐 병사들이 산을 지켰으니까 지금은 이제 한우물따 져놓고, 저 구만리다 져놓고 한우물따 져놓고, 한우물은 인자 군인들이 거가 넓은께 여길 안 와요. 여기를 안 오는데 구만리 부대에서 가끔 와요. 여가 쏘기 참 좋은 디여.

## (20) 영규 대사와 조 중봉(지량리 10)

한영록(54, 남) / 지량리T 2앞
지량1리 자택 / 김균태, 강현모, 구경덕, 김현아 조사(1998. 11. 13.)

조사자는 지량1리에 도착하여 제보자를 찾아다니다가 제보자를 만나 찾아온 목적을 설명하자 생각이 났는지 구술하여 준 것이다. 이 전설은 이곳 마을에 있는 바위와 관련되어 전해져 오는 것으로, 영규 대사가 왜놈들을 물리치러 갈 때 이 마을을 지나면서 일어난 일화가 이야기로 전승

되고 있는 것이다. 이에 앞서 「인불구환」이란 설화를 구술하여 주었으나
중간에 잘려 있어 녹취하지 않았다.

여기 저기가, 여기가 그니깐 임진왜란 때 조헌이 저기 충북에서 청주
에서 궐기했잖아. 그 저기서 허고 공, 영규 대사가 공주에서 살았단 말
야. 그런게 인자 영규랑 합세해서 왜군을 치러 간 진입로가 여기 이 골
짜기라구.

그런게 인자 요 밑에 돌아오다 보면 크은 둥구나무 있지. 거기가 이제
그, 그 산 밑이 바위가 쑥 삐져나온 데로 이렇게 돌아오잖아. 그 바위가
창바우라고 해, 창바우. 그래서 이제 그 영규 대사가 그 때 길이 험하니
까 바위탱이를, 바위를 창으로 찔렀다고 해서 창바우라고 했대.

그러고 뒷산이 이게 조 중봉이야, 호가. 아 이름이. 조헌의 호가 중봉
아냐, 조 중봉. 거기 인자 한문자 똑 같다구. 그런 디 이 위로 올라가면
그 산 모퉁이 돌아가면, 산속에 이 성문같이 이렇게 되어있는 양쪽에 성
문 있고, 거 안에 궁궐터 같은 넓은 터가 있어. 거가 북문 안이라고 해.
옛날에 군인들이 이제 집결했던 터라고 해서. 그런 정도지.

그런디 이리 쭉 가서, 이리 가면 인자 그 복수를 지나서 금산 의촉(의
총)리가 나오지. 거기서 조헌이 거기서 전사 했잖아, 아들하고 같이. 그
쪽으로 가서 또 대둔산 쪽으로 가다 보면 성째 있지. 거기서 싸움 했지.
그 정도여.

(이후는 뒤의 이야기를 마치고 구술한 것을 붙어 놓은 것임) 숨겨진 이야기야.
원래 조준(중)봉 이야기가, 조 중봉 조헌 장군에 호가 중봉이잖아. 그래
그대로 있다가 이리로, 옥천서 와 가지고 진군한 자리라는 이야기지. 대
전을 거쳐서 일루 이 골짜기를 따라서 들어가지고, 의총리에서 적군이랑
싸우다가 죽었잖아.

## 4. 영규대사 문헌자료(실록)

## (1) 선조 30권, 25년(1592 임진 / 명 만력(萬曆) 20년) 9월 11일 무진 3번째 기사

비변사가 아뢰기를, "충청도는 적의 요새가 되는 곳입니다. 그런데 적들이 청주를 차지한 지가 이미 넉 달이 넘었습니다. 그리하여 날마다 우도(右道)를 엿보며 흉독을 부려 우리의 복심(腹心)의 근심이 되어온 지 오래입니다. 중[僧] 영규(靈奎)가 의(義)를 분발하여 스스로 중들을 많이 모아 성 밑으로 진격하였는데 제일 먼저 돌입하여 마침내는 청주성을 공략하였습니다. 그가 호령하는 것을 보면 바람이 이는 듯 하여 그 수하에 감히 어기는 자가 없었고 질타하는 소리에 1천 명의 중들이 돌진, 제군(諸軍)이 이들을 믿고 두려움이 없었다고 합니다. 큰 무공만이 아름다울 뿐 아니라 사람 됨됨이와 재기도 심상치 않으니 우선 상을 주고 환속하게 하소서. 연기현감(燕岐縣監) 임태(任兌)와 문의현감(文義縣監) 남절(南截)은 마음을 다해 적을 방어하였는데 시종 자신을 잊고 해이한 적이 없었습니다. 그중에서도 임태가 더욱 으뜸이었다고 하니 임태는 3품에 초승(超陞)시키고 남절은 4품에 초승 시키소서. 조광익(趙光翼)은 시종 열심히 싸우다 탄환에 맞고 나서도 분발하여 적을 사살했다 하니 그에 걸맞은 벼슬을 제수하소서. 충의위(忠義衛) 이홍종(李興宗)은 시골의 군사를 모아 적을 매우 많이 사살하였고 북문(北門)을 뚫을 때 홀로 몸을 돌려 적을 사살하여 흉적의 예봉을 꺾었으니, 6품의 벼슬을 제수하소서. 그 나머지 군공(軍功)은 감사가 뒤따라 마련하여 계문하게 한 뒤에 조처하소서."

## (2) 선조수정 26권, 25년(1592 임진 / 명 만력(萬曆) 20년) 8월 1일 무자 4번째 기사

의병장 조헌(趙憲)이 청주성(淸州城)을 회복하였다.

조헌이 처음에 수십 명의 유생(儒生)과 뜻을 모아 의병을 일으킨 뒤 공주(公州)와 청주 사이에 가서 장정을 불러 모으니 응하는 자가 날마다 모여들었다. 그러자 순찰사와 수령이 관군에게 불리하다고 여겨 갖가지 방법으로 저지하고 방해하였다. 이에 조헌이 순찰사 윤국형(尹國馨)을 찾아가 거사에 협력해야 한다는 뜻을 극력 말하자 순찰사가 그대로 따랐다. 청양현감(靑陽縣監) 임순(任純)이 백여 명의 군사로 조헌을 돕자 국형이 그가 절도(節度)를 어겼다고 하여 잡아 옥에 가두고 죄를 다스리니, 조헌이 또 편지를 보내어 그를 책망하고 바로 우도(右道)로 가서 1천 6백 명을 모집하였다. 공주 목사 허욱(許頊)이 의승(義僧) 영규(靈圭)를 얻어 그로 하여금 승군(僧軍)을 거느리고 조헌을 돕게 하니, 조헌이 군사를 합쳐 곧장 청주 서문에 육박하였다. 적이 나와서 싸우다가 패하여 도로 들어가니, 조헌이 군사를 지휘하여 성에 올라갔는데, 갑자기 서북쪽에서부터 소나기가 쏟아져 내려 천지가 캄캄해지고 사졸들이 추워서 떨자 조헌이 탄식하기를 '옛사람이 성공하고 실패하는 것은 하늘에 달려 있다고 말했는데 정말 그런 것인가?' 하고 마침내 맞은편 산봉으로 진(陣)을 퇴각시켜 성 안을 내려다보았다. 이날 밤 적이 화톳불을 피우고 기(旗)를 세워 군사가 있는 것처럼 위장하고 진영을 비우고 달아났다. 조헌이 성에 들어가니 창고의 곡식이 그대로 있었다. 방어사 이옥(李沃)이 와서 보고 말하기를 '이것을 남겨두어 적이 다시 점거하게 할 수 없다.' 하고 모두 태워버렸다.

조헌은 군사를 먹일 양식이 없었으므로 여러 군사들에게 영을 내려 각기 흩어져 취식(就食)한 뒤 의장(衣裝)을 갖춰 다시 모여 북상하도록 하고는, 인하여 상소하기를, "국가가 화패(禍敗)를 당한 것은 계미년(732) 이후로 이 도에 신임을 잃었기 때문으로 용사들은 원한을 품고 남방의 부유한 백성들은 생업을 잃게 되었습니다. 정언신(鄭彦信)은 대궐에서 내려준 물품을 사사로이 허비하면서 간민(姦民)에게 은혜를 베풀어 환심을 샀으며 문인(文人)으로 임금의 이목(耳目)이 된 자는 임금의 총명을 가리고 비호해 주었습니다. 그리하여 김수(金睟)·이광(李洸)이 자급을 뛰어넘어 승진하는가 하면, 무리(武吏)로서 일을 만들어 공을 바란 자들이 재물을 모아 적의 머리를 사들어 중죄를 면하고 있습니다. 김수는 영남에서 잔학한 행동을 하다가 적이 이르자 겁을 먹고 물러났으며, 이광은 호남의 군사를 거느리고 공주(公州)에 이르렀다가 먼저 퇴각하였는데, 이어 근왕병(勤王兵)을 거느리고 진위(振威)에 도착하여서는 어물거리며 나가지 않아 삼도(三道)의 군사를 흩어지게 하여 다시 수습하기 어렵게 만들었습니다. 이는 모두가 간당(姦黨)들이 흔히 하는 짓이지만 국란(國亂)을 아랑곳하지 않고 군대를 패배시킨 큰 죄를 짓고도 아직 목숨을 보존하고 있는데, 근왕하던 신각(申恪)은 홀로 주륙을 당하였습니다. 국가가 빛나는 업적을 유지할 수 있는 것은 상과 벌을 분명히 하는 데 있는 것인데 지금은 상과 벌이 이토록 어긋나고 있습니다. 국가가 망하려 하는데도 의리를 다하는 자가 없게 된 것은 진실로 소인을 신용한 화(禍)가 이토록 극도에 이르렀기 때문입니다. 이제 옛날의 기업을 회복시키려고 하면서 상벌을 분명히 하는 방법을 버리고 어떻게 하시겠습니까?"하고, 또 아뢰기를, "당 현종(唐玄宗)이 거의 천하를 잃을 뻔하였으나, 진현례(陳玄禮)의 계책을 잘 활용하여 은정을 끊고 법을 바로잡았기 때문에 민심이 모두 당나라를 생각하게 되어 이광필(李光弼)과 곽자의(郭子儀)가 공을 성취할 수 있었습니다. 그러나 송 고종(宋高宗)은 이강(李綱)과 장준(張浚)의 말을 듣지 않고 언제나 왕백언(汪伯彦)·황잠선(黃潛善)과 진회(秦檜)의 무리를 좌우에서 떠나지 못하게 하였습니다. 그리하여 종택(宗澤)과 악비(岳飛)가 장차 강북(江北)을 평정할 기회가 있었는데도 갖가지 방법으로 방해하였으며, 심지어는 조서(詔書)를 위조하여 살해하기까지 하였습니다. 이 때문에 효종(孝宗) 같은 현명한 임금도 통일하는 공을 이루지 못했던 것입니다. 지금 유성룡(柳成龍)이 화친을 주장하여 도적을 불러들인 것은 진회보다도 심하고, 이산해(李山海)가 현인을 죽이고 나라를 그르친 죄는 이임보(李林甫)와 다름이 없으며, 김공량(金公諒)이 원한을 쌓고 환심을 산 것은 양국충(楊國忠)과 다름이 없습니다. 그런데도 아직까지 목숨을 보전하고 있으니, 앞으로 어떻게 민심을 위로하고 사기를 진작시키겠습니까. 바라건대 이 세 사람의 머리를 베어 의순문(義順門) 밖에 매어달고, 이어 김수와 이광의 머리도 베어 한강의 남쪽 언덕에 매어다소서. 그렇게 하면 화이(華夷)의 사람들의 이목을 용동(聳動)시켜 영명한 군주가 진작함이 있다고 하여 지사(志士)와 유인(幽人)이 분발하여 기운을 내어 이 적들을 몰아 없앨 것입니다. 또 신에게 독전(督戰)하는 이름을 빌려 주시어 태만한 방어사 비장(裨將)의 목을 베게 하시고, 순찰사로 하여금 한 도의 힘을 합하여 곤궁한 도적들이 날뛰는 형세를 꺾어버리게 한다면 신은 군중에서 스스로 힘을 다하겠습니다.” 하였다. 조헌이 다시 군사를 모집하여 북쪽으로 향하여 온양(溫陽)에 이르자, 윤국형(尹國馨)이 막하(幕下)의 장사 장덕익(張德益)을 시켜 조헌을 설득하기를 ‘서원(西原)의 전투에서 이미 공의 충용함을 알았으니, 이제는 공과 사생(死生)을 함께할 것을 맹세한다. 그런데 금산(錦山)의 적이 고 초토(高招討)가 전투에서 패한 뒤로 더욱 창궐하여 앞으로 호서(湖西)·호남(湖南)을 침범할 형세가 있다. 만약 그렇게 된다면 국가에서는 다시 중흥할 희망이 없어질 것이며, 공을 따르는 사졸들도 자신의 집을 생각하게 될 것이니 어떻게 안심하고 북쪽으로 갈 수 있겠는가. 차라리 작전을 변경하여 금산의 적을 토벌한 뒤에 힘을 합해 근왕(勤王)하는 것이 더 좋겠다.' 하였다. 이에 조헌의 장사들도 조헌을 설득하기를 '순찰사와 조화를 이루어 먼저 금산의 적을 토벌하는 계교가 잘못된 것이 아니다.'고 했으므로, 조헌이 공주(公州)로 되돌아갔다. 그러나 순찰사의 의도는 단지 그들이 북쪽으로 가는 것을 막는 데 있었을 뿐이었고, 또 그의 군대를 저지시킴으로써 사졸심이 점차 분산될 것을 계산한 것이었다. 그리하여 조헌의 휘하에는 단지 7백 의사(義士)만 남게 되었다. 그러나 이들은 당초부터 생사를 같이하기를 맹세하였기 때문에 처음부터 끝까지 떠나지 않고 마침내 영규(靈圭)와 함께 금산(錦山)으로 달려갔다.


## (3) 선조 30권, 25년(1592 임진 / 명 만력(萬曆) 20년) 9월 12일 기사 1번째 기사


"승군(僧軍)은 궤멸되지 않았는가? 본사(本司)에서는 영규를 당상(堂上)에 올리려 하는가? 그렇다면 당상으로 올리라."하였다. 【영규는 공주(公州) 사람이다.】 본주의 목사 허욱(許頊)이 수하로 불러와서 아병(牙兵)을 만들었는데 자못 적을 토벌할 뜻을 가지고 있었다. 본도의 순찰사에게 말하여 도내의 승군을 선발, 영규를 장수로 삼아 청주의 왜적을 토벌하였다. 의병장(義兵將) 조헌(趙憲)이 협동하여 군사를 전진시키자 청주의 왜적이 도망쳤다. 영규와 조헌이 군사를 옮겨 금산(錦山)의 왜적을 치다가 모두 싸움터에서 죽었는데 지금까지 사람들이 매우 애석해 하고 또 그들의 의기를 장하게 여기고 있다. 두수가 아뢰기를, "승려를 당상관에 제수한 것은 개벽(開闢) 이래 아직 듣지 못하였던 것입니다. 하지만 현재로선 의당 특이한 법전을 써야 합니다."하고, 윤승훈은 아뢰기를, "영규는 자신이 승군을 모집한 것이 아니라 감사가 선발하여 영솔케 한 것입니다. 호령이 엄명하고 곧바로 전진할 뿐 퇴각함이 없이 한마음으로 싸웠습니다. 청주의 왜적은 이 군사가 아니었다면 이길 수 없었을 것입니다. 신이 듣건대 금산의 왜적이 세력이 매우 치성하였다 하고, 또 듣건대 웅치(熊峙)에서 막아 싸울 때 적군 2백여 명을 살해했다고 하였습니다. 또 듣건대 전주성(全州城)을 수비할 때 감사 이광(李洸)은 용암대(龍巖臺)에다 진을 치고 방어사 곽영(郭嶸)과 수성장(守城將) 이정란(李廷鸞)은 성으로 들어가 지키면서 안팎에서 협공하였는데 그 지대가 평원이어서 적들이 바라만 보고 돌아갔다 합니다."하니, 상이 이르기를, "도사(都事)도 공이 있었는가?" 하였다. 【도사(都事)는 최철견(崔鐵堅)이다.】 승훈이 아뢰기를, "도사는 성 안에 있었고 감사는 성 밖에 있었다고 합니다. 또 양호(兩湖)의 백성들이 동궁이 이천(伊川)에 머물러 있다는 말을 듣고서는 주야로 바라보며 눈물을 흘린다고 합니다. 방어사 이옥(李沃)은 2천의 군사를 거느리고 도내에 머무르고 있는데 백성들이 크게 의지하고 있습니다. 만일 충주 목사로 이배(移拜)한다면 군사들이 틀림없이 무너져버릴 것입니다."

## (4) 선조 30권, 25년(1592 임진 / 명 만력(萬曆) 20년) 9월 15일 임신 4번째 기사

충청 감사 윤선각(尹先覺)이 제장(諸將)과 청주(淸州)를 진격하여 포위하자 적군 6백 명이 나와서 포(砲)를 쏘아댔습니다. 공주(公州)에 있던 승려 영규(靈圭)가 모집한 승군 8백 명을 거느리고 함성을 지르며 돌입하자 제군(諸軍)이 승세를 타고 수급 51과를 참획하였는데 남은 적은 밤을 틈타 도망쳤습니다.

## (5) 선조 30권, 25년(1592 임진 / 명 만력(萬曆) 20년) 9월 17일 갑술 3번째 기사

"그렇지만 원수(元帥)가 이미 주장(主將)이 되어 있는데 타인이 또 절제할 수 있겠는가? 조헌(趙憲)과 영규(靈圭)가 금산에서 패해 전사하였다는 말이 있는데 사실인가?" 하였는데, 모두들 아뢰기를, "전문(傳聞)이 있었습니다."

## (6) 선조 31권, 25년(1592 임진 / 명 만력(萬曆) 20년) 10월 21일 정미 4번째 기사

비변사가 아뢰기를, "상운도 찰방(祥雲道察訪) 남정유(南挺蕤)는 적군과 마주쳐 죽음을 당하였는데 충의의 절개가 옛사람에 부끄럽지 않습니다. 그 아들 남철(南澈)은 끝까지 그의 아비를 안고 부축하다 두 곳에 창을 맞았습니다. 원주목사(原州牧使) 김제갑(金悌甲)은 산성(山城)을 굳게 지키다 가 적의 칼에 죽었고 온 집안이 도륙 당하였습니다. 해조(該曹)로 하여금 특별히 포장하여 증직하게 하고 남철에게는 벼슬을 제수하소서. 또 봉상 시 첨정(奉常寺僉正) 조헌(趙憲)은 힘껏 싸우다 진중에서 죽었고 의병 승장 (僧將) 영규(靈圭)도 적들과의 싸움에 나아갔다 죽었으니 아울러 포장하여 증직시키소서."하니, 상이 따랐다.

## (7) 선조 31권, 25년(1592 임진 / 명 만력(萬曆) 20년) 10월 21일 정미 5번째 기사

김제갑에게 자헌대부(資憲大夫) 이조 판서 겸 지경연 홍문관 대제학 예

문관 대제학 의금부 성균관 춘추관사(吏曹判書兼知經筵弘文館大提學藝文館大提學義禁府成均館春秋館事)를 증직하고, 조헌에게 가선대부(嘉善大夫) 이조 참판 겸 동지경연 의금부 춘추관사(吏曹參判兼同知經筵義禁府春秋館事)를 증직하고, 남정유에게 통정대부(通政大夫) 승정원 좌승지 겸 경연 참찬관(承政院左承旨兼經筵參贊官)을 증직하고, 승장 영규에게 동지중추부사(同知中樞府事)를 증직하였다

## (8) 선조 34권, 26년(1593 계사 / 명 만력(萬曆) 21년) 1월 12일 정묘 6번째 기사

사간원이 아뢰기를, "변란이 생긴 뒤에 작상(爵賞)을 노고를 갚는 도구로 삼아, 심지어 어가를 호종한 여러 신하들에게 으레 한 자급을 더하도록 하기까지 한 것은 외람됨이 심합니다. 이번에 정곤수(鄭崑壽)·심우승(沈友勝) 등이 진주(陳奏)한 공으로 차례를 뛰어넘어 숭질(崇秩)과 중가(重加)를 주셨는데, 정곤수 등이 북경에 가서 군사를 청한 것은 조사(詔使)가 칙서를 반포한 뒤에 있었으며 명나라 군사 10만 명의 파견은 이미 분명한 뜻이 있었으니 실로 전대(專對)하여 주선(周旋)한 덕택이 아닙니다. 아울러 개정하소서. 그리고 충청병사(忠淸兵使) 이옥(李沃)은 변란 이후부터 머뭇거리면서 물러나 웅크린 것이 한두 번에 그친 것이 아닙니다. 청주(淸州)의 전투에서는 군사를 옹위하여 들어가지 않다가 영규(靈圭)가 성을 함락시킨 뒤에야 비로소 들어가 웅거하였는데 적이 되돌아올까 두려워하여 즉시 성을 헐고 곡식을 태우게 하고 지키지 않았으므로 청주의 사람들이 그의 살점을 먹으려고 하였다. 마침내는 적을 물리친 것을 자기의 공으로 삼아 거짓으로 보고하여 상을 받았으니 이미 무상한 것인데다 저 종

배(終排)의 전투에서는 주장(主將)으로서 15리 밖에 진을 치고 진격하여 토벌할 의사가 없었으니 군율(軍事)로 논하여 중전(重典)으로 처치함이 옳습니다. 그런데도 감히 거만하게 장계하여 죄가 없는 사람인 것같이 하였으니 그가 군율을 멸시하고 조정을 가볍게 여긴 것이 심합니다. 여러 사람의 심정이 통분해 하지 않는 이가 없으니 관직을 삭탈하여 종군(從軍)하게 하소서. 그리고 비변사를 인견할 때는 정원이 삼사(三司)에 통유(通諭)하여 동시에 입참(入參)하게 하는 것이 요즈음의 사례입니다. 오늘 청대(請對)할 때에 정원이 끝내 통유하지 않아 입시할 수 없게 하였으니 색승지를 체차하소서.”

## (9) 선조 45권, 26년(1593 계사 / 명 만력(萬曆) 21년) 윤11월 14일 갑오 2번째 기사

이를테면, 창의사(倡義使) 김천일(金千鎰), 첨지중추부사 고경명(高敬命), 김해부사(金海府使) 백사림(白士霖), 거제현령 김준민(金浚民), 충청절도사 황진(黃進), 경상우도 절도사 최경회(崔慶會), 원임좌랑(原任佐郞) 조헌(趙憲), 원주목사 김제갑(金悌甲), 회양부사 김연광(金鍊光), 진주목사 서예원(徐禮元), 판관 성수경(成守慶), 옥천군수 권희잉(權希仍), 의승장(義僧將) 영규(靈奎), 해미현감(海美縣監) 정명세(鄭名世), 경상우도 절도사 유업잉(柳業仍), 절도사 김시민(金時敏), 동래부사 송상현(宋象賢), 첨지중추부사 유극량(劉克良), 상운찰방(祥雲察訪) 남정소(南廷甦), 보령현감(保寧縣監) 이의정(李義精) 등이 외로운 성을 지키거나 적의 보루를 공격하다가 적의 칼날에 쓰러질지언정 차마 구차하게 살려고 하지 않았습니다. 적이 소방을 침범한 지 이제 이미 1년이 되었는데, 지방을 지키는 신하나 대대로 녹을 먹는 집안의 선비로서 제 몸을 더럽히고 적을 맞아들여 항복한 자는 참으로 하나도 없으며, 비록 무지한 우민(愚民)·걸인(乞人)·천례(賤隷)라도 한때 그들에게 잡혀서 스스로 빠져 나오지는 못하였어도 조금만 틈이 있으면 곧 도망쳐 돌아왔습니다. 서울 백성들은 적이 성안에 들어오고부터는 누구나 다 칼을 갈며 날마다 밖에서 구원하러 오는 군사를 기다려 안에서 호응할 것을 꾀하므로, 적이 끝내 그들에게 소용이 되지 않을 줄을 알고서는 정월 24일에 속임수를 써서 죄다 죽이니, 성안에 가득히 피가 흘렀습니다. 경상도·전라도·충청도·황해도·평안도의 백성으로 말하면, 안으로는 조도(調度)에 이바지하고, 밖으로는 정역(征役)에 종사하며, 역자석해(易子析骸)의 어려움을 갖춰 당하지 않은 자가 없었으나, 한번 영(令)이 내린 것을 듣고는 도로에서 허둥지둥 뛰며 남녀노소가 지고 싣고 따라가면서 조금도 원망하지 않았으니, 민심의 소재를 알 수 있습니다. 나라를 일으키는 근본이 여기에 있지 않겠습니까.

## (10) 선조 48권, 27년(1594 갑오 / 명 만력(萬曆) 22년) 2월 6일 을묘 3번째 기사

승려 도현(道玄)의 공초(供招)의 대략에, "승려 영규(靈圭)의 의진군(義陣軍)으로 청주(淸州)와 금산(錦山) 싸움에 나아가 싸우다 절벽에서 떨어져 겨우 살아 돌아왔는데 산겸의 근처에 살았기 때문에 스스로 응모하여 종군하였습니다. 지난해 5월에 경상도로 따라갔다가 굶주림으로 돌아왔습니다만, 시종 나라를 위하여 하였을 뿐 여타의 일은 모르겠습니다." 하였다. 형신하였으나 불복하자, 상이 이르기를, "이 중은 매우 어리석으니 산겸의 역모(逆謀)를 참으로 알기 어려울 것이다. 압슬은 잠시만 하고 멈추어

라. 이후 다시 국문할 사람이 있는가?”

## (11) 선수 26권, 25년(1592 임진 / 명 만력(萬曆) 20년) 8월 1일 무자 11번째 기사

의병장 조헌과 의승(義僧) 영규가 금산(錦山)의 적을 공격했으나 이기지 못하고 전사하였다. 이때에 적이 금산에 주둔하여 가끔 나와 가까운 고을을 습격하였는데, 호남의 관군과 의병의 여러 장수가 이끄는 8~9진(鎭)에서는 모두 요해처인 재[嶺]를 지키면서 고경명이 패한 것을 징계하여 감히 깊이 들어가지 못하였으나 보성(寶城)과 남평(南平) 두 곳의 군사만은 재를 넘어 적을 엿보다가 그들에게 엄습당하여 남평현감 한순(韓詢)이 그의 군사 5백여 명과 함께 모두 전사하였다. 이때부터는 감히 재를 넘는 자가 없었다. 조헌은 이미 근왕(勤王)하는 행군도 정지하고 본도 주장(主將)에게 오도되어 외로운 군사를 이끌고 홀로 진군하여 곧장 금산의 적을 공격하려 하였다. 이에 전라감사 권율(權慄)과 충청감사 허욱(許頊)이 모두 만류하면서 동시에 군사를 크게 일으킬 것을 청하고 기일을 약속하였다. 그러나 또 기일이 연기되자 조헌은 그들이 머뭇거리는 것을 분하게 여긴 나머지 7백여 명만을 이끌고 재를 넘으려 하였다. 영규가 간곡한 말로 만류하기를 ‘반드시 관군이 뒤에서 지원을 해 주어야만 들어갈 수 있다.’ 하였으나, 조헌은 울면서 말하기를 ‘군부(君父)가 어디에 계신가. 군주가 치욕을 당하면 신하는 목숨을 버려야 하니, 그때가 바로 지금이다. 성패와 이해관계를 어떻게 돌아볼 수 있겠는가.’ 하고 북을 치며 행군하였다. 영규도 ‘조공(趙公)을 혼자 죽게 할 수는 없다.’ 하고 이에 거느린 승려 수백 명과 진(陣)을 합하여 함께 떠나면서 문첩(文牒)을 계속 보내 관군이 이어 진군하도록 재촉하였다. 조헌의 군사가 곧장 금산성 밖 10리 되는 곳에 이르러 결진(結陣)하고 관군을 기다리는데, 적이 후속 부대가 없다는 것을 알고는 군사를 잠복시켜 후면을 끊은 뒤 군사를 총동원하여 나와 싸웠다. 조헌이 영(令)을 내리기를 '오늘은 한 번 죽음이 있을 뿐이니 하나의 의(義)자에 부끄러움이 없도록 하라.' 하니, 군사들이 모두 응낙하였다. 한참 동안 힘을 다하여 싸웠는데 적이 세 번 진격했다가 세 번 패하였다. 그러나 조헌의 군사는 이미 화살이 다 떨어진 상태였다. 조헌은 장막 가운데 움직이지 않고 앉아 있었는데, 좌우에서 빠져나가기를 청하자, 조헌이 말하기를 '대장부가 죽으면 그만이지 구차스럽게 살 수는 없다.' 하고, 북을 울리며 더욱 급하게 전투를 독려하였다. 군사들은 맨 주먹으로 육박전을 벌였는데, 한 사람도 자리를 떠나는 자가 없이 모두 조헌과 함께 전사하였으며, 영규도 전사하였다. 적의 무리는 죽은 자가 더 많아 시체를 운반하여 성으로 들어가면서 우는 소리가 연이어졌다. 조헌이 군사를 일으킨 지 몇 개월 동안 한 번도 군사들에게 벌을 가하지 않았지만 군사들은 모두 명령을 받들어 각자가 힘써 전투하였으며 이르는 곳마다 엄숙하고 정돈이 되어 문란하지 않았었다. 당초에 그가 의병을 일으켰다는 소식을 듣고 원근에서 따르며 모였는데, 관가에 의해 가족이 구금되어도 오히려 조헌을 사모하여 차마 떠나지 못하였다. 그가 패했다는 소식이 전해지자 전진에서 죽은 군사의 집에서는 사사로운 원한을 품지 않고 다만 조헌이 전사한 것을 슬프게 여겼으며, 요행히 뒤에 처져 모면한 자도 죽지 않은 것을 다행으로 여기지 않고 함께 죽지 못한 것을 한스럽게 여겼다. 호서(湖西)의 여러 고을 사람들이 그를 위하여 몇 개월 동안이나 소식(素食)하였다. 이튿날 동생 조범(趙範)이 몰래 전쟁터에 들어가서 시체를 거두었는데, 조헌은 깃발 아래에서 전사하였고 장졸들이 모두 곁에서 빙 둘러 전사해 있었다. 4일 만에 빈(殯)하였는데 낯빛이 살았을 적과 같았으며 눈을 부릅뜨고 수염이 움직여 사람들은 그가 죽은 지 오래되었음을 깨닫지 못하였다. 적이 퇴각한 뒤에 문생(門生)들이 가서 7백 명의 시체를 거두어 무덤 하나를 만들고 칠백의사총(七百義士塚)이라고 표시하였다. 조헌의 아들 조완기(趙完基)는 신체가 장대하고 성품과 도량 역시 절륜하였다. 군사가 패하게 되자 일부러 관복(冠服)을 화려하게 입었으니 그의 아버지를 대신하여 죽고자 한 것이다. 이에 적이 그를 주장(主將)으로 오인하고 그 시체를 찢었다. 함께 전사한 자로 드러난 자는 다음과 같다. 참봉 조광륜(趙光輪)은 효성스럽고 우애하였으며 절개가 있었다. 처음에 향병(鄕兵) 수백 명을 모집하여 처음부터 끝까지 계획에 참여하였다. 봉사 임정식(任廷式)은 성품이 질박하고 곧았으며 무재(武才)가 있었는데, 척후(斥候)로 진(陣) 밖에 있다가 조헌이 위급함을 보고 말에 채찍질하여 돌격하여 전사하였다. 사인(士人) 이려(李勵)는 이탁(李鐸)의 손자로 학문과 덕행이 있었고, 사인 김절(金節)은 맨 먼저 군사를 모집하여 전투에 참여하면서 역전(力戰)하였다. 만호 변계온(邊繼溫), 현감 양응춘(楊應春), 봉사 곽자방(郭自防), 무인(武人) 김헌(金獻)·김인남(金仁男)·이양립(李養立)·정원복(鄭元福)·강인서(姜仁恕)·박봉서(朴鳳瑞)·김희철(金希哲)·이인현(李仁賢)·황삼양(黃三讓)·박춘년(朴春年)·한기(韓琦)·박찬(朴贊)은 모두 편비(編裨)로 혈전을 벌이다 전사하였다. 사인(士人) 박사진(朴士振)·김선복(金善復)·복응길(卜應吉)·신경일(申慶一)·서응시(徐應時)·윤여익(尹汝翼)·김성원(金聲遠)·박혼(朴渾)·조경남(趙敬男)·고명원(高明遠)·강몽조(姜夢祖)는 모두 문인(門人)으로 종군하다가 전사하였다. 일이 알려지자 조헌에게 이조참판이 추증되고 그의 아들 조완도(趙完堵)를 녹용(錄用)하였으며 그 집에 월름(月廩)을 지급하였다. 조광륜은 사헌부 집의에 추증되었다.

## (12) 선수 26권, 25년(1592 임진 / 명 만력(萬曆) 20년) 8월
##     1일 무자 13번째 기사

승려 영규(靈圭)는 당초 공주(公州) 산사(山寺)에 있었는데, 목사 허욱(許頊)이 불러 승장(僧將)을 삼았으나 하려 하지 않다가 강권한 뒤에야 응하였다. 일단 무리를 모아 군대를 만들고 나서는 오직 조헌만을 따라 진퇴하였다. 사람됨이 장건(壯健)하고 키가 보통 사람의 갑절이나 되었으며 지략과 계책이 있고 많은 무리를 잘 부렸다. 청주(淸州)의 전투도 실로 영규가 지휘하고 계획한 것이었다. 조헌이 굳이 고집하면서 자기의 말을 따르지 않자 틀림없이 패하리라는 것을 알고 권율에게 서면으로 보고하고 그래도 군사를 합쳐 진군하였다. 그리하여 마침내 의열(義烈)로 세상에 일컬어졌으니, 불교가 있은 이래 일찍이 없었던 일이었다. 지중추부사에 추증(追贈)되었다. 【그의 속성(俗姓)은 유실되어 향리에도 전해지지 않았다.】

## (13) 광해 133권, 10년(1618 무오 / 명 만력(萬曆) 46년) 10월
##     9일 갑자 23번째 기사

【전 좌의정 허욱(許頊)이 졸하였다. 허욱은 허항(許沆)의 손자로, 허항은 김안로(金安老)의 당으로서 죄를 입었다.】 노둔하고 학술이 없었으며, 또 허항의 죄에 연루되어 비록 문과를 통해서 진출하였지만 젊었을 때에는 쓰이지 못한 채 곤궁하게 지냈다. 고을을 다스려 업적이 있었으며 공을 쌓아서 공주목사(公州牧使)에까지 이르렀다. 임진란이 일어나자 의승(義僧) 영규(靈圭) 등과 더불어 의병장 조헌(趙憲)을 도와 청주의 왜적을 토

벌하였는데, 공로가 한 도의 으뜸이었으므로 선조가 가상하게 여겨 자급을 뛰어넘어 승진시켜 윤선각(尹先覺)의 후임으로 충청감사를 삼았다. 이때부터 누차 업무가 복잡한 부서에서 시험을 받았는데, 자못 청렴과 근면으로 칭찬을 받았다. 마침 그의 처당(妻黨) 유영경이 권력을 잡자 진용되어 그의 보좌역이 되었는데, 평안감사를 거쳐 양전(兩銓)의 판서로 들어왔고 갑자기 정승에 임명받기까지 했으므로 물의가 비웃고 더럽게 여겼다. 영경이 무너지자 허욱도 또한 연좌되어 삭출 당했는데, 꾸밈이 적고 행동을 삼가고 말이 적었기 때문에 모함을 당하는 화는 면할 수 있었다. 병진 년에 이전의 일을 소급해서 논핵하여 원주에 유배되었다가, 그곳에서 졸한 것이다.

## [부록] 그 밖의 구비설화 자료 목차(숫자는 자료문헌의 소재 페이지)

# 참고문헌


『행동명장전(名將傳)』, 『선조실록(宣祖實錄)』, 『조두록(俎豆錄)』, 『난중잡록』, 『선조수정
　　　실록』, 『제조번방지』, 『대동기문(大東奇聞)』

윤선각, 『문소만록(聞韶漫錄)』.

조인형, 「순의비명(殉義碑銘)」.

정인보, 「의승장기허당대사기적비명(義僧將騎虛堂大師紀蹟碑銘)」＝「기적비명」.

공주군, 『공주군지』(1988)

공주군, 『공주 전통과 맥』

금산군, 『금산군지』(1969.) (1987.)

강현모, 공주논산지역 영규대사 현지조사자료(2007) 150편 정도

김균태·강현모, 『새내(금강본류1, 2, 금내, 버드내1, 2)유역의 구비설화』(금산문화원,
　　　2005-2007)

숭전대, 『숭전어문학』 4집 (숭전대 국문과, 1974)

안용산, 『설화속의 금산』(금산문화원, 1996.12)

안용산, 『성곡리 마을』(금산문화원, 1992. 12.)

정정섭, 『천하에 뜨는 용』(도서출판 다래, 2002.9.)

한국정신문화연구원 한국학대학원, 『조사보고서』 2집 (한국학대학원, 1982)


강현모, 「백제의 저항설화 연구」, 『비교민속학』 20집, (비교민속학회, 2001.2)

강현모, 「「성재전설」의 전설배경과 등장인물의 특성」, 『비교민속학』 32, 비교민속학회,
　　　2006.8. 371-401면.

강현모, 「대왜항전설화에 나타난 교육적 의미」, 『한민족문화연구』 17집, (한민족문화
　　　학회, 2005.12), 185-209쪽.

강현모, 「영규대사 설화의 연구-설화의 전승양상과 서사문법을 중심으로-」, 『한민족
　　　문화연구』 31집, (한민족문화학회, 2009.11), 283-312쪽.

권선경, 『풍수로 금산을 읽는다』(금산문화원, 2004)

김균태·강현모, 『금강본류유역의 구비설화』(1, 2) (역락, 2005. 12)

김균태·강현모, 『금내유역의 구비설화』(역락, 2006.12)

김균태·강현모, 『버드내유역의 구비설화』(1, 2) (역락, 2007.12)

김균태·강현모, 『부여의 구비전승』(상·하) (보경문화사, 1994.7)

김승호, 「임진시 승장의 설화전승 양상-영규대사를 중심으로」, 『동악어문논집』 36
        (동악어문학회, 2000.12)

신동흔, 「역사인물담의 현실대응방식 연구」 (서울대 박사학위논문, 1993.2)

소재영, 『임병양란과 문학의식』 (한국연구원, 1980.)

안용산, 『숭전어문학』, 「금산의 땅이름」 (금산문화원, 1995. 12.)

이형석, 『임진전란사』 (임진전란사간행위원회, 1974),

임철호, 『설화와 민중의 역사의식』 (집문당, 1989)

정병헌, 『한국고전문학의 교육적 성찰』 (숙명여자대학교 출판부, 2003. 8.)

허경진, 『금산의 임진왜란 이야기』, (금산군문화공보관광과, 2004.5.)